袁南生◎著

被我们误读的世界

一个高级外交官海外的亲历亲见

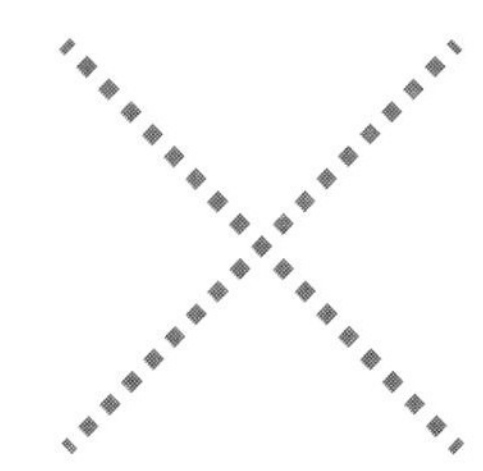

台海出版社

图书在版编目（CIP）数据

被我们误读的世界 / 袁南生著. -- 北京 : 台海出版社, 2014.11

ISBN 978-7-5168-0504-6

Ⅰ.①被… Ⅱ.①袁… Ⅲ.①随笔—作品集—中国—当代 Ⅳ.①I267.1

中国版本图书馆CIP数据核字(2014)第251454号

被我们误读的世界

作　　者：袁南生

责任编辑：侯　玢　　装帧设计：九五书装

版式设计：刘利容　　责任印制：蔡　旭

出版发行：台海出版社

地　　址：北京市朝阳区劲松南路1号，　邮政编码：100021

电　　话：010—64041652（发行，邮购）

传　　真：010—84045799（总编室）

网　　址：www.taimeng.org.cn/thcbs/default.htm

E - mail：thcbs@126.com

经　　销：全国各地新华书店

印　　刷：固安县保利达印务有限公司

本书如有破损、缺页、装订错误，请与本社联系调换

开　　本：170×230　1/16

字　　数：288千字　　印　张：21

版　　次：2015年5月第1版　　印　次：2015年5月第1次印刷

书　　号：ISBN 978-7-5168-0504-6

定　　价：38.00元

前 言

《被我们误读的世界》一书是我从2001年开始到驻外使领馆工作10余年里陆续写成的。10余年的驻外经历既使我了解了许许多多我原来不了解的东西，填补了我的知识空白，也纠正了我不少对世界的误读。对世界了解不够，对世界产生误读并非我一个人；对世界了解不够，对世界产生误读也并不奇怪。我想，如果我写的东西结集出版，能帮助读者增加对世界的了解，减少对世界的误读何尝不是一件好事，何乐而不为呢？

2000年，我调入外交部。此前，我曾先后在医药公司、进出口公司、工业集团公司等企业工作了17年，在高等学校工作了13年，在湖南省委机关、省二轻工业厅工作4年。调到外交部后，我曾先后出任中国驻埃及大使馆公使衔参赞、首席馆员，中国驻印度孟买总领事，外交部机关党委副书记兼外交部党校教务长，中国驻津巴布韦共和国大使，中国驻苏里南共和国大使。2013年3月起至今，任中国驻旧金山大使衔总领事。

10余年来在五国五馆的履职经历，使我有幸亲身感受了“五种文化”：在埃及体悟到了“圣感”文化即阿拉唯一，阿拉神圣，了解到了穆斯林一生最大的愿望是到麦加朝圣，能喝上麦加的圣水，以出任圣职为荣，为了真主不惜圣战；在印度感受到了“苦感”文化，以苦为荣，以苦为乐，人受苦越多，离神越近，来世越幸福；在南部非洲津巴布韦体验到了“悠感”文化，感受了南部非洲黑人对工作的悠哉心态，对性事的随缘心态，对财富的分享心态，对自然的依恋心态，对恩怨的超越心态，对死亡的淡定心态；在拉美苏里南和在美国旧金山，感受到了“罪感”文化：人人生来有罪，所以必须通过忏悔和赎罪来减轻自身的罪，从而得到心灵的安慰。由感受国外不同的文化，更加理解了我们中国人的“乐感”文化。“乐感文化”说是李泽厚在1985年春于一次题为《中国的智慧》讲演中提出的，收录在《中国古代思想史论》中，后来在《华夏美学》中又有所发挥。“乐感”文化乐天知命，不相信有来世，没有人格神，对人的终极关怀没有各种神灵导引，因而注重当世，相信“天生我材必有用”“莫使金樽空对月”，容易追求及时行乐。“从古代到今天，从上层精英到下层百姓，从春宫图到老寿星，从敬酒礼仪到行拳猜令（‘酒文化’），从促膝谈心到‘摆龙门阵’（‘茶文化’），从衣食住行到性、健、寿、娱，都展示出中国文化在庆生、乐生、肯定生命和日常生存中去追寻幸福的本体特征。”“乐感”文化还强调实用理性，导致中国人最讲实用，最讲实际，最讲实惠。这种讲实用、讲实际、讲实惠，使中国人具有灵活变通的性格，而不会死板固执。这种灵活变通，用一个字形容就是“圆”，要求我们为人处世尽量做到圆融、圆满。

对世界不了解或了解不够都有可能产生对世界的误读。我曾误以为可以用“差”“穷”“杂”“乱”“脏”“热”等六个字来概括印度，常驻印度的经历却使我认识到：印度再差，全民医疗免费已实行了几十年；印度再穷，其公立教育事业事实上却几乎是全民免费；印度再乱，没有发生过中国十年“文革”这样全局性、长期性的动乱；印度再腐败，却没有吃喝风，因一半以上的印度人是素食主义者，越是高种姓，越吃素；印度没有公车腐败风，因官员的车几乎都是国产车；印度没有买官卖官风，因官员基本上是选举产生的；印度官场没有铺张浪费风，即使是印度邦长、部长这样的高官，办公室也只有电风扇，没有空调。印度实际上是一个穷而不苦，杂而不乱，脏而不病，闹而不喧（当然还有议而不决，决而不行，行而不急等现象）的国家。印度老百姓幸福指数很高，据报纸报道的民意测验结果，百分之八十几的印度人选择来生还当印度人。我曾误以为非洲很热，常驻津巴布韦才知道津巴布韦、坦桑尼亚、南非等都是世界上气候宜人的国家之一。我曾误以为美国完全是花天酒地、铺张浪费的花花世界，常驻美国才发现美国还有另一面。美国人有的地方很“抠门”，例如，没有一个官员请我吃过一顿饭，我请旧金山市长吃饭，剩两块红烧肉，重量不到一两，人家还打包带回去，说是不能浪费。

对世界了解不够不等于对世界的误读，但两者之间有内在的联系。我愿通过自己的努力，让更多的人了解世界，以减少我们对世界的误读。

袁南生

2014 年 7 月 10 日

目　录

为国家道歉叫好

从总统当面向我道歉说起

2011年5月的一天，苏里南总统鲍特瑟约我到总统府见面。一般来说，总统没有大事不会约见一国大使，总统约见我会跟我谈什么事呢？我确实心里没有底。我如约前往他的办公室，外长拉金在座。坐下不久，总统说道，苏里南公共工程部打算上马一个大的基础设施建设项目，先是跟中国大连一家公司签订了谅解备忘录。两个月后，又跟北京一家公司签订了谅解备忘录。这样做是不对的，人家会认为苏里南不讲信用，会给中国朋友留下不好的印象。他作为苏里南国家元首，已经就此事对苏里南公共工程部提出了批评，同时，约我来当面向中国大使表示道歉。

原来，2010年8月鲍特瑟赢得总统大选后，就推出了一个大的基础设施建设计划，包括建设苏里南到圭亚那、苏里南到法属圭亚那的跨国大桥，从首都市中心到国际机场的高速公路，18000套低造价住房，等等。10月，苏公共工程部长访问大连，实地考察大连国际经济合作集团，并在大连签署了大连国际集团承接机场高速公路等项目的谅解备忘录。我刚好回国度假，赶到大连，和大连市有关市领导共同出席了签字仪式。我回到苏里南后不久，苏公共工程部把机场高速公路这一项目又交给中国另一家大型知名企业实施，也签署了谅解备忘录。其实，苏方将项目交给哪一家公司做，不管是中国公司还是其他国家的公司，完全是苏里南的内政。只要是交给中国公司做，就是对中国企业的信任，中国使馆都是支持的。鲍特瑟作为国家元首，亲自过问这一事项，说明了他对中国公司的重视，但就工程承包苏方重复签署有关文件这件事，他特意约见我并当面对我表示歉意，的确出乎我的意料。毕竟，他贵为一国总统，与中国公司重复签约并不涉及中苏两国的战略关系和利益大局。从苏里南总统当面向我道歉一事中，我感受到了总统对维护和发展中苏两国关系、加强双边合作的重视。同时也使我第一次深切感受到了，国家领导人诚恳的道歉在消除误解、弱化矛盾、化解分歧、减少对抗、改进工作、促进和谐等方面所具有的不可替代的重要作用。我和使馆的同事都从总统的真诚道歉中，感受到了丝丝善意和缕缕清风。

鲍特瑟就任总统以来，就某些事项公开表示道歉已不只一次。例如，2011 年是苏里南国会成立 145 周年，鲍特瑟出席了国会专门举行的庆祝活动并发表了讲话。没想到他的讲话不仅没有赢得议员们的掌声，反而引起了议员们的反感和不满，即使是来自执政党的议员们也很不高兴。因为他当着议员们的面说国会的工作质量不理想，议员们水平有限，难以研讨更高层次的议题。4 天以后，国会再次举行会议，鲍特瑟总统出席。议员冉杰辛在会上当面向总统“开炮”，说总统在上次国会会议上的言论是对国会的直接侮辱，损害了所有议员的尊严；其实国会议员们对政府运作有好多意见和不满，议员们虽然多次向政府质询，但政府总是拒绝回答；既然总统对国会如此无礼，国会应当为总统的言论发出正式的抗议。

没想到冉杰辛发言完毕后，鲍特瑟马上起立，表示要为自己的不当言论向国会道歉。他说他并没有到国会来侮辱国会议员的意思，他希望自己的道歉会被接受。最终，他的道歉赢得了包括来自反对党的议员的掌声。

是不是只有鲍特瑟总统公开道歉？非也。曾经道歉的不仅有现在的总统，也有前任总统。例如，费内西安前总统领导的民族党是苏独立以来执政时间最长的党，费内西安曾三次担任总统，历时 15 年之久。2011 年民族党在大选中失败，失去了执政地位。党的领袖、时任总统费内西安公开承认对大选失败负主要责任，并对全党和党的盟友深表歉意。

公开道歉的不仅有总统，还有政府部长等高官。例如，苏里南政府卫生部长瓦特贝赫因言语不慎，被人告到法院，经法院审理属实，法院判决卫生部长登报声明予以道歉，部长心悦诚服地予以照办。2010 年圣诞节到 2011 年中国春节期间，苏里南社会治安状况不那么好，出现抢劫凶杀案件，并且迟迟破不了案。各报纷纷发文公开抨击负责此事的政府司法警察部长密斯匠。议员在国会对密斯匠提出质询，这位部长不得不作出解释，因答非所问且用词不当，又招来一轮新的批评，这位部长连忙以公开道歉来化解批评。

从鲍特瑟总统、费内西安前总统、卫生部长、司法部长等高官的道歉中，我亲身感受到了领导者的真诚道歉对领导者来说，往往不是减分，而是加分；不是有损于威信，而是有利于增加威信。公开道歉，是苏里南的领导者对问题的坦然面对，也是对公众要求的积极回应，这明显拉近了官员和百姓的距离，增添了官民互信，有利于建立良性的官民互动关系。我感到，鲍特瑟总统和其他政府官员公开道歉，这实际上是以负责的态度公开问题，正视问题，是解决问题的第一步。在苏里南，一些问题甚至一些社会危机，都因为领导者公开、及时、坦诚的道歉，正视问题而得到公众的理解和信任，从而激发和调动公众一起参与解决问题、应对危机，使问题和危机得到解决。当然，也有个别官员掩盖问题，推卸责任，拒不道歉，从而使问题更加严重。

道歉是一种美德，这是现代国际社会主流的共识。古话说：人非圣贤，孰能无过。实际上，人无完人，即使是圣贤，也不可能完全无过。任何领导人失职和犯错，最好的应对方式不是隐瞒，不是逃避，更不是推卸责任，而是及时主动地向服务对象道歉，并下定决心改进工作。所谓知错能改，善莫大焉，承认错误，作出道歉，才可能避免再犯；知耻近乎勇，如果死不认错，就不可能进步。这些都是做人，特别是做官的基本道理。道歉，即表示歉意和认错。领导人鞠躬道歉，更是对人民群众表示深深歉意。任何领导人不可能不说错话、不做错事，但知错、认错、改错非常重要。道歉在有的时候，有的情况下是认错、改错的一个不可替代的方式。诚于道歉，敢于道歉，善于道歉是一个成熟的、负责任的领导者修养、见识、能力和胆略的体现。

美国为历史罪责曾多次正式道歉

1882 年，美国国会通过了美国历史上唯一一个针对某一族裔的移民排斥法案，即臭名昭著的《排华法案》。2012 年 6 月 18 日，旅美数代华人等了整整 130 年的美国国家的正式道歉，终于到来。这天，美国众议院通过“《排华法案》道歉案”，由于 2011 年 10 月美国参议院就全票通过了这一“道歉案”，6 月 18 日众议院的行动，相当于在立法机构层面上完成了“道歉案”的法律化程序。该法案以国家立法的形式，为美国国会在 1882 年到 1904 年间通过的限制在美华人基本公民权利的《排华法案》正式进行国家道歉，其严肃性超过了政府官员的正式或非正式道歉。这一严肃性，一定程度上弥补了迟到 130 年的道歉而产生的缺憾。国家道歉与国家的政治文明建设是什么关系？国际道歉是有利于提升国家形象还是会有损国家形象？是反映了政治清明还是政治昏暗？正式道歉在国外是正常现象还是反常现象？在中国历史上有国家意义上的正式道歉吗？探讨这个问题，对于我们树立政坛清风、提升道德境界、加强政治文明建设，不无意义且很有必要。

中国老百姓了解比较多的与中国有关的美国正式道歉有两次：

一次是上面提到的就《排华法案》向华人移民正式道歉。作为移民国家的美国，华人移民是第一批被美国国家机器系统性排斥和歧视的族群。《排华法案》限制在美华人的基本公民权利，包括10年内暂停华人移民和入籍，禁止华人在美拥有房产，禁止华人与白人通婚，禁止华人妻子儿女移民美国，禁止华人在政府就职等条款。这个法案直到1943年中国成为美国在“二战”中的盟友后才被废除。《排华法案》令华人在美国这个所谓的“文化大熔炉”里抬不起头，其遗毒甚至影响至今。1896年李鸿章在访美期间，不给美国面子，猛烈抨击美国的《排华法案》，说，“排华法案是世界上最不公平的法案”；“你们因你们的民主和自由而自豪，但你们的《排华法案》对华人来说，是自由吗？这不是自由！”《纽约时报》报道他抨击这个法案时，“眼睛射出灼人的光芒”；第二次是1999年5月8日凌晨6时，位于贝尔格莱德市中心的中国驻南联盟大使馆遭到北约飞机轰炸，美国政府对此表示道歉。5月10日，美国总统克林顿在白宫向记者公开表示：“我已经向江泽民主席和中国人民表示了道歉。我要再次对中国人民和中国领导人说，我对此表示道歉和遗憾。”随后，美国国务卿奥尔布赖特在国务院向记者表示：“我重申我们对由于北约错误轰炸导致中国驻贝尔格莱德大使馆人员伤亡表示深切悲痛。中国人民想必了解，包括克林顿总统在内的北约领导人已经就这一悲剧性错误作出了道歉。”1999年5月12日，美驻华大使馆和驻中国各地领事馆在北约轰炸我驻南使馆事件中的3名受害者骨灰被运回北京时降半旗致哀。

实际上，美国就历史上罪恶或错误的国家行为还有过多次道歉。例如：

1988年，美国政府就“二战”时期将日裔美国人关进集中营事件进行道歉和赔偿。1941年12月7日，日本联合舰队袭击美国太平洋舰队基地珍珠港，美国随即把那些在美国生活和工作的日本人送入拘留营安置，这些拘留营位于各州最贫瘠、荒芜的土地上，四周围着铁丝网和瞭望塔。不少被认为“可疑”的日裔居民，还遭到了“隔离审查”。“二战”结束后，这些拘留营被全部取消。1988 年 8 月 10 日里根总统签署文件，就“二战”中对日裔美国人的拘留营一事正式道歉，承认当时将日裔居民看成“外来的敌人”是出于战时的狂热和偏见，宣布给予曾经被关在拘留营中且仍在世的日裔美国人每人两万美元的补偿。

1993 年，美国国会就派兵支持推翻夏威夷土著王朝道歉。自 1810 年起，夏威夷一直是一个独立王国，1893 年，夏威夷的美国侨民在美国海军陆战队的支持下发动政变，推翻利留卡拉尼女王，并于 1894 年宣布成立“夏威夷共和国”。1898 年美西战争后，美国国会以两院联合决议的形式通过了兼并夏威夷的决议。同年 8 月 12 日夏威夷正式成为美国领地，前“夏威夷共和国总统”——美国人多尔被任命为第一任领地总督。1959 年 3 月，夏威夷作为第 50 个州加入美国，成为美国国旗上的第 50 颗星。1993 年，在夏威夷利留卡拉尼女王被推翻 100 周年之际，美国众议院以 2/3 多数，参议院以 65 票对 34 票，通过了“道歉法案”。11 月 15 日，克林顿总统签署了这一法案并宣布他将代表美国人民，为 1893 年美国政府推翻夏威夷女王的政变正式道歉。

2009 年 6 月 18 日，在林肯诞辰 200 周年、马丁 · 路德 · 金诞辰 80 周年以及美国有色人种协会成立 100 周年之际，美国参议院通过了一项决议案，“承认奴隶制和《吉姆 · 克罗法》的深刻不公、残忍、野蛮和非人道”，就历史上的黑奴制度和种族隔离政策，向非洲裔美国人正式道歉。

2009 年年底，美国总统奥巴马正式签署道歉法案，称“美国政府代表美国人民，向美国公民对印第安原住民做出的暴力、虐待和忽略道歉”，这是美国官方首次对牺牲重大的印第安原住民表示歉意。1490 年，西半球共有大约 7500 万印第安人；150 年后，幸存的印第安人仅为 600 万人。时至 1900 年，美国只剩下 25 万印第安人。目前人口只占 1.5% 的美国印第安人处在社会最边缘、最被忽视的底层，其经济、社会和人文等领域的发展指标远低于全美平均水平。

为历史罪责道歉在其他国家司空见惯

欧美不少国家曾为历史罪责道歉。例如，1970 年联邦德国总理勃兰特访问波兰，长跪在华沙犹太人殉难者纪念碑前道歉，为德国当年的暴行表达了痛彻肺腑的无言愧疚。1995 年 7 月，法国总统希拉克为法国人在德国占领法国期间迫害犹太人事件表示道歉。1997 年 10 月，挪威国王为挪威对闪族少数族裔的压迫表示道歉。2006 年 6 月 22 日，加拿大总理哈珀向华人铁路工人道歉，同时也为 1923 年“人头税”停征后实施的《排华法案》表示最深切的悔过。2008 年，澳大利亚国会为政府在 1870 年到 1970 年强加给土著人的同化政策道歉。2008 年 3 月 18 日，德国总理默克尔访问以色列时，在国会向世界承认德国的“屠杀之辱”，说“大屠杀让德国蒙羞，我在此向所有在战争中的幸存者鞠躬致歉”。2009 年 2 月，澳大利亚总理陆克文发表声明，就澳大利亚对待原住民的方式及相关政策导致原住民身心的痛苦和煎熬正式道歉。同年，加拿大总理站在国会向本国的原住民道歉。“我们对待印第安学校孩子们的处理方式是历史上最耻辱的一页。”他说，“今天，由于意识到这个错误所造成的巨大摧残，让我们无地自容。”2010 年 6 月，英国首相卡梅伦就“血色星期日”事件表示道歉。① 前苏联和俄罗斯也曾为历史罪责道歉。例如，1990 年，前苏联向波兰道歉，承认在卡廷森林杀害数千名波兰人。1993 年，俄罗斯总统叶利钦正式为前苏联 1968 年入侵捷克斯洛伐克事件表示道歉。

非洲一些国家也曾为历史罪责道歉，其中最典型的是南非就种族隔离政策道歉。1993 年 4 月、1996 年 8 月及 1997 年 9 月，南非总统德克勒克数次

① 1972 年 1 月 30 日，在北爱尔兰的一座城市伦敦德里，举行了一场和平集会，抗议英国对爱尔兰共和军嫌犯不经审判就进行长期关押的政策。英国伞兵向游行的市民开枪，造成 14 人死亡，这就是著名的“血色星期日”。

为种族隔离政策道歉。1996 年 8 月 21 日，“真相与和解委员会”正式诞生，从而结束了长达 46 年的种族歧视政策，给这个国家带来了自由、尊重、责任、和解、平等和民主。德克勒克说，那些屠杀、折磨和蹂躏都不应该是政府行为。在此之前，德克勒克释放了因反对种族隔离政策而入狱的曼德拉，在法律上取消了种族隔离政策，为国家的民主选举奠定了基础。曼德拉随后被选为南非第一任黑人总统，他和德克勒克因此荣获诺贝尔和平奖。

巴拿马总统贝罗卡尔曾在道歉史上写下独特的一笔。2010 年 5 月，他下令重新设计护照，并由其亲自审批。两个月后，有关部门设计并制作了几本护照样品，上交到了总统府，很快博得了总统的赞赏并要求用最快的速度印制投用。三个月后的一天，贝罗卡尔又把那几本护照样品从抽屉取出来欣赏。突然，他发现了护照上有一个非常细微的错误：巴拿马的国徽中有一个十字叉是铁锨和丁字镐，然而这些护照上所印的却是铁锨和长柄方锤！国徽出错，对于一个国家来说简直是奇耻大辱，总统认为自己应为这个失误负责！他先是要求护照管理局立即用最快的速度赶制新护照，同时要求用最快的速度把这已领新照的 4 万个人的名字打印出来，他要在第二天发表电视讲话，向这 4 万个人道歉。10 月 4 日晚上 19 点，里卡多准时走上演讲台，他先是介绍了道歉因由，然后，他拿起手中的稿子说：“这 4 万个人的名字分别是曼格艾尔·阿马多加·雷亚罗、查洛慈·安东尼奥·马萨克……”10 分钟过去了，里卡多在念名字；半个小时过去了，里卡多依旧在念名字；90 分钟过去了，总统里卡多还是一个一个地念着那些名字！以平均每个名字花 3 秒钟计算，总统要念完 4 万个名字最起码要花掉 33 个小时，加上中间可能有两次短暂的睡觉，再加上用来上厕所和吃饭的时间，这场电视道歉将会持续 50 个小时！用 50 个小时向 4 万个人道歉？所有人都被震惊了！电视里，总统的道歉在继续，而连线的电话里，则不断传来老百姓们的呼声：“总统先生，我们已经谅解了你的失误，也体会到了你的苦心，你去休息吧！”总统却这样回答：“如果连具体名字都不念，那还谈什么尊重与道歉呢？如果连一个道歉都无法具体地落实到一个人的身上，那还指望我为你们落实什么呢？如果我连为自己承担错误都做不到，谁还能指望我来为这个国家承担些什么呢？”夜晚10点50分，在道歉进行了将近4个小时的时候，有一位海外巴拿马人在电话里说：“总统先生，如果你对民众们的建议如此不在意，我们还能指望你今后能听取我们什么建议呢？”里卡多这才抬起头来，对着与电话连线的麦克风问：“你们真的可以原谅我所犯的这个过失？”电话连线那端的听众肯定地回答说：“总统先生，我们原谅你！”这一句话，让全国上下一片沸腾，所有电视机前的普通百姓，他们不管总统能不能听见，纷纷大声喊道：“总统先生，我们原谅你！”直到这时，总统才停了下来，他向着镜头鞠了一个躬，说了一声“谢谢我可爱的巴拿马民众”，随后走下了讲台。

一些有重大影响力的非国家行为实体也曾为一些重大的罪行或错误表示道歉。例如，1954年，国际奥委会专门发表声明，就当年在希特勒执政初期的柏林举办奥运会这一错误选择向公众道歉。教皇保罗二世在2000年千禧弥撒上，为基督教会两千年来所犯下的种种不义请求宽恕。2008年，教皇本笃十六世在接见被天主教神父性虐待的美国受害者时，表达了自己的忏悔之意。后来，教皇书面道歉说：“对你们所经受的严重伤害，我表示深切的歉意，你们的信任顷刻被摧毁，你们的尊严残酷被践踏……我在此郑重表达我们的羞愧和自责。那些罪行一定会得到上帝的审判。”

本文特别要提到的是，即使像日本这样不愿道歉的国家，也曾就其历史罪责作出过道歉。例如，2011年12月18日，日本向“二战”时的加拿大战俘表示深切的道歉。

为以国家名义就历史苦难道歉叫好

回顾以国家名义就历史苦难道歉的历史进程，我们至少可以获得如下重要启示：

以国家名义就历史苦难道歉，是一种值得尊重的政治姿态，是一种国家道德与正义的情怀，是社会进步的表现。一个国家政治是否清明，不在于是不是犯错误，而在于有了错误之后，是不是勇于承认和改正错误。政府和人一样，要有品德素养，其中最重要的品德素养就是有责任，有担当。救助弱者，伸张正义，惩恶扬善，这就是责任。做错了事情，勇于承认错误，真诚道歉，积极赔偿受害者，这就是担当。国家是根本，政府只是国家的外在表现形式。不管经历多少年，也不管更替了多少任政府，政府都有对本国过去的错误向受害者道歉的义务。道德制高点的取得，并不能通过强权、通过话语霸权或政治谎言来获取，而是拥有政治权力者通过尊重弱者，尊重不同的族群，通过谦卑的心灵来达成。只有真相与和解，才能使一个民族重新拥有光明的未来。每一次国家和政府道歉后面，都有着公民活动的铺垫，都有着社会认识的进步，都使人看到文明在国家政治层面的繁育和延伸。用什么样的姿态面对历史，既反映这个国家的道德境界，也体现这个国家的智慧。直面历史真相，是一种勇敢，但并不是所有国家都能勇敢地说一句“对不起”。

以国家名义就历史苦难道歉不会自然而然地实现，它需要付出长期和艰辛的努力。要求美国国家就《排华法案》道歉的《请愿书》上，有 165 个华人团体联合签名。当时最大的阻力来自大量的美国人不知道有《排华法案》这件事——包括很多国会议员，都不知道。何谈道歉？美国华人团体孜孜不倦地开展游说工作，找数百个参议院、众议员一个个地分别宣讲这段历史，游说花了整整两年，中途时紧时松，但始终没停。民主政治就是这样，如果你自己不发声、不参与、不在乎，那么不会有天上掉馅饼的好事。美国的道歉并非出于内部强烈的道德自省，多半是出于实用主义哲学的原则，在对旧恶改正不彻底的情况下，视外部情况的压力作出调整，这种调整促进了现实主义的利益交换，在国人圣人化与国家帝国化之间做出平衡，助推了国力的强盛。尽管如此，美国的道歉，无论是否蒙受了实用主义的阴暗心理影响，都是基于一个前提：承认历史的错误，仅此就应该值得肯定。参众两院全票通过的向美国华人的国家道歉案，足可以看出其道歉之真诚。这项议案是由首位华裔国会女众议员赵美心牵头向美国参众两院提出的，正是由于一代代华人政治精英的崛起和努力，最终推动了美国上层对《排华法案》的反思。抵制《排华法案》，不靠神仙皇帝，靠的是华人自身的力量。美国向《排华法案》道歉不是良心发现的结果，也不是恩赐的礼物，是华人发声、抗争的努力成果。

以国家名义就历史苦难道歉不仅不会损害国家在国际上的形象，相反，会大大有助于提升国家形象。日本和德国虽同为轴心国的战败国，战后对战争反省的态度却大相径庭。德国多次向欧洲国家道歉，公开反省纳粹罪行，并且勃兰特以总理之尊，一跪谢罪天下，赢得了各国的谅解和尊重。而日本呢，与德国的态度是天壤之别，其政要多次参拜靖国神社，纠缠于南京大屠杀的具体数字，并企图以此否认南京大屠杀，更有甚者的是在教科书中否认侵略战争的性质、美化侵略战争行径。日本在这方面与德国在国际上的形象远远不能相比。

以国家名义就历史苦难道歉，有利于提高政府威信，有助于消除政府与人民之间的各种猜疑，增强人民对政府的信任，加强各民族之间的团结，有利于增进社会的和谐与稳定。人非圣贤，孰能无过？过而能改，善莫大焉。政府也是如此，犯错在所难免，只有知错、改错才能求得进步。越是放不下身段说声“对不起”，越是容易受到猜疑；越是爱面子，越是丢面子。这就是孟子所说的“有不虞之誉，有求全之毁”。解放军信息工程大学教授陈鲁民说得好：

平心而论，作为“君权神授”的古代帝王，权倾天下，尊严无比，百姓疾苦重要，皇帝面子也很重要，能对自己的过错反省悔悟，已经十分难得了，倘再写成文告颁示天下，就更属不易。至于是出于至诚还是迫于无奈，有几分真心，几分作秀，那就不得而知了，无论如何总比死不认错，固执到底要好吧。有了《罪己诏》这个不成文的制度，对那些无法无天的帝王多少总是个约束。毕竟，在已没有帝王的20世纪60年代初，我们就听到有领导人这样说：“我们不学胡志明，任何时候我都不下《罪己诏》。”（沙叶新《检讨文化》）其实，如果能学学历代那些睿智的帝王，诚恳反省自己，检讨既往错误，吸取经验教训，接受大家监督，后来的“十年浩劫”或许能够幸免，民众、国家免遭折腾，其身后的历史评定也会高得多。①

古代中国朝廷也有道歉的传统

国家就历史罪责表示道歉并非是外国的“专利”，古代中国朝廷也有道歉的传统。现代国家常常是总统、首相等代表国家道歉，古代中国则通常是皇帝亲自出面道歉，不过那时候不用道歉这个词，而是发个《罪己诏》，也就是皇帝的一份检讨书。《罪己诏》既可以被看成是皇帝对个人错误的承认和悔恨，也可以看成是代表国家的道歉。《罪己诏》一般这么开头：朕以薄德云云。然后是述说自己在某些政事上的不足，或者说自己在私人生活上有

① 《漫话〈罪己诏〉》，载《同舟共进》2012年第8期

什么样的过失。由于这种过失所导致的灾害或者天象，都是应该降临在自己身上的灾劫，现在却是由百姓承受了。关于这件事皇帝我本人很难过，所以敬告上天，我一定要改过自新，请老天爷看我的行动吧。皇帝道歉大致都是这么个模式。中国古籍中记载的第一份《罪己诏》，是《尚书》中的《汤诰》，《秦誓》则是秦穆公偷袭郑国惨败后的罪己文。后来，还有《诗经》中周成王的罪己诗《周颂·小毖》。

汉文帝是第一位正式发《罪己诏》的皇帝，最后一份《罪己诏》是袁世凯在取消帝制后发过的类似文书。据历史学家黄仁宇统计，在《二十五史》中共有 89 位皇帝下过 264 份《罪己诏》，平均每八年就下一份，皇帝们也够“诚恳”的。而《罪己诏》里心情最沉痛的，则非汉武帝莫属。汉武帝晚年，任用江充，酿成“巫蛊之祸”，逼死太子刘据和卫皇后，受诛连者达数万人；受方士欺骗，求仙炼丹；穷兵黩武，横征暴敛，干了很多狂妄悖谬之事。痛定思痛，他在《轮台罪己诏》中自责悔过（“深陈既往之悔”），不忍心再“扰劳天下”，决心“禁苛暴，止擅赋，力本农”，“由是不复出军。而封丞相车千秋为富民侯，以明休息，思富养民也”。

皇帝代表国家所作的道歉有时会起到凝聚人心、拨乱反正，甚至起死回生的作用。唐建中四年（783 年），长安失守，德宗仓皇逃亡，被叛军一路追杀至陕西乾县。次年春，他痛定思痛，颁发了一道《罪己大赦诏》，文字真挚动人，很有感召力。据史料记载，唐德宗颁“诏”后，“四方人心大悦”“士卒皆感泣”，民心军心为之大振，不久，动乱即告平息。

总统说谎的代价

一次普通的说谎会使总统失去国家元首的宝座，这是不是天方夜谭、痴人说梦？不是，德国总统伍尔夫就因一次说谎而遭遇了政治上的滑铁卢，从事业的巅峰一下子掉进了人生的冰窟。在妻子贝蒂娜的陪伴下，克里斯汀·伍尔夫于2012年2月17日宣布辞去德国总统之职。“德国需要一位不仅是被广大民众信任支持，而是被绝对多数民众信任支持的总统。”伍尔夫在德国总统府“望景宫”宣读辞职声明时表示，“然而，最近一段日子，一些事情的进展表明，这种信任以及我行动的能力均已持续受损。”他说，“出任总统的我一直按法行事。我犯过错，但我向来诚实。”宣布辞去总统职务的伍尔夫不忘向国民表示他“向来诚实”，是因为诚实在德国社会被许多人看成是立人之基、立业之柱、立国之本。伍尔夫担任总统前一次普普通通的说谎却偏偏被人揪住不放，被国民视为不诚实，以致其不得不狼狈下台。可以说，伍尔夫的说谎付出了史无前例的天大的代价。

伍尔夫总统说了什么谎？这得从伍尔夫的所谓“房贷门丑闻”说起。据德国媒体爆料，伍尔夫担任下萨克森州州长时想购买一处房产，由于手上钱不够，便从企业家格尔肯斯的妻子处得到了一笔50万欧元（约500万人民币）的贷款。因为伍尔夫与格尔肯斯是朋友关系，所以得到了4%的优惠私人贷款利率，而当时的银行利率是5%。后来伍尔夫从银行贷款，还清了欠格尔肯斯的债务。根据德国的有关法律，官员获得私人低息贷款并不算贪污。伍尔夫的问题在于，当年有议员质询他是否有私人贷款时，他对此矢口否认。否认的原因可能是羞于承认自己经济条件不是太好，害怕别人耻笑。谈及为何接受私人贷款一事，伍尔夫为自己辩护说："我不想成为这样一个国家的总统，即在这个国家，你不能从朋友那儿借钱。"所谓"房贷门丑闻"，就是这么屁大点儿的事情。如果伍尔夫没有当上德国总统，恐怕这件事情也就过去了。但问题是德国是个特别注重政治透明度的民主社会，德国媒体太厉害，他们特别喜欢盯住政府高官。这次，德国的最高领导者成了他们的目标。媒体的看法是，贷款当然没有啥问题，但官员不能说谎。伍尔夫身为德国总统，本应成为道德的楷模、诚信的标杆，但他当年说谎的做法让人很难相信他能胜任总统一职。伍尔夫没据实交代却矢口否认与格尔肯斯有任何业务往来，对那笔 50 万欧元私人借贷也隐瞒不报，是他下的第一步臭棋。

如果伍尔夫就此道歉，事情可能就大事化小了。但在随后的 12 月份，伍尔夫又下了第二步臭棋。他在国外访问时突然得知德国销路最大的《图片报》要刊登他住房贷款的事情。情急之下，他想到了捂盖子的方法，他尝试打电话给该报主编迪克曼，试图阻止该报道的发表。由于迪克曼在外面出差，没有接到电话，伍尔夫给主编的语音信箱留了一通失去理智的"狠"话。他"威胁"道：如果一定要做"不实报道"，《图片报》就要承担法律责任，并且他将断绝与该报的联系。《图片报》是干嘛的？是个唯恐天下不乱的报纸。伍尔夫指责《图片报》的做法引起了巨大的麻烦，《图片报》主编并不买总统的账，直接公开了伍尔夫留下的语音记录，舆论一片哗然。德国民众普遍认为，总统的做法一方面是隐瞒真相，另一方面是干涉了新闻自由。在野党要求总统对此作出解释，政界不少人也认为，如果总统这样阻止新闻报道，那将是不值得尊敬的。原来只知他贷款丑闻的许多人并没有要求他辞职，但当得知他企图阻止《图片报》的报道后，越来越多的人认为他已经无法再胜任联邦总统这个崇高的职务了。

事情发展到这个程度，是伍尔夫没有想到的。他只好表示道歉：“我应该主动澄清私人贷款的问题，因为这件事没有任何需要隐瞒的东西。”至于打电话给《图片报》主编，伍尔夫承认，“那是个重大错误，对此我非常抱歉”。可惜，道歉来得有些晚了，有关他的话题在各种媒体上已经铺天盖地，此事造成的负面影响已经不可挽回。

雨大偏逢屋漏雨，伍尔夫总统祸不单行。媒体称，在伍尔夫宣布辞职的前一天，德国的一些检察官要求议会取消总统的豁免权。相关检察官指出，在担任下萨克森州州长期间，伍尔夫与一位电影制片人交往甚密，进而从中获得了好处。例如，2007 年，得益于该制片人的买单，伍尔夫在一家豪华宾馆住了一晚。此项丑闻愈演愈烈，对伍尔夫形成了巨大的压力。与此同时，伍尔夫在下萨克森州的发言人格莱塞克的住所已经被检察官搜查，他被指控于 2007–2009 年期间从施密特组织的“北南对话”活动中获得了不法收益。虽然检察官只是调查格莱塞克，但是明眼人都清楚，检察官剑指其背后的高位者——德国总统，因为格莱塞克是伍尔夫的亲信，是“除了总统夫人外对伍尔夫最了解的人”。一旦检察官发现伍尔夫与其发言人有共同贪腐的证据，总统辞职将是唯一的选择。

在世界各国清廉指数排名表中，德国为什么能名列前茅？我认为从总统说谎丢掉乌纱帽一事中我们至少可以得到三点启示：一是敢于“小题大做”。对于德国人来说，政治官员尤其是总统，必须具有高尚的道德情操，类似出言不逊、言语不一、撒谎、滥用职权和公款等现象是绝对不允许出现的。一旦发生类似事件。此人的政治生涯就完了，因为老百姓已经不再信任你了。如果伍尔夫事件发生在其他国家，应该不是什么大不了的事情，甚至有可能被歌颂为清廉的楷模，被邀请到各处进行演讲，宣传他是如何拒腐蚀、做清官的。在中国，朋友之间借多少还多少、有借有还不也合理合法吗？中国朋友之间借钱的事多得很，但付利息的并不多，朋友之间白送的也不少，伍尔夫找朋友借钱还钱时给 4% 的利息，利率只比银行利率低一个百分点。请商家买单，在一家豪华宾馆住了一晚，在不少国人看来，这算得了什么？不少领导干部出国访问，费用让企业家买单，这样的事不是司空见惯吗？德国检察官揪住伍尔夫在豪华宾馆住一晚让企业家买单一事，是敢于“小题大做”的典型例子；二是舆论监督必须到位。凡是人，甭管是中国人还是德国人都难免有贪欲。做清廉、不说谎的道德楷模并不是一件容易的事情，那么，为什么绝大多数德国政治家甘于清贫，不去捞点油水？一个简单的道理就是：只要政治家敢伸手，媒体就敢报道。哪怕是陈芝麻烂谷子的事，媒体都给你抖出来。伍尔夫虽然是州长但并没有太多的钱，甚至连50万欧元都拿不出，为了买房只好从朋友处贷款。后来议员质询时他否认有这回事，这给其留下了隐患。他担任总统后，该问题被媒体挖掘出来，使国民认为他的诚信出现了问题，最后连住一晚豪华宾馆请企业家买单之类的事也被曝光，由此给他带来了更多更大的麻烦；第三，不说谎是政治家的道德底线。任何领导人，说套话、说空话都难免，但说假话必须坚决杜绝。尤其在德国，在那里高官没有太多贪腐的机会，兜里没有钱是很正常的事情，就连说话都得小心翼翼，如果说谎，那么他早晚都会付出代价。关于这点，我愿意多费点笔墨。

近代史专家雷颐说得好：“不同民族、国度往往会有一些不同的道德、伦理和价值观念；而且，同一民族、同一国度在不同时代、不同历史时期其道德、伦理和价值观念往往也会发生许多变化。然而，‘不许撒谎’却几乎是所有民族、所有国度从古到今都要求必须遵从的道德戒令。因为如果一个民族、一个国度的多数成员都撒谎成性，这个民族、国度确实难以生存。所以‘不许撒谎’也许是全人类一条最古老、最普遍的道德戒令。”然而，在这里不能不痛心地指出，几千年来的中国传统政治显示的却如林彪所言：“不说假话办不成大事”，一部《三国演义》就是一部说谎比赛的演义。雷颐在《从李鸿章隐瞒疫情说起》一文中举了一个李鸿章在俄国国事访问中鼓吹隐瞒事实真相，“推销”他说谎的艺术，以说谎为荣的例子：

尼古拉二世素喜铺张排场，所以此时俄国各地都举行了各种大小集会，庆贺沙皇加冕。然而由于组织不周，在莫斯科的霍登广场举行的群众游艺会来人过多，混乱不堪，发生了严重拥挤，造成近两千人死亡，史称“霍登惨案”。当时的俄国总理大臣维特伯爵在《俄国末代沙皇尼古拉二世——维特伯爵的回忆》一书中回忆说，李鸿章见到他后，仔细向他打听有关消息，并问维特“是否准备把这一不幸事件的全部详情禀奏皇上”？维特回答说皇上已经知道，这件事情的详情已经呈报皇上。哪知，李鸿章听后竟连连摇头对维特说：“唉，你们这些当大臣的没有经验。譬如我任直隶总督时，我们那里发生了鼠疫，死了数万人，然而我在向皇帝写奏章时，一直都称我们这里太平无事。当有人问我，你们那里有没有什么疾病？我回答说，没有任何疾病，老百姓健康状况良好。”然后他又自问自答道：“您说，我干吗要告诉皇上说我们那里死了人，使他苦恼呢？要是我担任你们皇上的官员，当然我要把一切都瞒着他，何必使可怜的皇帝苦恼？”对此，维特这样写道：“在这次谈话以后我想，我们毕竟走在中国前头了。”的确，他有理由为此骄傲。

其实不独“李鸿章时代”的官场如此，揆诸古今，这种“官风”在中国早已相沿成习，俨然成为中国官场的一种“文化”，或曰一种“特殊知识”。只要看看我们身边每天发生的事情：老老实实讲假话，认认真真走过场，扎扎实实办虚事，这样的例子少吗？

伍尔夫担任总统不到两年。当选总统时，伍尔夫年仅51岁，堪称德国历史上最年轻的总统。他曾担任默克尔所在的基督教民主联盟（CDU）的副主席以及下萨克森州（Lower Saxony）州长。伍尔夫因为说谎而下台了，非常可惜，然而我对他却充满敬意，为什么呢？因为他不是为自己的过失狡辩，而是在接受德国电视媒体采访时坦然承认自己犯了“一个严重的错误”，并且适时辞职。中国曾经有过为说谎道歉的政治家吗？中国哪位贪官会在台上接受记者采访时谈自己的不是？中国曾经有哪位达官显贵因说谎而下台？我更对德国人充满敬意，对于在道德上有瑕疵的政治家，敢于吹毛求疵，敢于说“不”。

我认为，发达国家不只是在经济总量、科技水平、社会保障程度等方面发达，更重要的是在社会诚信机制建设方面也远远领先于发展中国家，就像德国那样，说谎的空间小，说谎的代价大，即使是总统说谎也不行。什么时候社会环境迫使奸佞之徒、宵小之辈不愿撒谎、不敢撒谎、不能撒谎，这个社会就进入了良性循环状态；什么时候客观社会环境迫使善良之人、正直之辈不能不撒谎，则说明这个社会已是病态社会；什么时候把说谎当成“成熟”，把诚实当成“傻瓜”，甚至把“谎言当成了真理”，那么这样的社会恐怕是病入膏肓，万劫不复了。

公务员在老外眼中的地位

这些年来，中国的公务员考试越来越火爆。美国合众国际社 2010 年 12 月 5 日报道：在 7 年时间里，中国公务员考试的报名人数增长了 16 倍，2010 年中国公务员报考合格人数达到了 146 万人。而 2003 年，这一数字只有 8.7 万，7 年间就增长了 16 倍。最热的职位创下了 4961：1 的纪录，用“千军万马过独木桥”来形容绝不为过。为什么中国的公务员考试如此火爆，这种考试热是完全健康的吗？是值得鼓励的吗？我不这样认为。我愿从公务员在老外眼中的地位着笔，谈谈对这个问题的看法。

2010 年 5 月，苏里南举行大选。当时，我出任驻苏里南大使只有半年多时间。大选前，苏里南政府中有一位华人部长——土地和森林部长杨进华，议会有一位华人议员——28 岁的女议员李嘉玲。为了在新一届大选中赢得华人选民的支持，当时的主要执政党民族党拿出一个名额给华人曾少猷，支持他竞选民族党议员；当时的主要反对党民族民主党也拿出一个议员名额给华人选民，同时承诺，如该党取胜，给华人一个内阁部长职位。民族民主党主席鲍特瑟找到该党资深党员、苏里南最大华人侨团广义堂堂长迟玉基，说要把迟玉基的儿子推出来竞选民族民主党的议员。迟玉基既是苏里南著名侨领，又是苏里南的名商、富商，他开了饭店、钟表店和黄金公司，就一个儿子，40 来岁了，曾留学荷兰，说得一口流利的荷兰语、英语和苏里南语，做议员比较合适。苏里南议员月薪2万苏元（4万人民币），只要当满一届，退休后终身可领退休金。苏议员开会时上会，不开会时干自己的事，是老板的继续当老板，是教授的照样当教授，该赚多少钱照样赚多少钱，因此，迟公子如果当议员，做生意和当议员完全可以两不误。想不到迟公子对从政、对议员职位不感兴趣，毫不犹豫地对此予以婉拒了。大选结果出来后，鲍特瑟曾亲口承诺的给华人一个部长职位。哪个华人适宜当部长？当什么部长有利于维护华人整体利益？一段时期里侨领们动起了这个脑筋。议论来议论去，侨领们认为当贸工部长对华人最有利，侨领们议论半天竟然找不出一个合适的当部长的人选来。一天，苏里南华人华侨社团联合总会会长张秋源对我说，迟玉基的儿子适宜当贸工部长。因我不认识迟玉基的儿子，不知道他是否适宜出任部长。如果合适的话，在方便和适当的场合，我可以向当选总统鲍特瑟转达侨界的推荐。于是我安排了一个饭局，邀张秋源、迟玉基及迟的儿子一起参加。我们在饭局上没有谈到推荐迟的儿子入阁的事。事后，迟的儿子了解原委之后，死活不肯当部长候选人，就愿意做他的生意。一天，我眼睛一亮，对张秋源说：你适宜当贸工部长。你是商人，又会荷语，又是著名侨领，还获得过总统授予的苏里南国家勋章。他笑说，他年纪大了，不适合。后来，我遇到担任中文电视台台长的华商张志和，我又说，你不是很适合当部长吗？他说他是荷兰国籍。最后，这届政府中没有华人部长，实在很遗憾。

在苏里南，华人一门心思做生意发财，愿意当公务员、适合当公务员的人实在不多。愿意当议员、当部长，适宜当议员、当部长的人自然更少，在苏里南，议员、部长的社会地位远远高于普通公务员，部长的收入也比中国部长高。离职后的苏里南部长，前6个月仍拿原薪，即每月16444苏元（1苏元等于2元人民币）。此后，每月还可以照拿工资，标准等同于常秘（相当于中国副部长）的工资8222苏元，另加每月津贴3288苏元，合计每月11510苏元。只要当满1年部长，就可以每月拿这笔钱，你还可以去干别的活，赚别的钱。就像当过部长的杨进华那样，离任后就不是公务员了，不用再进政府办公室上班了，他愿意干什么就干什么，一手领部长补助金，另一手再去赚别的钱。此外，60岁开始，停发部长补助金，改领部长退休金，计算方法是：当部长的总月数工资乘以2%，同时，部长家庭成员享受免费医疗。在我看来这么优厚的待遇竟然打动不了迟玉基的儿子。换作别的人，可能就想着先干上一年再说，满了一年，辞职以后，每月可拿2万多元人民币，还可享受其他好处。可迟公子就是这个死脑筋，后来我发现有这个死脑筋的不只是迟公子。鲍特瑟新政府的财政部长布杜女士干了11个月以后，竟然辞职不干了，也就是说，她不在乎再干1个月就可以每月领部长补助金了，就可以终身享受当过部长的人的待遇了。

试想一想，当议员、部长之类的高级公务员，一些人尚且不太在意，普通公务员在老外眼中是什么地位就可想而知了。苏里南华人愿意从政的少之又少，其他族群的年轻人进苏里南政府机关的也实在不多。那么，发达国家的人愿意当公务员吗？国人可从国外大学生的就业倾向来了解外国人对待公务员职业的态度。

美国联邦审计总署2010年对美国9所知名大学的调查显示，美国大学生对公务员职业的兴趣普遍不高，愿意报考的只占被调查者的3%左右。美国公务员的平均工资低于私企，美国公务员涨薪幅度也只能参照并且低于私营企业。对于大多数普通公务员来说，收入普遍比医生、律师、大型私营企业员工要低得多。美国《联邦政府雇员工资和补偿金法》的基本宗旨是联邦政府公务员的工资必须等同于同一地区同等工作强度的非公务员工资标准。考虑到通货膨胀因素，美国政府的公务员工资每年都会根据劳工部发布的私企工资成本指数，进行年度调整。

日本2010年对即将毕业走向社会的大学生就业倾向进行调查，公务员排在这一榜单的第53位，其排名甚至落后于西点师、木匠的职业排名。日本公务员与公司职员在收入上差别不大，据2009年统计，公务员工资是职员工资收入的107%，二者收入基本持平。若差别太大，国家就会减薪。近年来，日本公务员已数次减薪。在收入方面，公务员根本没有诱惑力可言。由于经济不景气，日本近年来报考公务员的毕业生的确多了。不过，目前日本政府为控制开支，不断减少公务员人数。民主党在不久前提出削减公务员20% 的工资，再加上一些人认为公务员工作过于平淡。与公务员相比，企业仍然保持了较高人气。

在 2009 年调查机构对法国大学生就业意向调查中，公务员职业的第一选择率只有 5.3%，一般刚进政府机关的公务员，收入比大型企业员工要低。BBC 在 2009 年曾做了一次电视采访调查，公务员职业居然入选法国大学生 20 大厌恶的职业榜，排名第 19 位。

根据社交网站 LinkedIn 2012 年统计结果，英国每 10 个大学生里有 4 个倾向在时装行业找工作。此外，在英国最受大学生和毕业生追捧的热门行业还包括电视广播、企业咨询、建筑设计、公关和影视音乐，但没有公务员职业。为什么青睐公务员职业的不多呢？因为英国公务员收入不高，所以常发生公务员罢工现象。2010 年，英国社会平均收入为一年 26740 英镑，公务员年平均收入只有 25344 英镑。

新加坡 2010 年毕业的大学生中，只有 2% 的人选择公务员职业。

如果就此得出结论，说公务员报名火爆是中国独有的特色，欧美各国大学生都对公务员职业不感兴趣，显然不准确。实际上在一些国家，报考公务员的大学生也不少，通过公务员考试不容易。即使在某些公务员职业不吃香的国家，某些年份也会因特殊情况引发公务员考试热。例如 2008 年奥巴马当选为美国总统时，全美掀起了史无前例的公务员热，3300 个政府新职位引来约 30 万名申请者，录取率仅为 1%，而当年我国公务员的录取率为 1.75%。日本在大多数年份里，多数大学生不愿意当公务员，但在 2011 年日本大学生就业倾向调查表里，排名第一的选择是当公务员，这是因为受日本经济极度低迷的影响。印度、韩国公务员考试多年来则一直较热，印度考录比为 714 : 1，被称为印度最难的考试。韩国公务员考试火爆程度恐怕仅次于中国，目前韩国公务员考试考录比在 1100：1。韩国外交通商部长官柳明桓 2010 年“特招门”丑闻从另一个的角度说明了公务员职业在韩国的社会地位。由于他女儿被特招为外交通商部公务员，在韩国国内引发强烈争议和舆论批评。9 月 3 日，在首尔外交通商部举行的记者招待会上柳明桓向韩国民众鞠躬道歉，“一个女孩受雇于父亲领导的机构会引起猜疑，我忽略了这点，为此感到歉疚”。柳明桓说，“我女儿也决定放弃申请，考虑到和父亲一起共事不妥。”次日，柳引咎辞职。但是，中国的公务员考试在全世界是最热的，这点是毋庸置疑的。任何国家的公务员考试，都不会有中国这么多、这么高比例的青年学子趋之若鹜。

在国外，人们报考公务员大多是考虑到了公务员饭碗的相对稳定性。比如在韩国，在社会地位方面，虽然不能说公务员就比一般民间企业员工高，而且，公务员的工资水平相对要比民间企业低，韩国公务员 2009 年平均月收入约为 374 万韩元（1 美元约合 1107 韩元），是 100 人以上规模企业员工平均月收入的 84.4% 左右。但韩国公务员每年却有 3% 的淘汰率（这比中国高多了）。1997 年韩国遭受经济危机，很多企业经历了大规模裁员，企业员工终身制被打破，人们的观念也发生了很大变化，相比于稳定性较差的企业，很多人更愿意担任公务员。此外，韩国政府为公务员提供某些福利，例如，政府虽然不给公务员提供住房，但会对公务员进行适当的住房补贴，以减轻公务员的住房压力。也就是从那时起，越来越多的韩国年轻人加入到报考公务员的队伍中。

公务员考试制度如何设计体现了政治是否清明，是否以人为本。有人认为，美国的公务员制度可以在一定程度上看作是针对弱势群体的福利制度。美国法律规定，高中毕业就可以报考公务员，学历不高、身有残疾以及年龄不占优势者，都可以通过考取公务员获得一份相对稳定的职业。因此，在美国政府部门的公务员，尤其是普通公务员队伍里，经常可以看到黑人、墨西哥裔、亚裔以及第一代移民的身影。

国外高官政要怎么用车

交通安全涉及每个人的利益，法律面前人人平等，理所当然地包括在交通法面前人人平等。高官政要在公车配备方面严守法纪，带头遵守交通法规，尽量做到礼貌开车、和谐开车、低调开车、节约用车，这是政治清明、政坛清风、社会和谐的重要内容和标志。当高官政要们遇上“认死理”的交通警察，会是谁让步呢？是法律的尊严，还是高官政要的权威？交通警察是交通秩序的维护者，理当秉公办事。但事实上，当面对一些身份特殊的司机时，交警们也许就不那么容易做到“执法如山”了。可是，在世界许多国家，不少“认死理”的交通警察，不管面对的是首相、州长还是政要，都一视同仁，有力地维护了法律的尊严。我常驻国外，多次有机会从公共交通的角度，观察国外的高官政要，并引发了一系列思考。

高官政要外出坐什么车，是否带车队，怎样过路，这都必须在老百姓眼皮子底下进行，因而事关形象和影响，事关政风和廉政建设。在我常驻过的国家中，高官政要外出最摆谱、最摆阔的是埃及总统穆巴拉克。2001年，我在中国驻埃及大使馆担任二把手，正逢朱镕基总理访问埃及。那天，总理车队外出，走到路上被穆巴拉克总统的车队挡住了，也就是说，在十字路口，埃及交警让朱总理车队停下来，以便让总统车队先过。按理说，朱总理是应穆巴拉克总统邀请访问埃及的，总理外出时，埃及警车在前面引路，即使在十字路口，其他车也要为总理车队让路，这不是特权，而是礼貌、礼遇和国际惯例。当时，我是接待总理来访工作的总协调，出现这个情况出乎我的意料。任何情况下，埃及交警都会给穆巴拉克的车队开绿灯，这已成为穆巴拉克及其身边工作人员的思维定式。虽然在技术上来说，穆巴拉克车队避开朱总理车队完全是举手之劳，但他们没有这样做，从而留下对国宾不那么礼貌的形象。当然穆巴拉克对华一直友好，他本人十之八九不知道他的出行挡了朱总理的车队。

2006 年，我出任驻津巴布韦大使。亲眼所见，高官政要亲自开车的现象在津巴布韦很普遍，也不存在要特权、开“霸王车”的现象。参议长马宗圭、国防军司令奇文加上将都经常亲自开车。我和津巴布韦外交部马关兹等 3 个副常秘（相当于中国副部长）建立了每月工作晚餐一次的机制，每次也都是他们自己本人开车。最出乎我意料之外的是，总统夫人格蕾丝参观新落成的中国使馆馆舍，开车的竟然是她自己。不过，对高官政要来说，津巴布韦是一个交通事故频发的国家，总理茨万吉拉伊夫妇遭遇车祸，夫人不幸去世，津巴布韦政府不管部部长马尼卡、首都哈拉雷军区司令车祸去世，这都是我在任期间发生的事情。此前，国防部长马哈奇、青年与就业部长盖齐等人也因车祸去世。总统穆加贝因已 80 多岁，车队中专门配有急救车，行进中，他座驾的前后左右各有一辆车，以防枪击。在车队后面有一辆敞篷车，坐着一群荷枪实弹的士兵，加上前导车、后卫车等等，加在一起 10 辆多，一路浩浩荡荡。车队前面一辆接一辆的摩托车鸣笛呼啸而过，呼吁路上的行车闪开让路。一辆摩托车因跑得过快，撞在电线杆上，司机身亡。当地人跟我说起这事，言语之中认为总统车队过于张扬。

但整体来说，国外的高官政要在公共交通中不张扬、不摆谱、不要特权的越来越多。2012 年至 2014 年，我担任中国驻印度孟买总领事。据我观察，印度高官政要在用车方面是最不腐败的国家。印度政府对使用公车有严格的规定，只有内阁部长、文官中的国务秘书（相当于常务副部长）、辅秘（部长助理）和少数联秘（相当于正局长）等以上级别的官员可以配备政府专车。除了少数重要的联秘因公配备专车外，其他联秘办理公务都是临时要车，有时是两个联秘共用一辆车。联秘以下的各级官员原则上一律不配车，如确因公务用车，经批准和办理一定的登记手续后可以向有关行政部门临时要车。印度政府对无权使用政府公车的官员每月给予一定的交通补贴。印度政府部门均使用国产车，印度总统的座车是“大使”牌国产车，档次相当于中国的夏利。印度政府在有关公务用车的规定中特别强调，政府各级官员，包括总统和总理在内必须使用国产汽车，严格禁止使用进口车。印度国产汽车绝大多数是“大使”牌，少数为“总理”牌。官员乘坐国产车是铁的规定，至今没有人对此提出异议，更没有人违反，这大概同国家最高领导人以身作则、身体力行有很大关系。难能可贵的是，除了各级领导人坐这种国产车外，外国国家元首等贵宾来访，印方基本上也用国产车接待。2009 年 8 月以来，我出任驻苏里南大使，我从未发现过苏里南有官员醉酒驾车的现象。即使是苏内阁部长，也没有特权车，虽然部长们的用车是专门的政府类牌照，但遇到路上车辆排队，警察并不会让部长的车先走。

总结起来，国外高官政要在尽量做到礼貌开车、和谐开车、低调开车、节约用车方面，体现了如下几个基本特征：

——取消特权不含糊。例如，俄罗斯取消了特殊牌照，从制度上使特权车不再存在。长期以来，俄罗斯高官政要习惯于坐在豪华轿车里从普通市民身边呼啸而过，由于高官政要拥有特权牌照，不管他们将车开得有多快，都可以免受交通法的处罚。以前，当这些特权车驶过时，交警还必须命令其他交通工具靠边让路，这让无法忍受每日交通拥堵的莫斯科人愤怒不已。后来，俄罗斯从上到下开始了对特权车的反思，出现了取消特权车的呼吁。据俄罗斯《生意人报》报道，俄罗斯拥有特殊牌照的汽车共 1605 辆，其中涉及 2005 年交通事故的汽车有 200 辆。2006 年 11 月初，俄罗斯国家杜马投票决定，取消提供给政府高官和议员们的特殊牌照。该年年底，议员们被取消了其特殊的汽车牌照，2007 年 2 月，部长和高级政府官员的特殊牌照也被取消。一些拥戴普京的政党领导人交出了允许他们在莫斯科主路上使用特殊贵宾车道的闪亮蓝灯，很多部长也悄悄地将特殊牌照换成了普通牌照。从此，俄罗斯的高官政要失去了在马路上畅通无阻的特权。

——执行法规不通融。当高官政要们遭遇“较真”的交警，他们在交通法面前就要不了特权。最典型的例子是：挪威首相的防弹车上不了路。2003 年，“基地”组织一个头目呼吁全世界的穆斯林打击美国、英国、澳大利亚和挪威的利益。于是，给挪威首相克吉尔·本迪维克购置一辆更加安全的防弹车便提到了政府的日程上。10 月中旬，德国的“宝马”公司向挪威交货。这辆车是严格按照北约领导人防弹专车打造的，可以承受手枪、地雷和迫击炮的攻击。然而，防弹车运抵挪威后，本迪维克首相却只能将车存放到车库里，因为挪威交通管理部门通知他，这辆车超重，不能上路。交管部门称，这辆车由于安装了装甲和防弹窗，重量达到了 4 吨，是标准的“宝马”760iL 轿车总重量的 2 倍。车的重量比交管部门规定的登记标准超出了 90 磅，如果不进行改装，是不能登记、挂牌的。本迪维克首相的发言人奥斯唐表示，要给这辆车“减肥”，就意味着减少它的安全防护装备。但是没有商量的余地，最后挪威首相的这辆车经过重新改造，才获准上路。

——出了事故不护短。高官政要违反交通规则的情况并不罕见，由此造成严重后果的也时有耳闻，受到查究的也真不少。2009 年 11 月 23 日，美国著名名人新闻网站 TMZ.COM 刊登了一张照片。照片显示，美国加州州长阿诺德·施瓦辛格将一辆银色敞篷保时捷停在了红色禁停区。一个月前，即 10 月 24 日，有媒体记者抓拍到，州长夫人把车停在了红色禁停区域上，这是继几周前边开车边打手机事件后，州长夫人再度违反交通法规。媒体不仅将州长和州长夫人三次违反交规乱停车毫不留情地予以一一曝光，而且特意把施瓦辛格为《2009 年加州司机手册》写的序言中的一段话予以发表。这段话称：“作为政府官员，我鼓励大家好好学习这本手册，通过它学会保护自己和所爱的人安全的方法。”媒体在曝光文章中特意说明：《2009年加州司机手册》第51页明确规定，任何车辆不能在红色禁停区停留、伫立或停车。最后，施瓦辛格夫人出面表示道歉，接受处罚。

——配备公车不超标。例如，巴基斯坦除了国民议会议员和参议员有政府公车，而且还配警车护送外，除各个部委的常务秘书（相当于中国的副部长）外，一般政府官员都不配公车。一般而言，巴基斯坦为政府部长配备专车，但多数部长均用自己的私车，而非政府的车。这是因为政府提供的车辆往往不是名牌，档次不高，而巴基斯坦多数部长在就任前就已十分显赫和富有，因此他们更愿意乘坐自己购买的档次较高的名牌车，以显示身份，同时享受政府对私车公用的补贴。对部长以上官员，政府免费提供警车护送。但有一点巴基斯坦政府比较严格：任何私车都必须是合法注册的车，不允许官员驾驶来历不明的黑车上班。常务秘书以上官员使用公车仅限于上班时间，如果有重要活动需要加班，则需临时填写用车单。上班时，局级以上官员的公派小轿车能够随叫随到。下班后任何人都必须开私车回家，公车不得开回家。一旦巴基斯坦官员离开现职，不论级别高低都不再享受公车待遇，更不可能享受私车公用的用车补贴待遇。多数巴政府中级官员（处长到副司长级官员）往往开私家车上班，而中级官员往往都有自己的车。国家对上班时间私车公用的油票予以报销，但节假日用车则不予报销。在巴基斯坦联邦政府各部，下级官员要出公差可租车。

——乘坐公交不特殊。例如，自2002年正式就任纽约市长开始，布隆伯格就一直选择地铁作为交通工具。他先开车去地铁站，然后搭一站地铁上班，无论如何，为倡导公交出行，这位亿万富翁市长用心良苦。更有甚者，一些高官政要，例如，伦敦市长鲍里斯每天骑自行车上下班。有一天晚上，家住伦敦的纪录片女导演弗兰妮在下班回家途中碰到一群十几岁、穿着甩帽衫的街头女混混。眼看就要挨打的弗兰妮吓得直喊救命。一名戴着头盔的男子骑自行车路过，听到有人求助，他马上冲向这群女流氓。弗兰妮一看，来人竟是每天骑车上下班的伦敦市长鲍里斯。女流氓们听到有人靠近，立刻脚底抹油。弗兰妮事后承认，自己在市长选举中并没有投鲍里斯的票，但现在对“救命恩人”鲍里斯的态度已经出现了明显的改变。

近年来，霸王车、特权车现象在我国仍比较突出，官员、名人等特殊阶层驾驶车辆随意违章甚至严重肇事，公众对此深恶痛绝。一些车无视公共秩序、无视监督处罚，在众目睽睽之下，或呼啸而过，或旁若无人，其违法行为的负面效应给社会风气带来了较大影响。消除霸王车的霸道，取缔特权车的特权，关键在于消除一些人心中的特权思想，并严格执法。对此，我们可以从国外治理霸王车、特权车的做法中获得有益的启示。

官越大房子就越大吗

在国外，官大自然房子就大、房子就好吗？不见得。乌拉圭现任总统穆希卡至今不但没有房产，连银行账户都没有，仅有一辆出厂已经23年的小破汽车还是老婆名下的。他月薪1万多美元不算低了，可大部分都捐出去了。日本前首相菅直人坚决不收企业的政治献金，也不举行献金酒会，作为国会议员的全部收入都用于从事政治活动和支付秘书们的工资。因此，他虽然当过厚生劳动省大臣、副首相兼财务大臣，在生活上却一直比较清贫。因为没有余钱买房，一家人长期租住一套公寓生活，直到入住首相府为止，在国民中有“清廉”的好印象。上述情况当然并不普遍，事实上，在许多国家官员住房腐败现象屡见不鲜。那么，外国官员如何解决住房问题呢？国外在防止住房腐败方面有哪些做法值得我们参考和借鉴？

没听说苏里南有住房腐败

到苏里南三年多，作为中国大使，有机会先后到过总统、副总统、议长、部长、国会议员等政要家中，有的家中还去过多次。据我亲眼观察，就苏里南官员来说，没有发现他们有住房腐败问题，当地也没有人议论官员有住房腐败。

苏里南任何官员的住房由个人解决，即使贵为总统，其住房国家也不管。总统住在自己家里，而不是住在总统府，跟所有上班族一样，每天上下班。现任总统鲍特瑟的家和中国、美国、印度、荷兰大使官邸在同一条路上，都位于苏里南河边。离苏里南华人侨领迟玉基的家不远，但迟家有价值10来万美元的豪华游艇、有高档豪华奔驰530轿车，这些总统家都没有。相比之下，无论是迟家还是几位大使的官邸，房屋要精致些，装修也要考究得多。我第一次到总统家时，他还只是反对党主要领袖、国会议员，虽赢得了总统大选，但离就职还有一段时间。他虽然三十出头就是国防军司令，20世纪80年代是苏里南事实上的最高领导人，但我很奇怪，苏里南常年气温30多度，等于天天是中国的夏天，他家400多平方米的房屋面积，整个一楼包括会客厅里竟然连空调也没有。

前总统费内西安的家我去过多次。他当总统时，我向他递交了国书。他的家连一般有钱人的家都比不上，没有院落，客厅对着大街，刚好可并排停几辆车，看不到花卉果树、茵茵绿草，家里陈设极为简朴，没有高档的东西。与普通人不同的地方是，家门前的旗杆上飘着一面苏里南国旗，旗下面有苏里南军人站岗。下台后，轮到新总统鲍特瑟家挂国旗，费内西安家不仅国旗不能挂了，军人站岗也没有了。现在是他自己掏钱请保安公司的人看家。费内西安当总统时，家中失火，房子和财产烧个精光。有意思的是，当地华人华侨家中发生火灾，侨界往往伸出援手，你捐500美元，他捐1000苏元（约2000人民币），受灾之家得个几万上十万人民币的捐助一般不成问题。但费内西安当时身为总统，他哪里敢收人家捐的钱？想帮助他的人也不方便帮他，因有行贿之嫌。所以，费内西安家中受灾，一方面只能自己扛着，顶多让亲戚帮点忙；另一方面，重新盖房还必须在阳光下进行，买材料、请人施工，注意一是一、二是二，单据票证保管齐全，防止有人说他占便宜。

有意思的是，现任苏里南驻中国大使洛依德·皮纳斯在自己的国家没有房子，他回苏里南开会、述职或探望父母，只能住旅馆。为什么会这样？因为他中学毕业后就到中国安徽大学留学，先后获得学士、硕士和博士学位，然后在中国谋生、娶了个来自南斯拉夫、同样能说一口流利汉语的太太，生下两个千金，也在中国上学。他一直待在中国，直到2011年被任命为驻中国大使。他虽然是苏里南最重要的驻外大使之一，但他在苏里南有没有房子住政府不管，也没有什么住房补贴。

严格说来，上文所说的苏里南没有住房腐败，是说在官员住房问题上没有制度性的腐败，非制度性的腐败还是有蛛丝马迹的。2011年年初，一位部长太太找到中国驻苏使馆商务参赞，说她家要修围墙等，请推荐一家中国公司，并请报个价。后来，商务参赞来电话说，不知什么原因，华人华侨知道了这个消息，几个人追着分别打电话给商务参赞，说部长修围墙之事，请使馆不要再过问了，由他们搞定就是了。后来，部长太太没再找使馆，部长家该要搞的基本建设也很快完成了。一些华人华侨不请自来，“乐于助人”，使馆当然知道是怎么回事。不过，这并非苏里南本身在制度上有什么腐败，恰恰相反，如真有猫腻，一经披露，当事官员很可能身败名裂。

津巴布韦官员住得最好

2006年到2009年，我担任中国驻津巴布韦大使。津巴布韦好房子、大房子很多，仅首都哈拉雷就有4000多户人家家里有游泳池。绝大多数人家都是独门独户，家中有庭院，有花园，有果木，房子占地面积在首都几百、上千、几千平方米都不稀奇，住房面积几百平米、上千平米也不稀奇。一家拥有两处房产、多处房产的不在少数。这里的多数房子是以前白人盖的，属白人所有，但现在好房子、大房子基本上都在黑人高官手上。

黑人高官不仅在城内有好房子、大房子，而且在乡下拥有农场。官越大，农场越大。拥有上千公顷、上万公顷、几万公顷农场的高官不在少数，农场中自然有好的住房。津巴布韦议会执事（相当于秘书长）祖玛的农场里有几头土生土长的长颈鹿，没有足够大的生态圈，长颈鹿繁殖不下去。我曾应津巴布韦国家安全部长穆塔萨邀请，到他农场做客。他陪我在农场转了一个圈，我亲眼见到一大群野牛，大概有几十上百头。白人原来所有的这些农场，怎么会到黑人手上呢？这是土地革命的结果。津巴布韦独立后，土地主要还是在白人农场主手上，穆加贝总统认为这太不公平，于是发起土地革命，迫使白人农场主把土地交出来。因此，一些高官通过土地分配，既在城内有房产又在乡下有农场。津巴布韦国防军司令奇文佳上将是南京军事学院的毕业生，他多次邀我到他农场做客。他的农场既种烟草，又种花卉，又种蔬菜。他在首都一个著名的高尔夫球场内的一个制高点上，盖了一座别墅，球场内绿草如茵，别墅坐落在绿草之中，野猪、羚羊、狒狒、角马等野生动物在别墅周围时常出没。头上蓝天白云，走出房门就可以打高尔夫球，拿起钓竿就可以到球场内的池塘垂钓，真不愧世外桃源，人间仙境。

津巴布韦前驻中国大使穆南加格瓦曾邀我到他农场做客。在我看来，他农场数千公顷，够大了。想不到他对我说，穆加贝总统很关心他，认为他农场不够大，又给他增拨了数千公顷。因为津巴布韦规定一家只能拥有一个农场，所以增拨的农场登记在这位前大使十来岁公子的名下。说实在的，我当时听了，真的是目瞪口呆。

空军政委邓昌友上将访问津巴布韦时，津方有人问及他在北京的住房面积，将军回答 200 平方米左右。想不到对方死活不相信，连声对我说：只有 200 平米，在哪里种花？在哪里养狗？

当然，也有的高官房子不大。津巴布韦总理茨万吉拉伊喜欢在家里的草坪上与使团见面，因种种原因我也单独到他家见面多次。说实在的，他家破旧简单，就是一个普通百姓的水平。原因无他，他长期是反对党领袖，经常坐牢。我离开津巴布韦时，他时来运转，咸鱼翻身，担任了朝野两党组成的联合政府总理，但时间很短，在高官的位子上屁股还没有坐热就下来了。当时，一对来自反对党的夫妻，妻子出任公共工程部长，丈夫马可尼出任总理办公室主任，我曾特意问他：按照津巴布韦政府规定，按照他们的级别，完全可以申请分配大农场，他们打算申请吗？他们回答：不打算申请，因为他们认为分配方案不合理，应该按人口而不是按权力大小、职务高低来分配，如果他们分到了土地，他们就不好说话了。

津巴布韦官员房产多，好房子多，农场多，并非官员个人以权谋私、贪污腐败的结果，而是"反殖民主义运动"的结果。世纪之交，许多白人担心前途没有保障，一方面放弃农场，另一方面抛售在城里的房产，以移民他国，由此导致房价低廉。不仅高官，就是津巴布韦普通的华商，也乘机低价买到了不少好房子。津巴布韦官员按规定既可以在城里经商，又可以经营农场，因此，一到周末，高官们都驱车下乡，打理他们的农场去了。这反过来又使得他们有实力保住和扩大他们在城里的豪华住房。

当然，实事求是地说，津巴布韦不少老百姓对此牢骚满腹。

防止官员住房腐败的基本做法

在国际政坛，官员住房腐败现象屡见不鲜，如何防患于未然，阻断权力与私利之间的相互输送，已经成为一道世界课题。

——确立高官公寓面积标准。2005 年，法国总理拉法兰宣布，改变政府高官的住房补贴规定，国家资助的部长公寓最大面积限定为 80 平方米，部长家庭中每增加一个孩子，房屋的面积可以扩大20平方米，而超标面积的住房费用必须由部长本人承担。这一规定一直沿用至今，成为法国部长们的“居住标准”。法国政府是针对法国前经济、财政和工业部长埃尔韦·盖马尔豪宅丑闻而出台这一标准的。同年早些时候，盖马尔在舆论的抨击之下，被迫宣布放弃一所政府资助的豪宅的使用权，这所豪宅位于巴黎香榭丽舍大街附近的黄金地段，高两层，面积达600平方米，盖马尔夫妇以及8个孩子居住在这里。

——离职官员必须搬出官方用房。美国、法国、德国、印度、俄罗斯、英国等国领导人，离任后，必须无条件搬出官方用房，腾出用房给继任者。这就是我们经常在电视节目中看到的，离任的美国和俄罗斯总统以及英国首相，分别搬出白宫、克里姆林宫、唐宁街10号，继任者接着搬进去。任何搬进去的人，都得有思想准备，任期满了后必须搬出来。通常来说，官员的官邸和私邸是有严格区别的。私邸是官员跟老百姓一样在市场上购买的私人财产，官邸只能在任职期间居住，官员对住宅只享有使用权，不享有所有权。当官员调任或下台时，其官邸必须留给下一任官员使用。以日本为例，政府提供给官员居住的地方被称为公邸。在日本，除首相外，众、参两院议长，高法、高检两院院长，审计长等人，也拥有公邸。另外，各县知事也有公邸。但上述公邸都是随职务的变动而变动的，官员离职后就要搬出来。日本的常务副部长以下，住房都要自己解决。日本的国会议员有所谓的宿舍，面积不大，只限于议员自己居住、办公，不能用来干别的，议员如果落选了，就要退房。

——禁止钻住房补贴的空子。不少国家没有“官邸”，政府不为官员提供公寓，必须官员自行解决住房问题，国家提供一定的住房津贴。比如在全球清廉指数连续6年排名第一的新西兰，该国部长一周有5天、国会议员一周有至少3天需要在首都惠灵顿工作，住房补贴旨在保证他们顺利开展工作。根据目前的规定，按照租住一套中等偏上住宅的市场价格，自行解决住房问题的政府部长每年领取的住房补贴不得超过3.75万新西兰元（约合19万元人民币）。如果部级官员在首都工作期间选择住宾馆，其实际支出费用由政府支付，但金额不得超过每年3.75万新元的最高标准。国会议员的住房补贴则大致在每年2.4万新元。在实行住房补贴的不少国家，部级官员、国会议员在使用政府补贴方面尤其受到严格监督。例如，2008年11月，比尔·英格利希出任新西兰副总理兼财政部长，此前，英格利希是国会议员，他的议员选区在南岛南部小镇迪普顿，于是他将自己在议会工作期间之外的家庭主要居住地申报为迪普顿，每年以此领取议会提供的住房补贴。事实上，他近年来绝大部分时间均居住在惠灵顿的一幢自有住宅内。英格利希从反对党国会议员摇身一变为副总理兼财政部长后，按规定，他理所当然可以领取更多的住房补贴。他虽然仍然住在原来的自有住宅内，但每周领取的住房补贴比原来多出数百新元。此事受到媒体注意，新西兰《自治领邮报》于2009年7月予以披露，称英格利希的做法虽然并没有违反相关规定，但让公众觉得有“钻政策空子”之嫌。在舆论的压力下，英格利希很快将多领的住房补贴退还政府，并宣布虽然按规定他可以领取住房补贴，但今后将不再领取。受此事件影响，新西兰其他部级官员和国会议员也纷纷自查是否在领取住房补贴方面有违规行为，有的人还自觉减少了住房补贴的领取金额。

——自行购房必须申报。例如，在上述国家，官员和国会议员自行购买房产属于个人和市场行为，德国官员有选择自己住房的权利。只要是自己合法的收入，愿意租住或购买什么样的房子都可以，但需如实申报，不能以权谋房，一旦官员在房子问题上的违规行为被发现，就意味着十分严重的后果。德国税务部门执法严格，对官员包括房产在内的资产和收入能起到主要的监督作用。此外，无处不在的媒体更是德国官员日常生活的放大镜。2012年2月17日，时任德国总统的伍尔夫发表声明辞职，起因就是房子问题。在德国，出任公职个人生活几乎完全透明。因此，官员如果在房子的问题上玩猫腻，将面临巨大的风险。

——房产交税任何官员没有例外。许多国家设有房产税，瑞典外贸大臣博雷柳斯因逃避房产税而丢掉了乌纱帽。2006年，瑞典报纸报料说，博雷柳斯与丈夫拥有一座价值680万瑞典克朗（约92万美元）的避暑别墅，但他们通过英国泽西岛一家公司购买这座别墅，以逃避瑞典的高额房产税。瑞典人缴纳税款占收入的比例在世界上排在前列，高税收保证了国家完善的福利制度，民众理所当然期望政府官员以身作则。因此，博雷柳斯逃税在瑞典引起广泛的不满。博雷柳斯说，她就逃税一事向公众道歉，首相弗雷德里克·赖因费尔特宣布了博雷柳斯辞职的消息。

——对以权谋房的高官照样查处。1989年5月，美国众议院议长吉姆·赖特被媒体披露，他住的房子的租金是商人乔治·马利克出的，他还接受了后者“免费用车”等待遇，其总价值达14.5万美元。众议院道德委员会指控说：“这无异于马利克的变相送礼”，严重违反了不能超过100美元礼品上限的规定。这成为吉姆·赖特下台的重要原因之一。2007年2月5日《中国日报》报道，以色列国家审计长办公室2月4日透露，他们已经向总理奥尔默特提交了一份报告，表示要调查一起可能与总理有关的腐败案。有消息说，奥尔默特以低于市场价的价格购买了一套位于耶路撒冷的房子。后来，奥尔默特涉嫌腐败被迫下台。2011年5月，韩国总统李明博之子李时炯和青瓦台警护处共同购买了三块瑞草区内谷洞首尔有名的富人区的地皮，李时炯所购地皮实际是为李明博卸任后建造寓所。不久质疑声四起，矛盾主要集中在李明博借儿子之名购地以及购地过程中是否存在损公肥私。韩国特别检察官小组2012年10月25日还就此事件，专门对总统李明博长子李时炯展开调查。事件经媒体报道发酵后，李明博一家决定放弃购地计划，但韩国政坛、媒体以及公众的质疑并未就此停止。

——海外房产监督受重视。除官员的国内房产等财产得到监督外，海外房产也开始成为一些国家监管官员财产的新方向。例如，2012年8月，俄罗斯国家杜马（议会下院）四大党派的几名议员联名提交议案，要求严格禁止本国官员和议员拥有海外资产，违者将被处以500万至1000万卢布的罚款，或者5年以下有期徒刑。根据2011年俄官员财产申报的情况看，有100多名官员承认在海外拥有房产。例如，俄第一副总理舒瓦洛夫在阿联酋、奥地利和英国均拥有房产。俄副总理兼北高加索联邦区总统全权代表赫洛波宁在意大利拥有住宅和一处面积超过8000平方米的地皮。分析人士认为，如果禁止海外资产的议案得以通过，俄官员们必须在规定时间内出售海外资产，关闭海外账户。一些人认为，这是具有革命性的提案，既可以预防腐败也可以防止俄官员因在海外拥有资产而受到他国势力的影响。

在国外逛政府大楼

2006年时，我担任中国驻津巴布韦共和国大使。第二年12月，我和妻子从津巴布韦前往美国德克萨斯州首府奥斯汀，看望在德州大学攻读博士学位的儿子。一天，我对儿子说，小布什出任美国总统前，曾在德州当州长。儿子说，小布什当年上班的州政府大楼及当年的办公室，都可以去参观。他陪同我们夫妇到了州政府。

政府大楼前的广场一侧立有一块牌子，牌子上写着州长及以下有关主要官员的名字，他们分管什么工作，办公室在几楼几号，电话号码是多少，等等。我们站在牌前看了一会。办公楼前唯一的一位持枪并来回走动的军人（也有可能是保安）走过来，了解到我们的来意后，表示欢迎我们参观州政府大楼，并提醒我们参观时务必按指定路线走，不要高声喧哗，特别是经过州长办公室时，不要影响州长工作。我们逛楼时，没什么人来找州政府办事，也没有当地人进政府办公楼参观，只有几个游客和我们一起在一位办公楼上班的女士引导下，在楼内转了20分钟左右，历任州长的大幅照片依任职前后为序并排悬挂在一个走廊的墙上。我们在当年的州长、时任总统布什的照片前多待了一会。离开办公楼时，陪同的女士请我们每人喝了一杯饮料。

2009年8月，我奉命转任中国驻苏里南共和国大使。2010年5月31日，我取道加拿大回国述职和度假。6 月 3 日我到达加拿大多伦多市，居住的饭店刚好在多伦多市政府旁边。我同在加拿大的中国朋友说起我曾参观美国德州州政府大楼的经历，朋友说，加拿大也一样，还说找个时间去参观一下多伦多市政府大楼。

6 月 6 日，朋友陪我走进了市政府大楼，我们在楼内转了半小时。同德州情况一样，没几个人到政府办事，也没有什么游客。但是，在参观多伦多市政府大楼的过程中，我发现了几个与参观德州州政府大楼不同的情况：

一是政府大楼前和大楼内都没有看到警卫，大门口也没有看到传达室，进大楼无人查看证件，也不用登记。我在楼内走了几层，包括一直走到市长办公室前面，无一人阻拦我们。

二是公务员不配公车，即使是市长也不例外。现任多伦多市长，上下班骑自行车。朋友将我带到市长停自行车的地方，我亲眼看到了那辆自行车。朋友还告诉我，多伦多与中国某大城市结成友好城市，市长应邀访华，中方对来访的市长非常客气，市长在华期间的用车前后还有警车保卫。后来，中方市长回访多伦多，多伦多市长因无法提供对等的接待感到很不好意思。

三是政府大楼内图书馆对公众开放。公众凭驾照一次可以借 40 本书，看完后，可以把图书还给多伦多的任何公共图书馆。这些图书馆外墙上都有两个洞口，你只要把要还的书扔到洞中就行。我们在经过某个公共图书馆时，朋友告诉我还书的洞口在什么地方。

四是政府大楼内还办展览。我参观了正在展出的关于多伦多和第二次世界大战的展览，市长为展览专门写了序言，参观展览免费。

五是政府大楼内走道上配有不少饮水机，无偿提供饮用水。

六是在政府大楼内可以拍照，包括从外面对市长办公室拍照。

所有这些，都给我留下了深刻印象。

朋友说，想不想和市长合个影，如果想，可以跟他秘书去联系一下。我婉拒了朋友的这个建议。朋友告诉我，在加拿大，市长为了拉近与市民距离，不会拒绝与访客合影，但是，加拿大人更愿意与影星、球星和歌星等合影。朋友说，不久前，几位中国游客参观政府大楼时就曾提出想与市长合影，市长爽快的答应使这几位中国游客喜出望外。

6 月 7 日，驱车前往加拿大首都渥太华。中国驻加拿大使馆参赞林迪夫陪我们参观了加拿大国会和加拿大总督府。

使我感到意外的是，到加拿大国会参观，不必事先预约，不必付费，不必出示证件，不必登记，游人随到随参观，非常简便，安检也不复杂。国会有安保人员，但没有固定的哨兵站岗。国会为游客们设置了专门的通道，有一些工作人员为游人服务，包括为游人开电梯，引导游客参观，回答游客提问等。工作人员多为女性，着统一服装，笑容满面，仿佛多年的老朋友见面，令游人有宾至如归之感。游客可以在大堂等地方照相。一些游客照相时，旁若无人。参加国会会议的人或国会其他工作人员对此似乎习以为常，在旁边进进出出，该干什么干什么，不以游人为扰。

当地人把加拿大国会所在的地方叫作国会山，因为国会所在地地势最高，登上国会大楼顶层，可以鸟瞰首都渥太华全景。加拿大国会工作人员喜欢问游客感觉如何、景色怎样。每当听到游客夸奖和赞叹的话，工作人员脸上会露出惬意的笑容。

国会大楼里专门有一个地方陈列着加拿大全国烈士们的烈士簿。烈士簿有很多本，按年代存放，烈士簿约 2 个卷宗大，很精致。国会里专门设立烈士纪念堂，有专人引导来自世界各地的游人来纪念堂。这说明了加拿大人对烈士的尊重，烈士们长眠地下，就不会感到寂寞了。

在国会参观时，林迪夫参赞告诉我，在最近举行的大选中，一位在校大学生竞选国会议员获得成功，他原本计划暑假期间去打工赚取学费，当上议员就不用打工了。可是，外交部长竞选议员失败，外交部长的位子也跟着丢了。他说，在加拿大，只有选上国会议员才能进入内阁当部长。民意这一关过不了，即使有天大的本事，关系能通天，也当不了部长。

从国会出来，林领着我们直奔总督府。总督戴维·约翰斯顿（David Johnston）是国家元首的代表，他于2010年10月1日宣誓就职。总督府占地面积很大，既是外来人的旅游景点也是当地人的休闲之处。我根本没有想到，总督府除了总督私人住宅前有人负责安全，其他任何地方都没有警卫人员。到总督府参观游览，不需办任何手续，不需付费。总督府的草坪上，有人打球，有人安坐，有人漫步。草坪有个地方是名人、要人种树的地方，江泽民、胡锦涛等中国领导人都在这里种了树。看名人、要人种的树，对游客来说，是一大乐趣。

在加拿大参观多伦多市政府大楼、国会大楼和总督府的经历不能不使我联想起在其他国家进入政府大楼的经历。

苏里南省政府和市政府的楼房都非常简陋，谈不上是大楼，就是一层或两层的房子而已，面积、装修和陈设远远比不上我国乡镇的政府，其简易程度令人吃惊。苏里南省市政府的办公场地没有警卫，进入省市政府办事非常简便，不需办理任何手续。当然，见什么人要预约，既是出于礼貌也避免扑空。苏里南的市政府只管公用设施，如路灯、自来水等的管理，只负责商店营业牌照的发放和定期审核，没有公安、教育、卫生、税务等之类的下属部门，市长权力非常有限。苏里南首都帕拉马理博的市长办公室靠近中国驻苏里南大使馆商务处，市长没有市政府办公大楼，市长下面有些办具体事的官员，但没有副市长，没有市长办公会议，没有局长，市长办公室简陋得不可思议。我到苏里南第二大城市日计里拜会市长，当地六七个侨民陪我前往。侨民告诉我，见市长非常容易。走进市政府，没见到几个官员在上班，也没有见到几个人到市政府办事。苏里南政府的各个部一般也没有持枪的警卫，只有传达。

在出任驻津巴布韦大使期间，我多次走进津中央政府大楼和省市政府的办公场所。津首都哈拉雷省没有省政府大楼，省长是中国驻津巴布韦大使馆的老朋友，他的办公室在一栋有许多单位包括一些公司共用的高楼里，办公室外有一个秘书替他接待来访人员、接听电话等，但没有警卫人员。见省长比较容易，但省长不想见谁却很难，人家来找你办事，靠一个秘书挡人是挡不住的。省长来了客人，秘书还得倒茶。省长办公室在高层，遇到停电，电梯动不了，省长也只好爬楼梯。津巴布韦经常停电，所以爬楼梯对省长来说成了常事。我到津巴布韦其他省拜会省长时也到过一些省政府机关，感觉老百姓进省政府机关见省长不是什么难事，这些省政府机关的办公场地也就如中国西北地区乡政府办公楼的水平，房子基本上是原生态，石灰墙、水泥地面，没有什么装修。相比之下，见部长要难些，但一定要见是见得到的。见穆加贝总统就不容易了，总统府戒备森严，从外面给总统府拍照绝对不行。不时有游客因给总统府拍照而被警卫人员抓了起来。有一次，一位中资企业的人员因给总统府拍照而引起大麻烦，使馆出面才把他保出来。

印度孟买是一个近2000万人口的大城市，我担任中国驻印度孟买总领事期间，总领事馆与孟买市政专员（事实上的市长，孟买市长一年一选，是礼仪性职务）为邻，市政府有专门的办公楼，但不允许参观。市政府仅负责市政管理，不像中国的市政府下面有一个又一个局，没有市一级的内政、司法和文教等机构，这些职能由邦政府负责。孟买与中国上海结为友好城市后，两城市之间的许多来往交流，如互派留学生却无法进行，因市政府没有教育局，不直接管理学校。由于常驻印度，我对印度的小政府现象有了亲身感受。印度邦政府设有一个又一个的部，相当于中国的厅局，但这些部在一栋楼内办公，每个部只有主管各自业务的官员，没有人事、保卫、后勤、纪检及工青妇之类的机构，邦政府有统一的机构管这些事。印度经常发生罢工，也经常有人上访。我几次事先约好的同当地市政专员或其他政府高官的会见，都因突发的罢工或上访而推迟。我到印度政府机关办事时也遇到过多人拥挤在官员办公室要求解决有关问题的情况。无论是罢工还是上访，当事人都能注意有所克制，例如，我遇到的罢工游行，总是四人一排走过市区，不影响公共交通；遇到的上访，当事人并不冲动，双方对话都注意礼貌。当然，遇有罢工和上访，官员不敢懈怠，都忙不迭地与罢工者或上访者对话，以求尽快解决矛盾。

在国外进政府大楼多了，难免引起一些联想和思考。在中国，各级党政机关采取了一系列措施以密切党群关系和政群关系，成效确实明显。但是，不可否认，一些党政机关门难进、脸难看、事难办的现象却仍然存在。为什么有的国家高级官员的电话号码对外公开，办公地点对外公开，却难得有上访现象，特别是难得有无理上访、越级上访、集体上访、持续上访等现象，这里面肯定有深层次的原因值得我们思考。我想，针对这些原因，依据中国国情做持续的改进，使党政机关和平民百姓之间交流更加便捷，认识更加统一，关系更加密切。一句话，使老百姓进得了门，找得到人，说得上话，办得成事应是立党为公、执政为民的题中应有之义。

外国人怎样请客吃饭

自2001年以来，我先后在埃及、印度、津巴布韦和苏里南从事外交工作。外交工作离不开请客吃饭，国宴、国庆招待会、欢迎宴会、答谢宴会、鸡尾酒会等都是常见的外交工作方式。我曾多次请外国人吃饭，我也曾多次应邀赴外国人饭局。外国人请客吃饭有哪些规矩？外国人请客吃饭与国人请客吃饭有哪些区别？为什么中外请客吃饭存在这么大的差异？下面谈谈我这些年来对这些问题的观察、体会与思考。

外国人请客吃饭有哪些规矩

外国人即使有公务一般也不请客吃饭，为什么呢？主要原因是经费预算中没有请客吃饭这个项目。我出任驻苏里南大使已18个月，我经常请苏里南政府部长、政党领袖、国会议员和社会名流品尝中国菜，总统、议长也曾多次做客使馆，但他们反过来却从没有因公专门请我吃过饭。当然，我经常出席当地政府或政要的国庆招待会或建党纪念日招待会之类的饭局，但那不是专门请我，而是几十人、几百人的自助餐，吃的东西都是平常的食物。苏里南总统鲍特瑟夫人宴请我们夫妇到她家吃早点，也就一杯咖啡，几块面包、三明治。严格说来，这不是总统夫人因公请客。遇到因公非得请客吃饭，那就临时申请经费。如我国国防部外办副主任关鹏飞少将和我国农业部副部长牛盾来访，苏里南军方和农业部都事先申请了接待经费。不过，由于官僚主义、办事拖拉等原因，常常接待对象结束访问离境了，饭钱还没有批下来。例如，我国解放军军乐团访问苏里南，苏里南侨团帮军方垫钱请军乐团吃饭，军乐团回到北京后半个月，饭钱才批下来。当然，苏方还有另外一个办法解决请客吃饭的问题，即请商界或侨界买单。杭州市友好代表团访问苏里南，接待单位帕拉马里博市没有接待费，另一个接待单位苏中友好协会也没有接待费，于是，让3家华商分别买单。后来，我代表使馆宴请杭州市代表团，同时，请苏方市长和苏中友协成员作陪，苏方却提出希望使馆也宴请3位华商一起参加。为什么？因为他们没有经费来对3位华商表示感谢，就借机请他们一起吃饭，以此表示谢意。无论在埃及、苏里南、印度还是在津巴布韦，绝大多数使馆的招待会都只提供春卷之类的小点心，而不提供正餐。还有一些使馆在经费预算中没有一分钱的请客吃饭的计划，因此，即使是国庆也不开招待会。这样，这些国家的大使永远只接受请客而从来不请客。

外国人请客吃饭以管饱和节约为原则。即使是国宴，吃的东西并不怎样，也就是好听，常常有乐队伴奏。2001年，埃及总统穆巴拉克举行国宴招待到访的朱镕基总理，我和一些同事随同出席。每个人可以点一道主菜，或者是牛排，或者是羊肉，或者是鸡块。总理点的是鸡块，我们建议，鸡肉太便宜了，还是点牛排吧。总理接受了我们的建议。主菜上来前，每人一份汤，一块面包，一份开胃菜，一点水果，这就是国宴的全部菜谱。要想吃饱，只能多要面包。当着总统、总理的面，他们只吃一块面包，你怎么好意思多要？因此，国宴对许多参加者来说，主要是精神大餐，吃完了回去还要加餐。苏里南官方的招待会，说是自助，主要是米饭、面包和色拉管饱，鸡鸭鱼肉则由服务员定量夹到你的盘子里，即使是总统、部长、司令或大使，也都一个样。外国人请客吃饭，没有鱼翅、鲍鱼、海参、燕窝、冬虫夏草，一句话，没有太贵的东西。原因无他，这些东西外国人一般不吃，也舍不得开支，这些东西在不少国家还买不到。我到津巴布韦不久，宴请津驻中国大使穆茨万格瓦一家。考虑到他们在中国生活已较长时间，给他们上了鱼翅。想不到穆的小儿子刚尝了一口就再也不吃了，连声说“一股怪味”。我在津巴布韦工作时，安排厨师到总统官邸为穆加贝总统家人做了一顿中餐，我坐在总统右边，向总统家人详细介绍了鱼翅等菜点，猪肉、豆腐、白菜等普通菜肴吃完了，除总统把鱼翅慢慢吃完了外，同桌的其他 7 人对鱼翅基本上没动。总统基本把鱼翅吃完，我猜测同他 10 次访问中国，了解中国饮食文化，知道鱼翅的身价有关。是不是使馆厨师做鱼翅功夫没有到家呢？不是，因为如有国内来的客人喝到厨师做的鱼翅汤，总是一遍赞扬声。

外国人请客吃饭常常有宗教因素。2002 年 8 月的一天，印度朋友克瑞迪亚 60 岁大寿，邀请我出席他的生日庆祝活动，我欣然前往。克瑞迪亚因同中国做生意，先后访华 61 次。近 200 人前去为他祝寿，大家先是一起唱歌跳舞，然后吃自助餐。我找遍了所有的菜盘，竟然全是素菜，连鸡蛋也没有。不仅如此，连土豆、红薯、萝卜等菜都没有，吃的全是地面上长出的东西。我非常奇怪，有人告诉我：克瑞迪亚是耆那教徒，是严格的素食主义者，不杀生是耆那教的基本教义，耆那教徒不仅不吃动物，连长在地下的东西也不吃，他们认为如果把土豆、红薯等挖出来吃，这些植物也就会死去，因此，他们只吃采摘后仍会生存的白菜、番茄等蔬菜以及牛奶、乳酪等物。在我看来，唯一稍微上档次的只不过是饭后提供的冰淇淋而已。

外国人请客吃饭甚至让你自己掏钱，也就是他请客，你买单。一位同事告诉我：他参加一个考察团访问法国期间，应邀参加一个饭局。饭后，主人向每一位客人收费，大家觉得不可思议，既然请人家吃饭，为什么让人家掏钱？主人说，你们看看请柬，请柬上明明白白地写着：就餐费用自理。我多次参加过这样的饭局，例如，我在担任驻孟买总领事期间，每次参加领事团团长的饭局，口袋里都要事先准备好饭钱。这种饭局，操办者主要是给出席者提供一个交流和联谊的机会。在津巴布韦大选期间，总统候选人、前财长马可尼的助手说马可尼请我在长城酒店吃饭。吃完饭后，马可尼连声说谢谢安排饭局，然后就告辞了，被邀请吃饭的我和助手不得不买单。

中外请客吃饭有哪些不同

中外请客吃饭，风俗习惯迥然不同：

外国人请客吃饭，喜欢安静；国人请客吃饭，喜欢热闹。跑到国外餐厅，酒桌上欢声笑语、不断干杯的十之八九是国人。国人请客吃饭，许多时候以喝酒为主，吃菜为辅。食客们拿着酒杯，轮番敬酒，从坐着敬，站着敬，到走着敬，再到排着队敬。有多少桌，就敬多少桌，有多少桌人，就会有多少桌人站起来敬酒。餐厅里回荡的是敬酒声、碰杯声和助兴声，通常会引起旁边外国人的侧目而视。

外国人请客吃饭，喜欢灯光暗淡一点，明明有电灯，尽量少开，却点几支蜡烛。国人请客吃饭，喜欢灯火辉煌，这同国人喜欢热闹，喜欢站起来轮番敬酒的习惯有关。

外国人请客吃饭，喝酒自便，从不劝酒，更不灌酒。他们喝酒讲究的是过程和风度，很多时候不是为了美食，而是为了精神会餐。一杯威士忌，或一杯人头马，没什么下酒菜，喝时不断加冰，一次喝一点点，几个小时不知不觉过去了。试想一想，端一杯白兰地或端一杯伏特加，不时地品一小口，不时地高谈阔论一番，是多么惬意，多么富有绅士风度！中国人、俄国人或是韩国人喝酒，不少人注重的却是结果，比一口干，比谁喝得多。“干杯”这句汉语，外国人现在都会说了。我请津巴布韦的穆加贝总统、苏里南的前总统费内西安、现总统鲍特瑟总统吃饭时，他们都高举酒杯，都用汉语说“干杯”，但碰杯之后，他们并不真的一饮而尽。不少国人喝茅台是一杯一杯干，喝XO等洋酒，也是同样如此。

外国人请客吃饭，多在大庭广众之中；国人请客吃饭，多在包间雅座之内。原因无他，洋人开的饭店，特别是西餐馆，根本没有包间。国外的包间雅座，多在中餐馆内，或是其他亚洲餐馆，如日本餐馆、韩国餐馆等。一定程度上可以说，包间雅座的数量与请客吃饭的猫腻成正比，许多灰色交易、甚至黑色交易就是在包间雅座里达成的。

外国人请客吃饭，品种单一，选择余地不大。这次请你吃是这些东西，下次请你吃还是这些东西，并且做法、味道不变。中国人请客吃饭，讲究的是推陈出新，丰富多彩。大使馆请客吃饭，菜单留下，下次请同一个人吃饭，把菜单拿出来，请人家吃过的尽量不重复，一定要尽量保证客人常吃常新。在我到过的不少国家，就我所见，外国人请客吃饭，吃的基本上就这么几种东西：牛肉、羊肉、鸡肉、猪肉、鱼、蛋和蔬菜。如果是吃西餐，则只能吃到一种肉食，如果是请吃中餐，则品种要多一些。但没有鸡脚鸡头，没有鱼头鱼尾，没有心肝肺肚（这些通常拿出做狗食猫食鸟食），也没有生猛海鲜（一些亚洲国家除外）。在印度等国，连鸡皮都去掉了。蔬菜，特别是叶子菜，基本是生吃。苏里南盛产鱼翅，但当地人不吃。苏里南产三文鱼、金枪鱼、螃蟹、龙虾，当地人请客我从未吃到过，因为当地人不用这些东西待客。

中外请客吃饭为何如此不同

我觉得，中外请客吃饭如此不同，至少有以下几个主要原因：

——传统文化不同。《新周刊》杂志 2010 年第 3 期封面上赫然印着五个大字：“酒桌即中国”。中国几千年文明史同请客吃饭的文化传统分不开，说中国食文化博大精深一点也不夸张。订婚宴、结婚宴、回门宴、满月宴、生日宴、拜师宴、出师宴、庆功宴……即使算计人家，还来个鸿门宴。恐怕没人否认请客文化、酒杯文化、面子文化、人情文化、公关文化，等等。在中国确实使得请客吃饭在相当程度上与人生事业的浮沉、企业经营的成败等有关。我请你喝酒、你帮我办事，喝酒成为一种工具理性。在一些国人看来，美酒是用来壮胆的，酒桌是用来拍板的，嘴是用来喝酒与说事的，酒、桌、嘴拼在一起，则无事不可为。虽然吃饭其实很累，但再累也得吃。所谓“革命不是请客吃饭”，没有暴风骤雨的革命了，“请客吃饭”不就天经地义了么？每逢年底，公司企业、单位部门都有年会，这是观察中国生态的绝佳场合。企业文化不同，生意好坏有别，气势形态各样，但有一点相似，总得有人喝醉方为尽兴，总会有一句口头禅言简意“赅”：“吃好，喝好。”逢年过节，请客吃饭在所难免。有人说要移风易俗，但多少年来总有人喝到打点滴送医院，这都是常态。相比之下，哪个国家的传统文化有中国丰富？请客吃饭的传统文化更是没有一个国家堪与中国相比。

——宗教信仰不同。例如，我常驻过的埃及是穆斯林国家，喝酒吃猪肉违背伊斯兰教教义，碰上拉马丹（斋月），穆斯林必须守斋戒。从日出到日落都停止一切饮食、性事等活动，日落后才可进食恢复正常作息。斋月期间外国穆斯林不大会请你吃饭，就是你请他也难得请到了。再如，印度虔诚的佛教徒和印度教徒都是素食主义者，耆那教徒更是严格吃素，吃素的人占印度人口一半以上。因此，可以毫不夸张地说，印度是素食王国。由于印度多数人喜欢吃素，印度开有不少只为素食主义者服务的饭店。西方国家的流行食品不得不适当地印度化。印度有专门为素食主义者开设的比萨饼店，麦当劳供应的夹层食品，相当一部分不是鸡鸭鱼肉，而是蔬菜。美国驻孟买总领事西蒙斯告诉我，肯德基在印度办不下去，只好撤走，因为肯德基不卖鸡就不是肯德基了。为什么印度这么多人吃素？我曾就此问题请教过许多印度朋友，他们异口同声地回答我，主要是宗教的原因。印度教中的种姓制度规定，高种姓不能吃鸡鸭鱼肉和蛋类，耆那教、佛教同印度教一样反对杀生，认为踩死蚂蚁都是罪过，出身于婆罗门或刹帝利的高种姓的印度教徒，更是以吃素而自豪。他们大多都是社会精英阶层，于是，社会上自然而然产生了越有地位、越有文化的人越吃素；反之，越没有地位、越没有文化的人什么都吃这一现象。还有一些低级种姓，例如首陀罗等，为了上升到高级种姓，对高级种姓的一些生活方式进行机械模仿，以求改变自己的地位，如放弃吃荤，改为吃素等。加之，宗教色彩特别浓厚的印度素食主义者协会等团体极力倡导素食，这就使吃素的人长期以来居高不下。印度前驻上海总领事苏伯拉马尼告诉我，他在上海工作的 7 年时间里也吃荤，但回到印度后，受素食文化的强烈影响，特别是亲戚朋友中虔诚的印度教徒们眼睛都盯着他，他也就不知不觉地又成了一个素食主义者。印度人嗜酒成瘾者或酒量很大者极少，从未见过印度人一饮而尽地干杯，也从未见过有人行酒令或醉倒过。

——审美情趣不同。请客吃饭，外国人偏好宁静，中国人喜欢热闹；外国人轻言细语，中国人高谈阔论；外国人偏好小口慢饮，中国人喜欢大口豪饮；外国人喜欢静坐品酒，中国人喜欢站着敬酒。这些很难说谁对谁不对，审美情趣不同罢了。但是请客吃饭要注意地点与环境，比如在国外大堂请客，确实不宜高谈阔论，旁若无人，频繁地来回敬酒。

——饭费来源不同。外国人请客吃饭，多数是私人请客；国人请客吃饭，不少是公款买单。私人请客的，吃不完自然打包。公款买单的，浪费自然难免。

其实，这些年来，国家在外事接待活动中，请客吃饭已越来越体现礼貌、适度、节约、从简的考虑，也就是说，请客吃饭越来越与国际惯例接轨。我们国家领导人和外交部领导请客，常常都是四菜一汤，甚至三菜一汤；饭局时间控制在一个小时以内，甚至不到一个小时。即使胡锦涛主席招待美国总统奥巴马的国宴也是非常简单：翠汁鸡豆花汤、中式牛排、清炒茭白芦笋、烤红星石斑鱼、一道点心、一道水果冰淇淋和2002年的长城五星葡萄酒。尽管胡锦涛主席在请客吃饭方面带了好头，但不少国人受传统文化的熏陶、风俗习惯的影响、思维定式的驱动，下不了决心用四菜一汤待客。多数国人首先考虑的恐怕还是吃饱、尝够、喝好，还是鱼翅鲍鱼多多益善，茅台酒鬼多多益善。如此，我国在请客吃饭方面要与国际接轨，恐怕比在别的方面与国际惯例接轨困难要大得多。

感受外国的送礼文化

送礼在中国是司空见惯的事情，见面要送礼，临别要送礼，办事要送礼，行商要送礼，感恩要送礼，图报也要送礼。现在更发展到学生、家长要给老师送礼，同学、同事之间也要送礼，求人办事更要送礼。中国人每年花在礼品上的钱呈上升趋势，礼品市场年需求近8000亿人民币，礼品“越贵越抢手”是不争的事实。对于送礼人和收礼人来说，重要的不是“味儿”，而是“范儿”。2000年，我调往外交部，先后到多个国家出任高级外交官，当然离不开送礼和受礼。国外是否流行送礼文化？国外流行什么样的送礼文化？国外对公务员送礼和收礼有何明确规定？送礼和行贿、收礼和受贿如何界定？对诸如此类的问题，我不仅亲眼目睹，而且还亲身感受。

以礼难服人

在国外，既要讲以理服人，也要讲以礼服人。以礼服人的“礼”有两层含义：一是指礼貌、礼节；二是指礼物。两者有内在的联系，礼貌、礼节通过礼物来体现和展示，礼物是展示礼貌、礼节的实物形态和价值形态。中国人在国外办外交也好，做生意也好，一方面离不开“理”，没理，再讲礼，再送礼也终究会白费力气；另一方面也离不开“礼”，光有理，不讲礼貌，不拘礼节，不顾礼数，包括必要的礼物，事情往往也会白搭。

我接触到的绝大多数外国人，他们办事首先注重以理服人，只要自认为占了理，遇到麻烦时，绝不会想到通过送礼来搞好关系。在国外的不少中国人，遇到棘手的事情，即使占了理，首先想到的往往是能不能找到什么熟人帮忙，总是希望通过送礼来化解麻烦。津巴布韦工商税务部门经常到商店工厂抽查，到白人开的商店或工厂，一般来说，白人对检查人员彬彬有礼，有问必答，主动配合，但一不敬烟，二不泡茶，三不送礼，当然更不会请吃饭，顶多就是一瓶矿泉水。到华商企业，华人华侨老板又是递烟，又是泡茶，又是请客吃饭，又是送钱送物，这一套规范动作他们早已习惯了。久而久之，津巴布韦一些工商税务人员懒得检查白人商店和工厂，有事没事就往华人商店或工厂抽查，华商每次都会对他们“意思意思”，他们每次都会有所收获。由此形成恶性循环，华商本想以礼服人，通过送礼来摆平关系、化解麻烦，但没想到，越送礼，越客气，反而麻烦越大。为什么？因为既然每家华商都送礼，事实上就等于人人没送，反而把一些人的胃口搞大了，使华人的经商和发展环境逐渐恶化。

在苏里南，不少华商为了获得签证，获得营业执照、获得长期居留许可（获得绿卡）等等，使用最多的招数就是送礼，很多时候本来不必送礼，是例行公事，对方依照法规、流程，没有理由不办，但不少华商总觉得不送礼心里不踏实，遇上作风不正的公务员，往往由此进一步养成对华商索拿卡要的恶习，不给礼不办事；当然，也经常会遇上对方不吃送礼这一套的官员，他怀疑你给他送礼有什么猫腻，你找他办事本来是光明正大的事情，你一送礼，反而使他产生警觉，不愿收礼，或不敢收礼，使华商送礼这招不灵，礼送不出去。当然，收了礼不办事的也大有人在，送了不管用，送了也白送。苏里南政府贸工部长米希金对我表示：到贸工部申请营业牌照是华商应有的权利，完全可以通过正常程序办到，不必送礼。这样既方便华商办事，也有利于贸工部的廉政建设，遇到明里暗里索礼、不送礼不办事的欢迎直接向他本人举报，希望中国大使馆能将此意转达给华商。后来，米希金调任劳工部长，原教育部长莫莱萨本转任贸工部长，萨本一上任就召集各华人侨团领导人开会，提出一系列方便华商经营的具体措施，如大大缩短审批营业执照申请的时间。同时，他还特别拜托某些华商千万不要把送礼当成申请营业执照、应对工商检查的敲门砖。2011年年初，瓦尼卡市新任市长到任，发布第一号市政府通告，对到市政府办事送礼的人，明确说“不”。许多人都知道，这个通告主要是针对一些华人华商发起的。苏里南华人华商在公共关系中讲究“以礼服人”，较其他族群来说，华人华商的送礼文化比较突出。当然，在某些外国人看来，有的华人华商有行贿之嫌。

礼多人也怪

中国人司空见惯的风筝、二胡、笛子、剪纸、筷子、图章、脸谱、书画，等等，一旦到了外国友人的手里，往往会备受青睐，身价倍增。礼不在重而在于合适，有时送太贵重的礼品反而会使受礼者不安。国人流行和信奉一句话：礼多人不怪，油多不坏菜。但是，在很多国家很多时候不见得这样。礼品是人品的延伸，无论是送礼还是受礼，双方的目的本来应该是建立和发展朋友关系、合作关系或互助关系，超过这个限度，则很可能被人看成为只是利益关系、买卖关系，也就转化为行贿和受贿的性质了。送什么礼，收什么礼，用什么方式送礼和受礼，双方都能从中品味出对方的兴趣、德行和品位。因此，有的时候，贵重的礼品不见得比便宜的礼品合适。正因为如此，对于公务员接受礼品、礼金或者其他馈赠，许多国家都做出了明确的规定，而且常用成文法的形式，对所有部门和行业的公务员一律严加约束。例如，美国 1989 年通过的《行政部门雇员伦理行为标准》规定，雇员可以接受：1. 每次不多于市场价格 20 美元的非索取的馈赠，一年内从同一种渠道所接受的馈赠不超过 50 美元；2. 基于家庭关系或者个人友谊而赠送的物品；3. 在招待费用由发起人承担时，所参加的范围广泛的集会，如会议和招待会；4. 在国外任职期间，在一定的会议或活动中的食物、茶点和娱乐活动。该标准还规定，除为数不多的对个人有重要意义的活动，如结婚，其他都禁止下级向上级送礼，违反者将被开除。如果公务员收到 20 美元以上的礼物怎么办？有两种选择，一是必须将超过的价值部分用现金退还给送礼人，二是将礼物退还。美国对礼物的定义非常广泛：任何赠物、关照、折扣、款待、请客、贷款、债务偿还期延伸或任何有金钱价值的物品。礼物的概念也包含：服务、纪念品、交通运输工具、车船飞机票、报销费用、地方旅游、酒店住宿和餐饮。对于公务员，要想做到一件礼不收、一点便宜都不占很难，所以美国公务员在一些情况下还是可以接受礼物的，但在这方面的限制却非常严格，即使是总统收礼也必须上交。按照规定，总统留为己有的礼品不能超过 200 美元，200 美元以上的就要上交白宫档案馆保管。前总统小布什由自行车公司赠送的山地车由于超过 200 美元，卸任后也只能忍痛上交。美国同时规定，如果收受礼品总价值超过 7000 美元（约 5.6 万元人民币），将对其处以 3 倍的罚金，并可判处 15 年以下监禁。

日本于 1999 年通过《国家公务员伦理法》，禁止公务员同与工作有利害关系的人员往来，包括合同方，接受审批方，被检查方，等等；禁止与利害关系人员就餐，接受其馈赠，包括婚丧嫁娶等礼金。也就是说，公务员除了与自己公务上没有关系的朋友之外，公务员不准请客和接受招待，否则就会被开除。一般和领导在一起吃饭，要么是各付各的，要么是领导请客。该法案出台后，日本公务员开始回避行业单位的招待，传统的接待方式发生了很大的变化。即便不是利害关系方，任何公务员如果收受当事人的赠予（包括金钱、物品及其他财产上的利益或招待等），或收受当事人基于职务关系而提供的劳务报酬，无论数额多寡，均应在规定的期限内向上级官员报告。2011年3月6日，时任外务大臣前原诚司因非法收受一名旅日韩国女性的政治献金而辞职。

英国政府规定，大臣收到价值超过140英镑的礼物必须上报，但也可以选择支付价值超出140英镑的部分，买下礼物。即使首相也不例外，在外事来往中，赠送给首相的礼物如果价值超过140英镑，就属于国家财产，由政府负责保管。如果首相想要保留这些礼物，就必须自掏腰包购买。不仅如此，英国媒体报道说，首相还必须为其购买的所有礼物另行支付增值税和关税。英国前首相布莱尔在执政期间收到过其他国家领导人赠送的许多奢侈品，他已自掏腰包买下了部分礼物，其中包括：意大利政府2004年7月赠送的价值350英镑的两只手表；法国总统希拉克2001年9月赠送的价值500英镑的一支钢笔；意大利政府2002年5月赠送的价值250英镑的一座意式钟；俄罗斯总统普京2002年10月赠送的价值300英镑的一套俄罗斯茶具。

新加坡《公务员纪律条例》明文规定，不能接受公众人士的礼物和款待；因公务接受的礼品，必须如实报告，礼品价值超过50新元（约合人民币200元）必须交公。

德国《联邦政府官员法》明确规定，政府官员收礼是违法行为。公职人员必须将15欧元（约合140多元人民币）以上的礼品与酬劳上报，不允许收受现金。参加节庆活动也必须经过上级批准，而且只能收取印有主办单位名称作为广告的小礼品，否则将会受到查处。如果官员收了不该收的礼物，要受到法律的制裁或承担相应的后果。如德国央行行长在参加“欧元货币面世”庆祝活动时，顺便带了家属在柏林住豪华酒店并游玩了4天，结果花去了该活动主办方7600欧元。不久，这一丑闻曝光，德国央行行长迅速偿还了家属所用的3800欧元。不过，老百姓对此并不买账，认为他这样做，无论是从法律上还是从道义上都说不过去。最后，央行行长不得不宣布辞职。

这种情况更多出现在发达国家。同时，发展中国家有的对公务员收受礼品管理也很严格。例如，在津巴布韦外交部，如果中方人员向津外交部官员赠送礼品，我多次亲眼目睹，会见一结束，礼品就被外交部一面孔熟悉的官员收走。

礼尚不往来

礼尚往来是中国的传统，《礼记·曲礼上》:“礼尚往来。往而不来，非礼也；来而不往，亦非礼也。”礼尚往来主要是指礼节上，包括礼物上，应该有来有往。汉语中不少成语表达同样的意思，如投桃报李 、得牛还马等。民间用“还礼”来表达这个意思，如你家娶媳妇人家送礼了，人家嫁女时你得备一份礼还上。这就是礼尚往来。但是，就相互送礼来说，在国外有时是礼尚往来，人情一把锯，你来我也去。然而也有很多时候是礼尚不往来，人情不像锯，你来我不去，你给人家送礼了，人家并不会执意还礼。

例如，出使苏里南以来，我多次陪同中国党政领导人、省、部长或大型企业的老总拜会苏里南国家元首，先是费内西安总统，后是鲍特瑟总统，中方按习惯肯定会向总统送一个礼品，但苏方从来没有回赠过礼品。是不是苏方违反礼仪，怠慢中方呢？不是。如果苏里南总统与来访的中国国家元首、政府首脑会见，那肯定会交换礼品，双方事先会通过外交途径将此安排好。苏里南总统是接见中方来访人员，对中方人员来说，拜会总统本身是一种礼遇和荣幸，在这种情况下，如建议总统向中方人员回赠礼品，则明显有失礼貌和尊重了。

中方与外方在对等往来中，外方对中方在礼品问题上有时礼尚往来，更多时候是礼尚不往来。也就是说，你送对方礼物，不见得对方回赠你礼物，外方这么做，并非是刻意不在乎中国，并非说外方抠门，不讲礼貌，而是他们自己平常对谁都是这样，颇有君子之交淡如水的作派，习惯了大大咧咧。他们出访不必为送礼而劳神，主人也绝不会因为对方未送礼或礼太轻而产生不快。我在津巴布韦常驻时，中方人员访问津巴布韦，中方十之八九会送礼，中国人已把送礼看成是出访的必然程序，不送礼恐怕首先不是对方感觉不舒服，而是中方自己觉得不对劲。但对方回赠像模像样礼品的确实不多。外方一般代表团，包括省部级代表团应邀访问中国，我多次到机场为他们送行，基本没有看到过他们会特意为中方准备什么礼品。

外国人对礼尚往来也有较真的时候。津巴布韦石雕世界驰名，津巴布韦国防部长穆南加格瓦应中方邀请访华，他为这次访问精心准备了礼品，请津巴布韦石雕艺术家特意雕刻了一个超大石雕作品，雕好以后，特意把石雕运到国防部大楼内，邀我和使馆武官卓伟大校到国防部看，并商量如何运输和送交。

礼轻情意重

在国外，我亲身感受到了实实在在的礼轻情意重。无论是单位之间的往来还是朋友之间的交往，送礼绝对不是负担。在圣诞节之类的重大节日，在领导人和亲戚朋友等婚丧嫁娶、生日、晋升等重要的日子，我能清楚地感受到中国人和外国人之间的送礼区别。如果说礼品兼有使用价值和情感价值的话，中国人关注礼品的使用价值，本能地认为越贵越客气，特别是春节来了，拜年送礼肯定涉及礼品价值多少的问题，趁着逢年过节上上下下打点一番，不少人或多或少还出于某种私心，也出乎某种无奈。外国人关注礼品的情感价值，不在乎礼物的贵重，而侧重于浪漫，越温馨越受欢迎。他们追求浪漫、新奇，有时一根鸟的羽毛、一块奇形怪状的石头也能让他们非常开心，但是西方人在送礼时十分看重礼品的包装，多数国家的人们习惯用彩色包装纸和丝带，西欧国家喜欢用淡色包装纸。向外国友人赠送礼品时，既要说明其寓意、特点与用途，又要说明它是为对方精心选择的。

圣诞节在西方世界是最重要的节日，是一年当中的送礼大节。圣诞过后几天就是元旦，迎圣诞与迎新年交织在一起。送什么呢？新年贺卡。每年12月，中国驻外使馆将中国国家主席、人大委员长、总理和政协主席等国家领导人的新年贺卡转送给驻在国相关政要，驻在国领导人也向中国领导人送新年贺卡。作为大使，也会以个人名义向当地政要送新年贺卡，同时视情“送礼”。对总统，送1瓶或2瓶茅台；对部长以上政要，1瓶中国产红酒，或者1本年历。每年这个时候，我会收到大量“礼物”，主要是新年贺卡。其中有些贺卡具有特殊意义，如津巴布韦总统穆加贝夫妇亲笔签名、附有总统夫妇照片的新年贺卡。新年送礼，比较多的礼物是一束鲜花，有时也会收到礼品篮子，篮子上面别着送礼者的礼卡，里面通常装有1瓶红酒、1盒饼干、1盒巧克力、1包糖果和一些水果。对外国人来说，在过新年方面，不需要在送礼方面破费什么。但是，人们对新年贺卡所表示的情谊非常看重。许多收到我贺卡的人与我见面时都会说，谢谢你给我送来贺卡。

外国人平时相互之间往来更是礼轻情意重，遇到结婚、生日，通常都会举行聚会，当地人欣然应邀而来，但多数是空手而来。仅在苏里南，我出席过鲍特瑟总统夫人、阿梅拉里副总统夫人、议长苏摩哈尔乔及夫人、内阁贸工部长等的生日晚会，出席过前自然资源部长公子等的婚礼，可以说基本上没有人送礼。使团之间往来基本不送礼，如出席大使在官邸举行的小范围的活动，也就带瓶红酒。一般在赴当地人私人家宴时，也就为女主人带些小礼品，如花束、水果、土特产等。有小孩的，送点玩具、糖果。我在国外收到不少包装得十分考究的礼品，打开后往往是一支圆珠笔，或一块巧克力，或一枚纪念章。一束鲜花、一瓶红酒，在国外既不小气也不土气，更不俗气；相反，更体现了相融的和气、相惜的雅气和相知的文气。2011 年，我在苏里南收到了苏里南总统鲍特瑟夫妇为我生日送来的花篮。2012 年生日时，我在北京，使馆同事打电话给我，说总统夫妇又送来了生日花篮，还拍下照片，通过网络传给我。花篮不值钱，但对我来说其分量是不可以用金钱来计量的。

2011 年，中联部代表团来苏里南访问，苏里南主要执政党民族民主党在万豪酒店举行欢迎宴会，宴会中郑重其事地举行了苏方向中方赠送礼品的仪式。民族民主党代主席林格首先向中联部副部长陈凤翔“送礼”，代主席讲了一大段话，然后，把“礼物”送给陈部长，并合影留念。随后，党的副主席、苏议会议长西蒙斯向代表团中的某位局长“送礼”，又讲一大段话，再把“礼物”交给某局长，又合影留念。接下来，党的副主席、公共工程部长阿布拉汉斯，党的副主席、前总统威登波斯，党的副主席、国会议员帕兰德，党的上届大选总统候选人、国会议员帕梅萨又依次分别向代表团中其他成员一一赠送“礼品”，也都讲了一大段话，都一一合影留念。其实，“礼品”只是关于苏里南国情的一本书，苏方不是像中国人送礼那样，每人发一本得了，而是花很长时间，一一宣布现在请某某某给某某某“送礼”，一一分别致辞，一一分别拍照，其目的，就是通过这个过程，宣示对中方的情谊。

需要指出的是，不少国家虽然对公务员怎样对待送礼和受礼有硬性规定，对送礼和行贿、收礼和受贿的区别有明确的界定，在廉政建设方面敢于重拳出击，但不等于在这个方面就没有腐败现象了，借生日之机向中方索取高档礼品的事我亲历过，以“礼”向中方行贿的事许多人都听说过。例如，2003 年 12 月，云南省外经贸厅原党组书记、厅长彭木裕因受贿被判处有期徒刑 5 年，向他行贿的是在昆明的外资企业，而贿赂的实物是当时价值大约 10 万元人民币的钻戒等礼品，是由彭木裕的妻子收下的。近些年来，以跨国公司为主体的“洋贿赂”事件可谓是层出不穷。安邦集团的一项调查报告显示，跨国企业在华行贿的事件近 10 年来一直上升，中国在 10 年内至少调查了 50 万件腐败案件，其中 64% 与国际贸易和外商有关。而在已曝光的案件中不乏西门子、家乐福、IBM 等著名跨国企业，其手段之一就是以“礼”行贿。吸取国外在这方面的经验和教训，警惕以“礼”行贿的新动向，对于我们预防腐败，打击贪污受贿等严重贪腐行为，不无益处。

印度之谜

印度既是一个古老神秘的东方大国，又是一个变化万千、充满矛盾的神奇世界。它历史悠久、民族混杂、文化纷呈、语言复杂、宗教众多，是世界上仅次于中国的人口大国。凡此种种，使印度看起来像一个谜一般的国度。在国人眼里，印度与中国是那样的近，近到四十几年前两国因边界问题而打了一仗；然而，印度又是那样的遥远，远到国人曾经把印度看成西天，以为那就是世界最远的地方。唐僧去西天取经，要远涉千山万水，要战胜千妖百怪，要经历九九八十一难。2002 年 7 月到 2004 年 12 月，我作为中国驻印度孟买总领事，在印度工作了 825 天。我对印度最主要的感受之一就是印度那些难以理解，甚至不可思议的现象太多了。在某种意义上可以说，我在印度的工作过程，也就是一个感受、思考和破解印度之谜的过程。

谜，纷至沓来

从一踏上印度的大地，谜就一个接一个地涌现到我面前。在班加罗尔机场，代表官方接待我的礼宾官迪尔先生竟然是一个走路一拐一拐的残疾人。印度人口仅次于中国，却为什么让一个残疾人担任涉外的礼宾官员呢？迪尔先生猜到了我心中的疑惑，他主动告诉我，印度法律规定：有多少残疾人，公务员中就必须为他们保留相应比例的名额；卡纳塔克邦有 7% 的残疾人，因此给残疾人保留 7% 的名额。他是获得硕士学位后，通过考试成为礼宾官员的。

我在印度出席的第一个大会是印度商人商会成立 96 周年庆典。以后，开会多了，谜也逐渐多起来。为什么印度人开会，都争着坐前面？ 为什么印度人开起会来，会场秩序出奇地好。我从没有看见有人在会场上抽烟，从未看见有人在台下窃窃私语开小会。印度人开会时即使上厕所或接听手机需暂时离开会场，也是猫着腰，悄悄离去。至于开会时打瞌睡这一现象，有，但难得看到。

通常，中国人多数带着耳朵去开会。印度人参加会议，既是为了听人家说什么，更是为了让人家听自己说点什么。也许是因为这个原因，任何演讲者讲完之后，都必须留出时间回答与会者的提问。而不少人提问前，往往要大侃一通，把自己的看法阐述一遍，然后再提出问题。很容易看出来，一些人提问只是一个借口，借机发表自己的见解才是真实目的。有意思的是，一般情况下，提问者非常踊跃，会议主持者往往一再提示：“时间只允许提最后一个问题了。”而提问者也往往举起手来，说：“请允许我提最后一个问题。”许多发言者事先都做了认真准备，上台时手中都拿着稿子，但很少有人照本宣科。一脸严肃、字斟句酌的演讲者不能说没有，但更多的是一个比一个幽默诙谐，引得台下笑声此起彼伏。在印度人的会议上，常常听到的并非只有一种声音。我注意到，印度人参加会议，既能直抒己见又能注意不强加于人，虽然看法相左，甚至唇枪舌战，但却始终注意彬彬有礼，尊重对方。讲完后，互相握手致意，仿佛是多年未见的老朋友又相逢了，尽显君子风范、绅士气度，台下听众对发表不同意见者，都给予鼓掌，对不中听者，并不发出嘘声。

我第一次逛街时，也遇到了不少的谜。发现印度人的理发店是男女分开的，有为男人开的理发店，有为女人开的美容店；女人不为男人理发，男人也不为女人美容。印度人开的舞厅，必须男女成双成对才能进去，若是单独一人，则恕不接待。按摩室也是男女有别，男女分开。印度是语言大国，仅在孟买，大街上人们说的至少有 26 种官方语言，每一个邦都有自己的官方语言，中小学生在学校里，既要学全国通用的印地语，也要学英语，还要学邦里的官方语言。我出席的一次会议，有人讲英语，有人讲印地语，有人讲马拉地语，还有人讲古吉拉特语，结果，一些人听不懂。生活在同一个国家，却常常要靠比比划划来相互沟通，你说怪不怪？

谜，无所不在

穷人一身是谜。印度贫富悬殊之大，可以说是世界之最。1400 万人口的孟买，竟有 770 万人住在贫民窟里，比例高达 55%。然而，两极如此对立的印度，社会治安状况总的来说却不错，犯罪率并不高。为什么有那么多的人一贫如洗，却很少有人铤而走险、谋财害命？几千年来，印度历史上从来没有过像朱元璋起义、李自成起义这样推翻了封建王朝的农民起义，或者说，没有哪一个封建王朝是被农民起义推翻的。而在中国，大大小小的农民起义，在历史上此起彼伏，层出不穷。相比之下，印度人显得那样逆来顺受，不愿意造反，这是一个谜。

富人一身也是谜。媒体上经常看到关于印度富人施舍的报道。不少印度富人乐于行善，主动施舍。2003 年，印度撒哈拉集团董事长罗易的长子举行婚礼时，为 101 对无钱办婚礼的新人举办了集体婚礼，并赠给他们 20 万卢比的支票。三天后，他的小儿子也举行订婚仪式，又向 14 万穷人免费发放了食品。印度不少高校是私立的，学费并不太贵（外国学生攻读硕士学位的学费、食宿费总共 6000 美元）。完全靠学费学校根本办不下去，钱从哪里来呢？来自社会捐款。公立大学，学生几乎不用交费，学校管食宿，一年学费、吃住加在一块，只合人民币1600左右。公立大学的钱从哪里来呢？主要也来自社会的捐款。

男人一身是谜。在印度，男人干女人的活，如扫地、抹灰、端盘子。饭店里的服务员，家里雇的佣人，绝大多数是男人。烟酒在印度男人中不那么流行，抽烟的人极少，公务往来和红白喜事，从未有人敬烟。印度的烟仅10支装，比中国的烟短。印度人口袋里装一包烟，一个打火机的不多，许多烟民宁愿买一支抽一支，且常常躲起来抽。

女人一身也是谜。在乡下种地，在城里疏通阴沟、搬运沙石、打扫大街等等，主要是女人在干。在许多国家，男婚女嫁时，男方总要给女方可观的彩礼。但是，在印度却恰恰相反，一个女子在结婚时，需要给男方陪送大量的嫁妆，中产阶级以上的家庭还要送一辆汽车。一个获得英国博士学位的婆罗门如果要娶妻的话，对方的嫁妆可能要100万卢比（将近20万人民币）。婚礼的费用也由女方负担。如果丈夫对嫁妆数量不满意，会经常打骂妻子，妻子也觉得做不起人，沉重的精神压力使许多女子被迫自杀，不少穷人家的女儿因无力置办嫁妆只能终身不嫁，老死闺中。由于在印度生女孩比生男孩的压力要大得多，将来付出的嫁妆是一个沉重的家庭负担。因此，在一些城市里，一些私人堕胎诊所打出的广告语就是："今天你花400卢比，将来可能会省40万卢比。"印度寡妇命运悲惨，以前常常自焚殉夫。马克思曾谈到英国殖民当局当年曾下令禁止殉夫，然而，在加尔各答、孟买等地，50万印度妇女当时上街示威，竟强烈要求给妇女以殉夫的权利。英迪拉·甘地夫人担任总理时，在新德里还发生过一些妇女支持自焚殉夫的游行，遭到这位铁娘子的严厉痛斥。然而，2002年8月，在中央邦又发生逼迫65岁寡妇自焚殉夫的事情，逼迫者当中，还包括寡妇的2个儿子，真是匪夷所思。

当官的也一身是谜。印度人也许不怕热，即使是在印度国防部大楼里，海军参谋长、空军参谋长和陆军参谋长这样的军队最高将领（总统是三军总司令）的办公室，也没有装空调，夏天高温常达45度左右，他们的办公室里却也只有电扇在转。马哈拉斯特拉邦邦长的会客厅和宴会厅里也没有空调。这有点怪吧？是因为印度太穷，连三军高级将领和一邦之长都没钱安空调，还是高官们珍惜纳税人的每一分钱，艰苦奋斗，与大家打成一片？此外，从印度政府总理以下，任何官员乘坐的都是同一牌子、同一款式、同一颜色的国产车，几十年来都是如此，以致老百姓形成了这样一种观念：乘外国车、高档车的都不是当官的。印度社会上也处处是谜。印度火车里程比中国长，但没有票贩子，也没有假票。印度火车即使已经开动，你如果沿月台追赶，车上会伸出许多双手拉你一把，并会为你挪出一个待的地方。印度公共汽车没有车门，车开动后，一些人还跳上跳下。中产阶级人士开小车出门，车里能挤多少人就挤多少人，挤不下的塞到车后物品箱里，警察司空见惯，熟视无睹。车与车相撞了，只要还能走，一声拜拜走人，从未看到过因此而吵架的现象。

从历史上看，印度不仅出怪事，而且出“怪人”。释迦牟尼放着现成的王太子不做，离家出走，漂泊多年，含辛茹苦，在饥寒交迫中终于悟道，创立了佛教，你说怪不怪？筏驮摩那出身于诗礼簪缨之族，钟鸣鼎食之家，却抛富弃贵，离妻别子，出家为僧。即使在大庭广众之中也常年一丝不挂，即使蚊子在身上咬，蚂蚁在身上爬，也听其自然，决不杀生。他创立的耆那教几千年不衰，反对一切战争的几百万耆那教徒被政府在法律上免除了兵役。印度还涌现了终生吃素，只穿自己织的布，坚决拒绝出任总统及其他一切高位的印度国父甘地。

谜，难以理解

说印度是一个谜一样的国度，是因为印度的矛盾现象太多了，这是印度怪人怪事层出不穷，怪思想、怪现象不断涌现的一个内在原因。只要稍加留心，这种矛盾性就随处可见。

第一个矛盾现象是，印度人知天乐命，随遇而安，物质生活总的来说是贫穷的，但精神生活却几乎人人是“百万富翁”。对许许多多印度人来说，发展不是硬道理，精神享受，优哉游哉，随意一点，洒脱一点，休息好一点，是第一位的选择。印度人假日太多，同这一点恐怕有关。在印度办事常常找不到人，这确实有点怪，因为按照法律或潜规则，他们都休假去了。在印度，公务员一年可以休息 200 天，军队一年有 51 个节日。某种宗教教徒过节，其他教徒照样放假，而印度的宗教有印度教、伊斯兰教、耆那教、拜火教、佛教、基督教、锡克教、犹太教、巴哈伊教等。每种宗教又有多种节日，只要是某种宗教信徒，就经常生活在节日之中。十亿印度人，几乎人人信教，我们见到的印度人，是常常在拜神或休闲，而不是在工作，这是不是有点怪？

第二个矛盾现象是，印度人不着急，慢慢来，但这并不意味着印度人必然干事少，效率低。在印度，公务员和纳税人的比例是 1∶92，印度某些部门的公务员确实人员少、任务重，但成效大。例如，印度的班加罗尔被誉为南亚的“硅谷”。2003 年，在全球被评为软件能力成熟度 5 级的 72 家企业中，印度就有 50 余家，而在这 50 余家中，一半以上集中在班加罗尔。如今，班加罗尔已经成为印度名副其实的软件王国，但是，主管这项工作的卡纳塔克邦政府信息技术、生物工程和科学技术部（相当于我国省级信息产业厅和科技厅），整个工作人员只有 7 人。人如此之少，工作成效如此显著，这也应当说是一怪吧？

第三个矛盾现象是，从总体上看，印度是一个经济不发达的国家，但在一些领域里，它又处于十分先进的地位。如印度的文盲率极高，差不多三分之一的人是文盲，但它的高等教育却很发达，在第三世界国家里可算名列前茅，它培养出了世界上第一流的软件工程师。迄今为止，印度已产生了 6 名诺贝尔奖获得者，其中包括文学、物理学、医学、经济学以及和平奖。印度人不急不慢，好像时间不值钱，但解决电脑“千年虫”问题却最快、最彻底，赢得了世界第一。有些地方至今还保持着刀耕火种的传统，但印度却能将人造卫星送上太空，并制造出威力巨大的原子弹。印度三分之一的人口生活在贫困线下，它却拥有两三亿人口的中产阶级，能养得起航空母舰。

第四个矛盾现象是，许多人虽然受的是西方教育，但价值观、行为方式却是传统的。例如，印度许多 IT 精英们，应该够现代了，他们引领着印度的新经济，却经常体现出传统和现代的矛盾——穿着新潮西服、打着领带、开着轿车、住着别墅，可婚姻还是父母包办，更要顾及种姓。

第五个矛盾现象是，印度整体上虽然穷，但却能关注到弱势群体的利益。例如，除了电影、马戏，印度其他演出，对观众来说都是免费的。印度不少剧场只有发票窗口，没有卖票窗口。我曾在印度欣赏过维也纳交响乐团、莫斯科芭蕾舞团、南非歌舞团和许多其他演出，包括印度歌舞的演出。和其他观众一样，我从来都是凭领的票入场。孟买 10 多个剧场，常年免费演出，这算不算一怪？印度公立学校的学费便宜得不可思议。例如，公立中小学校每生每月学费平均仅 40 ~ 50 卢比（约合人民币 8 元），印度 90% 以上的中小学生都在公立学校就读。来自穷困地区的大学生一般都享有助学金。但是，既然收费不贵，为什么印度有那么多的文盲，这又是一个谜。

如今，无论走在印度哪一个大城市，麦当劳餐厅中身着牛仔装的摩登青年与大街上披着传统莎丽的妇女，鳞次栉比的现代建筑与遍布城乡的庙宇神龛，风驰电掣的轿车与高视阔步的神牛，清晰听到的上网拨号声与遐迩阵阵的祈祷声……这些矛盾现象，也许正表明当代印度正处在新旧交替、传统与现代共存的历史过渡时期。中央电视台驻印度特派记者张讴对我说：“认识印度，要有勇气把相互冲突的现象拼凑到一起。”这句话真是入木三分，非常深刻。

总之，在印度待的时间越久，我就越来越感到印度怪人怪事真是层出不穷，怪思想怪现象实在比比皆是。印度之所以是一个谜一样的国家，就因为这里确实有着太多的怪人怪事怪思想怪现象；这些怪人怪事怪思想怪现象，对中国人来说，很可能一时难以理解。

谜，耐人寻味

为什么印度有如此之多的难解之谜？为什么印度有这么多中国人难以理解的怪现象？首先，这同印度文化的主体是宗教文化有关。第二，同印度传统哲学思想有关，这一思想主张万物有灵、万物平等、万物轮回。第三，同印度文化是苦感文化有关。印度人认为人越受苦，精神越升华，离神就越近，来世也就越幸福。正因为印度倡导苦感文化，所以，即使在现代大多数人奉行素食主义，同时还不断有人加入到苦行僧的行列中。第四，印度文化是张扬个性，强调存异的文化。

印度这个文明古国与生俱来的神秘和庄严感始终是一种诱惑，或者说印度始终是一个难以破解的谜——包容了那么多不可思议的冲突和矛盾后，这个国家整体上居然平和安静，充满人性。美国作家马克·吐温当年访问印度后曾感慨地说："印度，你只要见一眼就永远也忘不了，因为它同世界其他地方都不一样。"他既感慨于印度悠久灿烂的文化，也感慨于印度宗教习俗的繁杂，更感慨于其传统色彩与工业文明交汇混杂的神秘气息。也许，我感受到的印度奇怪的方方面面，也许我所谓的"印度之谜"，马克·吐温当年早已感觉到了。尽管在各方面，当代印度与马克·吐温时代的印度已大不相同，但常驻印度的外国人对马克·吐温的感慨依然有着强烈的共鸣。

"对印度的任何评价都是正确的，但是相反的观点可能也是正确的，这个国家太复杂了。"中国社会科学院亚太研究所研究员孙士海访问孟买时曾对我这样说过，这句话说绝了，他不愧为印度问题专家。

谜不等于坏事，在中国人看起来是谜的事，也许在印度人看起来再正常不过了。琢磨印度的怪人，品味印度的怪事，解读印度的怪思想，破译印度的怪现象，是一种经历，一种升华，一种沟通，一种享受。

印度的腐败和反腐败

腐败是发展中国家面临的一个顽症，印度也不例外。我在担任中国驻印度孟买总领事期间，亲身感受到了印度的腐败和反腐败。贪污受贿、挪用公款和敲诈勒索等腐败现象一直是印度社会的一个痼疾，涉及社会的方方面面。据“透明国际”组织调查显示，印度在亚洲最腐败的国家中一般排在前3名当中。印度的腐败现象触目惊心，印度的反腐败力度也很大，不少做法和经验值得我们借鉴。

想不到印度朋友与大要案件有牵连

孟买警察局长萨马尔是中国驻孟买总领事馆的朋友，无论是确保中国领导人访孟期间的安全，还是加强对我驻印外交和中资机构的安全保护，他都提供了很大的帮助。2003年10月，总领馆请他吃饭。我知道，他与印度民族国大党领导人之一、马邦政府副首席部长维赛尔是很好的朋友，特意告诉他，我准备近期拜会维赛尔，请维吃中餐，届时请他作陪，他欣然答应。

仅仅过了半个月，电视上的一则新闻使我大吃一惊。维赛尔因与孟买印花税大案有牵连而被迫辞职。原来，在印度，人们在购买大额动产或不动产时，都需要同时购买一种叫“印花纸”的有价证券。这种有价证券由政府统一印刷，标注不同金额，主要用来证明消费或所购财产的合法性。人们购买“印花纸”，也等于向政府上交了印花税。一个名叫泰尔吉的印度男子，通过贿赂，以孟买为据点，建立了一个雇员达600多人、有着百余条销售渠道、遍布印度9个邦的“印花纸伪造王国”。仅几年时间，他制造的“假货”流入了全国22个邦，几乎覆盖全印度，并在至少9个邦中公开出售，非法获利高达2000亿卢比（约合45亿美元），他因此被称为“造假大王”。有媒体报道称，上当受骗的大客户名单中包括52家建筑商、48家银行、61家私人公司，像印度辛迪加财团、西方联合银行和印国家银行等当地“金融巨头”，也未能幸免。直到2003年1月，卡纳塔克邦高级警官斯利库马尔在一次突击检查时意外地发现，一些高级警官与泰尔吉的关系很不正常，从而引起了印度政府的关注。11月13日，印副总理兼内政部长阿德瓦尼亲自下令严查此案，并以泰尔吉可能与境外黑帮合作为由，要求中央调查署从地方司法部门手中接手此案。调查组逮捕了孟买当地的一名助理警官卡马特。这个月薪仅9000卢比的普通警察，居然拥有价值10亿卢比的不动产。他在被捕后供认，早在1996年，泰尔吉被关在班加罗尔监狱时，他就开始与泰尔吉接触，帮助后者在狱中与其他高级警官见面，还伙同上级警官参与兜售假“印花纸”。

我根本没有想到，几个月后，孟买警察局长萨尔马和几名议员在内的一批警察和政客会先后锒铛入狱。更没有想到，马邦政府第二号人物、副首席部长维赛尔会因此辞职。据调查人员透露，涉嫌此案的印度警察和政客至少有60人。其中，有的和我关系很好。

印度的腐败有多严重

印度腐败现象究竟有多严重？印《撒哈拉时报》在2003年10月9日的一则报道中披露了一个数据：在过去20年中，中央和地方的警察共查缴了价值高达160亿卢比的赃款赃物和500多公斤黄金。2002年12月，国际政府管理透明化组织公布的一份报告说，印公共管理部门中腐败盛行，一年内用在贿赂上的金钱总额达2627.8亿卢比，其中健康、教育、司法、税务等部门都存在较严重的腐败现象。2004年3月，亚洲政治和经济风险顾问公司公布的一份报告说，印各部门的腐败程度居亚洲第二。2004年，《印度时报》在全国6大城市进行了一项民意测验，结果显示，被调查的1500人中，有98%的人认为政治家和部长是腐败的，另有85%的人认为，腐败还在呈上升趋势。印首席法官公开承认，印司法官员中至少有20%的人有不同程度的腐败行为。印前总理拉·甘地在谈到腐败问题时曾痛心地指出，国家拨给穷人的救济款以及用于农村基础建设的费用，只有15%能真正送到穷人手中或落到实处，其余的全被截留了。

2004年大选时，我问总领事馆的雇员马亨德拉，他会投哪个政党的票。马气愤地说，政客们都是骗子，竞选时说自己如何如何清廉，上台后都大捞特捞，谁的票都不投。我知道他是国大党党员，问他国大党是否有可能获胜。他回答："无所谓胜不胜。"这一回答使我大吃一惊："为什么呢？"，他说，人民党在台上10年了，该捞的捞足了，换了政府，就等于另一些人又有机会捞了。

我在印期间，亲身感受到了某些行业的腐败。2002年底，中国总领事馆从香港进口外交用品。按照国际法，这是免税的。货柜到港后，有关部门以各种借口，使货柜滞留港口1个多月，由此发生的费用远远超过免税数额。我同以色列驻孟买总领事多佛尔谈到此事，他回答："这一点都不奇怪，如果要顺利通关，哪个馆都必须打点打点，疏通关节。"

在与中资机构驻印度代表的来往中，我们谈得最多的一个问题，就是希望总领馆尽可能改善中资机构在孟买领区的经营环境。景德镇一家陶瓷公司在孟买办瓷器展销会，孟买海关的1位官员开1辆小车，另租1辆的士，跑到展销会上，看到喜欢的瓷器就往车上搬，装满整整两车，分文不付，扬长而去。陶瓷公司人员除了向我诉苦，毫无他法。我国一水产集团公司在果阿特别行政区投资办了1家水产公司，多数员工到新德里延长工作签证走不通，印有关经办人员以各种方式索拿卡要，使公司这方面的成本不断加大，最后不得不关门走人。类似这样的事情时有发生。

印度行业腐败严重，一些人以业谋私，到了胆大妄为的地步。印国防部长费尔南德斯曾在电视台表示，不少军官向他抱怨，印军前往克什米尔，必须给铁路职员100卢比左右的贿款，才能买到火车票。尽管军官当时已经说明他们是前往克什米尔参加战事，并且可能不能生还回来。但铁路职员仍坚持索取贿款。一些印度高官显要竟带头腐败。2001年3月13日，印度观众被Zee News频道在黄金时段播出的一个节目惊呆了。屏幕里出现了印度观众熟悉的执政党领袖和国防部高级官员，人民党主席拉克西曼一边与几个商人聊天，一边把对方递过来的钞票放入抽屉。那几位“商人”是印度一家名叫泰赫尔卡网站（Tehelka）的记者假扮的。他们谎称自己来自英国伦敦西点军火公司，打算向印国防部推销反坦克导弹系统、热感应装置等先进装备。他们要求这些政界大腕和国防部官员提供方便，并当面递上“辛苦费”。网站记者用公文包里隐藏的摄像机摄下了交易过程，在不同时间和地点拍摄了90多盘录像带，然后从中剪辑出三个多小时的节目，交由印度最大的私营电视公司Zee News播出。节目播出后立刻在全国引起轩然大波，印议会被迫休会，在野党要求执政党立刻下台。这些参与交易的党派领袖不得不发表声明，声称自己拿的是党派活动经费，并未中饱私囊。为平息众怒，费尔南德斯和联合政府中两位党派主席先后引咎辞职。这成了印政坛在21世纪初的一大丑闻，又被称为“武器门事件”。

想不到印度反腐败来真的

印度腐败横行令我吃惊，印度反腐败实招迭出，也令我感叹。

招数之一，印度某些廉政举措已机制化，不因领导人的改变而改变。印度基本上没有吃喝风、赌博风、浮夸风、造假风、跑官风和文凭风。所有公务员对法律负责，不能参加任何政党。政务类高官（副部长以上）必须经选举而产生，县级公务员到省级机关工作必须通过省级公务员资格考试，省级公务员只有通过国家级公务员考试才能到中央机关工作。高官的秘书永远是秘书，除非他不当秘书了，退出公务员队伍，参加政党活动，并通过选举才能当上大官。从总理以下，任何官员乘坐的都是同一牌子、同一款式、同一颜色的国产车。

招数之二，发挥媒体在反腐败斗争中的重要作用。我到孟买不久，便与印中协会领导成员见面。在印中协会副主席阿迪克给我的名片上，印着“前马哈拉斯特拉邦副首席部长”（相当于我国常务副省长）几个字。朋友们告诉我，阿迪克副首席部长的位子丢得有点可惜。原来，在印度禁酒日这天乘飞机时，多喝了点威士忌，下飞机时步履不稳，被媒体以“在公众场合醉酒，严重影响官员形象”予以披露，迫于舆论压力不得不辞职。2003 年 12 月，某外国矿业公司在一家五星级旅馆向印度矿业部长大肆行贿，希望通过该部长帮忙获得在印度某个矿场的开采权。不料整个贿赂过程都被秘密地录了像，并被报纸和电视台公布于众。因铁证如山，而且被媒体炒得沸沸扬扬，该部长不得不因此辞职。

招数之三，设立垂直性的反贪机构，中央统一指挥，不受地方节制。中央调查署在全国多个城市设立了调查局，独立行使反贪职能。2002 年 2–3 月间，中央调查署在全国多个城市同时开始搜查，银行、税务、公共工程建设等部门的 112 名官员落网，经调查，立案 36 件。其中在古吉拉特邦，调查署调查了负责关税和消费税的3名官员，涉案金额2000万卢比。调查人员在其中一人的汽车里，发现15万卢比的现金。2004年9月29日，中央调查署在全国6大城市147处地方同时进行搜捕，收缴了相当于9000万卢比的现金和珠宝首饰等赃物。

马哈拉斯特拉邦副首席部长阿迪克（右2）因所谓"在公众场合醉酒"被迫辞职，现任印中协会副主席。图为他出席在孟买举行的"世界遗产在中国"展览开幕式。左3为文化部副部长、故宫博物院院长郑欣淼。

招数之四，鼓励和保护举报。印反贪机构——中央警戒委员会设立了举报网站，把1990年以来在法庭公开立案、受到贪污指控的高官名字全部搬上因特网的官方主页上。为防止诽谤，该委员会要求所有举报信都须注明被投诉官员的全名、职位和违纪情况，投诉者还要留下自己的签名、电子邮件或地址，不允许匿名举报，委员会根据举报展开调查。最近，印又颁布了《公民反腐败行动指南》。从实践情况看，举报确实使不少贪官落马。例如，出口商辛哈在孟买经营一家名为KTC的货运公司，每次领取退税时，都受到当地3名税官的勒索。前两次，这3人向他索要了2.5万卢比，才让他得到了应得的5.6万卢比的退税。2004年5月，这3人暗示说，他要想顺利得到退税，就再拿出2.5万卢比。辛哈一怒之下，向中央调查署孟买调查局举报了这3人。调查局和辛哈密切配合，在辛哈假装给他们送钱时，把他们当场抓获。印中央关税和消费税委员会主席阿吉瓦尼这位最高税官的落马也是因为一位出口商的举报。2003年8月，孟买一位出口商向中央调查署举报说，阿吉瓦尼利用职务之便，向他索要贿赂。中央调查署在掌握了一定证据的基础上，于9月23日搜查了阿吉瓦尼在孟买的公寓，搜出3000万卢比现金，同时没收了阿吉瓦尼的部分日记。日记中记录了他近几年来收受贿赂的情况。根据这些日记记载，阿吉瓦尼每年受贿总价值达1.2亿卢比。

招数之五，立法打击腐败。2003年8月13日，印议会开始审议旨在遏制打击高层腐败的《洛克帕尔法案》，此前该法案已获得印度内阁通过。根据这项法案，经总统授权，可成立一个专门的3人特别法庭，负责调查处理包括总理、部长和国会议员可能存在的腐败和渎职行为，如果属实，将追究其法律责任和处以罚金，追索期限从接到投诉举报当日起可达10年。按照这一法案，即使是总理、前总理等政要，都要受这一法案的约束。

招数之六，集中整治要害部门的腐败。印度全国范围的肃贪行动主要集中在税务、海关、市政、医疗和护照发放等容易产生腐败的部门。这些部门为防患于未然，经常轮换官员的岗位。如印度煤炭部在2003年对600多名身处要职的官员进行了大调整。在印度工作期间，我所了解到的印度大的反腐败行动无一例外是针对某些要害部门的贪官的。例如，2003年9月中旬，印高等法院受理了全国公路管理局部分官员利用工程承包大肆侵吞国家建设资金和受贿的案件，涉及的贪污和挪用公款的金额高达上亿卢比。2003年6月初，中央调查署立案调查孟买关税局一名副局长，其受贿金额达1.5亿卢比。同月，孟买关税局另一位副局长也因拥有价值超过4120万卢比的来源不明财产而被捕。据报道，在过去两年内，中央调查署已因腐败问题逮捕了31名税务部门的高官。

印度虽然在反腐方面频频重拳出击，但扫除腐败并非易事，因为印度法制不健全，司法人员短缺。据悉，印度只有13000名司法人员，而全国至少需要75000名司法人员才能确保司法案件的审理不致于耽搁延误。一个案件常常要拖数年甚至十多年才能结案，结果使不少贪官逍遥法外，并从容地进行行贿，让案件由大变小，由小变无。尽管如此，印度反腐败的一些做法和经验，对我国的反腐倡廉仍有明显的借鉴作用。

既禁欲又纵欲的印度性文化

说到印度性文化，中国人非常容易联想到在中国驰名的壮阳名药——印度神油。说来奇怪，我到印度这么长时间，并没有看到什么神油，倒是这个国家的性文化引起了我很大的兴趣。在我看来，没有一个国家的性文化像印度那样自相矛盾，难以琢磨：既有成套的说教强调禁欲，又有系统的理论主张纵欲。在中国人的印象中，印度是一个充满神秘色彩的宗教国度，作为戒淫禁欲的佛教和耆那教的发源地，印度怎么会有艳欲主义的文化传统呢？然而，马克思在《不列颠在印度的统治》一文中早就说过，印度的宗教“既是纵欲享乐的宗教，又是自我折磨的禁欲主义的宗教；既是林加崇拜的宗教，又是札格纳特的宗教；既是和尚的宗教，又是舞女的宗教。”印度性文化同印度宗教具有不可分割的内在联系，印度文化中的禁欲和纵欲，就像是同一枚硬币的两面一样缺一不可。

盛行全民族的林加崇拜——男根崇拜

初到印度教大神——湿婆神的庙宇时，看到庙中央竖立着一根约有半米长、黑色、秃顶的石柱，一个接一个的印度香客对着它顶礼膜拜。为什么拜石柱呀？我心里不免犯起了嘀咕。印度朋友告诉我：印度教诸神中，湿婆神是生殖神，他浑身赤裸并有一根巨大勃起的阴茎。印度庙宇中最常见的这种柱型物，实际上代表男子的阴茎，印度人把它叫作林加。为什么在大神庙里要对男根磕头作揖呢？原来，自古以来，印度人就崇拜生殖力，关注生殖器的标志物。林加崇拜起源于远古的印度河文明时期。当时的印度原始居民达罗毗荼人盛行对男性生殖器的崇拜，摩亨殊达罗出土的印章反映出了这种原始崇拜的痕迹。男根代表着繁衍生命的生殖能力，湿婆大神本身是从部落神祇演变而来的。在一些古老的印度小雕塑中，人们见到雕刻着三个脸的有角人。他以瑜伽姿势坐着，整个身子一丝不挂，生殖器直直地勃起。这是一种有生殖能力的神，有的专家说这就是后来印度教中的湿婆大神。在其他一些古印度的雕塑中，时常还可见到公牛、公犀牛、公象等各种雄性有角动物，这些雕塑都露出勃起的生殖器。对这些雄性生殖器官像，印度人都称之为林加。古印度人崇拜男性生殖器达到这样的地步，以致印度一些古建筑物就是根据男根的形象建造的，宝塔实际上就是林加的放大。黑格尔早就说过：“特别是在印度，用崇拜生殖器的形式去崇拜生殖力的风气产生了一些具有这种形状和意义的建筑物，一些像塔一样的上细下粗的石坊。”

在印度，还有一类与林加相对应的赤土小雕塑，称为约尼。约尼状如磨盘，中间有孔，代表女性生殖器，有时则为一个裸体女人雕像，挺着大肚子，象征着人类繁衍。约尼雕像千姿百态，各不相同，但都代表湿婆神之妻——帕瓦尔蒂女神。在印度古建筑物上，圆锥形的物体都配有环形的石雕，专家认为这是林加和约尼的前身——印度教中常见的阴茎和阴道的标志物。林加代表了印度教生殖神——湿婆的形象。实际上，湿婆在印度教中是无所不能的大神，他既是毁灭之神也是创造之神，既是苦行之神也是纵欲之神。湿婆的性能力是印度人津津乐道的话题之一。印度史诗《罗摩衍那》中有一段“恒河的起源”，讲到印度教大神湿婆和乌玛交媾，一次就达 100 年之久，中间从不间断，众神对湿婆的生殖能力感到惊慌，就央求湿婆把他的精液倾泻到恒河之中，这就是恒河之水从天而来的原因。黑格尔在他的著作《美学》中，谈论这个故事时曾说："我们的羞耻感简直都要被搅乱了。"直到今天，在湿婆派的庙宇里还到处都供奉着林加。有的林加四面都雕刻着湿婆头像，放在状如磨盘的"约尼"上面，象征着阴阳交合的生殖力量。据专家考证，实际上，林加在印度教徒的心目中并非仅仅是生殖器官的代表，而是象征着湿婆大神繁衍生命、创造万能的无限潜能。

在印度教的四大节日之一的撒红节期间，一些人表达对林加的崇拜达到无以复加的地步。在印度北方邦的贝拿勒斯城，上午10点以后，人们成群结队，上街游行，从七八岁的男孩到四五十岁的男性壮年，手里都拿着一根长短不一、颜色各异的木制林加游行。游行队伍中，有人打扮成湿婆模样，骑着毛驴，接受人们的欢呼，人们边走边呼口号，口号都是关于男女性交的，在中国人看来就等于是骂人的话。这种游行一直持续到下午2点，女人在这段时间都不得不躲在家中。这在我们中国人看来，简直就是不可思议的事情。

寺庙——性知识的百科全书

2002年9月，我作为新任总领事，前往邦首府班加罗尔拜会当地政要。当地官员派警车开路，特意安排我参观印度最大的耆那教庙宇之一的斯纳瓦腊·比尔戈拉庙。离庙宇数里之远，就可以看到一个巨大的神像顶天屹立，神像约100米高，雕刻在山顶的一块巨大的天然石壁上，使我惊讶不已的不只是神像的高大，还有神像竟然赤身裸体，阳物昂然凸出。来到神像面前，面对神像如此伟岸的身躯，巨大的阳物高悬在神像身上，你只有高昂起头才能仰望，你顿觉神的生殖力是何等伟大，作为凡人又是何等渺小无力。这所耆那教庙宇中，所有神像全是男性，全是裸体，全是阳物突出！这是多么典型的男性崇拜呀。

然而，事后我才了解到，比起印度教来，耆那教的这一切，只能算是小巫见大巫了。早在中世纪时，印度教寺庙里就充斥着大量艳情雕塑。这些独特的艺术在整个印度的艳情艺术中极具价值。这些根据印度教史诗传说创作的杰作，一直为后人所推崇。寺庙的墙上，到处都画着或雕刻着以各种姿势性交的男女，有的是一对男女性交，有的则是一大群人群交。作品中还有许多异常的性交方式。除绘画外，寺院中还有其他大量艳情雕塑，基本表现的是各种性交姿势，甚至还有很多反传统的内容，例如，群交、口交、肛交和兽交。这反映了古印度人形形色色的性生活方式。这些艳情艺术中的男人代表倜傥风流的英雄，女人代表美丽漂亮的女神。这些女神被看成是天堂中的高等妓女，人们常常认为她们是男神的女仆。当时，寺庙附近生活着歌女、舞女，她们为宗教仪式服务；寺庙里也有妓女，这些妓女时常参加寺庙的各种仪式，包括为神事活动歌舞或性交，甚至通过卖淫为寺庙挣钱。寺庙妓女这些性行为主要不是为了乐欲，而是为了敬神。这些女人把自己当作是所伺候的神的娘子，因而她们的淫荡不受公众指责。寺庙妓女中许多人并非本人乐意卖淫，而是因为年幼时，其父母因为敬神将其送给寺庙而被迫沦为娼妓。

著名的卡朱拉霍印度教寺庙群（建于公元950 ~ 1050年左右）绕湖而建，雕刻着很多性爱场面，其中的人物都显得极其纵情声色。这些雕刻被广泛认为是印度艺术中无与伦比的作品，不仅结构极其复杂，而且意象也颇为奇特。克纳尔科神庙是印度教性力派活动的一个主要场所。克纳尔科的黑塔，其中刻画男女拥抱的场景栩栩如生。通过雕刻者的手，艳欲世界与苦行世界形成了鲜明的对照：现实层面是一种苦行，但精神层面却是极大的快乐，寺庙中绘画雕刻所展示的性爱场面，也许指代的正是天国的快乐。

在性与宗教的结合上，恐怕只有古埃及的性文化可以与印度性文化相比。古埃及神话中主宰生命和生殖力的神叫奥撒雷斯。当时，男性生殖器的雕像也受到埃及人的狂热崇拜，奥撒雷斯的形象就是手握生殖器。当奥撒雷斯死而复生时，女神伊西斯跪在他面前，口含他的生殖器。在印度和埃及的性文化中，性交都被赋予了神圣的意义，性交都可被用来敬神。

印度教和佛教都信奉否定的哲学思想，都追求苦修，但印度教却有一个奇怪的现象，即禁欲主义和纵欲主义并行不悖。一些教派提倡纵欲和享乐，反对苦行。流行于西孟加拉和奥里萨一带的性力派，崇拜女神的神圣性力。他们经常举行一种秘密仪式，向女神供奉酒、肉、鱼、谷物和人身，深夜男女按宗教规定“轮座”，即男女围坐在一起，在一片神秘的咒语声中，进行性的狂欢。这是因为印度教中存在一种奇怪的信仰体系——坦陀罗。坦陀罗从印度教的早期形式吠陀教发展演化而来，有多种含义，因此难以定义。它包括种种说教和魔法，其中一个重要特点是注重性能量和性信仰仪式，它通过性来达到获取快乐的目的，它不但不拒绝尘世的享乐，相反还要尽力去挖掘这种享乐体验。坦陀罗直接把性交本身当作一种宗教仪式，认为通过性交可以使男女变成一对男女神。这种性交前，要经过冥想和举行其他准备仪式，并经过一段时间的调情，然后双方以多种形式进行性交。坦陀罗的性交并非取乐，而是借助性来达到更高的精神境界。

坦陀罗的重要观念是微细身理论，即每个肉身都有数个“宝”，它们像莲花的形状，沿着脊柱排列，且男中有女，女中有男。最神圣和最著名的仪式是数对男女出席的“轮座”，即群交。男女在极乐中融为一体，体验天人合一的境界。因为他们认为性交是悟道的最大助力，所以他们一面性交，一面口颂经书，或者运练瑜珈。参加这种活动的人，为了强化效果，经常交换伴侣，可以说这是最早的换妻形式。不过，这种行为受到非性力派印度教徒的反对和抵制。

这种信仰和实践为后来佛教的密宗所吸收，密宗是后期佛教与印度教性力派结合的产物。在印度密宗看来，性爱是超越现实世界的有效手段，最为神圣。密宗对女性的崇拜是一种无私的行为，是一种真正意义上的爱即无爱。因此，密宗仪式中的性事并不表现为激情，而是一种非个性化的行为，沉浸于其中的是彻底的自我解脱。正是在解脱这一意义上，禁欲与纵欲、苦行与性力奇特地化为一体，成为同归的殊途。

神爱至上主义——性生活首先从神开始

自文明兴起初始，性与宗教便在印度建立了不可分割的联系。印度教的神与其他宗教、其他国家的神不同，其他宗教、其他国家的神基本上都长生不老，道貌岸然，远离性爱，而印度教的神却同凡人一样也有生有死，有情有爱，有偷香窃玉的男神，也有红杏出墙的女神。印度性文化对宗教与性的密切关系描述得相当透彻，无论是西方还是其他国家都无法与之媲美。在印度人的眼里，性生活几乎无一不是从神开始的。

印度人认为，人爱与神爱相比，神爱至上。印度人十分崇拜克里希纳神，在印度，克里希纳神的艳史家喻户晓。克里希纳是一位年青英俊的男神，他采取种种方法骗取女人的芳心。一次，哥毕斯的一些妇女脱光衣服裸身在河中洗澡，克里希纳抱走了她们的衣服爬到树上，妇女们只好一丝不挂地爬到树上取回衣服。他向每一个哥毕斯女人表达爱意，并使她们深信他仅仅爱她一个人。传说中，被克里希纳玩弄过的女人成百上千。在众多的哥毕斯女人中，克里希纳最喜欢拉达。他们的情史被后人传为佳话，常常用作色情文学的主题。尽管克里希纳的许多罗曼史——如他勾引有夫之妻——是不道德的行为，但是印度人却从神爱高于世俗欲望的“神爱至上主义”出发为他辩护。譬如，哥毕斯的裸体被说成是神显灵时灵魂的裸现，认为女人在任何情况下都应将终身献给克里希纳神。同时，印度人也认为，克里希纳神在寻花问柳的同时，也在鼓励女人去享受性爱的快乐。因此，印度教中的神既是性爱的崇拜者、实践者，又是对他人性行为的鼓励者、推动者。

2003 年春节期间，我和我国驻埃塞俄比亚大使艾平及其夫人等一起乘飞机前往奥兰加堡，专程去参观那里举世闻名的阿旃陀石窟艺术。我的感觉是，印度宗教艺术习以为常地关切着性爱，想方设法来刺激感官，即使是禁欲主义的佛教也不例外。我国敦煌石窟中也有表现男女性生活的壁画。例如，第 456 窟中有许多欢喜佛的壁画，画着“明王”“明妃”作交合状，胯下还有小鬼以盘接他们流下来的阴水。这表明当时的佛教并不认为男女交合为猥亵之事。但这在规模和艳情程度上都无法与印度阿旃陀石窟相比。阿旃陀壁画描绘佛教传说的一个个场面，大多数作品都带有明显的艳情风格，以致于人们得到这样的看法：只有印度特有的世俗色情的艺人才能创作出如此温柔与激情相互交织的动感世界。当我面对这些壁画时，想起了唐僧西天取经时，曾特意到阿旃陀。他在《大唐西域记》中专门记载了此事。面对如此之多的艳情壁画，不知唐僧当年是否脸红，是否不停地念着“阿弥陀佛”？

《欲经》——举世闻名的印度教性爱经典

中印两国性文化都源远流长，但印度性文化与宗教如此密切地交织在一起，却是与中国古代性文化的一个最大区别。公元四世纪左右出现的印度教典籍《欲经》，相传作者为婆蹉衍那，此书在印度民间广泛流传，英文、印地文或其他文印刷的《欲经》在当地书店里随时可以买到。在我看来，它既像中国道家的《玉房秘诀》，以严肃冷静的观点阐明各种性行为，又像罗马帝国奥维德所著的《爱的艺术》一书，以嘲讽的态度渲染调情艺术。地处中国与罗马之间的印度，在性文化方面多少综合了来自双方的影响。该书虽然详细描述了各种性交技巧和调情艺术，但与其说它是一部宗教文献，倒不如说它是地地道道的生活书籍，涉及很多家政内容，描述了古代印度年轻的艺术爱好者某些无拘无束的生活：沉湎于诗情、音乐、绘画和雕刻等高雅的精神生活，辅之以鲜花、香水、美味佳肴以及其他精心安排的日常生活。当然，日常生活中最重要的还在于性爱以及性爱中的各色女人。这本书主张妻子应该多才多艺以取悦丈夫。例如，它认为妻子必须掌握唱歌、缝纫、跳舞、做花甚至巫术、斗鸡、赌博等 64 种外能；同时，这本书又强调夫妻必须具有 64 种内能，包括 8 种拥抱，8 种接吻，口交的 8 个阶段，抽动阴茎的 8 种方式等。

《欲经》对性爱的基本态度是：性爱需要男女双方共同求得满足，并非仅仅是男人的性欲发泄。《欲经》还认为，女人在性爱中有更大的激情，她从性爱中能够获得超出男人的快乐。实际上，《欲经》是一部关于女人的书，它的意图在于使男人认识女人：女人是温柔和激情的化身，性爱也是温柔与激情交织在一起的生活艺术。可以说，传统的印度教对性的态度是健康的、泰然自若的。《欲经》虽然专门谈论性爱，但性爱在作者的笔下不仅表现为一门艺术，而且表现为一门科学。当然，这种科学染上了浓厚的宗教色彩。性爱并不是情和欲的泛滥，而是要克制自我的激情，要在对自我情欲的严格控制之下才能进行，性爱的最高境界是淡然无情。

印度人虽然撰写了第一本集“爱”与“性”为一体的《欲经》，但他们却总是将“爱”与“性”完全分开，认为真正的爱应该是无师自通的人类本能，无需任何指导；相反“性”却需要强调技巧。因而，印度性文化的书籍常常用大量篇幅来介绍“无爱的性技巧”，《欲经》明显反映了这一倾向。印度人的性观念似乎是两种极端倾向的奇妙融合，它既有粗俗的一面又有精雅的一面。印度人从极单纯的否定哲学出发，却发展出极其繁杂的性享乐方式。印度人谈论爱，也讨论性，而且两者可以完全无关。他们并未将这两种彼此冲突的东西融为一体形成和谐的新体系，而是将它们互相掺杂。也许这正是印度性文化的一大特色。

在我看来，如果说中国的《玉房秘诀》主要论述的是在床上时所发生的事情，那么罗马的《爱的艺术》则教你如何到床上去，而印度的《欲经》内容更广，它罗列了每个家庭主妇取悦丈夫必备的各种知识。该书偏重性爱时的心理描述，在谈“性”之前花了很大的篇幅先谈论了关于“爱”的问题。虽然自有文字以来就有歌颂爱情的作品，在讴歌爱情的诗词中也经常见到性的描述。但在性文学中却甚少包括爱的内容，《欲经》极可能是第一本既论“性”又论“爱”的专著。

《欲经》显示了印度教的一个典型特征：宗教与生活水乳交融般地联系在一起，可以说宗教就是生活，当然包括性生活。古代印度教并不贬低爱欲，在所有合法的享乐中，性爱被认为是最富于激情也是最为完美的人生享受，它也最易于被转化为宗教的热情。与此同时，在现实生活中，房事也变成一种积极的宗教性的义务。印度人的性观念与其他文化还有一个显著不同的地方。不管是中国还是古巴比伦、埃及、希腊或罗马，对性问题的态度和看法虽有区别，但都认为性交应该是发生在闺房或妓院中的事。换句话说，它是一种隐私行为，对别人是秘而不宣的，但印度人谈论性时却并不加掩饰。在印度人看来，性是自然的、幸福快乐的，是人生追求的三个目标之一。这种性观念与今日西方社会流行的性是自然、快乐的，可以公开谈论和可以公开为之的观念似乎有接近之处。印度教鼓励早婚，因而早婚在印度很普遍。在古印度教看来，男 24 岁，女 8 岁，是最合适的婚配年龄。据说这是防止妇女淫荡的最好办法。丈夫死后，寡妇不准改嫁，甚至要自焚殉夫，拥护者认为这样这对夫妻可在天国享受 3500 万年的极乐生活。

由于《欲经》对人们了解印度古代文化和习俗很有帮助，它已被翻译成多国文字，在世界流传。

禁欲——印度性文化中的主流意识

如果认为印度宗教中有艳欲主义的传统，印度性文化中有纵欲主义的倾向，就认为印度是一个性开放的社会，那就大错特错了。恰恰相反，印度在有的方面还显得相当保守。例如，1400多万人口的孟买市里，找不到卖人造阳物之类的性生活用品商店；不仅为女性私处美容、肚脐美容的美容店没有，而且是否有做双眼皮手术、做处女膜修补术的地方，许多印度人也回答不知；高档宾馆中我从未看到过妓女，也从未接到过是否需要提供特别服务之类的电话，连洗脚屋、夜总会之类的设施也没有；大庭广众之中没有女性袒胸露臂、没有男女亲吻搂抱、更没有伤风败俗的现象；高级官员和老板们绯闻不多，养“二奶”现象不能说完全没有，但至少在媒体上还没有看到披露。

为什么会是这样呢？这是因为，印度人的哲学基本上是一种否定哲学。印度教认为，人生是充满痛苦和磨难的，即使快乐的王子，他也绝不会没有痛苦。因此，人生并不是追求世俗的享乐，而是以逃脱没完没了的人生轮回为最终目标。印度宗教传统中的主流意识认为人应该放弃对性自由、婚姻和家庭三种乐欲的追求，因为它们会影响人进入幸福和极乐天堂。从总体上说，佛教、耆那教一般比印度教更强调禁欲主义，至于伊斯兰教，对性的态度也比印度教更保守。

印度禁欲主义的主要奠基者是佛教创始人佛陀，即释迦牟尼。29岁时，佛陀扔下爱妻和幼子，创造了后人一直沿用的、逃避世俗的生活方式——深山隐居，把自己从性欲和各种世俗的欲望中解脱出来。他超脱人间痛苦的方法是，通过放弃各种欲望而达到“空无”“超然”的全福境地，使人进入极乐天堂和涅槃。佛教的“八戒”之一就是戒淫。

公元2世纪，印度佛教诗人马鸣在《美难陀传》中记述了佛祖释迦牟尼使他的异母兄弟难陀皈依的故事，从中我们不难理解苦行的宗教怎么会与享乐联系在一起，纵欲怎么会最终走向禁欲。难陀耽于世俗欢爱，佛祖为了度化他，引领他目睹了天女，难陀对美貌而性感的天女如痴如醉，于是他像佛祖所教导的那样开始修炼苦行，希望有一天能获得天女的欢爱，他极端的苦行行为和异常的淫乐心理奇特而可笑地结合在一起。然而，他对苦行的专注和执着使他的修为突飞猛进，从而使他在更高的修炼层次上得以悟道，他竟不再迷恋男欢女爱了。

印度禁欲主义的产生还同印度教的人生观，特别是关于苦行僧的人生观有关。印度教把人的一生分作净行期、居家期、修行期和苦行期四个阶段。禁欲像一条主线贯穿于人生的这四个阶段。在第一个阶段，印度教徒要拜正统婆罗门为师，熟悉各种苦行的方法和必须遵守的戒律，努力控制本能和冲动。在第二阶段可以结婚生子，成家立业，履行世俗义务，享受合理欲望。在家里第三代出现时，人生进入第三阶段，这时要放弃家庭，进入林野，朝沐夕浴，吃野菜瓜果，采取超然的态度和苦行沉思与冥想。妻子可以随同丈夫，但绝对不能同床。接近 75 岁时，人生进入第四个阶段，即苦行期，这时获得了过出家生活的资格，必须穿别人穿过的衣服，睡在地上，过乞讨生活，等待死亡的降临。此时，更谈不上性的乐趣了。为什么印度教徒在人生的后两个时期要抛妻别子、离家脱俗呢？这是因为他们认为一个人生来是渺小和孤陋寡闻的，为了扩大视野，增长知识，就要靠自己的两只脚离家出走来实现这一愿望。同时他们又认为，人生来就是有罪的，要想减轻罪孽，摆脱无穷无尽的轮回之苦，就必须过禁欲生活。虽然并非所有的印度人都按照这一设计去生活，但这样生活的人通常能获得更大的尊敬。

需要指出的是，印度教中的禁欲主义与欧洲中世纪时盛行的奥古斯丁提出的禁欲主义有着本质的区别。奥古斯丁将禁欲主义发展到顶峰。他创造了“性就是犯罪”的理论——即性是罪恶的起源，性欲是传播犯罪的途径。他主张最根本的方法是禁欲，退一步是结婚，但不性交；再退一步，即使性交也不能追求性爱的快乐。也就是说，独身是基督教的主要美德。印度性文化与此根本不同，它虽主张禁欲主义，但并不认为性等于犯罪；相反，婚姻在印度人的一生中十分重要，许多人未到青春期就结婚。无论是在以传宗接代为目的的婚姻，还是在以性欲为目的的婚姻中，性都极受推崇和称赞。这正是印度性文化的一个最大特点：禁欲与纵欲并行不悖。

谁解脱谁便幸福

幸福观是人生观、价值观的核心，它构成了一个国家国民性中最基本的东西，它是在数千年来文化积淀的基础上形成的。作为最古老文明之一的印度文明，印度人逐渐形成了自己独特的幸福观，这种独特的幸福观，使得印度人具有一种罕见的精神力量，这种力量执着而坚韧，不因世界的变化而变化，不因外界的看法而动摇。可以说，在历史的长河中，印度人靠这种力量，得以度过贫困、饥饿、瘟疫、战乱，使古老而伟大的文化得以延续。我们说印度人的幸福观独特，它究竟独特在什么地方呢?

享乐主义不怎么流行

幸福在许多人看来同享福是连在一起的。在中国，在西方社会，许多人追求幸福具体体现在追求人生种种享受，吃山珍海味，穿绫罗绸缎，交红粉知己，等等。为了迎合这种幸福观，商家广告词中常有“超值享受”“帝王享受”等词语。但是在印度，许多人追求幸福却表现在主动吃苦上，因而享乐主义不怎么流行。这是因为印度传统宗教文化主张独善其身，吃苦修行，贬斥享乐，突出奉献，这使得印度不少人，特别是作为社会良心的代言人——印度知识分子大都看轻身外之物，不注重物质享受。当然，在中国传统文化中，也有主张吃苦的思想，但是所谓“吃得苦中苦”，目的却是“方为人上人”；所谓“十年寒窗苦”，只是为了“金榜题名时”，“书中自有黄金屋，书中自有千钟粟，书中自有颜如玉”是对这种苦乐观的最好的注脚。

追求人生享乐，自然追求大吃大喝，精吃精喝，在中国还体现在有些人用公款吃喝或白吃白喝。吃得好不好，被许多人认为是幸不幸福的一个重要的衡量标准，“将进酒，杯莫停”“食不厌精，脍不厌细”“人生得意须尽欢，莫使金樽空对月”“今朝有酒今朝醉”“但愿长醉不复醒”这些名句，应当说在某种角度上体现了中国人对幸福的理解和追求。但是，你如果认为印度人也这么看，那就错了。在印度，至少一半以上的人不吃荤，绝大多数人不抽烟，不喝烈性酒；越有文化、越有地位的人，越吃素，连鸡蛋都不碰一下。圣雄甘地晚年不仅严格吃素，甚至把牛奶都戒了。一些人甚至将是否吃素提到如何实现人生价值的高度，印度议会专门设有“素食论

瓦拉纳西恒河边的圣浴浴场与焚尸场仅咫尺之遥

坛”，前总统文卡塔莱曼和一批国会议员，常常现身说法，向那些非素食主义议员进行游说，鼓动他们放弃吃肉，企图以此推动越来越多的人们吃素。在印度饭店里，满桌子都是菜，总是有余有剩，往往剩很多，且“千杯万盏会应酬”的人，十之八九来自中国，印度人点菜总是就两三样，以吃饱为原则。

追求人生幸福，自然免不了追求“性福”，“食色性也”，这也难怪。于是，在中国就有了皇帝老子可以享受三宫六院七十二妃“性福”的特权，就有了诗仙李太白“长相思，在长安，美女如花隔云端”的感叹，就有了“古往今来多少经，自此区区色与名，若问哪般为缓急，愿将铜像易倾城”的选择，甚至还有了“天子游龙戏凤，公卿怜香惜玉，绅士寻花问柳，草民偷鸡摸狗”之类关于“性福”的调侃。印度也这样吗？非也。印度历史上皇帝没有三宫六院七十二妃的“祖制”，也没有依附于后宫祖制的所谓净了身的“阉党”。虽然，印度历史上不乏歌颂美好爱情的史诗传说，但总体上说，印度传统文化主张男性远离女人的“性力”，认为女人的“性力”是一种可怕的东西，可以毁掉一个人的“解脱”之途。按今天的话来说，印度教男子认为，“解脱”比“性福”更重要，性福是一时之乐，“解脱”则关系到此生和来生之乐。印度心理学家卡拉尔在1987年出版的《龙与野鹅：中国与印度》一书中说：“一个恶性循环在印度人中间进行，成熟的妇女在性的方面威胁男人，男人在性关系中趋于逃避行为。”因而，印度教男子喜欢到宗教圣地进香，到圣河游泳，甚至出家当苦行僧。例如，印度大文豪泰戈尔在《我的回忆》一书中就这样说：“我出生后不久，父亲就开始经常出门，云游四方。所以，说我小时侯几乎不认识父亲，一点儿也不夸张。”对超自然的献身和对宗教解脱的永恒的追求，淡化了男女之间的关系，使印度男子对“性福”持有一种更为超越的观点。正因为如此，印度教把人生划分为净行期、居家期、修行期和苦行期，到50岁左右，教徒便进入修行期。按照传统习俗，进入修行期的男子便必须放弃家庭，不能再过夫妻生活享受

“性福”，只能潜心静修，然后一杖一钵，云游四方，置生死苦乐于度外，一心等待“解脱”的来临。在印度现代社会里，这样做的人虽然越来越少，但这样做的人却能赢得人们更大的尊敬。也正因为如此，“包二奶”“三角恋爱”或“多角恋爱”“以色行贿”等现象在印度并不普遍。

对青史留名不那么在意

雁过留声，人过留名。这被许多人，特别是被中国社会的精英人物看成是重要的事情。青史留名，流芳百世无疑是一些人人生的最大追求，被其视为是最大的幸福。中国人看重的立功、立德、立言，说白了，都同立名有关。但印度人对这一点却不那么在意。马克思说，印度没有历史。印度人不看重历史，因而在乎什么青史留名的远不如中国多。这突出表现在印度历代朝廷不设史官，即使称孤道寡的皇帝，权倾朝野的贵胄，也难得费心设置什么史官来记载他们的什么丰功伟绩。在中国，从钦定官修的《二十四史》，到各种府志县志、族谱家谱、野史稗史，希望青史留名所采取的方式无奇不有。甚至有人希望不能流芳千古，亦要遗臭万年。同浩如烟海的中国史籍相比，印度的历史书籍实在少得可怜，有几百年历史竟然是空白，不得不到中国和其他国家的古籍中寻找史料。

在中国，到处是名人墓地，名人有庙宇，如孔庙、关帝庙、武侯祠、张飞庙等，名人有墓志铭，有谥号，有祭文、挽联等，这些虽然都是为了寄托哀思，但都同注重青史留名有关。所以，中国许多文物保护单位是名人墓地。印度教徒死后当天火化，实在来不及就在第二天火化；骨灰抛入江河，不建墓地，不设祖宗灵牌，也就是说，不在乎在历史上有什么影响。因而，印度教徒在历史上没留下什么名人墓地（现代的甘地墓、尼赫鲁墓等属于罕见的例外，泰姬陵等则属于伊斯兰教文化的遗产）。印度没有历史，印度人不重视青史留名，不仅仅是印度人历史观念淡薄，而是由印度人独特的宗教观、幸福观所决定的。

万贯家财有人不那么看重

不少人把幸福同富贵挂钩，虽然富贵并不意味着幸福，但幸福离开了一定的物质基础是无从谈起的。这就是说，金钱不是万能的，但没有金钱是万万不能的。有人甚至认为，金钱不仅能使鬼推磨，而且能使磨推鬼。因而事实上，不少人把追求金钱当成了幸福的实现方式。在中国，不少人热衷于升官，也主要是为了发财，因为，即使是“三年清知府”，也是“十万雪花银”。中国古代社会是官本位，升官就能发财是根本原因之一。但是，印度古代社会是宗教本位，神本位，即使在穆斯林统治时期，也是宗教本位。受印度传统宗教文化主张独善其身，突出奉献的影响，不少印度人看轻身外之物，不注重物质享受，有些人甚至一夜之间就决定把终身积攒的财富全部贡献出来，用来造福社会。应该说，在印度，这是万贯家财有人不那么看重的精神源头之一。印度耆那教的“五戒”之中，就有一条“戒私产”。由于耆那教严禁杀生，耆那教徒认为从事农业生产会误伤虫蚊，破杀戒，因而自古以来耆那教徒多数从事工商业，不少教徒都是拥有万贯家财的大富商。由于耆那教反对蓄财，到一定阶段，不少教徒就会舍弃一切，离家出走当苦行僧。例如，1992 年，报纸上曾经报道一位耆那教徒舍弃万贯家财，出家当苦行僧的故事。主人公 30 多岁，经营珠宝等生意，正当事业有成、春风得意之时，突然看破红尘，决定离家出走。出家前，他把辛辛苦苦积攒下来的财产捐给社会，骑马穿过闹市时，沿途抛撒各色宝石，引得路人纷纷争抢。

他在一个耆那教寺庙受戒后，取了法名，开始了苦行僧生活。

这种例子虽然在现代印度并不十分常见，但万贯家财者在印度并不只是关心自己发财，还热心公益事业，慷慨施舍，却是司空见惯的事情。在印度，人们可以经常看到印度富人赞助宗教事业、教育事业、文艺演出和其他公益事业。慷慨施舍，热心公益事业被印度教徒誉为最重要的美德，印度土生土长的佛教、耆那教强调这一美德，作为外来的宗教，在印度有重大影响的伊斯兰教也强调这一美德。直到今天，施舍并且不求回报仍然是印度人最主要的一个共识和理念，仍被作为最重要的一种美德为印度社会所提倡。媒体上经常能看到关于印度富人向寺庙、向穷人、向社会施舍的报道。

幸福究竟是什么

按照印度教的规定，印度教徒生活的最高理想是个人获得解脱。“解脱”（moksha 或 mukti）是印度教中最重要的思想，一般认为，解脱就是人通过各种形式的努力，使精神或灵魂从肉体的束缚中摆脱出来，实现个体灵魂（atman，或称“我”）与宇宙灵魂（brahman，或称“梵”“世界灵魂”）的合一，从而达到理想的境界。这个思想在印度教中称为“梵我同一”，在佛教中称为“涅槃”。也就是说，绝大多数印度人把人生的最大幸福看成是解脱，谁解脱程度高，谁就幸福多，谁解脱程度越彻底，谁就越幸福。很显然，这种幸福是精神层面的，不是物质层面的；是宗教层面的，不是世俗层面的；是内省超验的，不是接触感知的。

把解脱作为人生的最高理想，把实现解脱作为最大的幸福，无疑意味着对现实世界的贬低，对尘世幸福的压抑。把实现解脱当成幸福，无疑意味着对超自然的献身和对宗教解脱的无休止的追求，这必然淡化对尘世幸福的向往，淡化对家庭亲情的依恋。因为，按照印度教的观点，家庭只不过是人生的一个“旅栈”，只是一个人死去的祖先和未出生的子孙这个无尽链条中的一个环节。人生是一次旅行，是前世、今世和来世这个无尽轮回中的一瞬，个人不属于家庭，家庭也不属于他，大家都属于神。正因为如此，印度人放弃财产，离家出走，修行悟道，社会不仅不指责其抛弃家庭，不负责任，反而对其表示共鸣与敬意。也正因为如此，在许多印度人看来，金钱美女、山珍海味、功名利禄等，所有这一切同尘世幸福有关的东西同解脱这一终极幸福相比，显然都是微不足道的。解脱不仅是历代圣贤、哲人智士反复探讨的永恒主题，而且成为千千万万印度人人生追求的最高目标。凡人自觉把这种追求当成最大的幸福，年复一年，日复一日地去研究它，追求它，实践它。“穷且益坚，不坠青云之志”，用王勃这句话用来形容印度人对实现解脱这一人生幸福的向往和努力，是再贴切不过了。

来生幸福是首要的选择

印度教，以及佛教、耆那教、锡克教等印度本土宗教，都认为现世世界是一片苦海，都把解脱作为人生的最高目标。为了摆脱苦海，为了进入与神结合的境界，为了在来生进入一个无苦无欲、自由欢乐的幸福世界，印度人，特别是印度教教徒、耆那教教徒等，做出了在中国人看来难以想象的种种艰辛努力，以求获得解脱。

要想达到解脱，获得来生幸福，就必须洗涤罪恶。人们相信，在恒河、哥达瓦里河以及锡布拉河等圣河里沐浴，能够洗涤罪恶，解除轮回之苦。前往圣河沐浴，是每个印度教徒一生梦寐以求的宿愿。他们为此不畏艰辛，甚至倾家荡产也在所不惜。印度教徒在瓦拉纳西新月型的恒河湾两侧修建了大大小小 64 座带有很多石阶的码头，供印度教徒沐浴礼拜之用，这种码头又称“盖特”。印度教徒把在这里修筑“盖特”视为积德行善，历代王公政要愿意在这里留下善迹，故沿河的大小码头连绵六七千米。每天都有上万人来此沐浴，用恒河圣水洗涤自己的罪孽。尤其是清晨和傍晚，人山人海，拥挤不堪，宛如赶庙会一样。我曾早上 5 点就赶到恒河边，亲眼所见，许许多多善男信女乘车，甚至一路步行，扶老携幼来到河边，极虔诚地献上鲜花，更衣祈祷，然后慢慢走入水中，用右手捧圣水喝下，并把河水带回家。

到寺庙膜拜听经，也是获得解脱，实现永恒幸福的重要途径。我曾到孟买、班加罗尔、拉西克等地的印度教、佛教、耆那教等神庙参观。在印度教庙宇中，看到那里成群结队的香客排着队，进庙后依次用右手将一悬挂的铃摇一下，不时响起的铃声仿佛在说：“神，我来顶礼膜拜了”，然后，极虔诚地向神膜拜，神庙的祭司赤着胳膊、淌着油汗，哼哼呀呀地唱着，不停地把燃着圣火的托盘从神殿深处端出又端进。香客们则争先恐后地抢盘中的灰烬，将其抹在自己的额前，以示已得到神佑。最典型的要算瓦拉纳西，这座印度教圣城虽曾被穆斯林征服 500 年，受英国统治 200 年，但仍保留了强烈的印度教色彩。在这个拥挤的城市里，至今还有 2000 多座不同朝代、风格各异的庙宇和寺院，里面都敬奉着栩栩如生的神灵偶像，其中绝大部分属印度教，可谓印度庙宇之集锦。这些庙宇有的高大雄伟、金碧辉煌，有的小巧别致，也有的已破烂不堪，殆为废墟。外来香客要到主要庙宇朝圣一番，起码得花上一个星期的时间。有的香客为了表示虔诚，往往步行绕圣城一周，这要走 5 昼夜。该城居民宗教思想浓厚，宗教活动是其主要生活内容。不管刮风下雨，从每天清晨四五点钟开始，成千上万的男女老少纷纷来到恒河岸边洗圣水澡和进行其他宗教仪式。该市每年 400 多个大小宗教节日，多时一周就达 9 个。每逢节日，总要举行不同形式的宗教活动。一般印度教徒认为人生有四大乐趣：居住在瓦拉纳西、结交圣人、饮用恒河水、敬奉湿婆神。瓦拉纳西市民身处圣地，引以自豪。外来的印度教徒一旦有幸在这里落脚生根，就再也不愿离开这块宝地。

按照现在的印度宪法规定，印度是一个世俗国家，但宗教对人们的影响仍然超出我的想象。当一个人将精神追求作为至高无上的目标时，他所表现出的能量是惊人的，即便付出肉体的代价，也可能在所不惜。在印度这些沐浴者、膜拜者的身上，我看到了印度人追求神佑的巨大活力和忘我精神，印度人靠这种精神力量，使古老而伟大的文化得以延续。看到人们虔诚地将混浊的河水浇在胸前、额头甚至喝下，看到他们在圣河沐浴时脸上荡漾着的幸福感，谁都会为这种行为背后的精神所震撼，我常常情不自禁地反思：究竟什么才是幸福呢？我们是否太注重物质上的享受而忽视了精神上的追求？

洁的更洁，脏的更脏

什么是清洁？印度人是否讲清洁？这不是一两句话就能说清的问题。说印度人爱清洁，印度的卫生现状本身连印度人自己也深感头痛；说印度人不爱清洁，许多人也会摇头表示反对，这是因为在印度历史上，是否清洁是区分种姓高低的一个分水岭，是一个极其严肃的宗教命题、哲学命题和社会命题。人清不清洁同中国当年讲究什么出身、属于什么阶级这个问题一样重要，因为它关系到印度人的社会地位和来世幸福。没有任何一个别的国家像印度那样把人的清洁与否同社会地位高低如此紧密地联系在一起。

世俗意义上的清洁不那么讲究

即使在最现代化的大都市孟买，不讲卫生的习惯也随处可见。许多街头小吃、快餐确实不那么卫生。例如，当地印度人吃快餐的习惯是，快餐摊主把米饭、菜等吃的东西搁到一张旧报纸里，顾客左手捧着这份用纸盛着的饭菜，右手一点一点地抓着吃，吃完了把旧报纸扔掉了事。许多顾客交钱后不洗手（也没地方洗手）就抓饭吃，摊主用手接钱后，也不洗手，照样给顾客做饼、做菜、做甜点、做小吃以及用手分捡食品。旧报纸是脏的，钱是脏的，手也是脏的，那吃进去的东西能是清洁的吗？但顾客无所谓，卖主也无所谓，城市卫生监督部门也无所谓，你说这能是讲究卫生吗？

也许你会说，这是平民百姓，他们本来就不那么讲究。你会认为达官显贵可不是这样。我说，你错了。在许多次招待会上，我亲眼所见，许多达官贵人一边握手，一边又用手把一粒粒花生米，一根根炸土豆条，一片片炸虾片送进嘴里。我参加印度朋友、富商克瑞迪亚先生的生日庆典时，他用叉子把一块蛋糕送到我的嘴里，我吃了一口后，他把剩下的部分又送到我妻子嘴里，接下来，他把剩下的部分又塞进韩国副领事的嘴里。然后，他不洗叉子，又不断叉起一块块蛋糕送到别的客人嘴里。后来，我们参加印度朋友、出生在婆罗门的甘地先生的孙子的订婚仪式，看到的情况更令人目瞪口呆。新郎新娘干脆各自用手把一块蛋糕送到对方口中，然后依次送到父母、爷爷奶奶、亲戚朋友以及我和夫人的嘴里。也有一些客人索性自己用手拿一块蛋糕吃下去。印度蛋糕含糖和巧克力多，沾性大，容易沾到嘴唇上下或两边，遇到这种情况，主人或客人会毫不犹豫地用手将蛋糕抹进嘴里。大家的手都互相握过不知多少遍了，都是没洗的，都照样把脏手沾过的蛋糕吃下去了。

孟买街头关于不得随地吐痰和随地小便的告示牌

这种习俗能保证清洁吗？

印度人不那么讲究世俗清洁，还可以从如厕这点上反映出来。绝大多数印度人喜欢在露天“解决问题”，随地大小便的现象比比皆是。无论是在新德里的宽阔马路旁，还是在孟买的高楼大厦边，即使在光天化日之下，你都能时而瞧见面对墙根、屋角，从容进行“野外作业”的人。大路中央不时有神牛的粪便，墙根屋角则不乏过路君子的大小便遗迹，还有猫狗们的粪便，加上动辄 40 多度高温，那种景象，那股气味你可想而知。2003 年，印度统计组织的全国调查取样表明，印度 40% 的家庭没有卫生间。目前，印度全国 5060 个中等城镇中，只有 252 个拥有完善的下水道排污系统。有着近 1300 万人口的首都新德里，45% 的家庭没有现代化排污系统，全城只有 6000 多个公共厕所，大都直接排放，使印度生态环境受到严重污染，威胁到广大贫民百姓的健康安全。联合国一项统计资料表明，每年至少有 60 万印度儿童因卫生原因而死亡。

印度朋友自己也认为印度的清洁状况不尽人意。非典期间，孟买市政专员以一种调侃的方式向我表达了对城市卫生状况的不满。他说，孟买不可能再脏了，正因为太脏，以致产生了抗体，反而没有非典。

宗教意义上的清洁太较真

印度是一个宗教大国，特别是印度教的王国，讲究宗教意义上的清洁有着悠久的历史传统。虽然大城市里的卫生状况实在不敢恭维，街道两旁许多肮脏的低矮窝棚里，蜷曲着许许多多蓬头垢面的穷人，但神庙却都如出污泥之莲花，干净得几乎一尘不染。可以说，庙宇是印度最清洁的地方之一。世界其他宗教也注重清洁，也有“洁净”与“污秽”的观念。例如，伊斯兰教也十分强调“净”，规定教徒在举行礼拜、诵读古兰经等宗教功课时必须洁身，在具体做法上还有大净（wudu）、小净（ghusl）等详细区分。犹太教也视猪肉、兔肉、马肉等为不净。但是，印度教却把“洁净”和“污秽”的观念发挥到无以复加和令人难以置信的地步。

在印度教看来，宇宙万物和人类社会是以清洁与污秽的程度来分类和定尊卑的。在动物界，牛是最洁净的，鱼类一般，而猪、狗、鸡的洁净度低。在植物类，菩提树最洁净，棉花次之，麻又次之。在金属类，洁净度依金、银、铜、铁顺序而降。人体各部位洁净程度也不一样，洁净度依头、手、腿、脚而降。总之，据印度《摩奴法典》，肚脐以上为净，以下为不净。人体和动物的排泄物，以及同血、死尸、腐烂有关的东西被认为最污秽。河流中以恒河为最洁净，山脉中以喜马拉雅山为最洁净。在印度人看来，越洁净的东西，离神越近，同一类中被认为最洁净者，如牛、菩提树、恒河、喜马拉雅山等，通常都具有神的资格。

同样，人越洁净，离神就越近，社会地位就越高。但人是否洁净，同是否随地吐痰、随地大小便，是否勤洗手、勤洗澡这些卫生习惯没关系。在印度，人是否洁净同他从事什么职业是联系在一起的，不同的职业以及从事不同职业的人，洁净度不一样，因而他们的社会地位也不一样。印度自古以来的种姓制度就是以宗教意义上的洁净与污秽程度为根据的。祭神、讲授宗教经典等与神有关的职业，理所当然地被看成是最洁净的，因而从事这一职业的人，即婆罗门也是最洁净的，哪怕这些人事实上不洗澡，不换衣，最不讲清洁，也没有关系。在传统的印度教社会，母牛与婆罗门常常并称，都具有神性，因而不可亵渎。那么，哪些职业被认为是最污秽的职业呢？一是与杀生有关的职业，如屠夫、渔民和猎人；二是与死亡有关的职业，如搬运人畜尸体、焚尸的人；三是接触人畜排泄物的职业，如洗衣工、理发匠、接生婆和清道夫等；四是亵渎牛的职业，如杀牛、经营牛皮制品以及吃牛肉的人。这些人即使再讲卫生，也被传统社会认为是最肮脏的人，是处在社会最底层的“贱民”，是所谓“不可接触者”。

那些来自高种姓的人，特别是婆罗门种姓的人，为了维持自己宗教意义上的洁净，在歧视那些所谓污秽种姓的同时，尽量避免从事被认为是不净的工作和接触来自污秽种姓的人。故意接触从事不净工作的人，故意与污秽种姓的人打交道，通常会受到包括开除种姓籍在内的严厉惩罚。无论是在古代典籍还是在现实社会中，因同污秽种姓接触而受惩罚的例子不胜枚举。

但是，那些自认为洁净的高种姓完全不同所谓不净的那些人接触在事实上是不可能的，因为，这样一来，社会恐怕难以运行。于是，以婆罗门为首的高种姓人又绞尽脑汁，设计出了一系列所谓净化方案，即他们在现实生活中不得不或无意中同污秽种姓人接触以后，仍能通过某些净化仪式，恢复他们宗教意义上的洁净。例如，同污秽种姓讲过话的，再同婆罗门种姓讲一次话就洁净了；看到污秽种姓的，看一眼日、月、星光就能去污；同污秽种姓碰触了的，洗一次澡就算得到了净化；吃了不可接触者的食品，被认为是十分重大的污染，必须绝食三日才能恢复洁净；同污秽种姓的女子性交，哪怕只有一次，也被认为是最大的污染，是一种犯罪，必须通过三年行乞和不停地念诵娑毗陀利赞歌或绝食两次才能清除污染。在洁净种姓看来，污秽种姓者坐过的凳子、乘过的车辆、摸过的花草、走过的道路，都被污染了弄脏了，不能马上接着使用，要等风吹一阵，去掉污染，恢复洁净以后，才能使用。

宗教清洁太较真影响了世俗清洁

在印度，宗教意义上的清洁与世俗意义上的清洁不仅不可能并行不悖，而且往往因追求前者而损害了后者。洁净种姓的人认为污秽像传染病一样通过直接或间接接触而传染，因而，为了防止传染上污秽而设置种种藩篱。而这些藩篱反过来虽然满足了洁净种姓宗教意义上的清洁需要，同时却破坏了世俗意义上的清洁环境。例如，在种姓制度废除以前，在建造城市时，从事不洁职业的不可接触者和异教徒的居住地只能建在墓边，与死人为邻；贱民必须穿死人的衣服；污秽种姓者只能使用破碗；每日向神献祭以后，要将食物给贱民，但在给予的时候，要像给狗、鸟、虫以食物那样，将食物抛在地上，贱民捡起来再吃。直到现在，在印度农村许多地方，贱民吃东西只能用树叶和陶器盛食物，不能使用金属碟子，因金属有放射功能，可能将污秽传染给洁净种姓；贱民不得在公共水井中取水，因此他们喝的往往是不洁净的水；贱民不得在村内的理发店理发，等等。毫无疑问，所有这些，必然会影响整个社会的清洁环境。

为了消除所谓污染，追求所谓净化，印度社会难免出现一些荒诞的行为，其结果，反而把本来清洁的东西搞脏了。1927 年发生在孟买的“马哈德水塘事件”就是一个活生生的例子。马哈德是位于孟买南郊的一个小镇，该镇高种姓居住区附近有一个池塘，按照习惯，贱民不得使用池塘里的水。1924 年，在贱民反歧视斗争的压力下，孟买管区政府宣布所有水塘向贱民开放，但遭到高种姓印度教徒的顽固抵制。1927 年 3 月 19 日和 20 日，以贱民领袖安培德卡尔为首，组织 1 万贱民向水塘行进，取水塘里的水用。高种姓教徒认为水塘里的水受到了不可接触者的污染，于是，向水塘撒牛粪、牛尿和牛奶。从宗教清洁的角度看，他们认为这些东西可以净化水塘，但从世俗清洁的观点来看，向水塘撒牛的粪便无疑只能把水弄脏。

宗教清洁观转向世俗清洁观势在必行

时代在发展，坚持印度传统的宗教清洁观必然会损害印度的对外形象，影响印度的现代化进程。宗教意义上的净化再到位，对印度的崛起来说并无内在关系，但世俗意义上的清洁不到位，却无疑会影响印度的大国梦。因此，对印度来说，宗教清洁观转向世俗清洁观势在必行，这种转向自印度独立以来步伐不断加快，追求宗教意义上净化的人总的来说与时俱减，而讲求世俗意义上清洁的风气越来越浓，近年来更是在与国际接轨方面加大了力度。

最典型的一个趋势是印度开始把解决厕所问题当成一回事。本来，对于“野外作业”这种风俗，外人确实无可厚非。但如果身居闹市，不分场合，随处大小便，确实有损体面，也给别人带来不便。我在孟买的宿舍位于达官贵人云集的高档住宅区内，从宿舍步行10分钟就可以到达一个位于海边的很大很漂亮的体育场，我在那里可以欣赏海景，可以进行体育锻炼。但我去过一次后便不再去了，原因很简单，在住宅区和体育场之间有一条必经街道，街道上随处大小便现象很多，不小心就会踩着大小便，并且，空气中弥漫的刺鼻难闻的大小便气味，即使面对再壮观、再美丽的风景古迹，也使我游兴顿无，掩鼻自退，不再去了。随着现代化进程不断加快，上至政府，下至民间，越来越多的印度人已经认识到，厕所已不是个小问题了，而是关乎印度对外形象、保护自身环境的大事。在当地报刊电视上，时而有人讥讽地指出，如果一个兴冲冲的外国投资者在印度整天看到“野外作业”的光景，能给他留下印度人严谨、守秩序的正面形象吗？正因为认识到了这一点，印度把解决厕所问题提上了日程，成立于1970年的苏拉伯国际社会服务协会，在推动印度厕所现代化革命方面，发挥了重要作用。该协会的宗旨就是为民众修建更多的卫生设施。迄今为止，在该协会的推动下，印度全国至少新增了100多万个家用马桶。该协会一手抓厕所建设，一手抓教育，改变人们的如厕观念。他们开办了一家厕所博物馆，专门展出了60多个国家捐献的厕所设施。

在把解决厕所问题当成一回事的同时，卫生纸的使用也慢慢普及开来。

现在，多数印度人还没有养成使用卫生纸的习惯，即使在设施完全与国际接轨的现代化五星级宾馆，在卫生间的马桶旁，都能看见一个小小的白色塑料桶和一个位置很低的水龙头，这是供本国客人方便后用左手做清洁用的，这就是说，能下榻高档宾馆的许多印度人方便后仍然用传统的方法来清洁，而不是使用卫生纸。这也是为什么用左手与印度人握手被视为“大不敬”的根本原因。不少印度人仍然认为用卫生纸是花钱买不干净，因为卫生纸是人工生产出来的，比不上大自然纯净的水那么干净，他们宁愿拧上一壶水到“野外作业”，既方便，又省钱，还能呼吸新鲜空气。现在，印度一卷卫生纸的价格是中国的5倍，但是，完全可以肯定，随着印度人越来越重视环境卫生，卫生纸的使用肯定会一步步普及开来，卫生纸的价格也会随之一步步降下来。

从印度知识分子说到大国与人才

大国与人才分不开，中印都是发展中大国，都发展很快，都得益于各自拥有大批一流的知识分子。中印都在努力使大国变为强国，都在实施人才强国战略。虽然人才各行各业都有，不见得都是知识分子，知识分子也不见得个个都是人才，但作为社会脊梁，在经济、文化、教育等领域大显身手的人才们，大多都是受过良好教育的知识分子。知识分子的社会地位、价值取向和行为方式，对大国兴衰命运攸关。我因曾经担任中国驻印度孟买总领事，在印度工作两年多，和印度知识分子打过很多交道，对他们在印度社会发展中所扮演的角色，所起到的作用，有深切的感受。印度知识分子特色鲜明，风格突出，确实值得中国人，特别是值得中国知识分子思考、琢磨和研究。印度知识分子整体来说有四个特点。

对旁门左道保持远距离

在印期间，我从没见过或听说过哪个印度学者为趋炎附势而滥招高官、大款为自己的“博士”“硕士”弟子，没有哪个印度知识分子为了金钱或其他私利而为不学无术的大款或权贵“著书立说”以“评定职称”或树碑立传，没见过哪个印度读书人写《厚黑学》《怎样拉关系》《如何取悦你的领导》之类的畅销书，告诉人家如何为了私利而玷污名节、不顾良心，也从未听说有谁为了考上大学事先需拉拉关系，有谁为了考上研究生需要事先向导师进行感情投资。我同许多知识分子打交道，却发现他们的名片上只标明是否是“博士”和“教授”，从未发现有人在名片上标明是否是“博士生导师”，是否是某种重大荣誉获得者，除了博士和教授，也从未见过其他专业技术头衔，更没有见过“系副主任（主持工作）”之类的名片。印度高校和科研单位是学术殿堂，不是衙门。在孟买大学、班加罗尔大学等世界知名大学里，没有一栋一栋的办公楼，也没有厅级、处级官员之类的概念，高校和科研单位的知识分子，基本选择不是升官发财，因而很少有人去投机钻营，也没有哪个高校为了创收去办什么研究生班。

对科技前沿保持近距离

印度知识分子密切关注科技进展，重的是工作环境和事业成败，而不是把名利地位放在第一位。其工作态度的最大特点是扎扎实实，不急功近利，不浮躁，更不屑作假或剽窃；让他研究什么课题，就研究什么课题，不会挑肥拣瘦；只要工作需要，他会不厌其烦、不嫌枯燥，一如继往地研究下去，脑子里几乎没有“跳槽”、“下海”之类的念头。我在印度工作期间，深圳华为集团在印度班加罗尔设立了研究所，聘用了近 600 名印度软件技术专家，这些人工作都认真负责，相互协作，严格按程序办事，从不自以为是。美国英特尔公司等上百家软件企业在班加罗尔设立了研发机构，印度自身的软件开发机构也急剧膨胀，因而对软件人才的争夺非常激烈，但华为的印度软件专家却极少跳槽，尽管华为的工作条件和待遇并不比其他同类研究所有什么优越的地方。正因为印度知识分子潜心基础科学研究，不浮躁，坐得住，印度自独立以来先后3次分别获得了诺贝尔物理学、医学和经济学奖，在一些科学领域特别是在某些基础科学领域中占有领先地位，软件业的成就更是举世瞩目。印度获得ISO9000质量体系认证的软件公司也是全世界最多的，印度人把软件业做成了一个大品牌。正因为印度知识分子甘坐冷板凳，一个课题研究10年、20年甚至一辈子也心甘情愿，自然比较容易出扎实的成果。

对官员和平民、富人和穷人保持等距离

印度政府没有机关报，国大党和人民党等也没有党报，因此，知识分子对社会舆论导向起到很大的作用。印度知识分子关注的是公正和正义，需要为官员说话时则为官员说话，应该为民众说话时则为民众说话；既不是富人的传声筒，也不只是穷人的代言人。印度知识分子坚持操守，是一说一，不说违心话，这点给我留下深刻印象。2002年9月7日，我出席印度商人商会成立94周年庆典，印中央政府一位部长和《印度时报》一个编辑分别演讲。部长说，中国为什么比印度发展快？这是因为中国全国一盘棋，印度则是一盘散沙。编辑演讲一开口就明确声明不同意部长的观点，说中国发展快是因为政策正确，印度落后了是因为政策错误，政策错了，如果全国还要一盘棋，则会更加落后。讲完后，两人亲切握手致意。主持庆典的商会秘书长莫格利则致词：今天的发言是印度民主的典范。后来，这样的情况又碰到数次。印度知识分子看重的是促进社会的和谐和人们的宽容，所以印度社会没有“造反有理”“为富不仁”“十官九贪”这类“理论”。印度贫富悬殊很大，但社会上没有仇富心理，这同知识分子的作用是分不开的。

与道义责任保持零距离

印度知识分子是社会良知的代言人，具有人类终极关怀精神。纯粹的知识分子在20世纪有两位代表，一是亚洲第一个得到诺贝尔文学奖的泰戈尔，二是被誉为“经济学的良心”的经济学家阿马蒂亚·森；与此同时，还有两位享有世界声誉、具有宗教般献身精神的圣者：圣雄甘地和德兰修女。我亲眼所见，2004年1月在孟买举行了以反对全球化，保卫贫苦大众利益为主题的世界社会论坛，来自130多个国家的7万多人出席了这个大会。会议期间，许多印度知识分子和各国会议代表一起，在孟买举行了声势浩大的游行，许多著名教授、学者走在队伍前头。一时间，反对以强凌弱，保护弱势群体利益成为印度的主流舆论，并引起国际社会的广泛注意。20世纪90年代开始，许多高级知识分子带头投入到了全国扫盲运动，深入到农村千家万户，给无数的农民上课。他们常常组织一些生活相对优裕的城市中产阶级人士利用周末去乡下为农民提供技术辅导、教育培训、法律咨询、医疗服务等，不仅一切免费，还自带干粮。私立医院的医生，每周必须到公立医院免费出诊一天，他们乐此不疲，从很多年前一直坚持到现在。许多为贫者、弱者服务的知识分子完全是自己心甘情愿，毫无报酬和补贴。很多人在农村一待就是好几年，他们自己动手盖房子、种蔬菜、养鱼和养鸡，过着与现代生活方式完全隔绝的另一种生活，但他们很认真地手把手地教那些来求助的农民。科学家经常免费举行科技讲座，科技馆免费开放。一些知识分子还带头发起不买洋车，不穿洋布，不喝可口可乐的运动，以保护自己的民族工业。许多艺术家经常深入到农村演出，这在一定程度上体现了作为知识分子一部分的艺术家为大众服务，不以赢利为目的的高尚情操。

为什么会这样呢？从思想上看，印度知识分子受印度传统的苦感文化，特别是受甘地精神的影响。甘地在印度知识分子中有着神和偶像般的影响，他的爱国情怀、恻隐之心、自我节制和奉献精神，是所有印度知识分子奉为真理的准则。特别他倡导的义务奉献和为理想而献身的精神，影响了一代又一代印度知识分子。从宗教上看，印度传统的印度教、佛教、耆那教主张与世无争，独善其身，吃苦修行，贬斥享乐，突出奉献，这使得印度知识分子大都看轻身外之物，不注重物质享受，一些人甚至一夜之间就决定把终身积攒的财富全部贡献出来，用来造福社会。应该说，这是印度知识分子不讲究享受、注重献身的精神源头之一。从体制上看，印度是小政府大社会，知识分子不只是某种皮上的毛。从政策上看，为了留住人才、吸引人才，印度2003年开始实行双重国籍政策等。

毫无疑问，我国在许多方面领先于印度，包括财富总量、发展水平和人力资本总量。印度10亿人口中几乎一半还是文盲。可喜的是，中国人才总量还超过了美国：中国在校大学生2979万人（美国为1700万人）；全国科技人力资源4200万人（2007年数据），其中大学本科及以上学历约为1800万人（美国为1700万人）；从事研究与试验发展的科学家和工程师折合全时人员为161.4万人年（美国为140万人年）。中国人才总量指标均已居世界首位。

但是，也应该看到，我国人才数量居先，质量却堪忧，学历与学力、能力脱钩的现象并不罕见，一些博士、硕士的含金量恐怕不如印度的高；学术界风气浮躁，静不下心来，为了评职称、得奖项或获得研究基金，有一点点成果就忙不迭宣传上报；加之，不少优秀的人才不愿搞基础研究，博士纷纷扎堆在政府机关，学术腐败越演越烈，知识分子攀龙附凤，谋权营私，追逐名利，贪图享受，甚至出卖良心，指鹿为马的现象不时出现；培养出来的人才大量流失，美国出生在国外的科学与工程博士中22%来自中国大陆，清华、北大2006年成为美国博士最大输送基地之一，两校这年共输送了1078名博士生到美国。由于这些博士大部分都会选择留在美国，所以美国《科学》杂志称清华、北大为“最肥沃的美国博士培养基地”。中国的人才还大量流失到了英、法、澳、加、日等国，中国社科院2007年报告说，中国流失的顶级人才数量全世界居首位。在科技领域，至今大陆没有培养出一名获诺贝尔奖的科学家，有人辩解大陆科学家没有获奖主要是因为意识形态的原因，那么苏联有9人获5次诺贝尔化学或物理学奖，这又怎么解释?

中国知识分子出现上述不健康的情况，有中国传统文化方面的原因，古代中国的“士”（类似今天的知识分子）的职责不是入世做官从政，就是维护儒家正统意识形态。不少知识分子难免受中国传统的入世文化和乐感文化（李泽厚语）的影响，讲究修身齐家治国而平天下，憧憬“莫使金樽空对月”的享受，即使一时坐冷板凳也是为了永久坐热板凳。当然也有体制方面的原因，大政府小社会的中国环境，知识分子对官员难以摆脱依附性，一定意义上，官员是皮，知识分子成了毛，皮之不存，毛将附焉?

从印度知识分子说到大国与人才，我们既要看到中印、中外知识分子的异同，也要看到中印、中外在经济、科技等方面的竞争，更要看到在人才方面的竞争。作为知识分子，要发挥好社会公民的作用，“留得清白在人间”；发挥好社会良知的作用，“我为人民鼓与呼”；发挥好社会引擎的作用，“各领风骚数十年”。对于有关当局，在招商引资上已取得历史性成就的情况下，应转向招才引智。中国受过高等教育的人数只占中国总人口的7%左右，而欧美国家高达30%，有的甚至高达50%，怎么能说我国大学生“过剩”呢?现在，中华民族正面临一个千载难逢的历史机遇，中央2008年12月推出了“千人计划”，我们应该借鉴印度的经验，解放思想，拓展思维，完善和出台与国际接轨的人才战略，使人才留得住，引得进，用得好，从而打赢关系国家兴衰的这场“人才战争”，使中国早日从发展中大国发展成名副其实的发达强国。

在印度感受中印文化的差异

中国和印度都是世界四大文明古国之一，中国文化和印度文化既有相同的地方，又有明显的区别。通过阅读书刊，你不难领悟中印文化之间的重大差异。但是，当你长期生活在印度，亲身与印度人打交道，耳濡目染印度文化的方方面面，你就会对中印文化之间的重大差异有更深的感受。从到达印度的第一天起，印度文化与中国文化不同之处就开始引起我的注意。作为一个在中国文化熏陶下成长起来的中国人，对中印文化之间的差异非常敏感。我在印度生活了两年时间，去过印度的许多地方，与形形色色的印度人有过交往，因而，对中印文化之间的差异自然有不一般的感受。

印度文化的重在存异现象

不言而喻，中国人在文化生活的方方面面已形成趋同的思维定式，你穿什么时装，我也穿什么时装；你喝什么流行的酒，我也喝什么流行的酒；你提什么时髦的口号，我也提什么时髦的口号等。已多少有着趋同文化心理积淀的我，突然来到印度，面对与中国文化种种迥异的现象，面对印度人在文化生活方面表现出来的重在存异的思维定式，一开始难免茫然，有点难以理解。

我刚来到印度时，最先引起我注意和思考的是印度人的服饰。印度女人穿的莎丽和旁遮普服装，商家出售的没有一套是同样款式的，甚至做莎丽和旁遮普服的面料，在同一家商店也买不到一模一样的。有趣的是，当我夫人发现某位印度朋友的衣着漂亮，也想拥有一套时，商店里竟然买不到同样款式的成衣，即使自己做也难以买到同等质地、同等花型的面料，更有甚者，印度人会觉得你想模仿人家衣着的观念是怪怪的，在她们看来难以理解。也许，印度女人认为，每个女人应当有自己的衣着风格与打扮个性。印度女人形成的这种标新立异，不模仿他人的服饰文化心理，既令我开始思考中印服饰文化、女性文化之间的差异，又不能不令我赞许和欣羡。

与此同时，我发现孟买街头上每天说着至少 26 种不同的语言，不是 26 种方言，而是中央政府和邦政府分别规定的完全不同的官方语言。也就是说，这些语言之间的区别，类似于英语、法语等语种之间的区别，而不是广东话、湖南话等方言之间的区别。我常常发现印度人之间，特别是文化水平低的人之间互相听不懂对方的话。这是因为，孟买有 1400 多万人，来自印度各地的人在孟买说着他们自己的语言：马哈拉斯特拉邦的人说马拉地语，卡纳达克邦的人说卡纳达克语，泰米尔纳杜邦的人说泰米尔语等。即使被定为国语的印地语，也只有大约 30% 的人能说。我问印中工商会秘书长苏内什正在上小学的女儿，是否有兴趣学汉语。她告诉我，她只能将来学，因为她现在学习语言的任务太重了，她必须学印度中央政府规定要学的英语和印地语，还要学邦政府规定要学的马拉地语。在印度参加会议，有人用英语发言，也有人用其他印度语种发言。在印度，货币上印有 15 种语言，学校里光用作教学的语言就多达 80 种，10 亿印度人使用 1650 多种语言。想一想，全世界现存的语言是 6000 多种，印度居然占了四分之一多！

印度的姓氏之多无疑会使习惯了“百家姓”的中国人感到眼花缭乱，即使把藏族、蒙族等少数民族的姓统计在一起，中国的姓氏总量同印度相比，仍然差得很远。印度除了主要种姓，即所谓大姓之外，仅亚种姓，就有四千多！一国之内，姓氏如此之多，很可能是世界第一了。

更使我纳闷和思考的是，印度的政治文化也是五花八门，多姿多彩，一个突出的表现就是印度政党之多可为世界之冠。根据印度选举委员会的报告，印度第一次大选时，全国政党总数为 192 个。第十一次大选时参加角逐的大小政党竟多达 443 个。正因为如此，印度素有所谓“世界上最大的民主国家”的美称，美国人则把印度作为向发展中国家展示西方议会民主制度的“橱窗”。

只要你稍微留心，你会发现印度文化重视存异的现象比比皆是。各种肤色的人摩肩接踵，和平共处：既有白皮肤的雅利安人种，也有黄皮肤的蒙古人种；既有褐黑皮肤的尼格利陀人种，也有浅褐色皮肤的高加索人种等，印度简直可以说是活生生的人种博物馆；开起会来，发言的人观点针锋相对，尽管唇枪舌战，却不妨碍他们笑脸相对，友情融融；印度到处寺庙林立，教

中国叫龙舟比赛，印度叫蛇舟比赛

堂比邻，有印度教的、伊斯兰教的、佛教的、耆那教的、犹太教的、拜火教的、锡克教的、天主教的。教徒们各信各的教，各拜各的神，遇到某种宗教节日放假，各种教徒甚至同时放假，共享快乐。能说明印度文化重视存异的例子真是不胜枚举，这显示出印度文化注重张扬个性，这种注重也许是印度人选择西方式的民主道路的心理前提吧。相比之下，中国文化则强调张扬共性，这种强调导致中国人认同集体利益优先，国家利益至上。

中国文化对共性的张扬，中国人固有的求同的思维定式，中国人国家观念的特别突出，使“有田同耕，有钱同使，无处不均匀，无处不饱暖”的“大同”思想大行其道。中国大部分时期处在统一的情况之下，使大同思想的产生有其现实的社会基础。几千年来，“大同”思想在中国一直有市场，东汉的张鲁、东晋的陶渊明、清朝的洪秀全和康有为这几位主张天下大同的人物，特别是后者，曾受到毛泽东特别关注。毛泽东建国后公开表示已具备了实现康有为《大同书》的条件，找到了实现《大同书》的道路。他在发动“跑步进入共产主义”的人民公社运动时，曾宣布“前人乌托邦的理想，将在我们的手中实现”。就此可见从中国传统文化到近代主流意识，求同思维定式是多么明显。那么，印度人是否也追求大同社会呢？我的回答是一个字：“否”。印度几千年来大部分时间处在分裂的情况之下，绝大多数民众眼界局限于一土邦、一种族、一种姓、一村落甚至一家庭之内，大同思想的产生缺乏相应的社会基础。更有甚者，重视存异、强调种姓的印度社会还通过各种方式论证贫富贵贱是前生决定的，是不可更改的。

国家观念在印度文化中相当淡薄

我到孟买后不久便前往班加罗尔市巡视，友人建议我前往麦索尔参观麦索尔王国王宫，那里离班加罗尔约 3 个小时汽车路程。金碧辉煌、王气犹存的王宫给我留下了不可磨灭的印象。然而，走马观花式的参观并没有解除我心中的纳闷：麦索尔王朝是怎么回事？它与印度是什么关系？它与英国殖民当局又是什么关系？回到孟买，经详细参阅资料和向印度朋友请教，我才恍然大悟：原来，即使在英国殖民统治时期，印度还有大小不等、名义上独立的土邦约 700 个。麦索尔王朝就是英国殖民统治时期的一个土邦，它的治下就是现在的卡拉塔克邦，它的官方语言就是卡拉塔克语。后来，我前往普纳市出差，参观了另一个土邦马拉塔王国王宫遗址，特意在国王当年会见外国使节的地方驻步观看，沉思良久。我终于领悟到了中印传统文化在国家观念问题上存在很大区别的根本原因。

中国人国家观念突出，印度人特别是印度独立前的印度人，几乎没有国家观念，这是由两国不同的历史进程和文化传统决定的。中国几千年来始终是一个政治实体，因而“先天下之忧而忧，后天下之乐而乐”“精忠报国”“修身齐家治国而平天下”等传统观念成了中国人的基本价值取向。而印度在历史上只是一个地理上的概念而不是一个政治实体。这块古老的土地虽然生长、孕育了博大精深的印度文明，但是在政治上却始终处于小国林立的分裂状态。在 5000 年的文明史上，只有孔雀王朝、笈多王朝、莫卧尔王朝三次大统一的时期，统一的时期加起来只有 689 年，即使把英国殖民统治的 190 年加起来也只有 879 年。更何况，印度历史上的上述三次大统一，也并不彻底和巩固，即使在相对来说高度统一的阿育王统治下的孔雀王朝时期，也只是统一了大部分印度。千百年来，印度民众几乎没有国家的观念，只知道效忠于其所属的王国、种族、种姓或村落。我的这一认识在现任印度人民党政府外交部长贾斯旺特·辛格的新著《保卫印度》中得到了佐证。辛格说：从文明上讲，印度是一个多样性的统一体，但是“在国家和政治上从来就不是一个整体”。与中国相比，“印度始终就在没有国家的状态下存在；而中国的存在则从未离开过国家”。

由于这一明显区别，在印度历史上，社会精英人物大多更为关注自身如何尽早“解脱”人生苦海，进入无忧无虑的彼岸极乐世界，而不是像中国社会中的精英人物那样，从小就被教育要为国家建功立业。在中国历史上，在国家观念的影响下，追求“三十功名尘与土，八千里路云和月”的爱国志士前赴后继，“为有牺牲多壮志，敢教日月换新天”的报国贤达层出不穷，而颂扬这种行为的典籍在中国传统文化中也比比皆是，即使许多揭竿而起的造反英雄，也是打着“替天行道”的口号，用今天的话来说，也是标榜为了国家利益。而印度则不一样，印度很少有类似于岳飞、文天祥、于谦、史可法、袁崇焕这样忠君爱国、杀身成仁的历史人物。

造反有理的思想在印度文化中没有地位

这里所说的造反，是指揭竿而起，用暴力推翻统治阶级。一部中国史，就是一部起义不断，造反不断的历史，从陈胜、吴广起义，项羽、刘邦起义，赤眉绿林起义，黄巾起义，黄巢起义，宋江、方腊起义，钟相、杨幺起义，朱元璋起义，李自成起义，太平天国起义，直到黄花岗起义，武昌起义以及南昌起义、秋收起义、广州起义，真是一个个王朝在造反中倒塌，一顶顶王冠在造反中落地，一个个新政权又在造反中兴起。然而，当我来到印度以后，通过与印度朋友的交往和查找历史资料，我才忽然醒悟到，印度历史不是一部起义和造反的历史，没有一个印度主要王朝是由人民起义和造反推翻的。中国历史上不乏造反的传统，且有不少成功的例子，印度历史上则鲜有聚众造反，且无造反成功的先例。

造成这种区别的一个主要原因，恐怕同中印两国传统文化中关于造反的思想存在根本区别有内在的关系。中国传统文化中当然也有贬斥造反的思想，特别是统治阶级主导的主流舆论，从来都是贬斥造反。官修史书中，对流动着的武装农民起义，一律呼之为“流寇”。但是，中国许多封建皇帝本身就是造反起家的，他们必须证明他们的造反有理，以维护他们君临天下的合法性。因此，既然你能证明你的造反有理，事实上也就为别的人造反埋下了伏笔。印度历史上，没有哪个草民百姓通过聚众造反而成为王朝天子，因而，印度社会的主流意识自始至终认为造反无理，造反无利。原因无他，在印度人看来，人的一切是前生修来的，是命里注定的。正如《印度教：宗教与社会》一书的作者朱明忠教授与尚会鹏教授所说：“对一个印度教徒来说，‘前生’是一种不可改变的、决定性的力量，此生无论有什么遭遇都必须屈从。而对整个社会来说，业报思想等于宣布人的生活条件及地位的差异是合理的，对现实社会进行任何的改革和变动不仅没必要，也不可能。”在这种情况下，造反在被压迫者这一方的心理上就被阻断了。也正因为如此，印度人总体上来说是随遇而安，安贫乐道，穷不思变。

把毛泽东和甘地这两个伟人作一简单比较，很容易看到中印文化这一差别。我与印度学者交往时，他们当中的不少人常常把毛泽东和甘地相提并论，认为毛泽东和甘地都使自己的国家发生了翻天覆地的变化，都建立了永垂不朽的历史功绩，但是他们都提到了毛泽东和甘地在造反与暴力问题上的根本区别。毛泽东说：“马克思主义的道理，千头万绪，归根结底，就是一句话：造反有理。”其实，马克思主义和中国传统文化，在造反有理这一点上有异曲同工之处，这一思想在毛泽东身上得到了集中和成功的体现。陈胜、吴广起义时，大胆提出“王侯将相，宁有种乎”的口号；项羽面对秦始皇，竟说“彼可取而代之”，等等。毛泽东对这些历史事实烂熟于胸，早在“恰同学少年，风华正茂”的时候，便提出要“改造中国与世界”，发出“问苍茫大地，谁主沉浮”的呐喊，公开宣示了对旧中国的造反。他提出“枪杆子里面出政权”，把使用暴力对付敌人同用扫帚打扫灰尘相提并论，认为这是天经地义的事情，这与坚持非暴力的甘地确实形成了明显的区别。

甘地则把非暴力上升到真理的高度，反对使用暴力手段，即使是对在印度实行殖民统治，残酷剥削压迫印度人民的英国侵略者，也固守“非暴力与不合作”的态度。他这样说过：

> “非暴力与真理是交织在一起的，实际上这两者不可分离。它们正如同一个硬币的两面，更确切地说，如同一个光滑的、没有任何印记的金属饼的两面。谁能说出，哪一面是正的，哪一面是反的呢？非暴力是手段，真理是目的。手段之所以作为手段，是因为它总是在我们力所能及的范围之内，因此，非暴力就是我们的最高义务。如果我们注意运用这种手段，或迟或早一定能够达到目的。”

毛泽东崇尚暴力革命，甘地主张非暴力学说，孰是孰非不在本文探讨之列，但他们都得到了成功则是不争的事实。他们对造反、对暴力的不同观点，确实凸显了中印文化的一个根本区别。

外来文化对印度文化的影响

外来文化对中国文化影响相对要小，这使中国文化更显一脉相传的传承性，更显独领风骚的同质性，这种传承性、同质性是指在四大文明古国中，只有中华文明几千年来代代相传，没有中断。古巴比伦文明消亡了，古埃及文明消亡了，古印度文明流传至今，经历了一系列缺失、整合、再生的过程，不像中华文明始终保持自古以来的主体本色。也正因为如此，中华文明的明显的传承性使中华文化的线条更清晰，更明显，或者说更简约。古印度文明不断遭受外来文明的侵蚀，迫使印度文化不断吸收外来文明，不断整合自身内涵，因而印度文化的这种明显的复杂性导致印度文化看起来更具多样性。

同中国文化相比，外来文化给印度文化留下了更多、更深刻、更全面的影响。当然，外来文化对中国文化也留下了明显的影响，遍布各地的佛庙，那是印度文化的影响；天主教教堂，那是西方文化的影响；清真寺，那是伊斯兰文化的影响；麦当劳、肯德基、好莱坞电影，那是美国文化的影响，等等。外来文化对中国文化最大的影响，在古代是印度的佛教，在近代是发源于欧洲的马克思、列宁主义，但无论是印度还是欧洲，都不是通过武力将这两者传播到中国，恰恰相反，是中国人中的精英人物，自己历尽千辛万苦将它们介绍到中国并实现了佛教和马列主义的中国化。印度则不一样，外来的雅利安文化、伊斯兰文化和大英帝国文化，都是伴随着血与火才在印度扎下了根，并融入到印度本土文化之中。因此，外来文化对印度文化留下的烙印相对于对中国文化来说，则要明显得多，深刻得多。这一点是由印度历史和中国历史各自的特殊性决定的。

这种特殊性表现在什么地方呢？在中国几千年来始终由中华民族自己统治着自己，这就决定了主流文化始终是中华民族的文化，即使是在蒙古人统治下的元朝，满族人统治下的清朝，那也是中华民族内部的少数民族，而不是中华大地之外的异族在统治中国，社会的主流文化仍然是中国文化。和印度相比较，中国主流文化始终是一个强势文化，而印度主流文化基本上可以说只是一个被征服者的文化。以忽必烈建立的元朝为例，尽管蒙古统治者开始并不认同中国主流文化，企图用游牧文化取代农耕文化，把大量的农田变为牧场，把境内的子民分为四等：一是蒙古人，二是色目人（中亚人），三是汉人，四是南方人。把职业分为十级：一官、二吏、三僧、四道、五医、六工、七匠、八娼、九儒、十丐。儒者的地位比娼妓还低。但是中国主流文化的自信和优势从来没有动摇过。蒙古人在文化上远远落后于汉民族，其帝国也只是建立在军事征服的基础上。不久忽必烈不得不接受汉化政策，即承认中国的主流文化。但这改变不了元帝国的命运，不到百年它即寿终正寝。

造成这一现象的根本原因在于：作为中华文明主流文化的儒家文化，在南宋时期产生了程朱理学，在国难当头之际，整合了民众，完成了中国主流文化的延续和复兴。印度则不一样，数千年来多次遭受印度大地之外的异族的侵略，长期处在外来势力的统治之下，其主流文化不断为外来文化所影响、改造，甚至所取代。例如，公元前1500年至前1200年，雅利安人一手拿着战斧，一手拿着宗教经典《吠陀》，开始从西北大规模侵入，并逐渐向印东部扩张，在恒河的河套等地建立起城市。他们击败了曾创造了灿烂的印度河流域文明的达罗毗荼人，标志着印度古老的土著文化从此失去了主流地位，印度由此进入吠陀时代。外来的雅利安文明即吠陀文明在印度生根以后，并未能阻止其他外族及其文化的入侵。公元前6世纪至前4世纪，波斯人和希腊人先后入侵统治该地，并形成了与印内地政权相互对峙的局面。公元前2世纪到公元2世纪，在长达400年的时间里，希腊人、安息人、塞种人和大月氏人又相继入侵印度西北部，并建立了各自的政权，其中以大月氏人建立的贵霜帝国影响较大。阿拉伯人在公元8世纪初年创立伊斯兰教后不久，就在圣战的旗帜下远征印度次大陆，并占领了信德地区。之后，以此为据点，伊斯兰教势力不断扩张。公元12世纪后，统治阿富汗的伊斯兰廓尔王朝入侵印度，并在德里建都。廓尔王朝为突厥人所建，入主印度后先后经历了奴隶王朝、卡尔吉王朝、图格鲁克王朝、赛义德王朝和洛第王朝，统治印度长达300多年。

1526年，以伊斯兰教为国教的洛第王朝为另一伊斯兰教王朝——莫卧尔王朝所取代。“莫卧尔”的英语原文是Mongolian，就是蒙古人，不知为什么在中文里翻译成了“莫卧尔”，其实，据实翻译，中国人反而容易理解，更好记住。莫卧尔王朝是蒙古——突厥族后裔巴布尔（从母系方面讲是成吉思汗的后裔）率军入侵印度、打败洛第王朝后建立的。巴布尔的儿子继承帝位后，一度被阿富汗人舍尔沙击败而流亡波斯，后在波斯的帮助下赶走了阿富汗人而得以复位。因此，当时，印度无论在政治、经济还是在文化、宗教方面，都受到波斯的明显影响。

伊斯兰教以血与火征服了印度。从 12 世纪开始，历代印度王朝均为外族建立，阿富汗人、蒙古人、波斯人在不同时期在印度曾有全局性的影响，特别是他们都崇尚和推行伊斯兰教，这对印度文化影响之大可想而知。尽管相对落后的穆斯林入侵者在武力征服印度的过程中，逐渐被印度当地文明同化，但作为一种外来文化，它对印度古老文化的冲击和影响毕竟是伤筋动骨的。例如，12 世纪伊斯兰教入侵后，焚毁佛庙，杀害僧侣，曾经辉煌一时著名的那烂陀佛寺即在此时毁于战火。从此，曾在阿育王时期在印度赢得国教地位的佛教，在穆斯林入侵者的残酷镇压下，在印度走上了衰亡的道路。同时，印度教也曾受了伊斯兰文化的猛烈冲击，许多印度教徒先后改信伊斯兰教。

我曾先后参观多个古印度教庙宇，这些庙宇中的石雕神像，鬼斧神工，令人惊叹，相当一部分已列为联合国人类文化保护遗产。可惜，这些有着巨大文化价值的印度教庙宇，不少都留下了当年穆斯林入侵时大肆破坏的痕迹。被砍头的，被断手的，被开膛破肚的……我站在这些残缺的神像面前，耳边仿佛还听到他们在悲号，在哭泣。可以想象，当年，穆斯林文化伴随着血与火来到印度时，以印度教为核心的印度文化受到了怎样的摧残。

英国对印度近 200 年的殖民统治，对印度文化又起到了新的整合作用。英语作为有身份和有教养的人的象征在全国流行，西方的民主价值观为社会精英阶层所认同，印度传统文化的大缸里，又多了一些“殖民文化”或“欧化”“西化”的成分。

印度文化在整体上是宗教文化

印度是世界上最富于宗教传统的国家之一，有宗教“万花筒”之称。根据印度 2001 年的人口普查，印度总人口为 10.12 亿。印度有六大宗教，其中印度教徒最多，约占人口的 82%，穆斯林约占 12.1%，基督教徒约占 2.3%，锡克教徒约占 1.9%，佛教徒占 0.8%，耆那教教徒约占 0.4%，不信教者仅占 0.5%。如果加上拜火教徒和近代传入的巴哈伊教徒以及一些地方信仰，可以说印度几乎是全民信教，宗教对印度人生活的影响可以说无远弗至，人以宗教分群，物以宗教定性。说印度是一个宗教王国一点也不夸张。这是我们这些生活在无神论文化背景下的中国人所难以想象的。由于几千年宗教习俗和文化的渗透，宗教已深入民众的思想观念、生活方式乃至国家政治的各个方面。而有着 8 亿多信徒的印度教，以其宣扬轮回转世、精神修炼以及最终得到个人精神解脱的教义，在一定程度上塑造出了印度民族的总体内向性和共同的宗教情怀。

很多次，我遇到新的印度朋友，他们问我最多的一个问题是：“中国最大的宗教是什么？中国人信仰什么神？上帝？还是佛陀？”当我回答：“中国最大的宗教是佛教，中国到处都有佛庙”时，他们露出满意的神情。然而，当我回答：“我不信神，大多数中国人像我一样不信神”的时候，他们流露出的惊讶之状，好像是遇到了外星人。在他们看来，只有野蛮人不信神，而中国具有高度发达的文化，中国人怎么能不信神呢？

印度较大的节日有百个之多，绝大多数节日是宗教节日，最热闹的节日是宗教节日，庆祝时间最长的节日也是宗教节日。节日的庆祝时间长短不一，少则几天，多则十几天，庆祝规模有大有小，大的多达上百万人参加。2003 年 9 月 9 日，马邦政府在孟买海滨大道旁海滩上举行一年一度的象头神节庆祝活动，我应邀出席观礼。象头神是智慧和吉祥之神，传说孟买是象头神的故乡。早在象头神节开始的前半个月左右时间，信徒们就开始用黏土制作千姿百态的象神头像，连续几天时间里，来自孟买周边数百里地方的印度教徒，源源不断地驱车而来，把他们亲手制作的塑像送回大海。成千上万辆汽车朝孟买海滩赶来，虔诚的印度教徒也从全国各地赶来孟买欢度节日。街上人山人海，全城警察出动维持秩序，场面如此壮观，观者无不为之动容。邦政府在节日高潮的那一天，在海滩为高官和外国使节搭起检阅台，邦最高行政长官——首席部长辛德亲自发表讲话。面对上百万如此虔诚的信徒，我的心确实为宗教的力量所震撼。在宗教节日期间，许多商店都要关门，也许商家认为，比起赚钱来，庆祝宗教节日更为重要。

在印度，最引人注目的名胜古迹是宗教建筑和遗址，最热闹繁华的地方是神庙，最精美的手工艺品是神像和祭祀用品，最干净的地方是庙宇。虽然新德里、孟买、马德拉斯等大都市街头的卫生状况让人实不敢恭维，但神庙却干净得几乎一尘不染。光滑如镜的大理石或马赛克装饰其内，如山的鲜花摆放在入口处，寺庙口的铃声不断，教徒们的颂经声远近可闻，祭司们衣着整洁、神采飞扬。印度所有寺庙香火旺盛，气氛庄严神圣。到寺庙来的人表情严肃，虔诚恭敬。所有进入寺庙者都必须脱鞋。

现在的印度宪法规定，印度是一个世俗国家，但宗教对人们的影响仍然超出我的想像。有一次，我夫人和几个同事驱车一个小时，应约到一家商场购买莎丽面料，到了那里，店主还没有来，商店也没有开门。和店主几次打电话，对方都回答“就来，就来”，结果她们等了近两个小时。好不容易店主来了，他却不慌不忙，整衣净手，献花敬香，双手合十，先敬了神再说。还有一次，我宴请柯棣华大夫的 4 个妹妹和其他在孟买的亲属，他的二妹没有来，原来，那一天是她斋戒的日子，每个礼拜她都要斋戒两天！

受中国世俗文化熏陶的中国人，对在宗教文化环境中成长起来的印度人的一些行为有时确实难以理解，这种难以理解恰恰是了解中印文化差异的切入点。一次，一个来印度访问的中国朋友告诉我这样一件事：一天，为了赶上航班，他们起得特别早，原打算乘公共汽车到机场，但早晨车少，为了不误点，便改变主意坐出租车。找到一位出租车司机后，司机却并不打算立即送他们去。他们声明愿付双倍的车费，请他送他们到机场。中国朋友认为，这样好的生意料想他不会拒绝，可他的回答却令他们大感意外：“不，先生，我还没做祈祷呢！”这也折射出了中印文化的一个差别吧？

数千年前开始，人类的先贤大哲智士圣人们，就已开始思考人类社会面临的重大问题。古印度的思想家、哲学家们，如佛教创始人佛陀、耆那教创始人大雄，更多地思考人与神的关系，所以印度的神学特别发达，宗教意识特别浓厚，神也特别多。古代中国的思想家、哲学家，如孔子、孟子、老子、庄子、韩非子，则更多地思考人与人之间的关系，所以中国的人学特别发达，人际关系特别复杂，神的影响从来没有超过人的影响，特别是以皇帝为代表的世俗权力的影响。相比之下，古希腊的圣人们，亚里士多德、赫拉克利特、阿基米德，等等，却更多地思考人与自然的关系，所以西方的自然科学特别发达。这些基本的思想源流，尽管不是一成不变的，但在相当长的历史时期内，仍然会对有关国家的文化发展的走向和态势产生影响，仍然会使不同国家之间的文化差别继续存在。

南部非洲的悠感文化

2006年底，我出任第九任中国驻津巴布韦特命全权大使。任期一年多，广泛接触津巴布韦的方方面面。期间，又先后到过南非、肯尼亚、博茨瓦纳、赞比亚等国，亲身感受南部非洲的风土人情和文化习惯，对南部非洲的悠感文化有了切身的感受。“悠哉”“悠闲”“悠然”“悠散”“悠着”“悠游”“悠悠”等词，都可揭示悠感文化的特征，南部非洲人生活和工作的种种心态，都显示了他们的悠感文化。

对工作的悠哉心态

南部非洲的黑人干什么事都是悠哉游哉，对他们来说，没有值得着急的事情。2007年10月，津巴布韦执政党民盟高中级干部代表团应中联部邀请访华，我在他们出发前的两天在官邸宴请他们。代表团的团长是前副总统的女儿、政治局委员穆增达，副团长是政治局委员、马龙德拉省省长齐古度。中联部负责接待的部门一个接一个的电话，要求津方提供团长简历、团内高级官员情况等，但津方却始终不着急。团长穆增达到达官邸后，我问她，这个代表团谁是副团长你知道吗？她摇了摇头。我又问，到中国去要访问哪些地方你知道吗？她又摇了摇头。那么这个团里团员多少、是哪些人你知道吗？她还是笑着摇了摇头。我佩服她的是，代表团后天就要出发了，她竟然还没有把代表团访华的行程、团员名单等报告团长。那天晚上，宴会完毕后，穆增达说：“今天我们大家基本上到齐了，大家第一次互相见面，我们借使馆这个地方开一个碰头会吧。”

津巴布韦民间乐团

对南部非洲的黑人来说，发展不是硬道理，工作不是硬任务，休息好、娱乐好才是硬道理。当地人常常在赞叹中国发展速度很快的同时，话中有话地表示没有必要像中国人那样拼命干活。当地人过年过节，一般不愿意加班，商店也不开门。一到重大节日，高官和大腕们常常全体外出，到国外度假去了。悠哉心态在盖房子上典型地反映出来，当地法律规定盖房子砌墙时，一个泥瓦工每天砌砖不得超过 250 块，砌一块砖要用尺反复测量，重的是质量，而不是速度。看到中国人盖房子速度那么快，他们虽然表示惊叹，但决不会去学。

对食物的老虎心态

老虎饿了才会想起去寻找食物，今天就管今天饱，明天饿了明天再说。

如果捕捉到一头野牛，老虎吃掉一条腿就饱了，老虎不会看管好剩下的牛肉留到明天再吃，而是扬长而去，明天再去寻找新的猎物。南部非洲人正是这种老虎心态，相比之下，亚洲人，特别是中国人是蚂蚁心态，蚂蚁不管洞里有没有存粮，一天到晚都在寻找食物往洞里拉。南部非洲的黑人有吃的时候会一醉方休，明天有没有吃的明天再说。不少当地黑人发工资后往往海吃海喝，工资往往用不到头。因此，当地不少中资企业半个月发一次工资，甚至一个礼拜发一次工资。蚂蚁心态以忧患心理为基础，总是居安思危；老虎心态以乐观心理为基础，总是悠哉自得，所以看不到几个当地黑人为饿肚子愁容满面的。

南部非洲的黑人吃东西的风格也像老虎，精雕细刻的食物他们并不喜欢，鱼翅、鲍鱼、燕窝等，他们并不欣赏，而是偏爱大块肉类，特别是牛肉、羊肉和鸡肉。虽然有东西吃时喜欢海吃海喝，但对吃什么并非不讲究。小的动物如乌龟、甲鱼、泥蛙等他们都不吃，对动物的下水，包括肠肚都不吃，鸡头鸡脚也不吃，这些东西在当地都被加工成了狗饲料，但他们喜欢鳄鱼、羚羊、野猪、鸵鸟等野味。

对恩怨的超脱心态

中国建材集团在津巴布韦投资开办了华津水泥厂，厂董事长房永斌给我说过这样一件事：厂副总经理和厂销售经理都是当地黑人，有一次，销售经理用一张假发票搞走了厂里一车水泥，被副总经理发现了，后者将前者举报，使前者被判徒刑。因在监狱表现好，前者不久就被释放了。前者到厂里来看望老同事，见到了副总经理。董事长以为两人见面会分外脸红，担心发生意外。想不到两人一见面却紧紧地拥抱在一起，左边一下右边一下亲个不停，嘴里不停地问：你父母好吗？妻子好吗？家里都好吗？一边说想死你了，一边泪流满面。好像后者举报前者这件事从来没有发生过。

南部非洲人不仅不把恩恩怨怨放在心上，对敌人也特别宽容。南非开国总统曼德拉曾被白人种族主义政权监禁 27 年，两个看守对他态度特别恶劣，千方百计折磨他。曼德拉当总统后，这两个位看守担心报复，十分害怕。想不到曼德拉不仅不报复，反而安排这两人出席他的就职典礼，以此推动种族和解。津巴布韦人民长期处于以史密斯为首的白人种族主义政权的残酷剥削和压迫之下。从 60 年代初开始，津人民在穆加贝领导下，为反对白人种族主义政权进行了长期的斗争，5 万多黑人牺牲在战场上。然而，津巴布韦独立后，史密斯居住在首都哈拉雷，新政权并没有找他算账，他始终过着平静的生活，直到去世。津巴布韦人对长期实行殖民统治的英国并不记仇，殖民时代的许多遗迹都保存完好，瀑布仍然以维多利亚女王的名字命名，学校也以丘吉尔的名字命名，第一代殖民者的墓地等保存完好。最重要的是，当地人实际上不同程度地认同英国文明，将子女送往英国留学一直是当地人的首选。

我有一次应总统夫人邀请一起访问津巴布韦达尼柯残疾人学校。访问过程中，我们远远地就看到约 20 个人穿着同样的制服在学校操场上除草。总统夫人用当地语言——绍纳语给他们打招呼，他们也都纷纷举手示意，欢呼起来。夫人走到他们面前，在每个人的头顶摸了一下，我也非常高兴地一一和他们握手。夫人用当地语言对他们讲了一番话，陪同的学校人员告诉我，夫人勉励这些劳改犯认真劳动改造，将来出狱后，做对社会有用的人。原来，这些人是正在服刑的犯人，他们穿的制服是囚衣，来残疾人学校是帮助干活。如果不是亲眼所见，我很难相信总统夫人和劳改犯之间能这样相见和沟通。

对生活的乐观心态

南部非洲黑人很容易满足，幸福指数很高，对生活总是持乐观的态度。乐观心态体现在追求文明、体面的生活方式上。以津巴布韦人为例，他们在日常生活中不吵架，不插队，不野蛮超车，不随地吐痰，不乱扔瓜皮果壳，不乱倒垃圾，不乱贴广告，不光膀子出门，不随地大小便，一般不在大庭广众抽烟，不叼着香烟走路或干活，不一面走一面吃东西，不酗酒；洗衣服后要烫得笔挺，该穿短袖时穿短袖，穿长袖衬衣时不能卷袖子。不少干体力活的黑人西装革履来上班，来工厂后，换下西装；下班后，在工厂洗一个澡，然后换上西装回家。有意思的是，一些黑人背后议论在当地的某些中国人随地吐痰，乱倒垃圾，不讲卫生等行为。

乐观心态体现在当地人对唱歌跳舞的痴迷上。当地人几乎人人都是天生的歌唱家和舞蹈家。许多重要的场合，当需要演唱国歌时，当地不是播放乐曲，而是安排一些人合唱，虽然没有伴奏，但音质优美，声音铿锵，动人心弦。一些重要的会议，往往载歌载舞。例如，我列席有 5000 人参加的津巴布韦盟第十一次党代会时，亲眼所见，在穆加贝总统夫妇进入会场时，津内阁妇女部长、中央书记穆春古丽率领几百名妇女代表排列在过道两旁跳起民族歌舞。会议开始前，各省代表轮流唱歌，会议进行中，每个代表发言后，大家都要跳舞，讲话时间与跳舞时间一样多。中央组织部副部长王东明告诉我，他率领中国共产党代表团出席南非共产党代表大会时，情况也是这样。我驱车前往外地，多次看到津巴布韦人围成一圈，在田间地头翩翩起舞。

乐观心态还体现在对艰难困苦的态度上。在这方面，津巴布韦人是很典型的例子，再没吃没喝，他们也难得走极端。津目前遭遇经济危机，加上西方制裁，老百姓生活非常困难。通货膨胀率世界第一，我来到津巴布韦时，1 个美元兑换 3000 津元，现在汇率已变成 1 美元兑换约 1000 万津元，2007

年至2008年，贬值了266600%，2008年12月通货膨胀率达66212%。津巴布韦发行了世界上面值最大的纸币1000万元（相当于1个多美元），虽然人人都是亿万“富翁”，但城市失业率高达82%，数日停水停电已司空见惯，生活必需品供应非常困难。换在别的国家，民众早就示威抗议了，但津巴布韦人心态平和，处事乐观，没吃没喝照样唱歌跳舞。

对自然的依恋心态

南部非洲人对自己原生态的自然环境无比自豪。确实，南部非洲大自然的美丽和宜人，非亲身领略难以想象，不少国人想象中的南部非洲无非是这样五个字：热、脏、穷、乱、病。这实在是大错特错。以津巴布韦为例，常年温度最高30度，最低4度，气候宜人，不用空调，每天都要盖被子；全国植被面积72%，清山绿水的地方，每平方公里居住32人，首都哈拉雷是世界著名的花树之都，整个国家就像一个大花园，一点都不脏；海拔1500米左右，蚊子到这个高度因缺氧而飞不动，没有中非常见的疟疾等病。非洲地广人稀，津巴布韦有三个浙江省大，却只有1300万人，人均耕地37.7亩，且地下矿产丰富。得天独厚的自然条件造就了南部非洲人对自然的依恋心态是自然而然的。

南部非洲人具有特别的动物崇拜情结。南部非洲是世界上的动物王国，这里繁衍着世界上最多的大象、狮子、斑马、长颈鹿、羚羊、野牛、犀牛、河马、角马、猎豹、野猪、黑猩猩等野生动物，津巴布韦人均100人一头大象。南部非洲人至今保存着家族的图腾崇拜，有的是猴子，有的是鸵鸟，有的是狒狒。如穆加贝总统家族的图腾是鳄鱼，国家安全部长穆塔萨家族的图腾是牛。他到官邸做客，送我的礼物就是一个黑木雕的牛头，并特意说明牛是他们家族的图腾。为什么当地不少人或者不吃牛肉，或者不吃鸡肉，或者不吃猪肉，原因就是这些动物分别是他们家族的图腾。除猛兽外，这里动物和人的相处相对来说比在别的地方要和谐得多，野猪不攻击人，孔雀是野生的，从这家飞到另一家。在当地高尔夫球场打球，白鹭、野猪、羚羊、角马、牯犊、猴子、狒狒等看着你打。猫狗的食物分别为由鱼等原料制成的猫豆和由动物下水制成的狗豆。中国人因在当地按在国内的方式喂养猫狗，常常引来麻烦。一次，一中国人呵斥捣蛋的狗，当地人走来说："狗不懂事，你也不懂事吗？"一家中国企业主用剩饭剩菜喂狗，当地人报警说虐待狗，警察责令必须喂以狗豆。有人在报纸上无中生有地说湘菜馆香格里拉饭店卖狗肉，引起动物保护部门和警察上门查处，一段时期里生意直线下降。

南部非洲人流行自然崇拜，宁愿生活在原生态的环境里，人们吃、穿、住，讲究贴近自然，回归自然。住茅屋是有钱人的选择，人们愿意住在有树有花有草有动物的地方，不稀罕住在火柴盒式的洋房里。不少地方虽然经济发展滞后，但建造纸厂、化工厂等之类牺牲环境以换取发展的事情不干，或者说很少有人干。为什么呢？因为当地人靠自然吃饭已成习惯，香蕉、芒果、柑橘等水果产量很高，牛羊等在一望无际的天然草场上繁衍，羚羊、野兔等野生动物到处都是，地下是金银、钻石、煤铁等取之不尽的矿藏，大自然赐给他们的东西太多了，因而当地人对大自然有一种天生的敬畏感，自然崇拜历来是土著宗教的重要内容。

对性事的随缘心态

在当地人看来，充分享受两性愉悦是天经地义的事情，发展不是硬道理，娱乐好才是硬道理，其中充分享受性愉悦更是最硬的道理。因此，津巴布韦医院为中国医疗队队员安排住宿时，总是给每一个医疗队员提供一张双人床和两个枕头，以便队员寻找性伴侣，过好性生活。在他们看来，有性伴侣是天经地义的事，没有性伴侣是不可思议的。不过多少年来，一批批中国医疗队员来津巴布韦后，没有谁去“寻花问柳”，而是独自过夜，当地人多少有些难以理解。

多妻在津巴布韦不违法。2005 年，我国家领导人访问津巴布韦，津议长穆南加格瓦夫妇连续几天亲自接待。有意思的是，这位多妻的议长，每天都带来一位妻子和他一起参加接待，每天带来的并不是同一个人，议长美其名曰妻子之间要搞好平衡。2007 年的一天，我应邀到位于卢莎比的穆塔萨先生的农场做客。穆塔萨先生请我们吃饭时，出来三个妻子作陪。

最有意思的是，当地成年男性去世后，他的妻子通常情况下自然而然就嫁给丈夫的弟弟，子女由小叔子抚养，当然财产也由其继承。

对死亡的淡然心态

南部非洲艾滋病流行，斯威士兰、博茨瓦纳、津巴布韦是世界上三个艾滋病发病率最高的国家。我到津时，当地人平均年龄是 42 岁，现在已下降到 38 岁，艾滋病死亡者平均每天 500 人，导致平均年龄下降的原因并非艾滋病，实事求是地说，艾滋病感染率在下降。原因在于津受西方制裁，缺少外汇，没钱进口药品，导致婴儿死亡率迅速上升。虽然年纪轻轻就死了的现象经常发生，但当地人对死亡看得很淡，得了艾滋病、癌症等严重疾病，远不如中国人着急。我常感叹，人生悠哉到这个份上确实不容易。

津巴布韦知名华人李玉海告诉我，他在当地部队当兵时，教官得了艾滋病。医生对教官说必须打针，教官问打针痛不痛，医生说当然有点痛，教官说痛就不打针了，医生说不打针就没命了。教官说没命就没命，反正要死的。果然不久，这位教官就一命呜呼了。

对死亡的淡然心态还表现在追悼死者的方式很特别。津巴布韦哈拉雷旅旅长迦纳将军 2007 年 6 月因车祸去世，穆加贝总统致悼词时，讲得追悼会场里笑声一片。人们追悼死者、表达敬意的一个重要之处是追忆死者生前给大家带来的快乐和幽默。

为什么南部非洲会流行悠感文化呢？这是由当地的地理、历史环境所决定的。历史上，南部非洲远离欧亚、北非等人类活动的中心，生活的节奏一直比较缓慢；这里自然条件太好，不冷不热，花红柳绿，物产丰富，人口不多，即使不生产，靠野味、野果也饿不死。孟德斯鸠说过：自然条件好的地方人都比较懒惰。我们似乎可以换个说法：自然条件好的地方，才有条件悠闲，才可能孕育出悠感文化。

悠感文化是世界文化宝库中的一个瑰宝。国人对我们自己的乐观文化（不相信来世，主张“天生我材必有用，莫使金樽空对月”，“乐感文化”是李泽厚先生语）、印度的苦感文化（受苦越多，离神越近）、西方的罪感文化（人生来有罪，必须到教堂赎罪）、日本的耻感文化（以丢脸、失职、落后为耻）、伊斯兰国家的圣感文化（安拉神圣唯一，教徒朝圣，圣战等）比较熟悉，对悠感文化相对来说不那么熟悉。更多地了解悠感文化，对于促进不同文明之间的交流互鉴，无疑有着积极的意义。

非洲黑人的性文化

非洲黑人的性行为和性文化特点突出，引人入胜，具有鲜明的本能性、传统性、随意性和娱乐性，其最大的特点就是自然、开放、不压抑，给双方以充分的满足感。了解非洲黑人的性行为和性文化，对于了解非洲民情民俗、文化习惯很有帮助。

性爱：非洲黑人的第一需要

按照马斯洛关于人需求的定义，吃喝与性爱都是人类最基础、最原始的需求。那么，吃饭和性爱哪一个对非洲黑人更重要？据我的观察，对于他们来说，性爱似乎比吃喝更重要。

黑人对性爱的需求，就像我们对一日三餐的需求一样。从文化上讲，性爱对黑人就是娱乐，就是身体需要，本能的意识更强烈些，不少性行为带有自然主义的色彩，根本没有上升到我们通常所理解的爱情层面。因而，对于不少黑人男女来说，性爱就是一种游戏，就是一种本能的享受，就是每天的必需品。也就是说，相爱与否意义不大，交往多久无关紧要，关键在于有没有吸引力和“能力”。

黑人性活动的频率之高完全超乎中国人的想象。他们精力旺盛，无论何时，何地何种场合，只要愿意，男女之间非常容易达成性行为的意愿。或许这同黑人仍保持着游牧民族的某些特性有关。最文明的社会和最原始的社会同样少不了性爱，少不了吃喝。但是，在非洲黑人看来，性和每天吃饭一样，虽然都绝对不可缺少，但饭可以减少，性交不可以减少。津巴布韦近几年来一直闹经济危机，粮食严重不足，我常见到不少老百姓一天只能吃一顿饭，但津巴布韦的人口数量并没有因此减少，婴儿出生率并没有减少，中国驻津巴布韦使馆老馆舍临近的街区以前是红灯区，直到现在，只要夜幕降临，浓妆艳抹的性工作者就会按时就位，生意并没有因闹饥荒而受影响。非洲黑人血液中天生充满了追求极乐的基因，他们本能地倾向于肆情纵欲，更乐意在欢欲中结束生命。

黑人性伴侣很多，性行为也随意，男人和女人都热衷于谈论性伴侣的人数和模样。如果你在街头瞧见几个男人，或是几个女人，谈兴正欢，乐不可支，哈哈大笑，前仰后合，那十之八九他们是在谈论与性有关的事。

正因为如此，对不少非洲黑人来说，乐极生悲，性爱已变得不再是轻松的享乐，反而成了一种死亡游戏，非洲成了世界上艾滋病人数最多的地方，尤其在南部非洲，不少国家艾滋病携带者达到了 40% 以上。

女人：非洲男人的最爱

如果你来到非洲，要问非洲男人的最爱是什么？他们的回答一定是：“女人和酒。”

不少黑人男人无论走到哪里，第一件事就是看看周围有什么样可以

“钓”到的女人。一位华商告我，他雇的一位黑人司机往往在停车等人的片刻就能搞定一次性交易，或者是沿街叫卖的女小贩，或者是停车场看门的女保安，或者是旅店里的女杂工，或者是邂逅的女司机，只要看上了的，很少能让他失手。

非洲男人为了解决性饥渴，常常越轨，强奸现象司空见惯，强奸的对象有年过花甲的老太太，未成年的小姑娘，甚至包括自己的妹妹、姐姐、妈妈或女儿。我来津巴布韦后，经常可以读到、听到关于强奸亲人，特别是强奸女儿的报道。2008 年 10 月 7 日，津官方《先锋报》报道：一个 3 岁的女孩和兄弟们托养在 18 岁的叔叔家后，被这位叔叔当着女孩兄弟们的面多次强奸致死。六天以后，该报又报道：来自北马省的 54 岁的一名男子，因强奸自己 4 岁的女孩被判 20 年徒刑。他在法庭上供称：他妻子上年 12 月去世，他不想找别的女人，所以就找了女儿。该报同一天还发表题为《拷问津巴布韦强奸文化》的文章，沉痛地写道：

> 我们是妇女和女孩，我们想知道，为什么我们的父亲、兄弟、儿子、叔父、表兄或侄子要强奸我们这些妇女和女孩？
>
> 我们是那些男人的妈妈、女儿、姐妹或奶奶，为什么他们要强奸我们，毁了我们的未来？
>
> 我们是男人们强奸的盲人女孩，是男人们摧残的智障女孩，是男人们性侵犯的残疾女孩，试问：谁来关心我们这些被强奸后怀孕的女孩？
>
> 社会对强奸行为和强奸受害者的态度使我们妇女和女孩感到：女人已被出卖！

这些现象和文章说明，非洲黑人男性对异性多么向往，多么渴望，性饥渴时一些黑人男性会走多远。

南非是目前全球强奸案发案最多的国家，据司法部的调查认为，当地妇女即使蒙羞也大多不愿向警方报案遭到了强奸。因此南非实际上每发生36起强奸案才有一起报警，也就是说南非每17秒就有一名妇女遭到强奸，而在每两名南非妇女中便有一个在一生中可能遭到过强奸。南非现行法律规定强奸犯一经定罪便被判终身监禁，除非有足够理由才可获得减刑。然而在现实操作中，却常有强奸犯逍遥法外。

随缘：非洲女人的性取向

紧挨着赤道、位于几内亚湾的非洲国家科特迪瓦，以前叫象牙海岸，这名字听起来很动人，令人向往。这是一个信奉伊斯兰教的国家，但是有许多习俗却并不合教义。这里的人随便惯了，对任何事情都觉得无所谓，甚至连妇女的贞操观念都淡漠得惊人。妇女们喜欢裸露上身，即使到了世界文明无远弗届的今天，也不例外。她们常常狂歌热舞，通宵达旦。在风光旖旎的森林原野上，击鼓作乐。而野地上的奇花异卉，飘香阵阵，备添欢愉之情。这也许是象牙海岸女人保留下来的一种野性，但正是这点野性使这个国度的女人早熟，很早就情不自禁地追求男女之情、异性之欢。而她们接近男人的欲望，总是毫不保留地显露在外，十分强烈。象牙海岸的女人普遍对节育浑然无知。因此这一地区的人口繁殖力相当高。对于生孩子，女人们任其自然。男女两性的社会地位，并不彼此斤斤计较。虽然象牙海岸盛行一夫多妻的风俗，但是那里的妇人，在“食色，性也”的观念里，在婚前大都可以接受男人的爱抚，甚至新娘出嫁时，往往拖了几个私生子去新郎家里报到，不少新郎也不讨厌，反而表示无上的欢迎！

如果认为非洲女人也如传统的中国女人那样在两性交往中往往处于被

动地位，往往会羞涩脸红，那就大错特错了。黑人女性在这方面的大方主动绝对强过不少中国男人对女人的主动和“轻浮”，含蓄对黑人女性来说不是美德，倒和懦弱联系到一起。常有朋友告诉我：有时男性顾客在超市买完物品付款，收款女在找零时，会用手在男性顾客手心上轻轻画几划，意思是她对你这个顾客有好感，希望能约会她。一位来非洲的中国人说：在一次私人朋友的圣诞舞会上，一位黑人女孩与这位中国人跳舞跳得很兴奋，舞会到11点。这位中国人打算回家，与这位黑人舞伴告别时，她说想一同回去。望着她的两眼，这位中国人头直摆，连连说：“不行，不行”。

非洲姑娘

津巴布韦黑人妇女与白人男子结婚成家者不少，但5000左右华侨华人中，黄皮肤的男人极少娶黑人女子为妻，或者说仅有一两个当地女孩嫁给中国男子。为什么呢？有人对我说，黑人女子潜意识里认为中国男人野性不足，太文雅，太白面书生，担心与中国男子在一起不能尽床第之欢、鱼水之乐。而有的在津华侨却认为与有病的当地女子生活怕得艾滋病，与没病的在一起生活又怕“吃不消”。

割礼：男人应尽的义务

在非洲不少国家，判定少男少女是否成年，不是根据其年龄，而是看其是否举行过成年礼。所谓成年礼，就是割礼。长到一定年龄，男子必须割除阴茎的包皮，而女子则必须部分或全部割除阴蒂和小阴唇，甚至将阴道口部分缝合。

男子的割礼，大多在11岁到18岁之间进行。我国古时有“男子二十而冠，冠而列丈夫”之说。非洲的男孩子不论岁数大小，只要经过这一刀，就算成年，可以“列丈夫”；不经这一刀，无论活多大年纪，也被视为“孩子”，不算成人。因此，每个男孩子都要割礼，即使在外地学习或工作，到割礼时也要赶回家乡挨此一刀。“一刀割出个男子汉”，不是戏言，而是对这一习俗的生动概括。

割礼这种习俗据说起源于犹太教，有两千多年的历史。在犹太人中间，割礼实际上是履行与上帝的立约、确定犹太人身份、进入婚姻许可范围的一种标志。现在，割礼早已不局限于犹太人，也不局限于男子，而是盛行于世界很多民族的少男少女之中。在非洲，50多个国家中有30多个国家在不同范围内实行割礼。其中，肯尼亚、埃塞俄比亚、乌干达、苏丹、索马里等国家，大约有80%的男女实行过这种手术。

男子的割礼不仅没有人要求废止，而且在一些地区还在热热闹闹地进行着。在肯尼亚和乌干达等国家，男子割礼一般在偶数年份举行，而个别部族，如乌干达西部的布孔乔族，则是每隔15年才举行一次。割礼的时间，一般选择在每年七八月或年底的农闲时节。谁家的孩子要割礼，首先要把亲戚朋友、同事乡邻请来，飨以酒宴，当众宣布。赴宴者则带来牛肉、啤酒、锄头或其他礼物，以表示祝贺。

准备割礼的少年们要天天沐浴，净身洁体，迎接人生的新阶段。信教者，还要到教堂祈祷上帝保佑；不信教者，则到坟茔上去祈求先祖的神灵相助。割礼的日子临近，家长们会联合恳请或由酋长指派有经验的长者，带领少年们做准备活动。

在准备活动中，长者带领准备割礼的少年们，头插鸟羽，脸涂垩粉，肩披兽皮，腰系树枝，手携木棒，一边喊叫，一边在田间小路上奔跑。如果跑累了，孩子们会找块草地停下来小憩。刚刚休息片刻，一阵激越的鼓角声起，他们又会跳起来，摇臂扭臀，手舞足蹈。这样反复锻炼的目的是为了使少年们强身健体，磨炼意志，以便他们勇敢地迎接割礼的考验。

割礼仪式总是隆重而热烈。在选定的割礼日，村民们不分男女老幼，一大早就聚集到村头空旷的草地上。他们击鼓吹笛，狂歌欢叫。即将受礼的男孩子们整队跑步，刚来到现场，上身近乎赤裸的姑娘们便会一拥而上，拽着他们狂舞。在场的其他人先是围观，后来也会因抵御不住鼓点和舞步的诱惑，自觉或不自觉地扭动身躯，加入到狂欢的队伍之中。狂欢是为了给男孩子们壮胆，随之而来的割礼无疑会给男孩子们带来痛苦。

北京大学李安山教授在其著作《曼德拉》一书中，这样描述科萨人的割礼仪式：

> 曼德拉科萨人的割礼是很隆重的。举行割礼时，要摆设盛大的宴席。因为这种宴席需要不少的牲畜和粮食，因而往往在一年的收获季节才举行割礼仪式。仪式在清晨举行，这以前是持续一夜的宴会和舞会：整个地区的年轻人从各个村庄赶来，参加这个传统的典礼，向孩提时代告别。因为第二天天一亮，他们将成为成年人了。许多年轻的小伙子都在这样一个传统典礼上作最后一次角斗，这是他们艰苦训练的一部分，也是挑选合适继承人的最佳方法。其次是晚宴，一壶壶科萨人自制的啤酒，一块块烧烤的熟肉，一碗碗香喷喷的玉米粥。人们尽情地享用这丰盛的宴席，以表达对行割礼青年

的衷心祝福。随后是黑夜的狂欢。人们聚在一座宽大的克拉尔的中央，姑娘们靠着墙，男人们和青少年跳着雄壮活泼的舞蹈，速度飞快，节奏明晰，旋转快得令人目眩。舞蹈在系在舞蹈者脚上的许多小铃的伴奏下，和着全体参加者的合唱进行。大家都重复着一种柔和而单调的歌声。随着歌声的节拍，舞蹈者的手相互搭在肩上，从而连结成一个坚实的圆圈。即将行割礼的青年们赤裸着身子，手拿一根系有白色带子的长棍，不时地一起冲出圈子。这种动人心魄的战斗舞蹈持续一段时间后，舞蹈者又加入到围在火堆边的人群，开始听老人们的叙述：披荆斩棘的创业和祖先战胜敌人的欢乐。到午夜时，村子里又重新活跃起来，啤酒、烤肉、玉米粥和更多的舞蹈和歌声。直至黎明将至，人们已经精疲力竭，这才拖着沉重的步伐，回到了自己的村庄。清晨，将要行割礼的科萨小伙子重新裹上白布，他们经过一夜的折腾，早已精疲力竭。但他们尽力克服一夜的疲劳，强打起精神，随着几个村里的长者向离村不远的一间茅屋走去。他们身后，祭司拿着一把锋利的长刀，在酋长的陪同下，缓慢持重地走着。随后，他们到达了那间茅屋，祭司口里念念有词，弯腰轮流给青年们行割礼。长刀的刀面在阳光下闪闪发光，一滴滴鲜血洒在沙地上。接着，祭司开始把泥沙和鲜血在手掌上混合，然后涂在小伙子脸上。祭司熟练地完成最后几个动作，即将青年人安放在事先准备的床上。这时候的青年人脸上涂满了自己身上的鲜血。经过一夜的兴奋之后，他们可以休息了，正式进入康复阶段。然而，他们在伤口愈合之前是不许离开这间茅屋的。这是因为他们身上“不干净”，不能在众人面前露面。只有一位特选的看护可以送食物到他们这个自愿囚禁的地方。在夜晚，他们可以在夜幕的掩护下出来走走，但必须把脸涂白，以免过路人认出他们。

李安山教授这样描述曼德拉的割礼经历：

> 曼德拉16岁时，荣欣塔巴决定让他一起参与专为贾斯提斯准备的成年割礼仪式。这样，他与其他25名小伙子一起经历了这一渴望已久的激动人心的洗礼。为了显示勇敢精神，在独居期间，他们用啤酒渣诱来了一只肥猪。将它宰了以后，燃起篝火饱餐了一顿。曼德拉在他的自传中风趣地说，“在此以前或以后，没有一块猪肉吃起来有这么香。”曼德拉和25名伙伴在山间茅屋度过了几天，直至伤痊愈。“我成年了！”他和贾斯提斯一起由衷地笑了。按照一般习俗，行过割礼的青年要回到自己家族的克拉尔，然后各方家长在经过一番长时间的洽谈之后，将为自己的儿子们操办婚事。

在非洲，割礼时的欢庆已逐渐发展成为演唱，随之产生了一些专门在割礼时演唱的歌曲。这些歌曲的内容主要为取乐，内容大多秽亵，平时是不能演唱的。但也有一些割礼歌是给男孩子鼓劲的。譬如，肯尼亚的罗族有这样一首割礼歌：

湖水在汹涌，
风起掀波涛。
孩子们，不要怕，
谁都要挨这一刀。
挺住劲，不要颤抖，
憋住气，不要哭号。
你马上就要长大成人，
要勇敢地迎接这一刀。

割阴：女人面临的梦魇

女性的割礼通常是一种宗教仪式，一些国际援助组织指出，中东地区女孩子们的割礼不仅要割去阴唇，还要割去阴蒂，其宗教思想是彻底否决女性的性快乐，让她们保持忠贞不二。而在非洲，女人的割礼只要割去阴唇就行了。女性割阴在半数以上非洲国家相当普遍，它被视为当地传统的一部分，人们认为行割礼可以让女孩子更加贞节。尽管一些国家颁布严厉法令，严惩为女性施行割礼术的人士，但这个传统陋习仍然屡禁不止。世界卫生组织估计，目前至少在 36 个国家中的 1.2 亿妇女被割去了阴唇。联合国紧急援助基金会指出，大多女孩在 4–10 岁进行这种仪式。

女子割礼与男子割礼不同，不仅没有狂欢，而且历来都显得有点神秘，因为都是私下个别进行。除少数人到医院去做之外，大多数人一如既往，都由民间巫医、助产妇或亲友操持。传统的切割工具是铁刀或小刀片，缝合使用的是一般针线，有的地方甚至使用荆棘。用这样落后、原始的器具切割女孩身体的最敏感的部位，而经常又不使用麻醉剂，那该是多么痛苦而难以名状的惨景。手术过程中，不但疼痛难忍，还经常发生大出血。最常使用的止血剂不过是树胶或草灰。简陋的医疗条件，器具从不消毒，因而手术后经常发生感染。据肯尼亚的瓦吉尔地区统计，手术后发生破伤风、闭尿症、阴道溃烂者约占 30%。而阴户缝合手术不仅容易引起这些疾病，还往往导致婴儿难产，造成母婴双亡。

尽管割阴给女人带来了极大的痛苦甚至灾难，然而，不少女孩却被迫接受割阴以适应其他女人，适应整个社会。奇怪的是，割过阴的妇女总是会想方设法去帮助别人割阴。女孩被割阴时因疼痛难忍会扭动翻滚身子，撕心裂肺般尖叫。这时，往往是自己的奶奶、妈妈或姐姐等已割过阴的女子使劲按住她，使她动弹不得。女孩被割阴后，双腿被绑缚在床上，至少要这样躺一周，只能吃一些粗糙的食物，以防止排尿。

对于文明社会的人来说，割阴无疑是最原始的陋习，是最惨无人道的。割阴的执行者通常被西方人看作是践踏孩子心灵、侵犯人权的暴徒，因为这种行为常常会引起感染、难产，甚至死亡。然而，在实行割礼的非洲一些国家，未被割阴的妇女被人瞧不起，被人认为是不值得娶的。社会对此已约定俗成，在很长一段时间内，这种情况也许根本无法改变。许多家庭的奶奶、妈妈和姐姐，作为这种制度的受害者和亲历者，又把这份痛苦强加到下一代女孩子的身上，她们认为这是理所当然的，如果不这样做，就是对祖制的践踏。可见，忍受和承认这种制度，已经固化为她们心中不可或缺的法则，是一条神圣庄重而让人超脱和净化的必经之路。而这些国家的男子，受传统观念的影响，非割礼的女子不娶，这种态度使废止割礼这一陋习增加了难度。

1997 年，来自索马里的国际名模特华莉丝迪里很荣幸获得邀请，担任联合国人口基金会反女性割礼运动特使。按照这位特使的说法：割礼主要流行于非洲，28 个国家有此习俗。全世界每年至少有 200 万女孩可能成为下一批受害者，即每天 6000 人。

华莉丝迪里（WarisDirie）是沙漠之女，她熬过炎热、干旱和贫穷，也经历过人生中最可怕的考验：残忍的割礼。她这样回忆自己的割礼经历：

> 索马里人传统的思想认为女子两腿的中间有些坏东西，妇女应该把这些东西（阴蒂、小阴和大部分大阴）割去，然后把伤口缝起来，让整个阴部只留下一道小孔和一道疤。妇女如不这样封锁阴部，就会给视为肮脏、淫荡，不宜迎娶。请吉普赛女人行这种割礼要付不少钱，索马里人却认为很划算，因为少女不行割礼就上不了婚姻市场。割礼的细节是绝不会给女孩说明的，女孩只知道一旦月经来了就有件特别的事情将要发生。以前女孩总是进了青春期才举行割礼，如今行割礼的年龄越来越小了。我五岁那年，有一天

晚上母亲对我说："你父亲遇上那吉普赛女人了，她应该这几天就来。"接受割礼的前夕，我紧张得睡不着。……母亲把我安置在石上，然后她自己到我后面坐下，拉我的头去贴住她的胸口，两腿伸前把我夹住。我双臂抱住母亲双腿，她把一段老树根塞在我两排牙齿中间。"咬住这个。"我吓得呆住了。"一定会很痛！"母亲倾身向前，低声说："孩子，乖。为了妈妈，勇敢些。很快就会完事的。"我从两腿之间望着那吉普赛女人。那老女人着着我，目光呆滞，脸如铁板。接着，她在一只旧旅行手提包里乱翻，取出一块断刀片，上有血迹。她在刀片上吐了些口水，用身上的衣服擦干。然后母亲给我绑上蒙眼布，我什么都看不见了。接着我感到自己的肉给割去，又听见刀片来回割我皮肉的声音，那种感觉很恐怖，非言语所能形容。我一动不动，心里知道若动得越厉害，折磨的时间就越长。但很不幸，我的双腿渐渐不听使唤，颤抖起来。我心里祷告道："老天爷，求求你，快些完事吧。"果然很快就完事——因为我失去了知觉。到我醒来，蒙眼布拿掉了，我看见那吉普赛女人身旁放了一堆刺槐刺。她用这些刺在我皮肤上打洞，然后用一根坚韧白线穿洞把我的阴部缝起来。我双腿完全麻木，但感到两腿中间疼痛难当，恨不得死去。我又昏过去了，等到再睁开眼，那女人已经离去。我的双腿给用布条绑住，从足踝一直绑到臀部，不能动弹。我转头望向石头，只见石头上有一大滩血，还有一块块从我身上割下来的肉，给太阳晒得就要干了。母亲和我姐姐阿曼把我抱到树荫里，又临时为我盖了一幢小屋。在树下建小屋是我们的传统，我会独自在小屋里住几星期，直至伤口愈合。几小时后，我憋不住了，想小便，便叫姐姐帮忙。第一滴尿出来时我痛得要死，仿佛那是硫酸。吉普赛女人已把我阴部缝合，只留下一个小孔供小便和日后排经血，那小孔只有火柴头大小。我躺在小屋里度日如年，更因伤口感染而发高烧，常常神志模糊。我因双腿给绑着，什么都不能做，只能思索为什么？这是为了什么？我那时年纪小，不知道男女间事，只知道母亲让我任人宰割。其实，我虽挨切肉之痛，还算是幸运的。许多女孩挨割之后就流血不止、休克、感染或得了破伤风，因而丧生。过了两个星期，我的伤口才渐渐愈合。

这位国际名模痛苦地回忆说："割礼之后我的阴部只有一小孔，小便时尿液只能一滴滴流出，每次小便都要花上十分钟。来月经时更苦不堪言；每个月总有几天无法工作，只能躺在床上，痛苦得但愿就此死去，一了百了。""割礼不但使我健康出了问题且至今未愈，也令我终生体会不到性爱的乐趣。我感到自己残缺不全，而且知道自己无力扭转这种感觉。第二个理由是我希望让大家知道这种习俗至今仍存。我不但要为自己讨公道，也要为数以百万计曾遭此苦甚至因之去世的女孩仗义执言。"

割礼对妇女身心健康造成的危害，已引起非洲各国以及国际社会的高度关注。从 1979 年开始，非洲妇女组织在世界卫生组织的帮助下，先后在卢萨卡等地召开专门会议，通过了从最盛行女子割礼的东非和北非开始，逐步在整个非洲废止这一陋习的决议。肯尼亚、索马里等国的议会，经过激烈辩论，也都通过了立即废止的法令。

陪睡："驱除恶魔"的把戏

在大多数非洲国家，如果妻子死了丈夫或少女死了父亲，当地村民们就会请来一名男子，陪这名寡妇或未婚少女睡上一晚来"驱除恶魔"，这些专门从事“陪睡”行业的男子则被当地人称作“清洁者”。

然而，这个古老的非洲传统已经成为艾滋病病毒传播的元凶，这些所谓的“清洁者”事实上是非洲大地上“最肮脏的人”。他们属于艾滋病感染率最高的人群，并肆无忌惮地将这些可怕病毒传播给至少数十万无辜的女性。

世界卫生组织的网站上报道说：在非洲国家马拉维的姆钦吉市，23 岁的年轻妇女穆蓓维三年前死了丈夫。就在她的丈夫死后几个小时，穆蓓维就从人们的视线中消失了，她既没有为她的丈夫服丧，也没有接受朋友和亲属的安慰，而是一个人躲到了她姐姐的家中，因为她害怕“清洁者”找她“陪睡”。不幸的是，她丈夫的家人还是对她穷追不舍，并最终将她“挟持”了回去。穆蓓维最担心的一幕还是发生了，村中的长老和丈夫的家人强迫她接受“性清洁”的仪式，并威胁她若不从，村里每死一个人她就要受到一回诅咒。最终，她还是和自己丈夫的堂弟发生了性关系。穆蓓维近日在接受媒体采访时说：“一想起我的丈夫，我就会哭泣。他死了，我却要接受这样的事情，我感到很害怕，我非常担心自己因此被传染上艾滋病，如果我死了，我的孩子们将没有人来照料。”

在那些依然流行“性清洁”风俗的村庄中，艾滋病毒传播的速度快得惊人。然而，即使如此，当地人仍然认为抵制这一风俗不容易。他们说：“我们从生下来就已经接受这样的教育，如果我们劝人们抵制这样的事情，他们就会问：‘我们为什么要改变呢。’”

性福：非洲性旅游的基点

中国驻津巴布韦大使馆旧馆舍同一个临街的院落是邻居。白天，这个大院落很少开门。但到了晚上，门外总有一些打扮入时的女孩子，眼睛盯着来来往往的过客。如果是中国大使馆的车或是明显的中国人乘的车，这些女孩子会原地不动；如果是其他人的车在门口停下来，或是其他人走到门口，女孩们会与来人搭讪，然后一男一女或男男女女进入门内。我每天乘车上下班，这个现象慢慢引起了我的注意。一问才知，这里是买春卖春的地方，整条街都是地下红灯区。由于津巴布韦经济危机持续10年之久，老百姓生活极为困难，地下红灯区便兴盛起来。

但是，是否仅仅是因为生活困难他们才走上卖春的道路？不是。是否只有男嫖客来非洲寻找女性伴侣？也不是。越来越多的妇女，特别是白人妇女也来非洲找男性伴侣寻求性的刺激。黑人男士与白人妇女发生一夜情，是否为了钱？也不完全是。

神秘的非洲有原始的生态，独特的文化，奇异的风俗，浪漫的沙滩，秀丽的山峰，神秘的森林，狂野的动物；黑人肌肉发达，皮肤细腻，富有弹性，耐力超群，吸引了来自全球的大量游客。但其中不少游客来的目的不在游，而是在性。用他们的行话说，是来非洲享受“阳光里的快乐”。非洲的尼日利亚、贝宁、喀麦隆、冈比亚、肯尼亚、埃及、突尼斯、摩洛哥等国家，性旅游业尤为繁荣。性游客主要来自德国、英国、瑞士、瑞典、西班牙、意大利、法国、挪威、丹麦、美国、加拿大、日本、澳大利亚、新西兰和一些发展中国家。而非洲的贫穷，

非洲靓女

非洲黑人的性能力，为性旅游业的兴起提供了土壤。

联合国世界旅游组织对性旅游的定义是：旅游或非旅游部门利用其机构和网络安排的外地游客以与当地居民的商业性活动为目的的旅游。定义实在拗口，简单而言，就是到外国寻妓的旅游。据估计，全球大约有 100 万人从事性旅游服务，每年交易额数十亿美元。

在非洲许多国家，从事职业性的性服务并不违法。即使在性服务非法的国家，给警察点小钱，他们也就不干涉了，这使非洲性旅游产业的发展成为可能。但值得注意的是，在这些性工作者中，有不少童妓。据联合国的一份调查显示，在肯尼亚 4 个沿海地区有多达 15000 名 12 ~ 18 岁的女孩偶尔卖淫，有超过 3000 名女孩和男孩是全职性工作者。

非洲性旅游兴盛的原因是多方面的：

一是在贫穷的非洲，性旅游对来自发达国家的人来说价格低廉。

二是外国游客来这里寻花问柳可以“为所欲为”。在自己国家，做这些事情遭人鄙视，但在这里，他们可以尽情享受所谓的“性福”。也就是说，境外游可以让游客们忘却自己的身份，摆脱国内各种清规戒律，在国外尽情放肆：他们大把大把地花钱，追求个性解放和自由，寻求更开放、更刺激的消遣，性放纵无疑成为国外游客在非洲的一种“娱乐”形式。毕竟，黑人女子，皮肤光滑细腻，丰乳肥臀，细腰长腿，柳眉大眼，一口天生整齐洁白的牙齿，足以令那些皮肤生来粗糙的欧美男子羡慕不已。这是非洲性旅游繁荣的主要原因。一些游客为了尝鲜，与不同种族的人发生性行为，想从中找到不同的感觉。

三是不少女游客来非洲进行“浪漫之旅”，并非为了浪漫或者爱情，也是为了性。因为她们认为，黑人性能力更强，更能让她们得到肉体满足。数以万计的白种女人到非洲酒吧、沙滩寻找艳遇，带着男友去夜总会、下馆子，最后到豪华酒店销魂。她们把男妓称为“舞男”“假日狂欢”或“沙滩男孩”。有的游客和当地男妓发生“一夜情”后便保持长久关系，定期来此约会。据估计，从 1980 年到现在，大约有 100 万妇女体验过性旅游，其中多是常客。

四是非洲黑人本来在性事上就有随缘的心态，不像中国人讲究所谓贞洁。同时，他们认为，性服务也是一种服务，也是一种劳动，性服务所得不是偷，不是抢，而是劳动所得。因此一些提供性服务的非洲妇女并不认为自己是受害者，她们反而认为，与嫖客交往，既享受了性福，又控制男人，显示了自己的魅力；更重要的是通过性旅游服务赚了不少钱，过上了富裕的生活。在贝宁最大城市科托努的一个英语培训中心，19 岁的卡迪姑娘直言不讳地说："我和其他贝宁人一道来到尼日利亚的阿布亚，从客人那里挣了不少美元和欧元。"对男士来说，他们为女游客提供性服务有的是为了钱，有的是为了性，有的为了其他目的。男性陪伴的价格通常每天 50 ~ 200 美元，当然也有不要钱的男性工作者，女游客通常给他们衣服、食品和礼物。也有什么都不要的，他们把为女游客提供性服务当作是一种性交换，在愉悦了顾客的同时，自己也从性活动中得到满足，并炫耀自己泡了多少个白妞。

五是非洲一些国家的政府或默许，或乐观其成，或公开鼓励。他们认为，性旅游虽然有诸如艾滋病、暴力、毒品等负面影响，但也有些积极因素，如有利于航空、饭店、宾馆、出租车、语言教学等行业的发展与繁荣。高层次的性服务要求性工作者必须学外语，必须了解异域文化，这就促进了文化交流与融合。在非洲，越来越多的人开始学英语，有的是因为适应经济全球化的需要，有的是想通过从事性旅游服务来赚钱。

黑人令人赞叹的几种能力

黑人具有不少其他肤色人种所没有的特点。例如，黑人的视力很好，每次在非洲打高尔夫球，中国人不知球飞到什么地方时，黑人总是能看清球落在什么地方；黑人皮肤最好，年纪再老，起皱纹的很少。穆加贝总统 85 岁了，其皮肤与年轻黑人相比，没有什么区别。在我看来，相对其他肤色的人来说，黑人以下几种能力可以说真是无与伦比。

与生俱来的歌舞能力

非洲人天性喜舞亦善舞，“没有舞蹈，就没有非洲生活。”确实如此。非洲人白天跳，夜晚亦跳，有时通宵达旦地跳。他们迎宾时跳，过节时跳，祝寿时跳，结婚时跳，添丁时跳，举丧时也跳。有人说，除睡觉之外，非洲人有一半时间是在狂欢舞蹈的节奏上度过的。这话说得未免有些夸张，但却抓住了他们酷爱舞蹈的性格特点。

我在非洲几年，经常见到这样的情景：无论男女老幼，只要一听到有节奏的声音，就自觉或不自觉地抖起双腿，扭起臀部，兴致勃发，翩翩起舞。

我到津巴布韦不久，前往维多利亚瀑布市和市长在皇冠餐厅见面。顾客一面用餐，一面欣赏当地歌舞，最使我惊奇的是，一个仅二三岁的男孩站在舞池中央，随着伴奏的音乐，悠然起舞，脚一抬一抬，屁股一扭一扭，手左边指指，右边指指，脑袋左边晃晃，右边晃晃，不仅丝毫不怯台，那一招一式，非常老道，非常到位，仿佛是训练有素、走南闯北的舞蹈家。为什么这么一点点大的小孩，就显示出明显的舞蹈天赋？市长告诉我：唱歌跳舞是非洲大陆上最普遍、最受欢迎的民间传统娱乐活动形式，如同东方人日常生活中须臾不可离开盐一样，非洲人的生活中时时刻刻都离不开歌和舞。高兴的心情要通过唱歌跳舞来表达，忧伤的情绪也要通过唱歌跳舞来排泄；获得一笔收入要唱歌跳舞进行庆贺，即使明天可能揭不开锅今天也要照样唱歌跳舞。每逢婚丧嫁娶或者欢庆佳节，非洲人常常要通宵达旦地跳舞；就是平时工作间歇之际，劳动休息片刻，只要一听到鼓声或者乐曲声，他们便会扭动身子，情不自禁地跳起来。津巴布韦的少年儿童们在这种环境中受到熏陶，从小就养成了痴爱跳舞的习惯。后来，我发现市长讲的一点也不夸张。走在非洲的大地上，无论是城市还是乡村，如果你遇上一名非洲儿童，即使语言不通，你只要双手击掌，活泼可爱的儿童就会当场给你表演一段舞蹈。非洲的舞蹈拥有如此广泛的群众基础，难怪人们将非洲称为“一个热情奔放的歌舞之乡”。

翩翩起舞的黑人艺术家

非洲舞蹈有着悠久的历史，据说早在6000年前非洲大陆就已经出现了舞蹈。舞蹈是非洲民族最古老、最普遍、最主要的艺术表现形式，是非洲光辉灿烂文化的宝贵遗产。非洲社会生活的各方面，经聪明智慧的非洲各族人民的巧妙编排，没有什么不能入舞。部族历史、祭祖祈神、战事农耕、放牧狩猎、男女恋情，则是他们最常见的舞蹈题材。非洲舞蹈种类繁多，大体上可以分为撒哈拉沙漠以南的黑人舞蹈和流行非洲北部地区的阿拉伯舞蹈两大类。黑人舞蹈又可以分为传统的仪式性舞蹈和民间的娱乐性舞蹈。非洲舞蹈是非洲劳动人民在生产活动中创造出来的，多用来表现烧荒、播种、收割、狩猎等场面以及人们对图腾的崇拜，保持着淳朴的民族风格，具有古香古色的特点。非洲舞蹈也是在长期实践中不断改进和提高的，它深深扎根于民众之中，以强烈的节奏、丰富的感情、充沛的活力、磅礴的气势以及变化万千的舞姿著称于世，在世界文化艺术的园地里占有一席重要地位。正是由于非洲舞蹈始终保持着独有的风格和新鲜的活力，深受非洲人民所喜爱，成为人们日常生活中不可缺少的重要组成部分。无论是城市还是乡村，也不管人们是处在兴奋之中还是处在悲伤之中，总是借用舞蹈来抒发自己内心世界的感情。很多中国人不知道，在南非和许多非洲国家，失业工人去政府大楼前面抗议示威，不喊不叫，而是尽情地唱歌跳舞。在葬礼上，送葬者围绕死者灵柩载歌载舞，以表达心中的悲哀。不了解情况的路人往往会误以为他们在庆祝什么喜事。

我在非洲期间，最愉快的活动之一就是看非洲人跳舞。看非洲舞蹈，不仅给人以美的享受，还可以给人以信心和力量。非洲舞蹈轻松舒展，热情奔放，活泼欢快，动作粗犷有力，旋律强烈感人。男性舞蹈者动作刚劲有力，下肢和脚部频频踏跺，发出阵阵宏亮的响声；女性舞蹈者突出上肢和腰部的动作，犹如轻云薄雾，柔软多情，频频向观众妩媚动人地微笑，引得观众中爆发出阵阵雷鸣般的掌声。男女舞蹈者常常剧烈地甩动头部、起伏胸部、屈伸腰部、摆动胯部、扭动臂部、晃动手脚、转动眼珠等，几乎身体的每一个部位都在剧烈地运动。不消几分钟功夫，舞蹈者就会汗流浃背，气喘吁吁，个个表演得如痴如醉，一丝不苟。

2009年上半年，中国甘肃歌舞团访问津巴布韦，歌舞团和津巴布韦恰巴古舞蹈艺术团在哈拉雷恰巴古石雕公园举行联合演出，津巴布韦内阁地方政府部长乔姆波等应邀出席观看。对黑人来说，鼓是舞蹈的主要伴奏乐器，在一阵阵激昂的“哒哒、哒哒哒”的鼓声中，数名装扮奇异的非洲男女青年轮番表演，他们腰系兽皮，脚缠铃铛，迈着急速矫健的舞步，剧烈抖动黝黑发亮的身躯，手中不时敲打一个个道具，不断发出有节奏的沉闷响声，时而如猛虎下山，时而似雄狮出林，大家屏息凝视，仿佛置身于奋勇杀敌的疆场。这种充满生机的舞蹈气氛令人倾倒，使人振奋。黑人舞蹈家以优美的姿势和刚劲的动作，表达自己内心深处的感情。黑人舞蹈不但内容丰富，艺术上也有鲜明的特色。相比之下，甘肃歌舞团表演的中国舞则显示了另一种韵味，使酷爱舞蹈的黑人朋友也看得目不转睛，眼不斜视，如痴如醉。甘肃姑娘们个个生得姿容艳丽，意态妖娆，非常标致，她们迈着轻盈的舞步，细腰扭动，臀部摇摆，舞姿优美迷人。我一边看，一边马上联想到《今古奇观》中对美女的描写：“蛾眉带秀，凤眼含情，腰如弱柳迎风，面似娇花拂水。体态轻盈，汉家飞燕同称；性格风流，吴国西施并美。蕊宫仙子调人间，月殿嫦娥临下界。”中国舞蹈细腻的雅味和非洲舞蹈粗犷的野味，让大家品尝了一顿舞蹈的美味大餐。

我深深感到，如果说东方的舞蹈注重于运用手指、脚尖和眼神表达内心复杂细腻的感情的话，黑人舞蹈则主要通过身躯和四肢的大动作来表达一种强烈的激情。男演员喜欢以两臂和双腿的猛烈伸屈来带动全身，做出变化多端的舞姿。女演员总是以高耸的胸脯、柔软的腹部和宽大的臀部快速而狂放的扭动，来展示自己高超的舞艺。黑人舞蹈给人总的印象是：动作幅度大、速度快，显得热情奔放。这样一种特殊的舞蹈语汇，伴以暴风骤雨般激昂的鼓点和万马奔腾般急促的琴声，使舞蹈的节奏显得更加强烈。舞蹈的节奏其实是生活的节奏，是生命的节奏，它从一个侧面反映了黑人战天斗地的豪放情怀，也反映了他们热情奔放的民族性格。

在非洲，跳舞比观舞更令人陶醉。2007 年 8 月的一天，津巴布韦哈拉雷省省长卡里曼齐拉为到中国留学的津巴布韦学生们举行一个联欢会。他把当地有名的警察乐队也请来伴奏，省长和学生家长之一、津外交部副常秘曼格等，和大家一起随着歌声、乐声和鼓声起舞，舞蹈者自由奔放地跳动，无拘无束，动作开放，展现出浓郁的非洲风情，使馆同事们情不自禁地模仿着跳了起来。

在非洲，人们经常可以看到不需事先排练的集体舞蹈。虽然非洲各国都有专业舞蹈团，但最常见的，则是各部族、各地区、各村落业余的舞蹈队。在迎宾时，在节假日，在群众性集会上，我经常看到他们的身影。而在他们的带动和感染下，往往形成几百人、几千人集体共舞的欢乐场面。这时，包括国家元首在内的一些政界要人也会参加进来，与民同乐。只要是大型集会，一个人讲完话后，接下来肯定是跳舞，通常是女人先跳。然后，当官的和不当官的，认识和不认识的，老人和小孩，大家一起跳了起来。我应邀出席津巴布韦民盟全国代表大会时，亲眼看到由政治局委员、内阁妇女部长穆春古丽率领近百名妇女跳舞。穆加贝总统祝寿群众大会上，我又看到津巴布韦参议院议长马宗圭女士和许多妇女一起跳舞。黑人生下来后，耳濡目染，自小对非洲舞蹈，包括对集体舞的套路已驾轻就熟。难怪有人说，黑人个个是舞蹈家。看到这种壮观场面，谁能不信服呢?

最难忘的是应邀和穆加贝总统夫人和总统的亲友们在官邸一起跳舞。总统夫妇为我离任举行欢送午宴，席间，乐队一直在演奏，男女歌手演唱了一支又一支歌曲。吃完饭后，夫人邀我跳舞。我们舞蹈时，乐队演奏西式乐器，同时敲打着具有当地传统特色的非洲鼓，围观者拍手伴和。

谈到黑人对舞蹈的酷爱，我的感觉是，他们是在娘肚子里跳着舞成胎，跳着舞来到世上，跳着舞生活、劳作，又跳着舞离开人世。他们每时每刻都离不开舞蹈。确实是这样，对黑人来说，舞蹈是生活的闪光，是生命的跃动，是从往昔阔步走向未来的足音。在非洲欣赏黑人传统的舞蹈，很容易被他们附着灵魂、节奏强烈又透着野性的舞蹈迷住。

黑人不仅天生是舞蹈家，而且天生是歌唱家。上帝把一副好嗓子留给了非洲黑人，走到非洲大街上随手一拨拉，几乎全是歌唱家。好嗓子让黑人自我感觉很好，自我觉得他们过着比别人更惬意的生活。黑人的音乐天赋让你不得不佩服。例如，“流行音乐之王”迈克尔·杰克逊是黑人音乐家的杰出代表。他创造的音乐，把社会各个不同的阶层联系起来，融合了流行音乐和摇滚乐，其中包括灵魂乐和朋克元素。杰克逊风靡于千千万万各种种族的歌迷中。作为流行音乐偶像，在遍及全球的数百万忠实歌迷眼中，他开创了一个流行音乐的新时代，是一位富有创新精神的歌手、歌曲作者、制作人和舞台表演者。杰克逊也许是有史以来最成功的独唱歌手，他不仅13次获得代表流行音乐界最高荣誉的格莱美奖，并且十分罕见地两次进入美国摇滚乐名人堂。他影响了整整一代流行音乐的表演者和爱好者，并一度成为美国乃至全球流行文化的代表人物。迈克尔·杰克逊是第一个冲破种族藩篱、打开进入主流流行文化大门的偶像，其意义并不亚于奥巴马2008年当选为美国总统。

黑人音质出奇的好，音域出奇的宽，不需乐队伴奏，只要清唱，就能令听众得到极大的享受。正因为如此，他们身着传统服装的合唱令我印象深刻，黑人的嗓音得天独厚，非常有感染力，无伴奏的和声仿如天籁。津巴布韦许多正式活动，在演唱国歌时，就是请黑人集体合唱。津巴布韦大学孔子学院学生演唱团不仅在津巴布韦曾为津中友协成立大会和中非、中津关系国际研讨会演唱，而且应邀到北京演唱。他们用中文演唱的《月亮代表我的心》等歌曲，雄浑深沉，铿锵起伏，回音缭绕，与中国人演唱相比，别有一番风味。

非洲人跳舞和唱歌都离不开鼓，鼓在非洲人民悠久的歌舞文化中占据着非凡的位置。奇妙的非洲鼓有皮鼓和木鼓两种。皮鼓是用掏空了的一段树干，一端裱上兽皮制成，其外形可分为圆柱形、桶形、口杯形、高脚杯形、锥形等多种。鼓边装饰着人像或动物图案。木鼓是用木头凿成的，各处厚薄不一，用木捶一敲，薄的地方就发出高音，厚的地方就发出低音。鼓的高低大小不一，最大的高达八九米，最小的只有茶杯般大小。我到津巴布韦奇威什大酋长的王国做客时，他送我两个形状、大小不同的非洲鼓，我视为珍宝，离任时特意带回北京作纪念。

非洲人善于用载歌载舞的形式，以各种各样的敲鼓法，表达其心声，而表达其心声的喜怒哀乐大多则是由鼓去完成的。歌者舞者随着鼓点的变换而歌唱，并变换动作，节奏明快，刚健有力。非洲鼓可伴奏，可合奏，也经常单独演奏。演奏时，演员还可在鼓上跳来跳去，如杂技演员摆出各种姿势。坦桑尼亚闻名的盲人鼓手毛里斯，同时用十二只鼓以不同的音调奏出十分美丽的旋律。在卢旺达、布隆迪等国，也有鼓的齐奏，十分壮观。最饶有风趣的是加纳黑人盛大节日里的“击鼓会”，广场上放置着大大小小的各种非洲鼓，鼓手们用美妙的歌声颂赞酋长的伟绩和美德，又用动人的“鼓语”叙述古代的动物故事。此时被热闹的鼓声吸引到广场来的村民越来越多，人们就像听一位天才的演说家讲演那样，留心倾听着每一个鼓点所报道的部落新闻、大事，乃至社会逸事。紧张处极尽渲染，出色处妙趣横生，每一个鼓点都揪着每个人的心，使人难以猝然止听，中途离去。人们的感情随着鼓声的变化而起伏。击鼓会的最后节目是两组鼓手“斗鼓”。此情此景有点像刘三姐斗歌，嘲讽笑骂无所不能。对方通过鼓点提出的难题，这边就要毫不迟疑地回答和提出反问。双方都争取以其更高的技巧和智慧赢得胜利。

酷爱运动的竞技能力

津巴布韦总理茨万吉拉伊宣誓就职不久，我应邀到其官邸做客。聊天时我们谈到他学打高尔夫球 3 个月了，我问他能打多少杆了，他谦逊地说只能打 90 杆，发挥得好可打 80 多杆。我简直不敢相信自己的耳朵，一则因为我打了快两年，始终在 100 以上；二则他年纪比我大，3 个月说白了，还是新手；三则毕竟是总理，没多少时间练球。这么快就能打八九十杆，很不容易。由此，令我更加佩服黑人在不少体育项目中的竞技能力。

的确，黑人身体强壮，肌肉发达，耐力超群，弹跳力强，速度快，柔韧性好，在许多领域人才辈出，在体育上的出色成就世人有目共睹。在无数事实面前，许多人都自然而然地认定黑色人种“天生”具有别的人种所无可比拟的运动优势。以美国为例，黑人为全国人口的 10%，但是在美国职业篮球队中却有 80%的黑人队员。在英国，黑人人口比例只有 2%，但是有 20%的足球运动员是黑人。在田径运动方面，世界冠军和世界记录保持者更是以黑人居多。据说当今百米短跑前 200 名最好成绩都是由黑人运动员创造的。由此，美国知名体育记者约翰·安亭（John Entine）干脆预言：白人将永远与奥运百米冠军无缘。因此，除了英、法等有殖民历史的国家以外，欧洲另外一些国家也从战略的高度着眼，放手引进黑人运动员，提高本国运动成绩。比如，归化为丹麦国籍的肯尼亚运动员威尔逊·基普克特（Wilson Kipketer）就为丹麦取得了雅典世界田径锦标赛的 800 米冠军。

埃塞俄比亚是非洲体育大国，也是国际奥林匹克大家庭的重要成员。中长跑是埃塞俄比亚的传统强项，是令当地人骄傲的体育项目，其水平世界一流，历史上曾拥有不少世界级选手。最有名的马拉松选手贝基拉在 1960 年为埃塞俄比亚也为非洲赢得了第一块田径金牌。1964 年他还蝉联了奥运冠军。1968 年沃德也夺得过奥运冠军。1984 年，伊夫为埃塞俄比亚夺得 5000 米和 10000 米的金牌。后来，肯尼亚的长跑运动崛起。目前，世界前 100 名马拉松好手中，来自肯尼亚的运动员就占了一小半。许多非洲运动员选择长跑项目，不少人都坚持光脚训练，成名之后往往也习惯于“赤脚跑天下”。在最近的全非运动会赛场上，就出现了 3 名选手同场赤脚上阵的奇特场面。目前在中长跑项目中，非洲双雄埃塞俄比亚和肯尼亚并驾齐驱，其他国家很难分上一杯羹。

在北京奥运会赛场上，随着15日埃塞俄比亚女选手迪巴巴以29分54秒68的骄人成绩夺得10000米冠军并打破奥运会纪录，来自非洲的运动员似乎在北京奥运赛场掀起了一股股“非洲旋风”：男子万米竞赛成了非洲人的天下，前8名均来自非洲，真正成了非洲人的“内部交锋”；喀麦隆女选手弗朗索瓦丝·姆班戈·埃托内成功卫冕三级跳远金牌，肯尼亚的恩德雷巴在女子马拉松比赛中获得第二。北京奥运会，肯尼亚一共获得5金5银4铜，俄塞俄比亚4金1银2铜，这些奖牌全部都来自中长跑项目。传奇巨星格布雷希拉西耶在北京奥运会后的柏林马拉松上，以2小时03分59秒的成绩夺冠，不仅成为首位跑进2小时04分的选手，同时第27次打破世界纪录。

随着非洲足球事业的发展，足球已经成为非洲大陆头号体育运动。无论在嘈杂的城市、安静的乡镇，凉风徐来的海滩，非洲的足球场地上，男子汉和儿童比比皆是。越来越多的欧洲足球俱乐部想方设法吸引非洲足球少年到欧洲，不少非洲足球少年在欧洲获得了工作机会，改变了穷困的生活状况，为数不多的优秀非洲足球运动员在欧洲生根开花，过上了普通非洲人梦想不到的美好生活。过去几十年，非洲足球运动取得了长足进步，非洲人对于足球的热爱有时也到达了极度疯狂的程度。

黑人中体育人才层出不穷，不仅同他们积极参与体育运动有关，也同他们热心观赏赛事分不开。例如，赛马是津巴布韦人热衷的一项体育活动。每年5月至7月是赛马比赛的旺季，位于首都哈拉雷北部的博罗戴尔公园会举办一年一度的赛马总决赛。尽管比赛是接近中午时分才开始，但一大早就陆续有观众进入赛场，临近比赛开始时，场内的观众会多达数千人。一些人自己不会骑马，但喜欢观看赛马，尽管烈日炎炎，他们照样三五成群地一边晒太阳，一边看赛马。

长于语言的谈吐能力

中国人开会，都喜欢坐后面，第一排椅子如果不是安排人坐的话总是空着，黑人开会都喜欢坐前面；中国人开会都愿意别人发言，黑人开会都抢着自己发言；中国人开会发言，一般都拿稿子照念，黑人讲话发言，一般不拿稿子。我对黑人的这一能力真是从心底里佩服。

在中国，最驰名的黑人演说家有两位，一位是美国黑人领袖马丁·路德·金博士。当年我学英语时，为了练习听力，曾经反复听他著名的演说《我有一个梦》（I Have a Dream）。对于黑人来说，马丁·路德·金是他们的希望所在，他深厚的知识，以及条理清晰、雄辩有力的演讲，征服了那个时代。他作为出色的演说家，被誉为“黑人之音”，被美国《展示》杂志列为近百年世界最具有说服力的演说家之一。另一位则是美国第一个黑人总统奥巴马。英俊潇洒帅气的奥巴马具有非同一般的明星相，他被视为马丁·路德·金博士以来美国又一位颠倒众生的黑人演说家，他善于使用黑人的韵律，具有雄辩的口才与深沉的思想，集演艺巨星和政治明星的魅力于一身，往往使演说现场变为火爆如明星的演唱会。

也许，有读者会说，他们是美国的黑人，不是非洲的黑人，非洲的黑人谈吐能力强吗？非洲有思想深邃，善于雄辩的演说家吗？答案一个字：有！例如，非洲政治家奥博特就是一个天生的演说家，靠着绝佳的口才和组织能力，与其他势力强大的政党组成联盟，出任独立后的乌干达政府总理；几内亚已故总统杜尔，是驰名遐迩的演说家，讲话三四个小时可以滴水不进；刚果的国际奥委会委员冈加，曾经长期担任非洲体育最高理事会秘书长，能言善辩，是国际奥委会委员中为数不多的雄辩演说家之一、国际体坛中反对种族歧视的斗士，曾凭一张铁嘴，为中国恢复在国际奥委会中的合法席位出过大力。

非洲许多普通黑人也是健谈家，也就是中国俗称的“侃爷”。他们的健谈不分性别，不分年龄，不分受教育程度，只要逮住机会，就会对某一事物或现象高谈阔论，大胆发表自己的“真知灼见”。城里的黑人喜欢谈论政治问题，一谈到政治问题经常是滔滔不绝，感觉人人都可以当演说家。开大会，搞竞选拉票，黑人讲话几乎都不用讲稿。在中国，难得碰到一个作报告不拿讲稿的人；在非洲，经常可以见到一个人讲话几个小时而不用讲稿的现象。

我到津巴布韦仅有一周时间，几件事就使我领教了黑人的非凡口才。递交国书前，总统府典礼局长卡杰西就对我说，递交国书后总统将会与我进行礼节性谈话，但总统记忆力惊人，说话滔滔不绝，让我在总统讲到 20 分钟时务必示意我该告辞了。通常总统会留来宾再坐一会，我可等总统再讲几分钟，然后起立告别。卡杰西暗示，如果你不告辞，总统越讲越高兴，一个小时也下不来。后来谈话时的情况果然如此，总统口若悬河，旁人难以插话。递交国书后的一两天，我列席数千人参加的民盟 2006 年全国代表大会，穆加贝总统讲话一个多小时，虽然桌上放了一个稿子，我注意到他自始至终在脱稿演讲，时而用英语，时而用绍纳语。绍纳语基本听不懂，但我肯定他的英文演讲则绝对是一流，排比句运用得恰到好处，严肃的话题中饱含幽默的语句，声调抑扬顿挫，时而挥手，时而拳头摇晃，时而摇头，时而紧闭双眼讲话，时而自问自答。党代会本是庄严的场合，但穆加贝讲话时，会场里会不时爆发出大笑声，真好像是看一个幽默大师在精彩表演。

不仅穆加贝总统雄辩，总统夫人格蕾丝在公众集会上也是口若悬河。津巴布韦朝野两党三方的政治活动家人人都天生一副好口才。我亲眼所见茨万吉拉伊的演讲极富号召力，成千上万听众随着他的声调高昂而兴奋，随着他的深沉语调而悲哀，随着他的幽默和谐而大笑，随着他的慷慨激昂而冲动。“你们能吃饱饭吗？”他问，所有听众回答：“不能！”“你们有活干吗？”“没有！”“小孩有书读吗？”“没有！”“有钱看病吗？”“没有！”“这一切应不应该改变？”“应该！”每一次竞选集会上都会重现这一幕。“Change! Change! Change!（改变！改变！改变！）”的口号此起彼伏。奥巴马在大选中确定以“Change（改变）”为竞选基本口号。其实，茨万吉拉伊以此作为竞选的基本口号比奥巴马早。茨万吉拉伊不像穆加贝那样知识渊博，矿工出身的他善于以通俗的语言，加上严密的逻辑性、条理性，来打动听众的心。

为什么非洲人口才好的人如此之多，有人说那是因为罗马帝国统治时期的非洲就是演说家辈出的地方，非洲有重口才的传统。此外，顺口溜式的语言游戏在非洲很早就存在了，尤其是在黑人传统文化中更是普遍。往远了说，非洲很早就有说书人（Griot）这一职业，他们就像是云游四方的流浪歌手，只不过他们说得多唱得少。这就是说，非洲人口才好的多，黑人出演说家是有历史渊源的。

非洲人眼里的中国人

这些年来，到非洲创业的中国人越来越多了。不少人在事业取得成功的同时，也赢得了非洲人的尊敬，在非洲大地上树立了勤劳、聪明、高效、富裕、关爱等形象。他们的努力和成就，使得更多的非洲人有机会能零距离地感受中国人，理解中国人。我先在埃及，后在津巴布韦工作，对于非洲人到底怎样看待中国人这个题目，感受和认识也在不断加深。中国在非洲的形象，总体来说，是现在的形象优于在历史上的形象，政治形象优于经济形象，总体形象优于个体形象。至于非洲老百姓对中国人的看法，敬佩、羡慕是主流，也有不解、抱怨和期待。

对中国人的敬佩

非洲人对中国人的印象可以概括为四个字：一是“勤”，二是“灵”，三是“快”，四是“富”。

勤劳，是非洲人对中国人最基本的印象。确实，到非洲打拼的中国人，没几个懒的，因为懒赚不到钱。加班，对中国人来说是家常便饭，甚至没有任何额外报酬。为了赚钱，中国人什么都愿意干，什么都能干，什么苦都能吃。这在中国人看起来最简单不过的事情，但对非洲人来说就是弄不懂，他们对中国人这种苦行僧式的工作态度实在无法理解，不知道中国人的快乐在哪里，不知道中国人在享受什么。只要是星期六、星期天和其他节假日，当地人休息雷打不动，开店的也不开门，结果黑人商店关门了，白人商店关门了，印巴人的商店关门了，只剩下中国人开的店照样开门。中国人在非洲，开商店，办饭馆，开工厂，搞工程，几乎都没有周末和节假日，上班比当地人早，下班比当地人迟，晚上还常常加班。我很佩服那些在国外的中国工人，太能吃苦了。那种苦你在国内是绝对想象不出的。那么热的天，没地方待，就在工地干活。不少中国人一个星期工作7天，一天工作十几个小时。晚上回来在屋子里，也就是集装箱里待着，没有娱乐。最紧张的时候，5点钟天还没亮就被车拉到现场干活，晚上11点才回来。周而复始，机器一样。没有娱乐，没有信息来源，每天唯一的乐趣就是算一算今天挣了多少美元了，孩子的学费还差多少。但是，你要让黑人加班，他一千个不愿意，一万个不愿意。在他们看来，发展不是硬道理，挣钱不是硬道理，休闲才是硬道理，潇洒才是硬道理，快乐才是硬道理。

非洲不少国家虽然贫穷，可非洲黑人在劳动态度上与我们迥然不同。我们双休日实行还没多少年，可他们这里早就实行双休日了。因此，即使晚下班十分钟他们也向你要加班工资，不付就很可能把你告上法庭。尽管加班工资比平常工资高出很多，黑人也不愿加班，他们要充分享受法律赋予他们的休闲、潇洒和快乐的机会和权利。不少非洲人对我说：“中国人很勤劳，很努力，这是你们国家很快富裕起来的主要原因，也是非洲落后于中国的主要原因。非洲人缺乏的就是勤劳和努力。”非洲人说归说，佩服归佩服，恐怕他们决不会学习中国人的勤劳，不少人甚至认为中国人这样干活，这样拼死拼活地挣钱不可思议，不值得，有的非洲人甚至认为中国人简直成了工作机器。他们常常讨论这样的话题：劳动难道就是人活着的唯一目的吗？任何人都有追求快乐享受的权利，那闯荡非洲的这些中国人的快乐是什么？难道劳动是这些中国人唯一的享受？还有的非洲朋友直接对我说："中国为什么要发展这样快？有必要吗？把速度降下来一点，让大家多休闲，多潇洒，多快乐一点有什么不好？"

灵活，是非洲人对中国人非常佩服的一个特点。在非洲人看来，中国人赚钱不仅靠勤劳，靠辛苦，而且靠灵活。不少中国人在非洲以针灸为生，几根针，在身体上这里扎几下，那里扎几下，疼痛就莫名其妙地消失了，靠几根针，辅之以按摩，就能赚钱，就能生存，而且不累，非洲人认为这太神奇了。一些中国人在非洲当地人眼皮底下，几年时间，靠做活生意、赚活钱，就由走路、搭公共汽车、踩自行车、骑摩托车做买卖的生意人，变成了开"凌志"，驱"宝马"，驾"奔驰"的老板。

高效，也是非洲人对中国人最基本的一个看法。许多非洲人闹不明白的是，为什么中国人在非洲盖房子，开工厂，速度比当地人要快二倍、三倍，甚至数倍。中国驻津巴布韦大使馆新馆舍两年多一点就完工了，使馆司机巩博赞叹地说："真是不可思议，这个工程即使10年完工，在津巴布韦也仍然是速度最快的。"

有钱，这是非洲人对中国人的新看法。以前，中国人在非洲人的眼里，是好朋友，也是穷朋友。但是，随着中国国力的提升，在非洲闯荡的中国人获得成功的也越来越多，不少人由小商小贩变成了大亨，由打工仔变成了出资人。非洲人看到，在非洲的高档商店，出手阔绰、一掷千金的往往是中国人；在非洲的名胜故地，闲庭信步、游山玩水的不少是中国人；在非洲的五星级饭店，一席万金、山吃海喝的也多是中国人。中国人没钱，谁有钱？！正因为如此，中国大使馆每天收到大量的求助信，有希望提供学费资助的，有要求提供医疗费资助的，有希望提供就业或到中国留学机会的，好像中国大使馆是当地慈善机构似的。

对中国人的疑问

为什么在非洲的中国男人不需要女人？这是非洲人最闹不明白的一个问题。中国人实在是清心寡欲，这是非洲人对中国男人的一个普遍印象。非洲人性比较放纵，性能力也出奇的强，不少非洲国家仍然实行一夫多妻制。在他们看来，男人就是茶壶，女人就是杯子，一个茶壶从来就是配几个杯子。中国男人在非洲单身一呆就是一年、两年、三年甚至多年，身边没有女人，也不去找当地女人，一个茶壶连一个杯子也没有，茶壶的水往哪儿倒？实在令人无法理解。确实，在非洲，我们经常见白人身边依偎着身材绝好的黑妞，也经常见到健壮的黑小子挽着欧美来的白人姑娘，孤独的就是中国男人。红灯区里经常看到黑皮肤的小伙子，白皮肤的大男人出出进进，就是难得看到黄皮肤的中国男人一夜风流。好在中国男人有一个绝对正确、颠扑不破的说辞："艾滋病，谁敢？"一些非洲人甚至误以为，中国男人出国前打了一种特别的针，这种针可以使男人在出国这段时期里失去性欲，不想女人。

为什么中国人不信神，不信教？中国宪法赋予公民宗教信仰自由的权利，可信教者在中国毕竟是少数，来非洲的中国人大多没有宗教信仰。非洲人见中国人从来不去教堂，对中国人的人生态度很不理解。非洲人认为，工作管人的生存，宗教管灵魂的归宿，工作赚钱是人生的过程，但不是人生的目的。人生的目的是一种精神追求，人生的归宿是与上帝在一起。没有宗教信仰就等于没有灵魂归宿，那中国人不信教，中国人的灵魂在什么地方啊？一个人要是没有灵魂，那怎么行呢？非洲人对中国人的一个印象，就是中国人没信仰。确实，在非洲找没有文化的人很容易，找没有宗教信仰的人很困难。常常有人问我，大使阁下信仰什么宗教？如果我回答我不信什么宗教，中国人多数不信宗教，我看到的面孔一定是眼睛瞪得圆圆的，满腹狐疑地盯着我。有时，我干脆说，中国人多数人都受佛教影响，普渡众生是中国人的宗教情怀，佛教的普渡众生同共产主义的解放全人类是不谋而合的。有时，他们也会说，不对，中国人很多是儒教徒，你们信仰孔教。虽然不少中国人不信教，但在非洲，与宗教有关的事往往会摊到你头上。例如，到政府部门办事或到法院参加诉讼，都要填写一系列的表格，其中有一项就是要填写宗教信仰。这让许多中国人为难，填写什么宗教信仰呢？共产主义不是宗教信仰呀，于是，许多情况下中国人都空着不填。但不填又不行，他们会一个劲地问你，怎么不填写，如你说无信仰，他们就会问：中国有教堂吗？你们难道不去教堂吗？只要你告诉他们你什么都不信，他们的反应很可能就好像是遇见了外星人，惊讶得连嘴巴都合不上。他们会说："你看起来是个好人，但为什么不信教呢？"原来在他们意识里，只有坏人才不信仰上帝，所以无论如何也不理解为什么大多数中国人都不信宗教。

为什么中国人什么都吃？非洲人吃的一些东西，如带血的生牛肉、白蚁、蚂蚱、蚂蚁等，中国人是不吃的，并且一些中国人听了会感到反胃，往往会不解地问：怎么吃这些东西？其实，非洲人对中国人的一个最大疑问就是：为什么中国人什么都想吃，什么都能吃。中国人什么都吃，这也是非洲人对中国人的印象。非洲人是根据对中国人日积月累的观察得出这个疑问和印象的。许多非洲人从来不吃猪肚、猪肠、猪脑、猪血之类的东西，即使再饿，很多人也不会吃，原因是吃下去以后，他们会感觉反胃，感觉很不舒服。甲鱼、乌龟、海参等动物，他们几千年来就不知道能吃。他们眼皮底下的中国人不仅吃这些东西，还吃狗肉、猫肉，这确实令他们觉得不可思议。一些来非洲的中国人，对当地的一些风俗习惯确实不知道，如在埃塞俄比亚，驴和狗是绝对不能吃的，中国人吃了，使当地人为此不快。有的中国人明知故吃，这更令当地人抱怨。

为什么中国人要拼命劝酒？非洲人看明白了，中国的饮食文化和西方的饮食文化有一个很大的区别就是，中国人大口喝酒，西方人慢慢品味；中国人不但自己要喝好，还要劝人家喝好，人家不喝不高兴，西方人是喝多喝少自便；中国人吃饭喝酒不时要敬酒，请客人吃饭，只有一桌时大家会频频起立干杯，有几桌时，这桌那桌之间相互敬过来敬过去，敬到一定时候变成相互劝过来劝过去，最后是灌过来灌过去；中国人拼命劝酒时，难免伴之以高声大叫，西方人则不同，他们总是把灯光故意调暗一点，在宁静中享受温馨。西方人在非洲殖民数百年，非洲人的酒文化同西方人差不了多少，一杯威士忌不断加冰可以对付几个小时。但中国人不仅相互之间劝酒，为了对当地人表示客气，也拼命劝当地人喝茅台、五粮液之类的中国烈性酒，虽然当地人中不乏好烈性酒者，但多数人不习惯喝中国烈性酒，对中国人的劝酒更是不习惯。

为什么在非洲的一些中国人相互告状？中国人不像印度人、日本人、韩国人一样团结，这也是非洲人对中国人的一个印象。多数中国人在非洲打拼是靠开商店，在非洲同一个城市开店的中国人，因为竞争关系大伤和气，有的发展到势不两立、不共戴天的地步。现在，在非洲搞工程的中国公司也多了，一个国家往往有几个，甚至十来个，为了承揽到工程，中国公司不仅与外国公司之间竞争激烈，中国公司内部之间竞争也很激烈。那些在税务、海关、移民、质检等部门工作的非洲人闹不明白的是，为什么不断有这个中国人举报那个中国人，这个中国公司指控那个中国公司涉嫌违法。同行之间的相互杀价、相互挖墙角损害了中国人的整体利益，恶化了中国人在非洲的经营环境，也损害了中国人的形象。令人心寒的是，在有的地方，这个单位的中国人遇到那个单位的中国人，很少打招呼寒暄，虽然都远离祖国几万里，他们见面后如见路人一样，没有任何亲切感。

对中国人的期待

期待买的中国商品更耐用。现在，中国商品在非洲铺天盖地，到处都是。例如，津巴布韦零售业原来主要由印巴人经营，但是，他们竞争不过中国商人，零售市场上唱主角的已变为中国人。津巴布韦当地商人也越来越多地从中国倒卖商品，由此使得津巴布韦到处卖的是中国货，尤其是地摊上摆的、周末集市上卖的几乎全是中国商品。在中国货当中，不少确是价廉物美，如华为公司的电信产品，联想集团的电脑，中国产的手机、相机、自行车，等等。但也确有不少价廉物不美的商品，甚至有价不廉物不美的商品。

我刚到津巴布韦工作时，有人就向我谈某些华商的产品质量问题，说买的搅咖啡的塑料汤匙，搁在咖啡杯里后，搅着搅着，汤匙就不见了，为什么，融化在咖啡里了。我一开始不信，但不久我经历的两件事使我对某些商品的质量问题有了新的认识。第一件事是 2007 年 4 月，全国政协主席贾庆林率团访问津巴布韦，因津巴布韦饭店不配洗澡用的拖鞋，而使馆库存拖鞋不够，于是，找中国人开的商店买了一些，但拿回使馆一检查，当场就发现近 10 双质量有问题。第二件事是，陕西省省长袁纯清访问津巴布韦，他们去的地方适宜穿凉鞋，使馆帮他们购买，我叮嘱使馆经办者一定要注意质量。凉鞋买回后，看起来确实一点问题都没有，但代表团的同志穿在脚上只一两个小时就出了问题，有几个人的鞋底和鞋面分了家，弄得人非常狼狈。津巴布韦一些小孩子看到中国人就嚷着“金钟！”“金钟！”我问使馆政务参赞马德云，“‘金钟’是什么意思？”她告诉我“金钟”是假冒伪劣的意思，本来“金钟”是中国产的一种灯泡的牌子，后来有人打这个牌子造假，人家买回去后，用几次灯泡就坏了，于是，“金钟”就被津巴布韦人用来泛指假冒伪劣商品。津巴布韦副总理穆坦巴拉等高官和我谈到了对“金钟”的看法，我对他们解释说，贵国使用的华为通信技术，不是很好吗？贵国空军驾驶的中国制造的军用飞机，不是质量过硬吗？中国援建的能容纳 6 万人的贵国体育馆，使用多年了，不是经历了时间的考验吗？我身上穿戴的一切都是中国产的：金利来的衬衣和领带，雅戈尔的西装，老人头的皮鞋，天王牌的手表，以及使用的手机、电脑等都是中国产的，几年下来到现在不仅没坏，质量还蛮好的。中国人绝对能制造出高质量的产品，不然的话，中国出口到美国的商品总量就不会持续增长。当然，确有一些中国商人经销假冒伪劣产品，其他国家也有人产销假冒伪劣的东西。其实，非洲人对某些中国产品质量有意见很容易理解，国人即使在国内也难免遇到假冒伪劣，对于收入本来不高的非洲人，如果买来的中国产品质量不行，怎么会没有意见呢？

期待和中国人结婚不那么困难。随着中国在非洲的影响稳步扩大，随着中国人越来越有钱，想和中国人结婚的非洲人在明显增多。津巴布韦国防军司令齐温加上将的儿子在马来西亚留学期间，结识了一个来自青岛的中国姑娘，后来组成了一个幸福的家庭。一天，我到机场迎接客人，见到将军也在那里迎接客人，一问，原来是儿子的中国女友想到津巴布韦看一看。我邀请司令全家到官邸做客。司令的儿子对于能与中国姑娘喜结良缘深感有幸，司令夫妇更是乐得合不上嘴。司令夫人一再说，中国姑娘不仅容貌美，而且，更重要的是心灵美。我把这个情况告诉津巴布韦副议长坎盖，坎盖得意地说，他在上海留学的儿子也正在和一个中国女孩处对象。不少没到过中国的非洲姑娘对在非洲当地的中国男人心生爱意。英国《泰晤士报》2009 年 10 月 13 日报道，由于中国男人被当地人认为具有勤劳上进等优良品德，很多坦桑尼亚当地女孩希望能够嫁给中国男人。与当地女孩组成跨国家庭的中国人马爱林告诉记者，中国男人对感情和婚姻的认真态度让当地女孩为之动心。在非洲一些地方，非洲姑娘要嫁给中国男人竞争激烈，因为想法相同的当地女孩有很多。而在当地工作的数量有限的中国男人周围却有一大群当地女孩围看着他们并兴奋闲聊。为了增强竞争力，一些姑娘专门涂抹从刚果进口的增白霜，这被她们俗称为“迈克尔·杰克逊”。但即使这样，一些姑娘对自己仍缺乏信心。一位非洲姑娘说，她们愿意“嫁给‘白’人。在我们眼中，印度人、中国人都是‘白’人。非洲姑娘更青睐中国男人，因为中国男人工作更勤奋，感情更专一，嫁给中国男人是当地女孩的梦想，不过这里的中国男人太少了”。在非洲，不难见到当地女孩对中国男士的“猛追”场景，尤其在一些公共场合，热情奔放的黑人姑娘主动与中国男士攀谈说笑，而中国男士却相对拘谨。由于当地华人对跨国婚姻态度谨慎，虽然有些中国人会找当地姑娘做朋友，而最后真正娶当地姑娘为妻、成就跨国婚姻的却为数不多。

期待中国人办事与非洲当地法律和习惯接轨。法律意识淡薄，不尊重非洲当地习惯，这是非洲人对某些中国人的印象。非洲虽然整体上比世界其他地区，包括中国落后，但因受殖民统治的影响，非洲人办事一定要找出法律根据。非洲不少国家仍沿袭殖民者带来的法律，现行的法律，几乎都是从英国、法国那里原封不动地搬来的。如在喀麦隆，西北大区和西南大区原来是英国殖民地，这里法律体系仍是英国的；其他八个大区原来是法国的殖民地，那里的法律体系则采用法国的。中国人来非洲，第一件事就是要熟悉这里的法律，这样才能避免经营过程中因违犯法律造成的被动与损失。合法的不一定合理，合理的不一定合法，遇到两者相矛盾时，非洲人往往选择的是合法，在非洲的中国人不少则会选择合理。可能是中国的封建社会太长了，不少中国人习惯于家长式的管理，缺乏法律意识，为了企业效益，个别的人甚至选择既不合法，也不合理的做法。例如，在中国，一些企业不和员工签订合同，不上任何保险，随意解雇员工，这是家常便饭的事，人们已习以为常。企业老板财大气粗，出了事情，习惯于用钱摆平一切。一些中国人把这一套也搬到非洲去，例如，雇工不签合同；不缴纳各种保险；工资标准低于所在国规定的最低保障工资；节假日强迫员工上班；加班不付加班费；随意解雇劳工等。由此导致与当地雇员发生冲突，以致官司缠身。在非洲有的国家，有的时候，拿钱摆平一切的这一套常常就不灵了，老百姓知道如何用法律维护自己的权益。在非洲有的国家，即使是中国大使馆有充分理由解雇一个当地雇员，也要经历相应的程序，何况普通的中资企业。在非洲的一些中资企业，有时会突然接到当地法院送来的传票，十之八九是企业没按照法律程序解雇员工或是在经营中被人从法律上抓住了辫子，因而，被人告上了法庭。

期待某些中国人更注意形象。非洲人对一些中国人在非洲大庭广众酗酒、抽烟、高声喧哗、吵架、打架、吐痰、乱倒垃圾、光膀子上街、不排队、不遵守女士优先的文明规则等不文明现象非常反感。非洲人原始，但不愚昧；非洲人不富裕，但许多人保持了白人的传统，公务活动一定是西装革履，再穷，衣服也会烫得整整齐齐，皮鞋擦得很亮。居住在城里的不少非洲人和白人一样讲究，他们的卫生间里一定要有洗阴的器具（许多中国人误以为它是小便池），衣服洗后熨烫得笔挺。非洲人朴素，但很讲礼貌，见人都打招呼，哪怕是生人，照样是满脸笑容地说“你好”“晚安”。要是遇上熟人，见面的时候如果戴帽子，一般会先摘帽子再和你握手。赞比亚的普通人对中国人问路，都非常热情。他们这种礼貌程度在国内我确实见得不多。但是，中国人把只跟熟人打招呼的习惯带到了非洲，当非洲人主动打招呼时，不少中国人无任何表示。久而久之，不少非洲人遇到中国人以后，再也不打招呼。在非洲一些公共场所，当地人特意用中文打印出“请勿抽烟”的提示贴在墙上，因为，确有中国人烟瘾来了，一意孤行地在禁止吸烟的公共场所抽烟。2002年，一位中国旅客从埃塞俄比亚乘坐埃航班机回国，他不听乘务人员的警告，坚持抽烟，结果不仅被罚款，而且在泰国曼谷机场还被扣留了一个星期。我在南非约翰内斯堡机场候机时，亲眼所见，几个中国女民工坐在候机厅里吃葵花子，一边吃，一边把瓜子壳扔到地板上。机场的黑人女清洁工真有涵养，尽管她一面扫，中国民工一面扔，她仍毫无怨言，过几分钟就过来扫一下。倒是周围一些旅客，不时投来异样和不平的目光。在非洲，不时看到有中国人在公共场所，在大庭广众之中毫无顾忌地向地上吐痰，然后用脚在上面碾压，让周围的非洲当地人看了目瞪口呆。不时看到有中国人在车子里把鞋子脱掉，光脚晾在前挡风玻璃上，引起路人侧目。在非洲的中国企业不少靠艰苦奋斗打拼，办公和生活场所简陋，但一些员工理发不勤，衣服不熨，皮鞋不刷，碗筷用完后不及时清洗，被子不叠，地面不扫，桌子不擦，给非洲人留下不好的印象，好像我们中国人都很邋遢。津巴布韦人几次问我："为什么一些中国人这么不讲卫生？"

非洲人对中国人产生某些看法、意见不奇怪，因为对多数非洲人和中国人来说，两者之间目前毕竟存在地理上的障碍，语言上的障碍，传统上的差异和文化上的差异，只要这些差异还存在，两者之间有一些看法和意见就会存在。我们既要实事求是地认识到我们的长处和优点，也要实事求是地看待我们的缺点和不足。如同老子所说："知人者智，自知者明；胜人者有力，自胜者强。"中国人在非洲人家门口做事，理所当然要考虑当地人的感受。要想和非洲人真正交朋友，要想赢得非洲人发自内心的尊敬，要获得非洲和中国双赢，每个到非洲的中国人都要自尊、自爱、自律、自强，给非洲人民留下良好印象，让非洲人民欢迎我们。如果连同属发展中国家的非洲兄弟姐妹都瞧不起我们，那建设和谐世界岂不是一句空话？果真如此，那我们这个具有五千年文明的中华民族真是无地自容了。

走进非洲四忌

1937年，丹麦女作家凯伦·布利克森出版了《走出非洲》。该书描绘的如诗如画般的肯尼亚风光、原始淳朴的非洲民风以及白人种植园主刻骨铭心的爱情故事，打动了世界各地的读者。根据这部自传体小说改编的同名电影还在1986年获得奥斯卡最佳影片、最佳导演、最佳改编剧本、最佳配乐、最佳摄影、最佳美工、最佳音响等七项大奖。如今，肯尼亚首都内罗毕有不少街道、医院等建筑以“凯伦”命名，凯伦博物馆成了当地著名的景点和文化活动场所。

2007年岁末的一天，我走进了凯伦在内罗毕的故居。在所有与非洲有关的书籍和影片中，许多人至今最推崇的还是《走出非洲》。缠绵悱恻的音乐随着银幕画卷的展开在我们心中悠悠奏响，那段交织着生与死、欢乐与忧伤的深情往事就娓娓地呈现在我们面前。因为《走出非洲》，我们记住了凯伦，也重新认识了非洲。原来，非洲并非只有人们常联想到的“炎热”“贫穷”“疾病”“灾荒”和“战争”，那里也有水天一色的优美风景、设施优良的港口、四通八达的高速公路、丰富而原始的野生动物保护区、纯美恬静的葡萄酒乡，以及动人心扉的爱情。非洲代表着原始，代表着久远，代表着神秘，代表着朴素。非洲没那么多虚伪，没那么多做作，没那么多狡诈，没那么多心的负累。因而，那片辽阔的土地越来越令人心驰神往。

而今世界各经济强国加大了对非投入，非洲在国际舞台上的地位明显上升。自中非合作论坛北京峰会以来，中非交往和合作大幅攀升，想到非洲旅游的、淘金的、采风的，越来越多。于是，一个如何走进非洲的问题摆到了我们面前。

如何走进非洲呢？我从多年的实践中总结出走进非洲四忌。

忌用有色眼镜看非洲，把非洲看扁了

提到非洲，一些国人脑子里的印象就是六个字："脏""乱""差""热""穷""病"，这种印象并不准确。有这种印象，就好比是戴着有色眼镜看非洲，就很容易看不起非洲。如果看不起非洲，怎么可能与非洲人打好交道？

长期以来，西欧人把非洲看成是自己后院，对非投入最多、援助最大。非洲是欧洲人旅游最热门的地方，非居民中外来移民最多的是欧洲人，混血儿主要是黑人与白人的后代。相比之下，华人融入非洲当地的比例比白人、比印巴人等都要小得多，与黑人通婚者极少。为什么会出现这种情况？这同国人对非了解不够、对如何同非打交道研究不够有密切关系。

同非洲打交道，首先要准确把握非洲的本质特征，特别是要弄清楚我们哪些地方比不上非洲，哪些地方离不开非洲。我觉得以下四点非常重要：

一、非洲是人类的诞生地。1995年9月，美国古人类学家李·伯格和南非地理学家大卫·罗伯茨，发现了11.7万年前人类祖先脚印的化石，这是迄今为止所发现的最早的人类祖先的足迹。越来越多的遗传学证据证明包括中国在内的世界范围内的现代人都起源于非洲。1998年中国科学家褚嘉祐等人利用30个常染色体微卫星位点分析了南北人群和汉民族与少数民族的遗传结构，微卫星标记多态性和进化树聚类分析都支持现代中国人来源于非洲，并经由东南亚进入中国大陆的说法。上海复旦大学现代人类学研究中心的金力教授通过DNA分析得出结论：现代中国人起源于非洲！当西方殖民者的故乡还处在冰封阶段时，非洲就已出现沸腾的生活。尼罗河流域是世界古代文明的摇篮之一，埃及金字塔举世闻名。世界上有250多种农作物起源于非洲。非洲东海岸自古以来就贸易繁盛，早在纪元前就有盐铁交易。15世纪上半叶，非东海岸派使者远渡重洋到中国访问。非洲不像一些西方学者所描绘的那样只是“狮子出没的地方”，而是在远古时代就有高度的文明。非洲为世界文明发展做出了重大贡献。

二、非洲是世界上原生态保留最多、最集中，天工造化最奇特的地方。非洲自然增长率世界第一，空气最新鲜，云彩最美丽，动物最多，植物种类最丰富。试想，博茨瓦纳平均10个人一头大象，几百万只火烈鸟在肯尼亚纳库鲁湖里繁衍生息，几百万头角马每年在肯尼亚、坦桑尼亚等地间定期集体迁徙，那是何等的壮观！在津巴布韦打高尔夫球，球场上猴子、羚羊、野猪、狒狒等野生动物看着你打球，那是何等的惬意！南部非洲四季开花，终年不冷不热，那是何等的舒适！世界上落差最大的瀑布——维多利亚瀑布、最大的河流——尼罗河、最大的裂谷——东非大裂谷、最大的沙漠——撒哈拉沙漠等，都在非洲，所有这些都是国人难以想象，花多少钱都买不到的奇特景观。

三、非洲拥有丰富的矿产资源，对于我国的经济建设意义重大。世界上最重要的50种矿产非洲都不缺少，其中至少有17种矿储量世界第一。非洲的铂、锰、铬、钌、铱等矿藏占世界总储量80%以上，磷酸盐、钯、黄金、钻石、锗、钴和钒等矿藏占一半以上，铀、钽、铯、铝矾土、氟石、锆、石墨和铅等矿藏也占30%以上。被称为“不毛之地”的撒哈拉沙漠是巨大的能源宝库，地下蕴藏着大量石油，其周围的尼日利亚等都是重要的石油出口国，仅利比亚日平均采油量就高达150万桶。南非是世界上最大黄金生产和出口国之一，迄今已生产4万多吨黄金，占人类历史上黄金总产量的五分之二。赞比亚铜蕴藏量达9亿多吨，约占世界蕴藏量的15%，年平均产铜约36万吨。去年我国从非进口的前十类商品全部为资源性产品，其中从非进口原油5297.5万吨，占原油进口总量的32.5%。对比非洲，国人是否还会盲目抱有我“地大物博”的心态？

四、非洲50多个国家，其政治态度和投票倾向哪个大国都不可小觑。在恢复我国在联合国合法席位、支持中国加入世贸组织和中国申办奥运会等重大问题上，非洲绝大多数国家都给予我国有力支持，中国发展离不开与非洲的密切合作。

忌用偏光镜看黑人，把他们看歪了

所谓用偏光镜看黑人，就是不平等地看待他们，有人称之为“黑鬼”，严重伤害了他们的自尊心。他们对这类称呼很在意，有的公开抱怨，有的还提出抗议。个别人瞧不起黑人的一个重要原因是对他们不了解，特别是对自己应该向他们学习的地方不了解。了解他们的特长、习性，对于走进非洲与当地人真交朋友，交真朋友，非常重要。

黑人天生具有较强的语言能力。非洲的高中生，就已能说流利的英语、法语或葡萄牙语，甚至会几种欧洲语言。一般人除了能说本民族语言，还会一两种欧洲语言。津巴布韦农机部长马蒂博士能说15种语言，但其专业是农机。黑人具有歌舞天赋，几乎人人都是歌唱家、舞蹈家。黑人是天生的运动健将，其爆发力、弹跳力、持久力远非一般人可及。

走进非洲，要了解当地人的性格习俗。以津巴布韦人为代表的南部非洲人为例，他们有许多好的习惯值得我学习，例如，讲究整洁卫生，厕所、厨房出奇的干净，讲究文明礼貌，即使是生人也打招呼，不光膀子上街，如果晚上要娱乐到很晚，一般事先跟左邻右舍打招呼；遵守秩序，自觉排队不加塞，基本没有野蛮超车；讲究克制忍耐，即使遇到天大的困难，也能随遇而安；讲究尊老爱幼、女士优先，黑人以长辈为尊，津巴布韦 65 岁以上老人、5 岁以下儿童公立医院医疗免费。爱护动物，把狗、猫当成家庭成员，狮子、犀牛、河马、大象等是一些家族的图腾，崇拜对象。

走进非洲，要了解当地人的价值取向，尊重他们与我们在价值观等方面的差异。他们虽然不如我们富裕，但自我感觉良好，幸福指数很高，精神生活丰富，不要以为我们较他们富裕就可以赢得他们的尊重。

忌用放大镜看自己，把自己看高了

忌用放大镜看自己，就是在走进非洲的过程中，不可把中国在非影响看得过大。当然，不少非洲国家视我国为发展中国家在国际舞台上的代言人。老一代及当前领导人大多对我国较为信任，非洲民众对我国亲近感较强，双方对许多国际问题看法一致，我国与非打交道确有西方不可比拟的不少优势。但是，我们必须准确把握我国在非洲人心目中是什么形象，准确把握我国在非影响力，切不可把中非关系看成是先生与学生的关系，更不可把中国对非援助和支持看成是“施恩”与“受恩”的关系。如果这样看问题，与非洲人打交道时难免趾高气扬、颐指气使。我曾看到，有人对非洲人说：“我们来这里不仅为你们输血，更帮助你们学会造血；不仅送你们鱼，更教会你们如何捕鱼。”这种援助思路没错，但这样讲难免有居高临下之嫌。

走进非洲，要用与时俱进的眼光看待中非传统友谊。传统友谊是中国与非洲打交道的良好基础，但光靠传统友谊不能保住老朋友，发展新朋友。不错，在非洲人民争取民族独立时期，中国坚定地站在非洲人民一边，全力支持非各国人民反帝反殖、争取民族独立的正义斗争，并在道义和物质上给予支持，为他们争取民族解放和独立做出了贡献。在恢复中国在联合国合法席位、支持中国加入世贸组织和申办奥运会等重大问题上，非绝大多数国家都予中国有力的支持。同时，也要看到，以前中国对非来说，是民族解放运动的支持者和经济建设的援助者，双方是同志和战友关系，有共同的语言和利益。现在在非洲的中国人有多种身份，承包者、推销者、合作者、投资者和竞争者，这是建立在合作和互惠关系基础上，核心是利益关系，既然是利益关系，就难免有矛盾。

走进非洲，要用自我解剖的眼光看待中国自身的不足。例如，当年白人来非时，既倾销廉价优质的物质产品，也推销影响久远的精神产品，哪里有白人商贾，哪里就有传教士，市场开拓到哪里，哪里就有教堂、学校、医院等。白人不仅改变了黑人的物质世界，而且改变了其精神世界。相比之下，中国出口产品良莠不齐，损害了非洲一些消费者的利益；中国一些商人经商时，在反哺当地社会发展，作出慈善努力方面确需加大力度；中国在社会制度、思维方式、价值观念、语言文化等方面对非洲影响力远远低于中国经济的影响力，中国在非洲经济活动多，文化活动少；对非洲经济投资多，文化投资少；非洲使用中国产品的多，熟悉中国文化的少。我们与非洲人民打交道，交朋友，要在声气相投、灵犀相通方面多下工夫，只有这样才会有共同语言。要改变对非洲知识界、对民间往来重视不足的倾向。

走进非洲，要用实事求是的眼光看待中国对非援助的影响和作用。中国在并不富裕的情况下，努力帮助非洲兴建各类经济和社会基础设施，被非洲人民誉为“自由之路”的坦赞铁路是中国最大的援非工程。自 1963 年向阿尔及利亚派出第一支医疗队以来，中国已向非洲 43 个国家派遣了医务人员。长期以来，中国在力所能及的情况下帮助非洲建设了 800 个成套项目，涉及工厂、医院、学校、电站、体育场等设施。胡锦涛在中非合作论坛北京峰会上宣布的八项举措将对非援助提到一个新的水平。中国外援使中国赢得了大量朋友，对于巩固和扩大中非传统友谊奠定了扎实基础，但不可以为中国对非进行了援助，非洲就天然是朋友，因其他国家也进行了援助。中国本身是发展中国家，虽然中国在援助方面尽了最大努力，但对非援助总量还不能与西方相比。

忌用老花镜看西方，把西方看老了

我们走进非洲同西方有什么关系？这是因为非洲曾是西方殖民地，中非都曾受西方侵略。19 世纪 80 年代后，西方列强把成千上万的中国人运到非洲修铁路、开矿山，西非达喀尔铁路、刚果铁路、南非的兰德金矿等都撒下过大批华工的血汗，相同的不幸遭遇把中非人民紧紧连在一起。是因为中国与非打交道时，非洲人会拿西方人作参照，会拿非洲与西方关系来比对中非关系，看看中国人对他们有什么不同。忌用老花镜看西方，就是既注意现在西方大国与老殖民主义者之间的历史联系，也不可把他们混为一谈，把现在的西欧国家仍然看成是殖民帝国。

自 15 世纪西方殖民者侵入非洲后，400 多年的殖民统治给非洲人民带来了深重灾难。西方殖民者将 2000 多万非洲黑人贩运到美洲当奴隶。这些奴隶受到非人的虐待，绝大部分活不到 15 年就死亡了。西方列强还用武力抢占非洲的土地和资源，进而完全瓜分非洲，建立起野蛮的殖民统治。第一次世界大战前，除埃塞俄比亚和利比里亚之外的非洲所有国家均沦为殖民地。殖民者杀戮和掠夺的罪行罄竹难书。西欧大国背负历史包袱，发展对非洲的关系成本比中国要高，社会责任也更大。同时，要辨证地看待西方殖民的历史和影响。马克思在《不列颠在印度统治的未来结果》一文中提出殖民主义有“双重使命”，即破坏性使命和建设性使命。我来津巴布韦后，有人不止一次告诉我：英国在津修了公路、铁路、机场、水库，建了大学、银行和股市等。殖民者的暴行随着岁月流逝而影响渐远，其建设“成就”却仍然存在，这对当地人的思维定式难免有影响。与非洲打交道，要意识到西方在非洲的负面影响与时间推移成反比例这个现实。

不能因为中国有对非洲交往优势就低估西方在非洲的特定优势。西方在非洲经营数百年，相对中国来说，具有多种优势：一是地缘优势。欧非是近邻，中非却远隔千山万水；二是人脉优势。西方人与非洲人之间有千丝万缕的联系，西方许多志愿者深入穷乡僻壤，联系了成千上万的当地人家，我亲眼所见不少白人慈善人士，终身献给当地慈善事业，照顾孤儿和艾滋病患者，一些人为此终身未婚；三是语言文化优势。英、法、葡语成为非洲官方语言，基督教在不少非洲国家成为主流宗教，西方传统节日在非洲大行其道，圣诞节比非国家独立日影响还大；非教育体系、教材是西式的，公路、铁路等交通设施标准完全是西方标准；药典等沿用的是西方规范；城市规划设计、建筑规范师从西方；西方文化培训中心数十个，西方文化已深入非洲生产生活；四是舆论霸权优势。BBC、CNN 等成为非洲知识阶层获取新闻的主渠道；非洲舆论权基本由西方掌握；西方采用“官民并用，政经并举”方式，利用舆论霸权推波助澜，使非洲政治理念、执政模式日趋“西化”；五是在资金、技术、业务渠道、在非人员平均素质等方面拥有相对优势。欧盟不仅是对非洲最大援助方，而且是最大贸易伙伴、最大投资来源地。与非洲打交道，要意识到西方的影响在非洲整体上仍大于我国的影响。

不能认为非洲人成了别人的朋友就不能成为我们的朋友。20 世纪民族独立运动期间，世界处在社会主义和资本主义两大阵营尖锐对立的冷战时期，我们的朋友很可能是西方资本主义的敌人。现在世界进入和平与发展新时期，没有世界大战，没有世界革命，没有共同敌国；因而，我们的朋友很可能同时也是别人的朋友。我们不能因为有的非洲人和别人打交道就拒绝与他们打交道。

中国人在走进非洲方面并不落后，迄今发现的最早的非洲地图就是中国人制作的。据南非媒体2002年12月13日报道，当地时间11月12日，一幅可上溯至1389年的非洲大陆最古老地图在南非开普敦城展出。尤为让人惊奇的是，这是一幅由中国人用丝绸织成的巨型地图，面积大约有17平方米，清晰地显示出非洲的轮廓线，甚至详细地标示着位于非洲南端的好望角。地图制作年代显然比西方探险家和地图绘制者最早抵达非洲的时间还要早上100年。这幅跟岩画地图大小尺寸一样的丝绸地图，是由南非国会举办的题为“透视非洲”的展览会中的主展品。展览主办者希望通过这幅地图，能够挑战西方人发现非洲并理所当然拥有非洲殖民地的固有印象。

大总统和小法官的斗法

2011年7月29日，苏里南城市中心酒店举行开业祈福仪式。我和苏里南前总统费内西安应酒店主要投资商希拉咖里的邀请共同出席。苏里南盖房子、企业开业、高官就职等一般都会举行一个宗教仪式，祈求神灵保佑。酒店是由中国安徽外经建设集团有限公司承建的，建筑面积11700平方米，总造价3000万美元。安徽外经集团于2009年获得该项目承建资格，历时2年10个月顺利完成整个工程建设。酒店位于苏里南首都帕拉马里博最繁华的地带，是首都新的地标性建筑。安徽外经集团项目组的负责人陪我一起出席仪式。希拉咖里是出生在苏里南的印度裔穆斯林，按照伊斯兰教的习惯，酒店开业前要举行伊斯兰教祈福仪式，祈求酒店运营能得到真主护佑、大吉大利。

然而，酒店还没有正式营业就遇到不顺利的事情。安徽外经集团项目组的戴飞飞经理告诉我，酒店的餐饮、住宿、桑拿、按摩、娱乐等各种服务，都能按时对外营业，但位于酒店二楼、投资了500万美元的赌场，却遇到了大麻烦。在苏里南，只有总统才有权审批赌场牌照。希拉咖里的赌场牌照是前总统费内西安在位时批的，酒店工程还没有完工，费内西安在大选中失败，丢掉了总统宝座。新上台的鲍特瑟总统在酒店开业前夕，通过行政程序，吊销了希拉咖里的赌场牌照。

当地主要报纸《真理时报》以“城市娱乐中心赌场的牌照被吊销”为题

报道说：

> 总统鲍特瑟于星期五通过法令吊销了城市娱乐中心赌场的牌照。这间正在修建中的赌场位于多明尼街口处。前任总统费内西安于 2010 年 7 月 29 日向这家赌场批发了牌照。总统办公厅主任尤金·萨恩说，这个牌照的审批违反相关条例。此外，还考虑到政府有责任妥善治理社会。此前，政府与博彩业已达成协议，只会让个别企业有权开赌场，但现在苏里南赌场太多了。

希拉咖里等投资商投资开设酒店，包括酒店内赌场的钱是从银行贷款来的。赌场不能营业，不仅几百万美元的赌场投资打了水漂，而且还会因还不起贷款引发一连串的债务纠纷，安徽外经集团也无法按时收回工程款。一项本来能够盈利的工程会变成亏本的工程。祈福仪式开始前，我问费内西安前总统和希拉咖里先生下一步怎么办？他们说只能向法庭起诉，请求法庭判总统府吊销赌场牌照违法。

将总统告到法庭，这有胜诉的可能吗？说老实话，我当时认为希拉咖里胜诉的可能性不大。

费内西安前总统是民主党的主席，该党长期执政，费本人先后三次担任总统，时间长达 15 年。希拉咖里不仅是民主党的忠实党员，而且还是党的财政资助人，同时与费内西安前总统私交甚笃。我出使苏里南不久，应邀到希拉咖里家做客，当时，费内西安还在台上，希拉咖里非常高兴地告诉我，总统给他特批了赌场牌照。

鲍特瑟总统为什么要吊销希拉咖里的赌场执照呢？人们分析有如下原因：一是苏里南首都已有 14 个赌场，而且集中在闹市区。希拉咖里的城市中心酒店赌场，隔壁紧邻另一家赌场，中心酒店停车还要借用另一家赌场修建的停车场，另一家赌场对希拉咖里开新的赌场明显有意见。苏里南赌场协会会长朱利斯·让拉坎也对在多明尼街开那么多的赌场持反对意见。总统吊销希拉咖里赌场执照的对外说辞就是赌场太多了，不利于树立良好的社会风气；二是希拉咖里是费内西安前总统的死党，费内西安则是鲍特瑟总统的头号政敌。费内西安下台前15天匆匆批给希拉咖里赌场牌照，鲍特瑟总统认为这是费利用职权为死党谋取私利，吊销赌场牌照，不仅打击了费的死党，更使头号政敌难堪；三是希拉咖里的城市中心酒店在苏里南规模最大，服务最全，设施最好，其他星级酒店都没有赌场。这样一来，希拉咖里就很可能会发大财，希如果发了大财，捐助给民主党的钱就会多，就会对鲍特瑟总统和执政党的执政地位带来严重的挑战。

希拉咖里果然向帕拉马里博一家地方法院起诉，要求法院审理总统决定是否违法，并要求判决他的赌场牌照有效。这家法院居然受理了这一案件。这一情况引起了我很大的兴趣，如果法官判决希拉咖里胜诉，那就意味着鲍特瑟总统打输了官司，大总统会听小法官的判决吗？如果听，那岂不意味着国家元首太没面子？鲍特瑟会不会利用手中大权端掉小法官的饭碗？如果希拉咖里败诉了，他投资的酒店会不会因为欠债而被银行收走抵债？安徽外经集团的工程款又如何收回？

8月18日，报纸报道，法院裁定，在判决结果出来前赌场可以开业。这实际上已亮明法院的态度，即法院的判决将违背总统的意志，维护希拉咖里的利益，也就是说，小法官与大总统叫上板了。果然，随后的正式判决是希拉咖里胜诉。

然而，希拉咖里只高兴了四天，他的赌场牌照又得而复失。8月22日，鲍特瑟总统下令再次吊销了费内西安前总统批给他的赌场牌照。8月23日，希拉咖里毫不犹豫地再次向法院起诉，法院决定25日重审。

24日，即法院决定再次开庭前一天，鲍特瑟总统的一个举措既令希拉咖里，也令承审法官及关注这一案件的人大感意外：鲍特瑟亲自向希拉咖里批发了赌场牌照。他在批发牌照的时候表示：批发牌照是为了避免浪费希拉咖里已经为赌场投入的资金，本政府的宗旨之一是促进本国经济的发展。牌照有效期为15年，之后，可以无限次地提出5年延期申请。

有趣的是，希拉咖里通过律师要求法院把原定25日的开庭推迟到9月1日，以便他有时间考虑是否取消这一诉讼。也就是说，他是接受鲍特瑟的新牌照，还是要求发回费内西安前总统批发给他的老牌照，他还没有打定主意。

鲍特瑟为什么会改变主意，这已不是我感兴趣的问题。我感兴趣的是，大总统尊重司法，不以言代法，不以权干涉司法；小法官不媚上，不畏上，敢于按章执法和秉公执法，希拉咖里敢于通过合法的途径维护自己的权益。

2011年9月3日晚，城市中心酒店举行隆重的开业仪式，我应邀出席。副总统阿梅拉里在开幕式上致辞，说酒店的开业说明了鲍特瑟和阿梅拉里政府为企业提供了良好的投资环境。他为酒店开业剪彩，一串串彩色气球飞起，一束束浏阳礼花绽放，百年侨社广义堂的舞狮队翩翩起舞，至此，大总统和小法官围绕赌场的斗法打上了圆满的句号。

“小题大做”，官不聊生

苏里南第二大城市日计里市市长尚卡尔倒霉透了，他继任市长只半年时间，就因私人纠纷一时性起而与人发生肢体冲突，不仅丢了官，还被判坐牢半年。在我看来，这是典型的“小题大做”。

尚卡尔每天自己开私家车上班，一天车坏了，他请来了修车师傅上门修理。车修好后，尚卡尔与修车师傅结账，不知为什么，两人发生矛盾并吵了起来。市长大人一怒之下，顺手拿起一根皮鞭朝对方抽去。这一鞭给尚卡尔带来了灭顶之灾，苏里南媒体声音一边倒，纷纷谴责尚卡尔仗势欺人，他所在的主要执政党民族民主党发表严厉谴责的声明，市长大人因打人触犯了刑律被捕入狱，并被提交法庭审判。尚卡尔在法庭上对自己挥鞭打人伤害公民悔恨不已，诚恳道歉，当然也连带为自己辩护几句。尚卡尔因一鞭之“罪”，党籍没有了，公务员的铁饭碗没有了，市长的位子没有了，还被判坐牢半年。

在我看来，尚卡尔总的来说还是个好官。为什么这么说呢？首先他是开私家车，而不是开公车上班，为公家省了车；其次他自己亲自开车，为公家省了司机；再次，他修车费自理，而不是找公家买单，说明他公私分明；四是修私家车之类的小事，他亲自打理，而不是有劳秘书或其他勤杂人员，说明他体贴下属；五是犯案被捕以后，不仅不认为自己冤枉，反而认为自己的“罪过”伤害了公民，损害了公务员和执政党的形象，因而诚恳认错，一再道歉；最后，尚卡尔上任时间虽只有半年，却努力工作，确实打算有所作为。退一步讲，不就是打了一皮鞭吗？给个党内警告处分，或者责令其公开道歉，或者再把市长职务给撤了就行了，犯得着判刑坐牢、丢掉公务员的饭碗吗？怎么就不能从爱护挽救干部的角度出发，实行“给出路”的政策呢？再说，修车的就一点错误没有吗？一个巴掌拍不响嘛！我把我的看法告诉尚卡尔的继任者、前国会议员朱鲁姆辛，朱不认同我的看法，他认为任何人打人都犯法，何况是一个市长。

比起尚卡尔来，尚的前任桑甘因腐败落马，虽然咎由自取，但在我看来，也是“小题大做”，罪不当罚。桑甘是印度裔苏里南人，担任日计里市市长好几年。我于2010年曾专程拜访他，还特意邀请他出席中国人民对外友好协会举行的中拉友好合作论坛。他愉快地接受了邀请，但想不到没来得及成行就东窗事发，一夜之间成了阶下囚。他和市政府十几个官员一起，通过做假账的方式，把5万多苏元（10万多人民币）平分了。桑甘和部下一

因贪污而入狱的苏里南第二大城市日计里的桑甘市长

干人通通被捕，并被提交法庭审判，胡本人被以贪污罪判了3年徒刑，其他人都受到惩处。使馆政治处官员当时在使馆读报和形势务虚会上和我谈到这件事，我当时就说，钱这么少，判这么重，有点“小题大做”嘛，但苏里南媒体对这位市长一片讨伐之声，除了他的律师在法庭上为他辩护，没有其他人为他说好话。

苏里南政府公共工程部主管大型基础设施和住房建设，不少人担心有猫腻，用不一般的眼神盯着该部。2010年新政府成立后，依照法律对上届政府公共工程部的大型项目进行审计。审计结果发现20万苏元左右的投资支出有违法违规嫌疑。审计报告被提交到议会，议会就此开展了一场辩论。反对党为上届政府公共工程部辩护，因为上届政府运行期间，现在的反对党是执政党；现在的执政党则力主继续调查，顺藤摸瓜，一定要查出公共工程部过去5年来的腐败行为。议会表决的结果是成立专门的清查小组，负责把问题查个水落石出。鲍特瑟总统和西蒙斯议长就此高调发表反对腐败的讲话。我看到媒体对此的专门报道后，心里想：一个国家的公共工程部，5年下来，累计涉嫌违法违规的投资支出才20万苏元，又不是贪污，这算多大的问题嘛。要我看，公共工程部前5年的投资支出做得还不错呢。看来，苏里南对公共工程部的这次审计清查，又是一次“小题大做”了。

其实，在廉政建设方面，并非只有苏里南“小题大做”，其他国家小题大做的例子也不胜枚举：

——对市长“小题大做”。2011年，洛杉矶圣盖博市华裔市长黄裕民因与女性朋友当街发生冲突后遭自己领导下的当地警方拘捕。不仅如此，黄因此被迫宣布辞职，成为全美历史上第一个辞职的华裔市长。对于市长大人来说，这算多大的事，不就是与女性朋友当街相互骂娘动粗？但在洛杉矶不行，违反了当地法律，他不仅乌纱帽保不住，还被捕了。还有，美国新泽西州梅德福市长克里斯·迈尔斯也被迫辞职。他有多大的事？2011年10月，一名自称是男妓的人在一家男性伴游网站发起匿名指控，声称迈尔斯与他在加利福尼亚州一家宾馆内发生性关系，还贴出一张照片。照片中仅穿内裤、戴眼镜男子形似迈尔斯。美联社援引指控者说法报道，迈尔斯通过那家网站联络他，两人在加州宾馆相会，迈尔斯支付500美元，但没按承诺给他一辆汽车和其他礼物。一次性交易500美元还不够？还要给汽车和其他礼物？堂堂州长竟因这一匿名指控而丢官。

——对局长“小题大做”。1991年11月，新加坡商业事务调查局局长格林奈，向财政部申请一笔贷款，名义上说是用于购买新车，实则用于还一辆旧车的欠款，尽管如期归还了这笔贷款，但终因触犯《反贪污法》而被判为“用误导性文件诱骗贷款”，以致被监禁3个月，并被开除公职、没收30万元退休金。这位局长的“小题”被做得不是一般的大，实在是亏大了。2010年，希腊国家统计局长宣布辞职，为什么呢？因为统计数据作假。欧盟统计局说，希腊国家统计局在2009年10月向欧盟统计局提交相关财政数据时受到政治干涉，而希腊政府提供的一系列统计数据中存在“有意误报”。从这里可以看出，希腊统计局局长在统计上作假不是自愿的，但是他仍然要为此承担责任——在发现后不得不宣布辞职。

——对将军“小题大做”。美国官场最具有戏剧色彩的事件莫过于美国中央情报局局长戴维·彼得雷乌斯将军狼狈下台。彼得雷乌斯退役美军四星上将，曾任美军驻伊拉克和驻阿富汗部队司令。2011年9月，他退役，接替利昂·帕内塔出任中情局局长。下台的原因并非工作上有错，而是因婚外情意外曝光。堂堂的四星上将，泡个妞能有多大错，能有多大事？但将军这次偏偏因小失大，终于翻船。一些熟悉情况的人介绍，彼得雷乌斯所承认的婚外情没有违反任何中情局规章。即使中情局人员的联系人被发现疑似外国特工，可能会对美国特工构成安全威胁，中情局也没有禁止员工发生婚外情的条例。奥巴马总统发表声明，接受彼得雷乌斯请辞，称赞他为美国作出数十年“非凡功绩”。声明说：“不管以什么标准衡量，他（彼得雷乌斯）都是他这个时代最卓越的将领之一。”美国参议院情报委员会主席、参议员黛安娜·范斯坦同样发表声明，说彼得雷乌斯辞职是美国情报机构的巨大损失，对奥巴马批准辞职感到遗憾，但尊重这一决定。她说："他很棒，热爱这份工作，对情报的掌控不逊于任何人。"近半个世纪以来，虽然间谍丑闻频发，但因为恋情丑闻而辞职的西方情报部门首脑仅此一例。

——对内阁部长"小题大做"。美国前贸易谈判代表（部长级）巴尔舍夫斯基有两个女儿，很喜欢中国玩具。巴氏来北京就中国加入世界贸易组织进行谈判时乘机买了43个，想带回美国，可海关截住了她，除一个玩具之外，其余42个属逃税！报纸就此大做文章，攻击她假公济私，巴氏不得不补交税款，多次向国民道歉。在我看来，几十个玩具有多大的事？犯得着一再道歉吗？2012年7月，加拿大国际合作部长小田宣布，她已辞退国会议员职务，并将于当月底辞去部长职务。她有多大的错？因为小田爱花大钱，受到外界抨击，2012年初更成为加拿大人茶余饭后议论的话题。议论什么？有人揭发她到英国伦敦公干，连5星级酒店也看不上眼，要搬到更豪华的酒店，多花费一倍以上的公币。同时，她也租用高级轿车、聘用司机，平均每日花掉1000加元（1加元约等于1美元）。其实，这位部长事后都补回了酒店房间、轿车服务的差价，事实上并没有占国家的便宜。但小田仍为此受到众议院和外界的抨击，最后不得不下台。2007年，越南贸易部副部长梅文桑被越南一家法院判处14年监禁，他一个充当中间人角色的儿子也被判5年监禁，原因是受贿了6000美元，受贿6000美元对一个部长来说能说是大罪过？换来14年监禁，儿子跟着坐牢，实在不值。

——对首相、总理"小题大做"。1995年10月，时任瑞典副首相萨林用公务信用卡购买了几十克朗的巧克力，此事被一位认真的瑞典记者一直追查到银行，并调出了萨林的全部刷卡消费记录，指责她"挪用公款"，最终迫使其引咎辞职。2006年3月，韩国总理李海瓒在三次向国民公开道歉后，依然难平民怨之后，引咎辞职。导致李海瓒辞职的，是他"在不适当的时间和不适当的人士打高尔夫球"。3月1日韩国独立运动节那天，举国纪念，同天全国铁路系统大罢工。此时，总理李海瓒恰巧在休假，和一群商人打高尔夫。当天，就被媒体斥为“不务正业”。

——对总统“小题大做”。“水门事件”导致尼克松总统下台是“小题大做”的典型事例。在美国公众的心目中，他是一个很不光彩的下台的总统。在大洋彼岸的毛泽东对此却大不以为然。基辛格回忆说：“他根本无法理解水门事件引起的喧嚣；他轻蔑地把这整个事件看成是‘放屁’，事情本身‘不过是芝麻大小，而现在却因此闹得翻天覆地。反正我们不喜欢就是。’看不出有什么客观理由要攻击一位成绩卓著的总统。”毛泽东对尼克松的女儿茱莉娅说，“不就是两卷录音带吗？有什么了不起？”“两卷录音带就能把一个帝国搅得天翻地覆？”茱莉娅在回忆录中提到，当时任国务院副总理的邓小平在会见他们夫妇时也说：“我们从来不把水门事件看得那么严重。”然而，1974 年 7 月 30 日，美国国会给尼克松定了三项罪状：妨碍司法；滥用总统职权；蔑视国会。最终，尼克松被迫下台。如果不是继任总统福特的“赦免”，他还逃不了被判刑的命运。另一位美国总统克林顿，政绩突出，但也栽在了与白宫实习生莱温斯基的桃色“小事”上。独立检察官斯塔尔对克林顿不留情面，“穷追猛打”，使得克林顿因“作伪证”“妨碍司法”，险些被弹劾。

在反腐倡廉中“小题大做”好不好？我情不自禁地为此拍案叫好！为什么？就国外“小题大做”的案例来看，至少有这样几点好处：

首先，合乎政纪法规的“小题大做”，对高官来说有利于警钟长鸣，有利于形成强有力的约束氛围。“小题大做”不等于无限上纲、不讲政策，把人往死里整。而是严格按政纪法规办事，不因为官做得大、资格老、功劳多，就将功折罪甚至网开一面。之所以联想起“小题大做”，往往是资格老的、功劳多的，特别是官大的出了事，一旦处理起来，往往使人觉得埋没了人家的功劳，埋没了人才。所以，“小题大做”的要义就是功是功，过是过，不能以功掩过，不能因为是高官，是人才，就可以大事化小，小事化了。最典型的是法国前总统希拉克的案例。希拉克被起诉在1977年至1995年担任巴黎市市长期间，利用职权虚设公职，为自己及同党、亲信牟利，令纳税人耗费了140万欧元（180万美元），涉嫌贪污和违反诚信。堂堂18年的巴黎市长，并没有把钱塞到自己口袋里。退一步说，虚设公职，那不是多安排几个人，关心干部吗？顶多就是一个私自突破编制，用人非贤，那不就是公职上的一个失误吗？然而，法国一家法院2012年12月15日宣布对前总统希拉克的贪污指控成立，判处缓刑两年。希拉克成为了“二战”之后法国首位获刑的前国家元首。法新社说，在此之前接受裁决的只有通敌叛国的前领导人菲利普·贝当。再往前的话就只有1793年被送上断头台的最后一任法国国王路易十四。这次审判，即使是法国国家公诉人也认为希拉克是清白的，但是最终的裁决却“让人吃惊”。不过，在民意调查中，他仍然是法国民众最受欢迎的人物之一。英国《金融时报》的报道说，希拉克是“二战”后最杰出的法国政治家之一，此次判决对他来说无异于沉重一击。

其次，“小题大做”体现的是向善的道德追求，有利于净化社会政治生态和道德生态。2012年9月1日，韩国总统李明博就韩国7岁女童惨遭性侵，向韩国国民道歉。8月31日，韩国全罗南道罗州市一名7岁女童A某在睡梦中被人用被子卷走并受到性侵，案件次日告破，这一案件震惊韩国社会。案发当天上午，总统李明博亲临了首尔西大门区警察厅，在听取了警察厅长金基用的报告后，向受害者家属表示了慰问，并向韩国国民道歉。李明博表示：“今后将把加强治安作为国政的最优先课题”。国家元首日理万机，案发当天总统就来到案发所在地警察厅，这已够以人为本了，但李明博仍坚持道歉，这既显示了他的怜悯之心和愧疚之怀，也是对加强治安、打击犯罪的一种变相的承诺。又比如，2008年6月，泰国外交部长诺巴敦与柬埔寨方面签署了关于柏威夏寺申请加入世界文化遗产名录的泰柬联合公报，此举没有事先取得国会批准，违反了泰国宪法。7月10日，外长诺巴敦宣布辞职。诺巴敦说：“尽管我并没做错什么，但是我还是通过辞职以表我的责任感。”

再次，“小题大做”不仅宣示了在法规面前人人平等，而且凸显了高官严于律己、率先垂范的理念。仍以韩国总统李明博为例，2012 年 7 月 24 日下午，李明博发表电视讲话，就最近发生的亲属和亲信腐败事件向韩国国民道歉。他说：“不光彩的事情最近发生在我家人和亲信身上，使国民十分忧虑，我为此低头向国民道歉。”据报道，李明博的亲属或亲信接连卷入腐败案件。当月 10 日深夜，韩国大检察厅以涉嫌收受非法政治资金为由拘捕了李明博兄长李相得。李相得 2007 年至 2011 年收受近 6 亿韩元（约合 52 万美元）资金。两个月前，李明博竞选总统时的得力助手、曾担任经济部次官的朴永俊涉嫌收受 1 亿韩元贿赂遭逮捕。韩国放送通信委员会前委员会长、号称李明博“政治导师”的崔时仲也因涉嫌收受贿赂而遭逮捕。总统本人并没有贪污受贿一分钱，只是亲戚朋友涉嫌犯罪，但总统“小题大做”，“低头向国民道歉”，这一举措对反腐倡廉的意义不说自明。

最后，“小题大做”显示了权力制衡机制的力量。实事求是地说，“小题大做”案例中的不少当事人，不是主动“小题大做”，而是被“小题大做”。他们之所以东窗事发，狼狈下台，甚至沦为囚徒，是权力制衡的结果。有人认为，“小题大做”是党同伐异的表现，甚至是“狗咬狗”的结果。有人把美国中央情报局局长彼得雷乌斯将军的下台看成是联邦调查局和中央情报局两大特工部门争权夺利、互不买账、彼此叫板的结果。我认为，这不正说明反腐倡廉不能仅靠自己，必须立足于权力制衡吗？！如果没有联邦调查局的介入，中央情报局本身恐怕难以曝光身为四星上将的局长大人的婚外情吧？

其实，并非只有外国在反腐倡廉中有“小题大做”现象，新中国也不乏这方面的事例。志愿军十六军军长尹先炳战功显赫，他任八路军旅长时，开国上将秦基伟是他的副手，只因为和一个女兵发生婚外情，本来可以被授予中将军衔的这位老红军，竟然只被授予大校军衔。老革命家王鹤寿也因婚外情错误，被撤消冶金部部长职务，下放到鞍钢。毛泽东特别说过：“王鹤寿不爱江山爱美人，鞍钢的‘四清’要擒贼先擒王。”由此看来，“小题大做”在反腐倡廉中并不是偶然现象。

民主却又腐败的苏里南

苏里南1975年独立，国龄只有39周年，是一个特色鲜明的年轻国家。这里没有地震，没有海啸，没有台风，没有火山，没有瘟疫，没有战争，没有革命，没有历史，没有民族冲突，没有宗教传统，没有边界冲突（与圭亚那有边界争议）。更重要的是，苏里南没有特权阶层。担任中国驻苏里南大使时期，一方面，我常常会感受到这个国家各族人民和睦相处，人民活得轻松，活得很有尊严，幸福指数很高；另一方面，尽管三权分立，监督机制总体健全，言论非常自由，媒体透明度也很高，但腐败照样有，刑事犯罪照样有，有时候还会比较严重。

没有特权阶层的社会

苏里南人非常纯朴，对人友好，人人自尊自立，平等往来。2012年1月12日，苏里南一位作家举行签名售书活动，费内西安前总统（曾任3届总统，先后15年，现仍为议会在野党领袖、苏里南民族党主席、国会议员）和华人议员曾少猷应邀出席，作者对书作一番介绍后，大家到另一个房间排队购书，前总统和议员也不例外，且排队位置靠后。费内西安一面排队，一面掏腰包，拿出买书的钱。让中国人惊奇的是，作者虽然请来了前总统和现议员，但她对前总统没有任何特别安排，不是优先把书卖给前总统和议员，更不是无偿赠送，没有人说前总统不必排队，没有人代替前总统排队，尽管他已 74 岁高龄，尽管他在苏里南政坛仍有很大的影响力。更令中国人难以理解的是，曾少猷是费内西安任党主席的民族党的党员，一直是费的部下，他也没有说老领导您不必排队，我替您买一本就是了。大家和前总统交往，无拘无束，谈笑自然。费内西安前总统不觉得丢面子，其他人也不觉得对前总统这样是不礼貌。作为前总统，费内西安仍然有保镖，但保镖也没有替总统排队。

2012 年 1 月 19 日晚，我在使馆宴会厅宴请苏里南内政部长莫斯塔德亚等 11 人。部长第一个到，他的部下都比他后到，最后一个迟到了半小时，这在苏里南司空见惯，在中国可是犯了官场大忌。奇怪的是，部长不认为部下迟到不礼貌，也不认为在外事活动中不妥，而是耐心等待部下一个个来使馆，笑容满面地介绍每一个部下。

苏里南人在法律面前人人平等，任何人对司法独立都表示尊重，即使是总统，也不能凌驾于司法之上。2012 年 1 月 21 日，费内西安前总统应法庭传唤出庭，为前任司法和警察部长吉尔兹上诉案作证，现任检察院检察长本华西也被传唤到庭。吉尔兹因为洗黑钱而于 2009 年 5 月 4 日被判处 1 年徒刑。我印象深刻的是法庭的权威，是政要对司法独立的尊重，即使是前总统、现反对党领袖，即使是国家的检察长也不例外。

副议长阿兰迪率领他的党 2011 年 5 月参加大选，按规定，各参选政党必须在规定时间内上交参选文件，办理有关手续。由于受党内意见不统一的影响，部分材料上交比规定的时间晚了半小时，被选举局裁定没有资格在首都参加大选。根据民调，他本来很可能当选为副总统，他的失误意味着他不仅当不成副总统，而且失去了当选议员的资格。阿是时任总统费内西安的政治盟友，是联合执政的伙伴，阿的失误不仅害了他本人，而且连累危及费内西安的党的选情。阿自然不甘心，希望费内西安利用总统权力改变选举局的裁定，但费认为自己不应该为党派利益滥用总统职权，而是主张由法庭裁决。最后，法庭裁决维持选举局的裁决，阿虽贵为副议长，也不得不表示服从。

我印象更深刻的是，鲍特瑟总统身陷一桩大官司，他被人指控涉嫌制造了 20 年前的谋杀案。他当选总统前，法院已开庭。当选总统后，对他的审判照样进行，媒体对审判进展情况密切跟踪报道。从没有人说他利用职权干预对自己的审判。我感到，这一审判并没有损害苏里南国家的形象，没有损害总统的形象和权威。

人人在监督机制之下

在苏里南，议会监督十分有力。议会有议员 51 人，经常开会，具体到某一个人申请加入苏里南国籍这样的“小事”，都要经过议会表决通过，政府大的决策更要经过议会批准。苏里南总统最近发表总统令，设立第一夫人办公室，确定了第一夫人的工作任务，也确定了第一夫人月薪为 8000 苏元（约 1.6 万元人民币），这一规定也适应已下台的费内西安前总统夫人，因此，前总统夫人也可以领到补发的几年的工资，累计有几十万苏元（1 苏元约合 2 元人民币）。命令公布后，引起媒体和社会一片批评的声音，执政党的一些议员也公开表示了不同意见（即公开在党外与党的领袖唱反调），前总统夫人表示拒绝领用这笔钱，议会也开会讨论此事。

在苏里南，人人活在舆论监督之下。苏里南《星网》等媒体，包括华文报纸《洵南日报》2012 年 1 月 23 日、24 日分别发表了题为《维基解密：鲍特瑟至2006年仍然参与毒品走私活动》的文章，公开了美国驻苏里南大使馆和美国驻圭亚那大使馆分别发往美国的外交公文，明确向华盛顿报告苏里南现总统鲍特瑟何时贩毒，和谁一起贩毒，在哪里贩毒，贩毒获得了哪些好处，等等。文章甚至公开说鲍特瑟和毒贩坎恩一起组织过谋杀行动，雇用职业杀手，企图谋杀前司法警察部长山度基、国家检察长本华西。使我惊异的不是文章披露的内容，而是文章发表后鲍特瑟和官方毫无反应。既没见到官方要求美国大使馆予以澄清，官方没有宣称这是造谣污蔑，也没有封闭有关网站和回收报纸，更没有以“诽谤罪”“诬陷罪”等理由抓人。

政府公共工程部长亚伯拉罕斯装修部办公大楼，费用大大超过预算，多家报纸公开指责里面有猫腻，有的报纸更直接言明这位部长大选当中投资不少，大选胜利了，当上了部长，要通过装修把投资收回来。反对党更是抓住此事在议会会议上穷追猛打，弄得这位部长灰头灰脑，其他部长也一度因此谨小慎微。中国援建的苏里南外交部办公大楼交付使用一段时间后原定要予以维修扩建，并且是由中方买单，因公共工程部办公大楼装修超预算受到严厉批评，外交部长决定外交部办公大楼维修扩建予以推迟，等风头过了再说。

2010年圣诞节到2011年中国春节期间，苏里南社会治安状况不那么好，出现抢劫凶杀案件，并且迟迟破不了案。各报纷纷发文公开抨击负责此事的政府司法警察部长密斯匠，议员在国会对密斯匠提出质询，这位部长不得不做出解释，因答非所问且用词不当，又招来一轮新的批评。

舆论的力量在苏里南非常之大，任何人都不能不对此有所顾忌。政府土地部长上任只有3个月，报纸上发表了揭发他以权谋私的文章。其实，只是他的性伙伴和性伙伴的一个亲戚向土地部申请获得土地，尽管土地部长一再声明他并不知情，而且即使知情也没有什么过错，舆论仍然不放过他，这位部长在部长位子上屁股还没有坐热，不得不灰溜溜地滚蛋。土地部长所在的党提出接替他部长职务的新的人选后，报纸上披露部长候选人在公司工作期间曾索取回扣，该党只好另提人选。

在苏里南，人人都在司法监督之下。人人都有权到司法部门控告别人，包括总统，人人都有可能被别人控告。如果违法，人人会受到追究。例如，前工党领袖、政府劳工部长因受贿而被判有罪坐牢。苏里南政府司法和公安是一个部，上届司法警察部长山度基虽然手握司法大权和公安大权，但他在任期间，成为民告官的主要对象，可以说是官司缠身，不断被人甚至被他的部下告到法院。他常常赢了官司，常常又输了官司，人们并不因为他是强力部门的领导人就不敢告他。政府卫生部长瓦特贝赫因言语不慎，被人告到法院侮辱了别人。经法院审理属实，法院判决卫生部长登报声明予以道歉，部长乖乖照办。国会议员、工党领袖、前政府部长卡斯特伦一面从政，一面在一家港口公司上班。港口公司今年解除了与卡斯特伦的劳动合同，卡认为公司违反了《劳动法》，将公司告到法院。新苏里南党原有一个党主席，不久前，党代会选出一位新的主席，但原来的主席不承认选举结果。中国共产党代表团今年访问苏里南，与该党主席见面，新老两个主席都到了会见现场。老主席将新主席告到法院，请求法院判对方违法，法院判决重开党代会，再选举一次。

腐败现象比比皆是

不少人认为，一个国家，一个社会要想清正廉洁，遏制腐败，必须具备三个因素：一是多党制而不是一党制，官吏必须对选民负责，而不是只对上级负责；二是三权分立，相互制衡；三是新闻自由，媒体中立，舆论公开。苏里南不折不扣地符合这三个标准。首先，在苏里南，定期选举，朝野轮替，政党相互制衡，已成常态。2011 年 5 月进行的大选，被国际社会普遍认为公正自由，苏里南没有一个政党，没有一个选民对大选结果持有异议；其次，立法、司法和行政三权分立，彼此制衡，国会和法院不仅对行政部门，而且对国家元首都形成有力的制约。例如，现执政党在大选中向选民承诺一旦上台，将建造数万套低造价住房，将完成公路、电站等一批基础设施工程项目，但是等到真上台了，却发现他们遇到了一个大问题，这就是苏里南法律规定：外债不能超过国家 GDP 总量的 35%，而上一届政府举借的外债已达 30%，剩下的贷款额度对新政府来说几乎干不成什么事，即使外国政府或国际组织愿意给苏里南新政府提供最优惠的贷款，他们也不能接受，否则就违法，在国会和法院就通不过。这个问题至今仍困扰着新政府。这个例子说明苏里南权力制衡是实实在在的；第三，苏里南官方没有报纸，各大政党也没有报纸，人们可以随意在媒体上批评总统，所以在苏里南的新闻自由是不容置疑的。那么，具备了上述三个因素，苏里南是否真的廉洁指数很高，是否有效地遏制了腐败呢？据我观察，答案是否定的。国际反腐败组织一直将苏里南列入腐败指数较高的国家之中。苏里南的腐败现象仍司空见惯，不胜枚举。

一是苏里南始终是拉美与欧洲之间的毒品通道。毒品经济作为苏里南地下经济的一个重要方面，无论官方怎么打击，却始终存在甚至发展。谁都知道，没有某些官员的参与配合，毒品通道不可能长久存在。从一定意义上可以说，走私毒品成了某些群体和官员相互依存的生活方式。

二是苏里南始终是非法移民的重要通道和目的地之一。由于苏里南特殊的地理位置，苏里南成了非法移民进入欧洲的重要跳板。从圭亚那到苏里南仅一河之隔，从苏里南到法属圭亚那也仅一河之隔，乘船偷渡易如反掌，进入了法属圭亚那，就进入了法国。退一步说，苏里南本身是移民的“天堂”，这个国家绝大多数人都是移民来的，因这里不排外，好发财。因此，中国的一些“蛇头”和苏里南某些人士联手，做起了非法移民的生意。目前，非法移民到苏里南的“价格”已达每人 1.2 万欧元（10 万元人民币）。这笔钱由人贩子和苏里南有关人员共同分享。苏里南官方一直下大力气打击非法移民，但来自海地、圭亚那等国家的非法移民仍禁而不绝。显然，没有苏里南某些官员的参与，非法移民不可能成为苏里南全局性、持续性的一个现象。

三是偷税漏税现象十分普遍。苏里南 2011 年黄金产量 47 吨，价值 25 亿美元，国家获得的收益却只有 4500 万美元，只是个零头。因为该上交给国家的税大部分被截留掉了，一些经办官员和业主不当得利很多。不少税务官员只要个人得利，就不惜减免业主税负，以致整体上苏里南零售业和其他行业常常税负低得出奇，例如，一个月平均纯利 7 万美元的零售店，1 个月交税仅 200 美元左右。某些海关官员与进口商联手，采取少报或瞒报进口品种、实际数量和价值的方法谋取私利，只图官员和进口商个人双赢，造成国家关税大量流失。为防止这一点，苏里南海关从中国进口了集装箱扫描仪。奇怪的是，某些人竟能编出种种理由，即使设备安装好了，硬是拖了两年一直没有启用。

四是公开或变相索贿现象比较普遍。例如，使馆进入机场接送客人或馆员，如需使用贵宾室，必须到机场领取机场通行卡，将卡别在胸前才能自由出入。每次办手续都要“意思”一下已成惯例。一次，使馆商务处一位官员不知道这一“潜规则”，没带任何礼品，办手续时，对方问：“什么都没有带？”

五是不少官员私生活不严谨，“二奶”“三奶”现象十分普遍。甚至访问中国的某些高官，和他们同行、在电视上亮相的“夫人”，其实是性伙伴。

从廉政角度观察苏里南

一个朝野轮替、相互制衡、新闻自由的国家，一个反腐败要素基本齐全的国家，为什么腐败现象仍比较普遍？我对此思考了很久。我认为，权力制衡、司法独立、舆论监督毫无疑问是非常重要的，这是苏里南没有特权阶层的制度基础，是苏里南各族人民和睦相处，人民活得轻松，活得有尊严，幸福指数很高的根本原因之一，也是苏里南没有出现过数额巨大的贪腐受贿案件的一个内在原因。因此，加强权力制衡，加强舆论监督在任何时候，任何情况下都是反腐败的关键。但是，光有这些还是不够的，还必须着力提高全民的文化素质。苏里南与日本、新加坡、挪威等廉政指数居于世界前列的国家相比，苏里南不缺权力制衡，不缺司法独立，不缺舆论监督，缺的是高素质高文化的国民。

苏里南几千年来一直是部落社会，原住民是印第安人。西班牙、英国、荷兰先后在苏里南建立殖民地后，医院、学校、孤儿院等现代的东西才引入苏里南。苏里南建立现代意义上的国家只有几十年，苏里南独立时，三分之一的国民留在了原宗主国荷兰，而这些人在苏里南人中相对来说素质较好、文化水平较高、较为富裕。留在苏里南的国民不少是文盲，至今不少黑人仍过着丛林生活，接受信息，接受教育条件很差。苏里南第一大族群来自印度，印裔苏里南人与印度人相比，最大的区别是印裔苏里南人中没有种姓制度，原因很简单，移民到苏里南的印度人十之八九是贱民，原来生活在印度社会的最底层，走投无路才来到苏里南。本来，种姓越高越吃素，贱民则是鸡鸭鱼肉什么都吃，所以，在苏里南的印裔苏里南人中，难得找到出身于高种姓婆罗门、刹帝利的，难得找到素食主义者。这就决定了作为苏里南最大族群的印裔苏里南人，文化积淀先天不足。至于苏里南社会中其他主要族群，如爪哇人、华人，受过良好教育的很少。华人移民苏里南已 158 年，最初几批华人都是作为契约劳工来苏里南的，认字的没几个人。后来，失败的太平军不少人逃命到苏里南，这些人当然也没什么文化。苏里南华人多数是中国改革开放以后移民到苏里南的，绝大多数是来自广东、浙江、福建、海南的农民。因此，整个苏里南国民的文化素质不太高，受过高等教育的苏里南人，包括华人，文凭到手，就留在欧美，成了外国公民。这就是为什么即使是政府中的某些部长也没有受过高等教育的原因。

由于缺乏高素质高文化的国民，苏里南不少人习惯上仍按传统方式生活，如对婚外性生活持开放、包容态度，因为苏里南原住民和最早的外来族群黑人本来的生活方式就是如此。这就是苏里南人对一些高官甚至总统，有婚外性生活见怪不怪的原因。苏里南议长苏摩哈尔乔曾亲口告诉我：某国会议员有“妻子”40多人，小孩100多个。议长幽默地说他很遗憾，他身体不强壮，不能多拥有“妻子”。苏里南人常常津津乐道地告诉我，某某部长的情妇是谁，某某女部长是某某的情妇，等等。使馆的黑人花工语带自豪地告诉使馆官员，他有几个情妇，他昨天开的车是这个情妇的，今天开的车是那个情妇的。使馆圣诞节请当地雇员吃饭，花工带情妇“闪亮登场”；中国杂技团到苏里南演出，花工带“二奶”“三奶”联袂观看。

因为现代意义上的国家出现很晚，苏里南人部落意识、族群意识远远强于国家意识，当然也强于纳税意识，这是苏里南税收不上来，一些官员习惯于与纳税人勾结损害国家税收，共同谋取个人不当利益的思想原因和历史原因。苏里南人少地多，地大物博，资源丰富，饿不死人。因此，当地人不愿干活，再加钱也不加班，只图享受的大有人在。这就是在苏里南的中资企业也包括本土企业招收当地工人困难的原因，这也是毒品在苏里南大有市场、苏里南成为毒品通道的一个重要原因。道理很简单，贩毒不辛苦，而且来钱快，出了事生命没有危险（苏里南最高刑期20年）。

综上所述，我认为，提高国民的文化素质，既是强国的关键也是廉政的需要。提高国民文化素质不可能一步到位，反腐倡廉也不可能一步到位。

在苏里南感受程序正义

政坛清风与程序正义之间具有不可分割的联系，没有程序正义，不可能有政坛清风。程序正义源于一句人所共知的法律格言："正义不仅应得到实现，而且要以人们看得见的方式加以实现。"程序正义作为"看得见的正义"，其重要价值不言而喻，一方面，可以确保社会公平正义得以实现，另一方面，可以约束执政者的行为，防止权力恣意横行。在我出任中国驻苏里南大使的三年多时间里，我在日常工作和生活中确实感受到了活生生的程序正义，确实感觉到了作为"看得见的正义"——程序正义在保持苏里南的政坛清风，促进苏里南社会文明方面所起的重要作用。

苏里南很"杂"，作为移民国家，这里什么主要人种都有，什么主要宗教都有。然而这个国家没有民族冲突，没有宗教冲突；路上汽车让人，没有野蛮超车；任何场所都是女士优先；扶助在路上摔倒、病倒的老人，久已成社会风尚，从来不会产生该不该扶、该不该帮之类的顾虑；苏里南没有城管，城市却井然有序；无论排什么队，没有人会插队。为什么会是这样？据我观察，一个重要的原因就是苏里南人特别重视程序正义，凡事都讲要遵守游戏规则，按法律办事，按制度办事，按程序办事，并且一切公开，不搞暗箱操作之类的事情，透明度特别高。内阁和议会开会，谁讲了什么话，报上都登，社会上正气上升，邪气没有市场。

我到苏里南不久，接连几件事使我对苏里南重视程序正义、按游戏规则办事这点留下了深刻印象：

第一件事情是，2010 年 8 月，经使馆推动，中国与加勒比国家、中国与苏里南关系国际研讨会在苏里南首都帕拉马里博召开。当地有一个习惯，重要会议请一个重要人物来宣布开幕。因此，使馆请时任总统费内西安来宣布开幕。但费内西安答复说，因过几天任期届满就要下台了，不大合适担任会议开幕的宣布者。于是，我们又请新当选的总统鲍特瑟来出席研讨会并宣布会议开幕，想不到鲍特瑟回答：他还没有宣誓就职，还不是总统，老总统还在台上，他不方便来宣布会议开幕。在这种情况下，我建议请苏里南大学校长李福秀来宣布会议开幕，一则研讨会是苏里南大学和北京大学联合召开的，二则李福秀担任过教育部长，是前政要，三则李福秀父母原籍广东，是著名华人。我们将建议通报给苏里南大学后，第二天上午，苏里南大学举行学校董事会全体会议，通过了同意李担任研讨会开幕的宣布者的决议。下午，使馆收到了苏里南大学派专人送来的一封公函，公函上端端正正地盖着学校大印，确认学校同意使馆的建议。想不到当天晚上，使馆接到候任总统鲍特瑟助手的电话，说新任议长西蒙斯女士已宣誓就职，候任总统建议由新议长来宣布研讨会开幕。鲍特瑟的这个想法确实很好，议长比大学校长影响要大多了，这对扩大研讨会的影响大有好处，退一步讲，候任总统对研讨会有明确的建议，不按他的建议办很不合适。于是，我们马上把候任总统鲍特瑟的建议转告李福秀校长，李说这样很好。我们原以为事情到这里就完了，想不到苏里南大学董事会次日又举行了全体会议，做出了撤销对李福秀担任会议开幕宣布人表示同意的决议，随后，又派专人开车将装有关于学校董事会新决议的信封送到使馆。后来，中国人大常委会副委员长陈昌智访问苏里南，我把这个例子讲给陈昌智同志听，说按照中国人办事的习惯，苏里南大学董事会第二个会是完全没有必要开的，公函也没有必要送，打个电话就行了。陈昌智同志笑着说，按照中国人的习惯，第一个会也没有必要开。苏里

与前总统、反对党领袖费内西安在一起

南人特别重视程序，一步一步，按部就班，苏方人员同意和你见面、邀请你出席什么活动，都会给你来个书面的东西。有时候紧急约见苏方人员后，苏方当时来不及出具书面函件确认。见完苏方人员过去一两天后，还会收到苏方来的同意会见的函件，尽管这事早已过去了。事情归事情，程序得一步步走完。

第二件事情是，中国驻苏里南使馆的办公大楼、大使官邸和使馆馆员公寓楼先后落成，用电都是按办公收费。后来发现生活用电价格只是办公用电价格的一半，大使官邸和馆员公寓用电属于生活用电，以此推算，使馆近3年来累计多交了近12万元人民币的电费。使馆原打算花2万元公关费用，把多交的近12万元要回来。约请苏方做客他们没有来，跟苏方电业部门讲清这个情况后使馆一分钱也没花，苏方很快就把多收的钱退回来了。苏里南人的游戏规则既清楚又简单：即使是皇亲国戚，该收的收，不该收的钱数目再大，该退就退。钱是前门收进来的，还从前门退。因此使馆不必采取找熟人、开后门、请客吃饭之类的手段，走正常程序就能把钱要回来。

第三件事情是，苏里南 2010 年大选，40 几个党参加，没有一个党指责别的党作弊，没有一个党不接受大选结果。为什么会是这样？因为大选的每一步都非常透明，大选严格按游戏规则进行，任何党都受到程序的约束，都接受程序的约束，同时，也享受程序带来的好处。苏里南资深政治家阿南迪担任兄弟团结政治联盟的主席 30 余年，大选前是苏里南副议长。阿南迪的党选情看涨，在首都选区完全可以赢得几个议员席位，大选后很可能当上比副议长更大的官。但是，阿南迪的党在首都选区提交参选文件比法定时间晚了半小时，选举局依法不接受阿南迪的党登记参选，尽管选举局的局长和阿南迪是老熟人、老朋友，在政治上都是费内西安总统的支持者，但这位局长把程序正义放在了其他利益之上，严格依法办事，这意味着不仅阿南迪副议长当不成了，议员当不成了，阿南迪所在的整个党在首都选区还将缺席参选，谁都当不成议员。更要命的是，阿南迪所在的党是费内西安总统领导的执政联盟——新阵线的重要组成成员，阿南迪所在的党在首都缺席参选，将连累到新阵线内所有其他党的选情。阿南迪认为，他所在的党之所以晚了半小时登记参选，原因是堵车，他请费内西安总统以此为理由，下令选举局接受他的党登记参选，但是费内西安拒绝了盟友的这个请求。理由很简单，能否登记参选，按程序，不应该由总统来决定，而应由法院作出判决。法院判决的结果是：选举局拒绝登记参选的决定合法，这样一来，当了几届议员的阿南迪，一夜之间，什么都不是了，这还成了接下来新阵线丢掉大选，由执政党联盟变成了反对党联盟的原因之一。苏里南这次大选是一次平静的大选，自由的大选，但不是一次公正的大选，也就是说，在大选问题上，苏里南程序正义实实在在，但实体正义实在不够。为什么这么说呢？苏里南选举法为了照顾内地丛林黑人的利益，规定在一些内地选区，赢得 500 张票就可以当选为议员，但在首都帕拉马里博选区，即使得到 1 万张票，也不能当选为议员。结果，苏里南狮子党在首都选区尽管得到 1 万来张票，一个议席也没有拿到，黑人政党联盟——A 联盟在内陆地区总共只得到 9000 来张票，却得到 7 个议员职位，在新成立的政府中，拿到了司法警察部长、区域发展部长等 6 个部长位子。奇怪的是，苏里南人虽然认为这很不合理，但大家都认了，认为这是法律规定的，只能通过将来修改法律来解决，但对于大选程序是否合理，是否透明却十分在意。我亲眼目睹了苏里南大选的全过程，对几十个党派参加大选，各个党派对大选结果都心服口服，感慨不已。

第四件事情是，鲍特瑟总统的养子因犯罪被判 15 年徒刑，已服刑 8 年。鲍特瑟当选苏里南总统一年后，宣布对他的养子予以特赦，立即释放。这一决定在苏里南部分民众中产生强烈反响，不少人质疑总统徇私枉法，以权谋私。一些国会议员也提出质疑。这时，法律界人士出面发表谈话，从实体正义角度说明总统决定不违法，从程序正义角度说明整个操作过程合乎程序，没有使用非法手段，总统本人也到国会向议员解释，这件事情很快便风平浪静。可是，特赦养子的事刚刚搞定，总统的侄子却卷入到一个杀人案件中又被捕入狱。侄子主持挖金矿，一些人在侄子经营的金矿里偷偷开采，群体纠纷由此发生。金矿保安开枪打死一个偷采黄金的人，死者亲戚朋友到金矿讨说法，事情越闹越大，把华商在金矿开的几个商店抢个精光，还一把火烧了。警方认为总统的侄子涉嫌指使开枪，没有事先请示总统便将他逮捕归案。事情过去了一年多，侄子还待在监狱里面。总统侄子涉嫌犯罪，警方敢抓，法官敢判，媒体敢监督，凸显了正义的力量。

何为程序正义？按照公平、公正原则设计的程序处理事情，无论什么结果都能接受。全国人大常委、香港立法会前主席范徐丽泰认为这是法治社会最基本的底线，是为了有效防止有公权力的人因个人好恶造成不公正裁决。她指出，结果比程序正义更重要，为了达到目的，可以不去管用什么手段，这是内地人更容易使用和接受的思维。在范徐丽泰看来，程序正义更为重要，“用不正当的手段达到目的，会损害目的本身”。范徐丽泰说：社会认同程序正义，才能守住正义。程序正义的一个重要前提是人人生而平等的理念。范徐丽泰认为程序正义的两大障碍来自人对特权的欲望以及人的无知。在她看来，实现程序正义，除了法律公正、执法到位，社会上对程序正义的认同格外重要，“民间舆论的力量是很大的，只有民众有了这种认同，才可能守住正义。”

我国自古以来是一个重实体、轻程序的国家，重视实体正义、实质正义或结果正义，将结果公正作为评判事情的最高的、唯一的标准。在不少人看来，只要结果公正，采用何种手段、是否遵循程序，不必顾及“五四”运动当中发生了火烧赵家楼、痛打“卖国贼”一幕，但这并不意味着烧楼或打人行为本身毫无争议。就在当年 5 月 18 日，时任北大教授的梁漱溟先生在《每周评论》发表文章呼吁法治，强调“打伤人是现行犯”；即使那些政府官员罪大恶极，但在罪名未成立时，仍不可被“侵犯，施暴”。梁漱溟写道，如果不坚守法治底线，“将来损失更大”。他一再强调，如果中国要想获得永远的安定，那么每个人都必须遵守法律，不可以任何理由超越法律之上。只有起码的公民权有所保证，方可谈进步与发展。梁漱溟的这一观点直到今天仍受到高度推崇。

“依法治国，建设社会主义法治国家”已在中国入宪，然而由于历史传统、现行体制等原因，漠视程序、违反程序的现象仍然普遍存在。不少人没有意识到，按照程序办事尽管会付出一些代价，但这点代价相比破坏程序正义的代价要小得多。

观察苏里南的程序正义，感到苏里南人没那么多“小聪明”。例如，我从来没有发现过苏里南有所谓“程序腐败”的现象。程序正义在中国一些地方被演变成程序腐败。例如，公开招聘干部的条件事先为某人量身定做，以致“萝卜招聘”“世袭招聘”现象层出不穷；政府采购“只买贵的不买对的”的现象屡见不鲜；工程招标中，发标方和投标方事先串通好，认认真真作秀一番，凡此种种，不一而足。面对公众媒体的质疑之声，相关部门的回应惊人的一致："符合程序。"对付程序腐败的良药是坚持程序正义的基本要义：权力在阳光下运行，不留死角，该公开的一切公开。

维基解密与苏里南总统的“丑闻”

2010年，无疑是维基解密网站声名鹊起的一年，更是世界政治和外交陷入空前大混乱的一年。9万份机密文件，揭开阿富汗战争杀戮平民的真相；40万份秘密战地日记，让美国彻底背上伊拉克战争的罪恶；1000余封顶级科学家的往来邮件，戳穿了全球变暖的惊天谎言；25万份外交电报，几乎让各国元首和政府首脑颜面尽失。谁也没有想到，维基解密事件竟然把苏里南现任总统鲍特瑟、前任总统费内西安、美国驻苏里南大使等卷了进来。我作为中国驻苏里南大使，亲眼目睹了事件发生的全过程，也引起一连串的思考。

从维基解密与当今世界说起

肯尼亚骚乱、突尼斯政变、埃及暴动、利比亚变局，这些同维基解密或多或少分不开。维基解密已不仅仅是一个网站，它已然蜕变为一种可怕的技术性政治力量，一种妄图依靠技术力量改变世界秩序的力量。“潘多拉魔盒”已被打开，“后维基解密时代”已经到来，一切才刚刚开始，好戏还在后面。

掀起这一切的，只是一个人和一个网站。这个人叫朱利安·阿桑奇，一个前澳大利亚网络黑客，一个曾经亡命天涯的通缉犯，一个“横行网络世界的罗宾汉”，一个主要从事揭秘工作的网站“维基解密”的创始人，一个影响力已不输于本·拉登的“晃动地球”的人。这个网站核心成员只有5人，却被人认为扼住了世界政治的咽喉，一次次搅乱了世人的神经。

有人说，“维基解密”乱了天下，这话实在没错。维基解密网站所进行的文件揭秘已使各国政要怒发冲冠。由于阿桑奇的“努力”而导致的外交密件非法外泄导致的不良外交影响，使德国政府要人深感担忧。不仅如此，澳大利亚总理吉拉德谴责阿桑奇的做法可能损害国家安全。澳总检察长麦克莱兰12月1日表示，澳大利亚政府正在考虑多个可以选择的法律行动来制止维基解密的泄密行为。“受伤”最重的山姆大叔，也只能一方面疲于应付维基解密事件所引起的外交摩擦和麻烦，一方面怒斥刺中“阿喀琉斯之踵”的阿桑奇。更有甚者，有议员称阿桑奇进行的是一场“恐怖袭击”。美国国务院发言人说，维基解密“严重地损害了美国的外交能力”“影响了首要的收集情报的能力”。美国务卿希拉里怒发冲冠、亲自上阵，特意发表声明，称维基解密是对美国外交政策与利益的攻击，也是对整个国际社会的攻击。

阿桑奇由此成为多国出手联合围捕的目标。国际刑警组织2010年12月1日表示，已经对泄密维基解密网站创始人阿桑奇发出国际通缉令。12月6日，阿桑奇在伦敦被警察逮捕。不过，这家由他开创的专门公布秘密文件的网站并没有因为这件事而画上句号。网站的发言人已经表示，未来还将继续他们的解密事业，公布25万份更加敏感的秘密文件。一夜成名的阿桑奇和他的维基解密网站赚足了眼球，也被媒体称为掀起了一场“外交9·11”，揭秘事件不仅动了美国人的“私处”，也揭开了相关国家的“伤疤”。本来，维基解密网站曾计划把中国作为工作对象。但几年来，却把美国当成了工作对象，这是美国政府无法接受的，自然令美国气恼不已。目前维基解密已经公布了几十万份美国政府文件，包括伊拉克和阿富汗前线的真相、美国外交文件、反恐战争的有关情况等。这种颇具讽刺性的局面给美国人出了一个相当大的难题。他们公布的机密文件不仅数量众多，而且每一份文件都经过了严格的审查，保证确实是来自官方网络，而且内容未经过修改。美国政府从来没有批评过维基解密的文件是伪造的，还逮捕了向维基解密提供文件的军人。被公布的文件多达几十万份，格式完整，互相关联，也确实不可能是编出来的。

真正让美国人下不来台的，应该是 11 月 28 日发布的 25 万份外交电报。这些电报是维基解密独家得到的，其内容之丰富超过了全球媒体曝光量的总和。在披露的电报中，美国外交官对各国政府首脑进行了非常坦率的批评和讽刺，暴露了秘密外交场合的许多从未被公开的谈话内幕，还提出了一些颇有争议的看法，比如“中国有可能放弃朝鲜”等。在维基解密预告说将要公布这些文件之前，美国国务卿希拉里·克林顿抓紧时间会见了包括中国外长在内的许多外国高官，向他们专门说明了自己的尴尬处境，以免损害美国和这些国家的关系。

美国密电中鲍特瑟总统的“丑闻”

维基解密把美国外交官对世界知名人物的冷嘲热讽、刻薄评价暴露无遗，比如说贵为英国皇室三号接班人的安德鲁王子“举止粗鲁”；英首相卡梅伦“缺乏深度”；只知“吃喝玩乐”的意大利总理贝卢斯科尼“软弱、虚荣、没有效率”；德国总理默克尔是一个不敢冒险、鲜有创意的软弱领袖；法国总统萨科奇则是一个“厚脸皮和专制”的“裸体国王”。然而，通过维基解密外交，与美国外交官对上述诸人的评价相比，对苏里南总统鲍特瑟等人的评价和描述，无异于是在给一个“罪犯”画像。

鲍特瑟总统上台前是主要反对党领袖、国会议员，20个世纪80年代曾长期实际上统治苏里南。维基解密的美国密电把这次上台前的鲍特瑟说成是“走私毒品的犯罪分子”。苏里南《星网》等媒体，包括华文报纸《洵南日报》《中华日报》2011年1月23日、24日分别发表了题为《维基解密：鲍特瑟至2006年仍然参与毒品走私活动》的文章，公开了美国驻苏里南大使馆和美国驻圭亚那大使馆分别发往美国的外交公文，明确向华盛顿报告鲍特瑟何时贩毒，和谁一起贩毒，在哪里贩毒，贩毒获得了哪些好处等等。2011年9月10日荷文报纸《标准时报》以及《洵南日报》《中华日报》等报道，维基解密的美国文件称，鲍特瑟曾和大毒犯罗杰·坎恩在苏里南国会议员拉什德·杜卡的场所见过面，鲍特瑟想和坎恩合作，以通过毒品走私活动增加自己的收入。由于消息走漏，苏里南司法部门成功破获了好几个毒品走私集团，对鲍特瑟的毒品走私活动打击很大，严重影响了鲍特瑟的收入。2006年，坎恩被苏里南警方拘捕，并被押送到美国受审。

维基解密的美国密电把鲍特瑟总统说成是“预谋杀人犯”，指名道姓地说鲍特瑟和毒贩坎恩一起组织过谋杀行动，雇用职业杀手，企图谋杀前司法警察部长、现美洲禁毒委员会主席、主要在野党新任主席山度基，以及国家检察长本华西。

根据维基解密的美国密电，在上届苏里南总统费内西安主政期间，美国驻苏里南大使马莎·巴内丝向白宫密报，如果苏里南发生大规模社会动乱，“费内西安总统及其政府根本无能力应对，因为该政府向来办事拖拉，指挥能力差。”密电说，苏里南检察长本华西对美国外交官宣称，鲍特瑟想和罗杰·坎恩在苏里南制造动乱。美国大使难以确定，如果主要反对党民族民主党真的发动一场动乱，苏里南军方、警察以及中央情报局是站在费内西安总统一边，努力维护苏里南的国家稳定，还是配合鲍特瑟的动乱计划，再次“乱中夺权”。因为，20世纪80年代鲍特瑟担任国防军总司令时，在军方支持下，曾两次成功发动政变。美国大使明确地说，如果动乱发生在首都，规模不大，而且时间短暂，那么苏里南警方有能力应对。但如果动乱是全国性的，警方无能为力时，苏中央情报局在恢复国家安宁方面所发挥的作用不会是积极的，因为该局成员都有不光彩的历史背景（指以前卷入过鲍特瑟的政变），且忠于某些政党和人物（指忠于鲍特瑟和他的党）。

美国外交密电经维基解密曝光时，鲍特瑟当选总统、组织新政府不到半年，解密持续到 2011 年 9 月。也就是说，鲍特瑟上台后不久，解密的美国外交密电一直在披露他的“犯罪事实”，也置前总统费内西安于尴尬的地位，美国驻苏里南大使更是处在解密带来的麻烦之中。

维基解密和苏里南的反应

鲍特瑟是苏里南独立以来最有影响的政治家，他以“专断”“泼辣”和大胆“享誉”世界。西方媒体长期称他是“独裁者”“政变者”“贩毒者”，但奈何不了他，因他是苏里南最有民意基础的政治人物。不过，虽然他是第一个在总统大选第一轮选举中就直接胜选的候选人，他的党控制了议会多数议席，也就是说，他是苏里南历史上最强势的总统，但维基解密对他的种种爆料，对他的负面影响仍是不可低估的。我原想维基解密会给苏里南政坛带来狂风暴雨，但我的预计落空了，我感到有四个方面令人深思：

一是鲍特瑟总统自始至终没有就此讲过一句话。设身处地地想一想，刚刚登上总统宝座，解密的美国外交密电就把他说成是“贩毒分子”，是“预谋杀人犯”，是“预谋动乱分子”，他不恼火才怪呢！对于维基解密中对他的指控，他肯定不能承认，可是他能公开否认吗？否认又有什么用？越否认，对他的负面影响反而会越大。

二是官方没有宣称这是造谣污蔑，没有下令不许刊登、转载、传播这类信息，也没有封闭有关网站和回收有关报纸，更没有以“诽谤罪”“诬陷罪”等理由抓人。本来，不少人认为鲍特瑟总统是国家元首，以维护国家元首名誉、形象为理由，进而以此与维护苏里南国家利益、尊重苏里南人民的感情挂钩，禁止媒体报道维基解密涉鲍特瑟总统有关事项，是自然而然的事情，但苏里南官方守住新闻自由的底线，坚持不干预、不作为。据我观察，鲍特瑟和官方形象因此不仅没有失分，反而加分。

三是官方始终没有要求美国大使馆予以澄清，也就是始终没有通过外交渠道让美国大使馆“给个说法”。也许，苏官方早就想明白了，美国能给个什么说法？

四是美国驻苏里南大使馆始终对维基解密涉及鲍特瑟总统、涉及美国对苏里南外交一事不置一词。能说解密的美国密电是真的吗，现在鲍特瑟是现任总统，说是真的，美苏关系怎么处？能说这些密电是假的吗？维基解密涉及几十万份美国外交密电，造假从何说起？况且，连白宫都没有说过维基解密外交是假的，美国驻苏里南大使馆又怎么能说是假的？因此，不置一词是美国使馆能采取的最好态度。

维基解密事件发生后，苏里南方面的反应有两起：一是外交部长拉金对记者表示：本国政府不会对这种类型的信息做出反应，是美国政府的信息系统有问题。拉金睿智地回避了鲍特瑟有没有“犯罪”的问题，将其置换为美国的信息技术有没有问题，也就是说，鲍特瑟没有问题，是美国信息系统有问题，用一番巧妙的外交辞令打发了记者。二是来自主要反对党民族党的苏里南国会副议长威登博斯女士表示，这件事情如此严重，她认为政府应该做出反应，国会议员也应该做出反应。但是，没有人呼应她的话。即使美国外交密电多次提到了民族党主席、前总统费内西安，前司法警察部长山度基，检察长本华西，但他们也没有做出任何反应。特别是山度基和本华西，并没有因是鲍特瑟“预谋杀人”的对象而向鲍“讨个说法”。只有国会议员杜克，断然否认鲍特瑟在费内西安当政时曾与大毒贩坎恩在他那里见过面。

一面当总统，一面当被告

苏里南共和国总统鲍特瑟坐在国家元首的位子上一点也不轻松，因为他在 2010 年 5 月赢得总统大选时仍戴着刑事被告的帽子。大选对手、当时的执政党、现在的反对党一直称他为“犯罪嫌疑人”，一些媒体干脆直接称他为“杀人犯”，更令人难堪的是，军事法庭针对鲍特瑟等人的审判并不因为主要被告鲍特瑟成了国家元首而停止。鲍一面当总统，一面当被告，究竟是怎样的感觉恐怕只有他本人才能说清楚。2009 年 8 月，我出任中国驻苏里南大使时，军事法庭正好启动了对鲍特瑟的审判。审判并没有影响鲍赢得总统大选，法庭也不因为鲍当选为总统就可以免除对他的继续审判。在出使苏里南三年里，我一面目睹了鲍特瑟作为总统治国理政的方方面面，一面又直击了他作为被告被审判的过程。特别是 2012 年以来，审判对于鲍特瑟来说，忽而险象环生，忽而峰回路转，刚感觉已风平浪静，忽然又平地惊雷，整个过程充满了戏剧性。

证人：首次指证总统曾开枪杀死两人

2012年3月25日晚，我结束了在国内的休假回到苏里南。第二天，打开当天的《洵南日报》，一则新闻使我大吃一惊。新闻标题为："罗泽达尔称鲍特瑟在屠杀案中亲自开枪杀死两人。"标题中的"屠杀案"，全称为"十二月谋杀案"，是指1982年12月8日，13名平民和两名军官因持不同政见被从床上拖走并被残酷杀害。当时的军政府领导人鲍特瑟声称，这些人因试图逃跑而被枪杀，但他本人并没有参与这一事件。西方社会一直拿这一案件说事，用来不断敲打鲍特瑟的党和鲍特瑟组成的政府。新闻全文如下：

【标准时报讯】3月23日星期五，十二月屠杀案的证人罗泽达尔到达泽兰迪亚堡垒，向审理这一案件的军事法院法官指证案件发生过程中的各个地点。罗泽达尔向法官宣称："鲍特瑟1982年12月8日亲自开枪打死了两名被捕的政治异议人士，他们是工会领导人塞里尔·迪尔和军官苏林德尔·兰博卡斯。罗泽达尔曾于2010年5月8日作证说，鲍特瑟1982年12月8日不在泽兰迪亚城堡里，今年3月9日罗泽迪尔在法庭上的供词则完全变了，说屠杀案发生当天鲍特瑟就在城堡里，是罗泽迪尔本人亲自把另一位工会领导人弗雷德·迪拜押到鲍特瑟面前。罗泽迪尔说，当年他与鲍特瑟是好朋友，有一次鲍特瑟私下告诉罗泽迪尔，是鲍特瑟亲自开枪打死了那两个政治异议人士。罗泽迪尔还说，1982年12月8日发生的事根本不是什么军事行动，完全是一宗杀人案，死者事先被武装分子闯入房内强行带走，押送到迪兰泽亚城堡。鲍特瑟从12月7号晚上到8号晚上一直都在城堡里。罗泽迪尔说，他于9号清晨5点半回到城堡时，看到城堡二楼走廊上有多具尸体，那时鲍特瑟还在城堡里。鲍特瑟当时欺骗当年和他一起发动军事政变的同党，说有人计划夺取军政府的权力，推翻军政权，因此必须逮捕那一批政治异议人士。罗泽达尔自称：他于3月23日作完证供后，感到松了一口气，因为人民对真相知道得更多一点了。他于2010年5月第一次作证时称鲍特瑟在屠杀案发生时不在城堡中。第二天，鲍特瑟到罗泽达尔家中做客，他感谢罗泽达尔的证供，并送了一万美元给罗泽达尔。罗泽达尔接受了，因为他需要钱。

看了这条新闻，我的第一感觉是，“十二月屠杀案”整整30年了，而30年来，鲍特瑟在身为反对党领袖时，虽然一直因此案缠身，但还没有人指证鲍特瑟亲自杀人，怎么鲍特瑟当上总统两年后，证人不仅公开指证他卷入和策划了“十二月屠杀案”，而且还曾亲自枪杀两人，这还了得！鲍特瑟的总统位子还坐得稳吗？

执政党：强势推动国会通过对鲍特瑟的特赦法

面对新的指控，鲍特瑟和执政党则通过各种合法的努力来维护总统地位。鲍的支持者公开驳斥证人的指控，例如，鲍特瑟的律师坎达海对记者说，身为“十二月屠杀案”犯罪嫌疑人的罗泽达尔最近两次向军事法庭做出的证供是谎话连篇，与其他证人所作的证供矛盾很大，在法律上是一堆废话。执政党议员维希纳达特等在国会辩论时说：特赦法有利于国家的稳定和民众的团结。

针对军事法庭可能对鲍特瑟等作出有罪判决，鲍有可能因此而失去总统宝座，执政党议员在国会推动通过对鲍特瑟和其他“十二月屠杀案”嫌疑人的特赦法。执政党控制了国会，在议会通过特赦法可能性很大，这样，即使军事法庭判决鲍特瑟有罪，鲍也可以依据赦免法继续执政。3月19日，来自执政联盟的议员提出议案，为“十二月屠杀案”的24位犯罪嫌疑人提供特赦。执政党组织了挺特赦法的游行。4月4日晚苏里南议会以28票赞成，12票反对，通过了特赦法。4月9日，赦免法被代总统阿梅拉里签署通过。按照法律，特赦法必须经过总统签字才能生效，为了避免出现鲍特瑟自己签字赦免自己的尴尬现象，鲍在议会审议特赦法草案期间故意前往圭亚那访问，以便一旦通过副总统以代总统的身份签字。

反对党：极力反对使鲍特瑟“逍遥法外”赦免法

“十二月屠杀案”受害者家属首先站出来极力反对特赦法。《电讯报》头版打出标题“遇难者再遭毒手”，以此形容受害者家庭的复杂心情。由受害者家属组成的“十二月屠杀案遗属基金会”发表声明说：“我们现在生活在一个伪民主的时代，特赦法案的提交者要意识到，这一举措可能引发社会动荡。基金会警告倡议者要对得起良心，要考虑日后如何面对被杀者的后代。为‘十二月屠杀案’的罪犯提供特赦，就等于承认他们有罪。议员为这些杀人犯、侵犯人权的罪犯提供特赦，议员的名声也会遗臭万年。”声明还说：“特赦法违背了国际社会的法治理念，无助于消除‘十二月屠杀案’对苏里南社会的负面影响，因此，基金会将采取一切手段反对特赦。”一位屠杀遇难者的亲人表示，听到苏里南议会的决定时，他感觉是被人从背后捅了一刀。

反对党领袖高调谴责特赦法。民族党领袖、前总统费内西安说：“一些议员看到案件的审判不利于犯罪嫌疑人，于是企图破坏司法的进展。国会本来是民主制度的重要机构，被政治家们以这样的方式滥用，令人痛心。”费内西安在这里公开指鲍特瑟为犯罪嫌疑人，指特赦法是“企图破坏司法的进展”。来自反对党的国会副议长威登波斯公开表示：如果国会3月23日启动讨论特赦法案，并且通过这一法案，则等于苏里南国会及全体苏里南人民都良知沦陷。反对党议员以缺席方式阻止国会审议特赦法案。国会原定3月23日审议法案，由于全体反对党议员抵制，向来持中立态度的杜党议员也以缺席方式杯葛国会会议，加上正好有两位执政党议员在国外访问，出席国会的议员达不到法定人数以致无法开会，第一次讨论特赦法案以流产告终。

就特赦法正式投票表决时，反对党联盟新阵线不仅全部投了反对票，而且新阵线在报纸上还刊登了一个类似于“告全民书”的东西，阐明他们的立场，呼吁民众反对通过特赦法，强调特赦法的通过是对历史的不尊重，是对“十二月谋杀案”受害者的不公平，这剥夺了受害者寻求真相和司法公平的权力，这也破坏了苏里南的司法公正。

特赦法通过后，苏里南22个社会团体联合举行了名为“反对侵蚀法治体制”的抗议游行。数千名参加者一律穿白色制服，衣服上写着“公义和真理使人自由”的标语，示威者提出“对现今当政者要保持警惕”，要求继续审理“十二月屠杀案”。

鲍特瑟赢得大选两年多来，一面当总统一面当被告的这一过程，引起了我一系列的思考：

——鲍特瑟一面当总统一面当被告，从实践结果来看并不存在角色矛盾。鲍特瑟上台已近两年，从上台第一天开始，他就具有双重身份：国家元首和刑事被告。近两年来，对鲍特瑟的指控不断、举证不断、审判不断，并没有影响他发挥好国家元首的领袖作用。两年来，苏里南GDP增长明显，税收增加，出口增长，政府财政收入增长，政府信用等级提升，公共福利增加，公共工程项目增多，成为加勒比共同体国家中经济形势最好的国家。按照加共体去年年度地区形势总结报告：苏里南引领了加共体国家经济发展的潮流。

——鲍特瑟一面当总统一面当被告的过程，是苏里南彰显法治、彰显理性的过程。我亲眼所见，任何人、任何政党、任何团体都在法治的框架下、理性的范围内活动。在一些国家，一个实权人物，如果设计让指控他的证人从人间蒸发，让主审他的法官“休假式治疗”，用提级提薪等办法使人作伪证等，应当说不是难事，但是鲍特瑟总统没有这样做。4月5日，《标准时报》等报道说，身为鲍特瑟铁杆盟友的苏里南议长西蒙斯“给予反对党充分的发言时间，好让他们能够详细地讲出反对特赦的理由”。即使在执政党民族民主党议员内部，对赦免法也允许有不同声音。根据报纸披露，来自执政党的华人议员张凯丽没有投赞成票，在围绕赦免法进行辩论的三天时间内，张凯丽一直在场，但是一言未发，在正式投票之前最后一刻离开会场。在投票结束后，她跟媒体取得联系说明了她提早离场的原因，她说自己的良心不允许她投票赞成。张没有为赦免法投赞成票，也就是没有为自己党的领袖，

与鲍特瑟总统在一起

没有为巩固党的执政地位而投支持票。事件发生后，张凯丽所在的党并没有因为她没有与党中央保持一致而受到追究，鲍特瑟总统仍然一如既往地尊重她作为议员的一切权利。当有记者就此采访张凯丽时，她回答：“不担心自己的立场会带来什么不好的结果，因为我相信苏里南是法治国家，每个人有思想自由。”另外，在执政联盟内部，来自执政联盟的4个议员也缺席投票，以表达对特赦法的不满。与此同时，反对党始终用合法、理性的手段来实现自己的诉求，没有人身攻击，没有堵塞交通，更没有肢体冲突。

——鲍特瑟一面当总统一面当被告的过程，也是苏里南尊重人权、尊重自由的政治和社会生态的典型表现。围绕军事法庭对现任总统的审判，各政党、各团体、各媒体纷纷发表意见，每一个苏里南人都享受了宪法规定的各种自由，特别是一些利益攸关的人享受了免于恐惧的自由。没听说有哪个证人受到什么威胁，没听说主审鲍特瑟的法官受到什么压力，没听说哪家支持审判总统的媒体受到停刊整顿。来自反对党的国会副议长威登波斯是国际议员全球行动联盟议事会主席，她利用这一职务之便，成功推动国际刑事法院联盟、大赦国际、无公正则无和平组织、美洲国家组织人权委员会等一系列国际组织对特赦法发出了强烈反对的声音，对特赦鲍特瑟等确实带来了很大的国际压力，并且这一切都登在了报刊上，如果找这方面的证据，白纸黑字多得是。但鲍特瑟总统并没有因此指控威登波斯里通外国，也并没有就此指责这些国际组织干涉苏里南内政。

——鲍特瑟一面当总统一面当被告的过程，是体现政治家宽容和大度的过程，是要求恢复和促进社会和谐的声音不断增大的过程。国会议员审议特赦法时的发言都登在报刊上，媒体可以采访报道国会审议特赦法草案的详细进展，议员对总统的臧否褒贬都全部公开。自军事法庭开庭审判以来，鲍特瑟没有就对审判公开发表过任何反对的言论。特赦法通过后，鲍特瑟的支持者准备举行大规模的庆祝游行，鲍特瑟予以紧急叫停。但是，对反对党组织的多次抗议游行示威，鲍特瑟和执政党从没有假借公权力予以阻止和破坏。

崇高真理党在其总部举行了党的领导层会议，讨论对特赦法应该采取什么样的态度应对。使我特别感兴趣的是，多家电视台直播会议实况，谁支持，谁反对，一目了然，人人皆知。在充分讨论后，会议以起立的方式表决，同意对特赦法投赞成票的起立，结果只有两位坐着不动，表示他们不同意特赦法。其实在当年“十二月屠杀案”发生时，崇高真理党主席苏摩哈尔乔是鲍特瑟的死敌，如果不是他逃跑成功，他十之八九会成为屠杀案的牺牲者之一。他在会议上说，他在80年代曾受到军人政府的打压，也就是鲍特瑟的打压，但他已原谅了这些事。为了国家利益，他支持特赦。有趣的是，报上有一篇文章专门写议员、A联盟主席布伦斯维克如何含泪投了赞成票。这位议员说：“特赦法的提出者为法案作了各种各样的解释，其实，说白了，法案的目的就是为了保护鲍特瑟，因为要让一位在任的总统去坐牢不合理。”他解释投赞成票的动机是：如果不投赞成票，会造成社会的动荡，因为现在支持鲍特瑟的人太多了，国家的稳定和发展永远是第一位的，但同时他内心也非常的纠结和难过，因为在内战期间，他的两个保镖就是在赦免法宣布通过的地方，也就是议会大楼里被鲍特瑟杀害的。报上登了一张照片，下面的文字是：“布伦斯维克在发言时，有些哽咽，眼里还噙着泪水。”

国会通过特赦法后，军事法庭宣布对“十二月屠杀案”的审判将继续进行。果然，4月13日，军事法庭继续如期开庭对“十二月屠杀案”进行审理，美国驻苏里南大使内伊专门出席旁听。人们普遍认为，这一举动意味深长，耐人琢磨。当地中文报刊《中华日报》4月3日报道，军事法庭三位法官一致向记者表示，即使有特赦法也不能阻止军事法庭对该案进行判决。三位法官将尽量阻止犯罪嫌疑人的律师借助特赦法来干预军事法庭的判决。军事法庭怎么判？判决后对鲍特瑟等被告的命运有没有实质性的影响？苏里南和国际社会都在观望之中。不过有一点我相信，不管判决结果如何，苏里南法治、理性、民主的取向不会改变。

总统与一本教科书的较量

2011 年 7 月 26 日，苏里南所有报纸登载的一条消息使我大吃一惊，这就是苏文化教育部推出的小学六年级历史新课本竟然公开指责苏里南现任总统德西·鲍特瑟曾发动军事政变，课本有几章专门讲述 20 世纪 80 年代鲍特瑟军政权时期的历史，其中有一段描述在那个时期，“经常有人会神秘失踪，有的人会无缘无故地被军人虐待，也有一些人会莫名其妙地死去。”课本还公开写道：“鲍特瑟作为当年军政府的领导人，于 1982 年 12 月 7 日下令逮捕 16 名异议人士。12 月 8 日那天，其中 15 人被严刑拷打后被杀害。”课本有一页上还印着一幅图，画的是一群抗议的人士举着一块标语牌，上面写着：“鲍特瑟是杀人犯。”新教材竟然公开指责新总统是“杀人犯”，下令启用新教材的竟然是新总统自己任命的文化教育部仅次于部长的常秘（相对于常务副部长），这在世界历史上恐怕是闻所未闻的事。我一面看报纸一面在想，鲍特瑟总统会作出什么反应？编教材的人会不会被抓起来？文化教育部的常秘会不会丢官？教育部有关官员会不会受牵连？老百姓对这件事会怎么看？反对党会不会借此大做文章？苏里南政坛会不会因此引起动荡？

鲍特瑟是苏里南独立以来的第十届总统，是苏里南民族民主党的创始人和主要领导人，他在苏里南拥有广泛的人脉和很大的声望。90 年代他访问中国时曾与江泽民主席亲切会面，他夫人先祖来自中国广东。他的党总部悬挂了两张外国著名政治家的画像，一张是南非前总统曼德拉，另一张是毛泽东。有趣的是，毛泽东画像下面印着一行字："伟大的领袖和导师毛泽东主席。" 2010 年 7 月 19 日，鲍特瑟在国会选举中以夺得总共 50 票当中的 36 票的压倒性的票数获胜，当选苏里南总统，于 2010 年 8 月 3 日就职。他于 1945 年 10 月 13 日生于帕拉马里博，学历相当于初中，后前往苏里南前宗主国荷兰接受军事训练。自苏里南独立以来，鲍特瑟就一直影响这个国家的走向。他 35 岁时就已是国防军司令，80 年代大部分时候实际统治着这个国家。1980 年，鲍特瑟发动军事政变，将总理亨克·阿龙的政府赶下了台，总统约翰·费里埃拒绝承认新政府，任命华人陈亚先继任总理。5 个月以后，政变再次发生，总统费里埃被迫下台，陈亚先继任总统。政变受到了苏里南不少老百姓的欢迎，因为他们认为此举打击了苏里南的腐败，有助于提高人民的生活水平。尽管陈亚先是总统，但是苏里南被宣布成为社会主义共和国，鲍特瑟以"国家军事委员会主席"的名义，成为实际上的国家元首，直到 1988 年辞去职务。荷兰法院不断指控他涉嫌毒品交易，甚至在 2000 年缺席判处鲍 11 年监禁。2005 年，荷兰首相巴尔克龙德造访苏里

苏里南总统鲍特瑟被维基解密曝光

南，参加苏里南独立30周年纪念活动。他在苏议会拒绝与鲍特瑟握手，致使民族民主党议员愤然离场。第二天，一名退役军人身带手枪驾车撞击这位首相的车队后被捕，首相没受伤。90年代，苏里南恢复了民主制度，鲍特瑟数次试图通过选举就任总统，但是没有成功，然而，他所在党的影响却一步步壮大。

为什么教科书把鲍特瑟说成是“杀人犯”？据当地媒体报道：1982年12月8日，反对鲍特瑟军人政权的2名军官和13名平民在苏里南的西兰堡被士兵杀害，鲍特瑟声称，这些人是在企图逃跑的时候被打死的，而证人弗雷德·德比则称，这些人受到了折磨拷打之后，才被杀害，而且鲍特瑟当时在场。鲍特瑟在2006年为此事受审时称，事情发生时，自己并不在场，杀害这15人的命令是由营长保罗·巴格旺达斯下达的，而该营长1996年已经去世。但是鲍特瑟愿意承担此事带来的政治责任。当地习惯上将这一事件称之为“十二月屠杀事件”。事件发生后，荷兰和美国马上切断了对苏里南的经济援助，国际上要求调查此事，澄清真相的呼声一直甚高。

教科书事件发生时，对“十二月屠杀事件”的审判正在进行。2008年，我来到苏里南出任中国驻苏里南大使，正好赶上苏里南法院启动了对“十二月屠杀事件”的审判，鲍特瑟作为主要被告走上了被告席。虽然审判进行了大半年，但并不影响鲍特瑟赢得大选。鲍特瑟就任总统后，对他的审判照样进行，唯一的变化是鲍特瑟自己不出庭了，改为委托自己的代表出庭。此外，被反对党视为非法的80年代的“军事政变”，如今被官方定义为“一场革命”，同时，在首都闹市区修建了纪念广场，成为首都的一道新的风景线。执政党想把当年政变发生的这天定为全国性重要节日，但遭到反对党的拼命反对。执政党目前控制了国会多数席位，如付诸表决完全可以通过，但执政党考虑到这样做不利于整个社会的和谐气氛，故并不急于强行通过。

教科书事件发生后，媒体说鲍特瑟总统非常生气，但他本人对此没有公开发表过任何言论，仿佛这件事从来没有发生过。只有执政党民族民主党发表声明，指责教科书事件是反对党联盟新阵线的一个阴谋，是为了损害鲍特瑟总统的名誉。他们希望对这本教材的部分内容进行修改，也就是说，必须删除就“十二月屠杀事件”对鲍特瑟总统的指控。与此同时，总统府发话：将撤销负责此事的苏里南文化教育部常秘罗伯特·申狄克的职务。

反对党联盟新阵线发出一份公告反驳执政党的指责。公告说，“执政党要为自己的总统人选负责任，同时，该位人物（指鲍特瑟）也要为1982年的所作所为负责任”。公告还称：执政党把小学课本事件的责任推到新阵线身上是毫无根据的。1982年“十二月屠杀案”的阴影会永远笼罩着鲍特瑟。2010年大选时，民族民主党选择鲍特瑟这位有争议的人物作为总统候选人。如果民族民主党有本事的话，可以跟编写小学历史教科书的专家们当面讨论教材的哪些内容不符合历史事实。执政党毫无根据地批评新阵线，恰好反映出执政党心虚。

苏里南文化教育部常秘罗伯特·申狄克是该部的二把手，是教科书事件的主要责任人，他就任常秘后我还请他们夫妇品尝过中餐。他下令要在2011、2012新学年开始使用新的历史课本，指示7月底开印2万本课本，同时配套印刷教师指导手册。教育部有关官员说，他们早就知道该教材会引起某些人的反对，但是他们的选择只能是忠实地反映历史事实。教育部还说，他们曾把教材清样送给国会教育委员会征求意见，但国会从来没有做出过回应。苏里南大学政治学教授汉斯·伯雷维尔德负责审阅过关于80年代军政府时期的课本内容。

教科书事件发生时，崇高真理党主席、前议长苏摩哈尔乔正在印度尼西亚访问。崇高真理党是执政联盟的成员党，是鲍特瑟总统的民族民主党的执政伙伴，教育部常秘申狄克是崇高真理党的党员，非常年轻，30来岁就由苏摩哈尔乔的推荐出任了教育部的常秘。申狄克一表人才，年少得志，前程远大，人们传言苏摩哈尔乔将把崇高真理党的主席位子交给他。不料，教科书事件的发生导致了主要执政党严重不满，直接挑战了总统的名誉、尊严和权威，人们预计他的常秘位子肯定是坐不成了。苏摩哈尔乔说整个参与编写教科书的人都应对教科书事件负责，而不应把所有责任推到申狄克一人身上。他建议申狄克暂时请假不要上班，等他从印度尼西亚回国后再做处理。文化教育部长莱蒙撒本也来自崇高真理党，根据党主席的指示，他让常秘申狄克休了长假。7月29日，《真理时报》等报道，申狄克从30日开始，将不再是教育部常秘。一时，媒体纷纷猜测总统将任命谁来接替申狄克的常秘职务。

8月2日，国会议长西蒙斯女士发表声明说，国会教育委员会对历史教材的内容问题没有责任，教材编写部门和教育部长对此负有责任。因为教科书事件发生时，正式的教科书并没有提交到国会。

然而，8月28日，当地媒体的一则报道再次吸引了读者的眼球，说申狄克回到文化教育部继续担任常秘，这大大出乎人们的意料，当然，也令我大吃一惊。谁也没有想到，闹得沸沸扬扬的教科书事件会以这样的方式尘埃落定。除了教科书停止使用，总统没有下令抓任何人，没有组织任何媒体对教科书事件进行口诛笔伐，没有任何相关人员因此而丢官降级，没有任何人因此写检查，没有任何政党和组织借此采取行动向总统表忠心，当然也没有动员任何“专家”“权威”和“学者”来“澄清历史真相”，为总统“给个说法”。

为什么会出现这样的结果？

一是法治大于人治的理念。总统究竟是不是“杀人犯”，是不是“十二月屠杀事件”的主要责任人，法庭正在审理，在法庭判决出来之前，无论是反对党的指控还是执政党的否认都说了不算。既然如此，总统还是照样当总统，教科书也理所当然地应当停止使用。

二是申狄克不是教科书事件的策划者。申当教育部常秘不到一年，教科书的编写早在几年前就已启动，编写新的教科书的思想、观点、原则、方法是前政府定的，也就是现在的反对党执政时定的。申狄克的错误主要是官僚主义，或者说他被教育部内站在反对党立场的知情官员“忽悠”了。

三是维护执政联盟内各执政党团结的需要。教科书事件发生后，申狄克所在党的党主席苏摩哈尔乔一直帮申狄克说话，甚至威胁说如果总统撤销申的职务，崇高真理党就退出政府。主要执政党民族民主党至始至终把矛头对准反对党，没有说过一句批评崇高真理党的话，也没有说过一句批评申狄克的话。

四是苏里南的主流文化“宽容文化”使然。苏里南是多民族的国家，主要由移民构成，混血现象普遍，这奠定了宽容文化的血缘基础。鲍特瑟 80 年代发动政变后，曾将当时的教育体育文化部长费内西安投入监狱，后费内西安先后当了 15 年总统，但费并没有因此罗织罪名报复鲍特瑟。即使鲍特瑟 2000 年因所谓“走私毒品”的罪名在荷兰被缺席判处 11 年狱刑，荷兰还通过国际刑警组织对鲍特瑟下了通缉令，费内西安也没有利用这个机会，借助荷兰等外部势力将鲍特瑟投入监狱。相反，尽管鲍是被告，却尊重他的被选举权，使其有机会多次当选为国会议员，直至当选为总统，取代了自己的总统地位。鲍特瑟现在的执政伙伴崇高真理党以前是鲍的政敌，党主席、前议长苏摩哈尔乔在军政府时期，一直从事推翻军政府的斗争，军政府悬赏通缉他，他不得不流亡荷兰，军政府结束后才回到苏里南。只是在去年大选后他才结束作为鲍特瑟几十年的政敌的历史，成为鲍的执政伙伴。鲍特瑟现在的另一个执政伙伴、A 联盟领导人罗尼·布伦斯威克先是鲍特瑟的卫队长，因反对鲍的政变成为鲍的死敌。1986 年，苏里南内陆地区的部分农民在他的领导下揭竿而起，成立反军政府的“森林司令部”。鲍出动政府军队，打死不少“造反”的农民，硬是把“起义”镇压下去了。不少造反者逃到邻国，鲍特瑟不仅既往不咎，而且为每一户免费盖一幢楼房（苏是一户一楼），欢迎他们回国。鲍特瑟赢得大选成为苏里南历史上得票最多的总统后，对政敌尽量给予尊重。主要反对党民族党副主席、华裔政治家罗杰斯去世时，鲍特瑟总统发表声明称赞他是“为国家的民主法治建设做出了重大贡献的杰出政治家”，对他的不幸去世深表哀悼。其实，罗杰斯和民族党主席、前总统费内西安一起，是坚决反对鲍特瑟当年政变和再次上台的领军人物，他一生的“主要政绩”之一就是与鲍特瑟的民族民主党做斗争。

教科书事件的上述结果是不是说明鲍特瑟只是一个弱势总统呢？非也。鲍特瑟是苏里南独立以来唯一的在第一轮选举中就胜出的总统，是控制了议会多数议席的总统，是作风凌厉泼辣的总统，是先后十届、七位总统中最强势的总统。80 年代他实际领导苏里南时，曾先后撤换过 110 多位部长。这次，他低调处理教科书事件，反映了他政治上的老成持重，反映了苏里南在依法治国方面的进步，也反映了他和谐治国的执政理念。人们不会忘记，因“走私毒品”遭判刑并且背负“屠杀罪”的鲍特瑟当选苏里南总统后，他立即呼吁他的反对者们共同为苏里南的未来携手合作。“我向所有反对我的人伸出手，我向所有的苏里南人伸出手，因为我们每个人都需要共同努力来建设这个国家。让我们消除过去五六十年的前嫌。我们才是这个国家真正的主人，而并非外国势力。”人们看到，为了体现和谐治国，在 17 位内阁部长中，有 3 位并非来自执政联盟，有的还来自反对党，央行行长也是无党派人士，甚至副总统也不是执政党的党员。既然如此，低调处理教科书事件也就自然而然了。

旧金山市长访华"摊上大事了"

2013年4月5日，我打点行装前往美国旧金山，出任中国驻旧金山第十一任总领事。飞机抵达后，当地政府和侨界人士对我的到来表示了热烈欢迎，让我感受到了旧金山人的友好与热情。而这一天，旧金山市市长、华人李孟贤正在中国进行正式访问，但他的这次出访，却被旧金山记者称作是"摊上大事了"，这是怎么回事呢?

出访经费来源引质疑

此次访华，李孟贤市长拜会了国家副主席李源潮，会见了国务院侨办主任裘援平、北京市市长王安顺、广州市市长陈建平等，与中国文化部副部长赵少华签署了《关于建立文化伙伴关系的备忘录》，与南航商谈了开通广州至旧金山直航的问题，他还向中国推销了旧金山的产品，在清华大学发表了演讲，并顺便去了广东台山祭祀先祖。在我看来，这位市长的访华之旅再正常不过了，这次出访可以说取得了圆满成功。然而，我在旧金山一下飞机，就看到当地一些媒体对市长访华提出了质疑，质疑的内容不是该不该访华，而是访华的钱是从哪里来的？媒体暗示李孟贤访华费用存在猫腻，有记者甚至借用央视“春晚”的一句流行语，调侃李市长的访华之旅“摊上大事了”。

我还在北京时，中国驻旧金山总领事馆已通过外交途径与旧金山市政府约定，我将于4月12日上午在市政府拜会李孟贤市长。在等待与李孟贤见面的这几天里，我密切关注当地有关李孟贤访华的舆论动态，并指示总领事馆有关部门了解事情的来龙去脉。

原来，李孟贤是后院起火，他摊上的“大事”并不是发生在中国，而是发生在他主政的旧金山：在他出访期间，旧金山市政府道德委员会和加州公平政治行动委员会接到了市民的三起投诉，投诉指出，李孟贤出访中国的费用是由旧金山中华总商会出资捐助，涉嫌违法，要求予以查处。

据了解，美国只有总统、国务卿等联邦官员出国访问的旅费由国家财政报销，各州、各县市的财政预算没有官员出国访问的费用。因此，这些官员出访不得不寻求民间的捐助。而加州法律又有规定，官员接受个体赠送礼物和捐款，每年不得超过440美元。李孟贤这次出访中国，共花费11970美元，分别由中华总商会的41名成员捐助，每人的捐款数额并未超过440美元。但据《旧金山纪事报》报道：投诉者称这笔钱全部由中华总商会支出，所谓41名成员只不过是充当人头而已，并非真的捐款者，整件事由中华总商会顾问、旧金山侨界著名的亲北京人士白兰女士操办。李孟贤访华经费来源因此遭受质疑。

出以公心 坦然面对投诉

面对公民和媒体的投诉、举报和质询，李孟贤这样的美国高官出以公心，虚怀若谷，坦然应对。李孟贤市长返回旧金山后，马上接受了市政府道德委员会和加州公平政治行动委员会的质询。他一下飞机，等候在机场出口大厅的记者们，劈头第一个问题就是要他讲清楚出访捐款的事。李孟贤不回避，不发火，不给投诉质疑的公民、记者穿小鞋，更不利用公权力打击报复对方，而是诚恳待人，如实回应。其实，这么做的并非只有李孟贤，要想在美国为官，这么做是唯一正确的选择。否则，即使没有什么大不了的事，也可能使你“摊上什么大事”。

对于这件事，我关心的问题有三个：第一，市民的投诉是不是事实？第二，如果是事实，对李孟贤有没有影响？第三，如果不是事实，李孟贤能否以“干扰公务”“造谣诽谤”为由反诉对方？

从目前情况来看，投诉的内容是不符合事实的。在媒体提出质疑后，中华总商会发表声明，称其赞助资金来源于随行代表团 43 个不同企业或个人，并不违法。随李孟贤一起访问中国的旧金山前市长布朗也在《旧金山纪事报》撰文介绍李孟贤访华情况，盛赞访华成功，并称中华总商会顾问白兰使李孟贤受到中国国家副主席接见，功不可没，以间接方式说明了李孟贤访华

旧金山市长李孟贤（右）与我为中国国庆干杯

经费来源的合法性，驳斥了有关不实质疑。4月12日上午，我应约到市政府拜会市长。李孟贤满面笑容，谈笑风生，如果投诉内容属实，他恐怕难以这般轻松。

我了解到，旧金山过去就曾发生过官员违规接受捐助出国访问的事。事件发生在2009年，违规的是出访中国的三位华裔市议员，而操办这事的正是白兰，这也难怪大家这次会怀疑到她身上。事情败露后，三位议员被迫退回了全部捐款，“公务考察”成了“自费旅行”。由此也可以看出，若李孟贤出访经费来源确有违法，那绝对是“摊上大事了”。按照美国法律，李不但要退回中国之旅的全部费用，甚至还可能遭到起诉。

当地人告诉我，投诉是人们监督政府官员的合法行为，在报纸上写文章对市长访华的经费来源是否合法表示质疑，也是舆论监督的题中之义。人们对市长涉嫌违法的投诉和记者就市长涉嫌违法所做的报道，即使与事实有出入，也不会有被打击报复的风险。相反，如果市长因此便对投诉者和记者说三道四，如果打起了官司，十有八九还是市长输。

政府须对纳税人负责

堂堂一市之长竟因访华经费来源问题被投诉、被举报、被批评，而且他还不敢有半点脾气，在我看来，这件事的背后有很多值得我们思考的东西。

美国地方政府没有为官员出国访问安排财政预算。旧金山是全世界最富裕的大城市之一，并不缺市长的出国费用。因为旧金山是世界重要的国际贸易中心，也是美国西海岸金融重镇。全美500强企业有10家总部在旧金山，世界著名高科技中心硅谷也在旧金山，苹果、谷歌、雅虎、惠普、英特尔等6000多家高科技企业在此落户，中国大型企业在旧金山开设分支机构的有

200 多家。撇开这些不说，光是到旧金山旅游观光的游客，每年就有 1 600 万人次，单这一项就为其创造财富 75 亿美元。旧金山的财政收入可谓是天文数字，市政府会缺李孟贤市长到中国访问的钱吗？但事实是，旧金山市政府就没有市长出国访问的财政预算，而且不单是旧金山，美国各州、各县市的财政预算历来没有官员出访费用一说。

纳税人的钱不能随便乱花。在美国，财政支出必须对纳税人负责，即使目的崇高，出发点正确，制度规定不能报销的，就是不能报销，没有半点通融的余地。像市长出国经费这样的事，换作在中国，根本就是小事一桩，或者根本就不是什么事。所以，中国的百姓一定也很难理解，世界知名城市旧金山市的堂堂市长，为公事而非为私人出访国外，何以旅费都不能报销却要由私人捐助。早些年，中央电视台开办的《让世界了解中国》节目曾邀请我国威海市市长与美国华盛顿州雷德蒙德市市长，通过电视互相对话。威海是中国一座普通中等城市，雷德蒙德市虽然不大，却是微软等几家世界级大公司总部所在地。对话结束时，中国市长邀请美国市长访问威海。美国市长说：市政府没有他出访的预算，要看能否找到企业募捐。中国市长说：你来访的交通食宿等一切费用，我威海全包。美国市长很吃惊，他心里一定在琢磨这是什么市长，难道不怕市议会弹劾他。中国市长更是满脸疑惑，美国市长怎么回事，这点权力都没有，当什么市长？其实，岂止市长，美国的州长也一样。李孟贤市长访华刚回来，75 岁的加州州长杰利 · 布朗（与前述旧金山前市长布朗非同一人）紧接着 4 月中旬也访问了中国。他出访的费用又是从哪里来的呢？是由 91 个捐款人出资捐助的，要知道，加州是世界上第九大经济体，但州长同样不能乱花纳税人缴纳的税款。布朗的前任、好莱坞影星阿诺 · 施瓦辛格任内也曾出国访问，费用也大多由私人公司和单位买单，有时他甚至还自掏腰包。中国有句俗话："三年清知府，十万雪花银。"这话到美国就不适用了，施瓦辛格当了 7 年加州州长，没领一分钱工资不说，还倒贴钱，比当影星起码少赚了 2 亿美元。

高官出国访问，花了多少钱，钱从哪里来的，在国外谈了什么，老百姓具有知情权。李孟贤市长回到旧金山后，面对新闻媒体，将他访华的具体行程一五一十地告诉选民和听众。哪些事情有成果，哪些事情有进展，哪些事情有希望，哪些事情没谈成，记者问什么，他答什么。李孟贤雄心勃勃，希望从中国引进 15 亿美元，用于旧金山的房地产开发。我原准备拜会他时，当面询问结果，却不想他接受记者采访时，早就通报给了媒体，在我见李孟贤时，报纸上已登出来了。

美国高官出国访问，花钱方面注重节约，并不大手大脚。这是因为访问过程和如何花钱都是透明的，受到法律、媒体等多方面的约束。以这次李孟贤市长访华为例，李共花费 11970 美元，折抵人民币约 74000 元，作为堂堂的旧金山市的市长，吃住行等加在一起，这笔钱并不算多。

官员与学者的轮换：美国的旋转门机制

2013年5月12日，我陪同北京市长王安顺访问斯坦福大学。参观一个实验室时，一位接待我们的该实验室的教授介绍说：朱棣文辞去美国能源部长的职务，将重返斯坦福大学，回到这个实验室工作。他宁愿失去部长的位子，也不愿失去斯坦福大学教授的职位。虽然此前有所耳闻，但听到朱棣文的同事亲口说起，让我仍然不由得对此思考良久。

朱棣文祖籍在中国江苏太仓，是斯坦福大学第一位华裔教授，1948年2月28日出生于美国密苏里州圣路易斯。1987年任斯坦福大学物理学教授，1990年任该校物理系主任。1993年6月被选为美国国家科学院院士。1997年，瑞典皇家科学院诺贝尔评审委员会宣布，朱棣文与美国科学家W·菲利普斯及法国科学家C·科昂—塔诺季由于成功地发明

与美国斯坦福大学教授、前国防部长佩里合影

了用激光冷却捕陷原子的方法，三人同时获诺贝尔物理学奖。2008 年 12 月被任命为美国能源部长。

2013 年 2 月 1 日，朱棣文向美国总统奥巴马提出辞职。他当日向下属发出公开信，宣布接任人选确定后，他将辞去部长一职，回到加州重返教学和科研岗位。

朱棣文选择当教授是个别现象吗？不是。从 2013 年 4 月 5 日来到加州出任中国驻旧金山总领事，不到 4 个月的时间里，我亲眼目睹了不少朱棣文之类的现象：

——舒尔茨卸任美国国务卿之后到斯坦福大学当教授，同时到一家公司兼职。舒尔茨是美国资深政治家和著名的经济学家，曾被尼克松总统先后任命为劳工部长、财政部长，曾担任里根政府的国务卿。王安顺市长访问旧金山期间，我于 5 月 13 日在官邸为王市长和旧金山华裔市长李孟贤安排了一个饭局。斯坦福大学胡佛研究所研究员舒尔茨兴致勃勃地赶来参加，虽然他已 92 岁高龄，仍耳聪目明，谈锋甚健。正是在与他的交谈中，我才了解到他卸任国务卿后，能上能下、能官能民，既在斯坦福大学商学院担任教授，又兼任贝克特尔公司的高级顾问，后到胡佛研究所任职至今。

——密歇根州长格兰霍姆卸任后到加州伯克利大学当教授。6 月 24 日，江苏省省长李学勇来到旧金山，我陪同李省长与加州参议院议长斯坦伯格率领的加州团队见面。在相互介绍、逐一握手时，我惊异地发现，排名在加州能源委员会主席、加州参议院共和党领袖等之后的一位女士，竟是卸任不久的密歇根州州长格兰霍姆，她离开官场后到加州伯克利大学当教授。

——美国第十九任国防部长威廉·佩里卸任后到斯坦福大学胡佛研究所当研究员。6 月 10 日，我陪同中央党校常务副校长李景田来到斯坦福大学佩里的办公室，当李校长和佩里就中美关系广泛地交换意见时，我发现曾任里根政府国防部副部长和克林顿政府国防部长的佩里，身上显示的主要是学人而不是政客的气质。我还惊异地了解到，他在斯坦福大学还担任数学教授，难怪他与诺贝尔经济学奖得主哈里 · 马科维茨一起鼎力推荐斯坦福大学教授萨姆 · 萨维奇的专著《平均值缺陷》。在我看来，在国防部长和数学家这两个角色之间，角色差异实在太大。我很难想象，眼前这位文质彬彬、温文尔雅的博士，不仅在 1980 年率领新中国成立后的第一个美国军事代表团访问了我国，而且，在 90 年代中期由李登辉访美引发的台湾海峡危机期间，正是他直接下令派遣两艘航空母舰的编队到台海两岸对峙的附近海面“游弋”。

——小布什总统时期的国务卿赖斯卸任后回斯坦福大学任教。2013 年 5 月，我陪同唐浩明和郑佳明先生一行到斯坦福大学胡佛研究所。在那里，湖南老乡、曾在台湾工作过的郭岱君研究员等人热情接待了我们。她帮助我们阅读了多个时期的蒋介石日记，同时，一起享用午餐。我们聊了许多话题，其中聊到了康多莉扎 · 赖斯等胡佛研究所的美国政界元老。我了解到，仅在斯坦福大学胡佛研究所，除了有舒尔茨前国务卿、佩里前国防部长、艾伦前国家安全事务助理，还有赖斯前国务卿在任教。在这些政坛元老中，赖斯前国务卿最年轻。她 1954 年 11 月 14 日出生于美国亚拉巴马州的伯明翰，15 岁考上斯坦福大学，26 岁成为斯坦福大学的讲师，34 岁出任老布什总统的国家安全事务特别助理，4 年期满卸任后，她又回到斯坦福大学在胡佛研究所任高级研究员。1993 年，赖斯出任斯坦福大学教务长，成为该校历史上最年轻的教务长，也是该校第一位黑人教务长。在 2000 年美国大选时，赖斯作为共和党总统候选人小布什的首席对外政策顾问，为布什出谋划策。布什当选总统后任命赖斯为总统国家安全事务助理。2005 年 1 月赖斯出任国务卿，成为继克林顿政府的马德琳 · 奥尔布赖特之后美国历史上第二位女国务卿。卸任国务卿后，她又立即回斯坦福大学胡佛研究所任研究员。每一次卸任，她都选择回斯坦福大学教书。

朱棣文等政坛大佬卸任后回斯坦福大学教书，有如下相似性：

一是年轻时都受过很好的教育。从政前都在大学教书，都是知名教授。

二是不恋栈。一卸任，就回到学校工作。

三是没有任何特权。不享受国家领导人待遇或部长待遇，没有警卫员，没有官方配的秘书，没有公车配备，一切跟其他教授一样。

四是上班来真的。按时上下班，该指导研究生指导研究生，该上课就上课。

五是愿意干多久就干多久。舒尔茨 92 岁了，照样上班（其他美国人也一样，只要健康和本人愿意，就可以不退休，不存在到点退休一刀切现象）。

上述高官卸任后，都回到斯坦福大学继续教书，是否只有斯坦福大学为卸任高官提供教职呢？不是。美国任何地方都一样，任何高校都一样可以提供教职。例如，中国人民最为熟悉的亨利·基辛格 1977 年卸任国务卿后，也就是一介平民，想的也是重操旧业，回哈佛大学教书，谁知因离开学校太久，哈佛大学早已取消了留给他的教授职位，竟然不同意聘他为教授。于是，他转而到乔治敦大学任客座教授，兼任全国广播公司顾问、大通曼哈顿银行国际咨询委员会主席、阿斯彭学会高级研究员等职。1982 年开办基辛格“国际咨询”公司并担任董事长。1983 年任美国广播公司新闻分析员。从声名遐迩的美国国务卿到成为美国广播公司的新闻分析员，基辛格照样干得很投入。

为什么美国政坛大佬们能上能下、能官能民会成为社会常态呢？

一是选举制度使然。美国行政当局是典型的“一朝天子一朝臣”，每次换届选举后伴随着政府大换班，牵涉官员的变动达 4000 多人。例如，奥巴马第一次当选总统时，华盛顿一下子就要换掉几百位最高级别的官员。有意思的是，美国的更换都是平和进行的，波浪不惊，没有人哭哭啼啼，没有人要找政府给补助，更没有人认为自己不得志。今天你还是一个研究所的研究员，大选还没有结束，你就有可能被白宫挖去当教育部长。而今天的国防部长，明天就可能失去工作，成为一名普通公民，你得去大学当教授，或者去一个公司当顾问赚钱养家活口。美国的选举制度决定了任何一个党不可能永

与斯坦福大学教授、美国前国务卿赖斯合影

远在台上，赢得了大选就成为执政党，就可以当官。一旦失去大选成为在野党，即使是总统也得下台。所以能上能下、能官能民是制度决定的，不是哪个高官德性好。

二是旋转门机制使然。“旋转门”是美国政治运行最具特色的现象之一。政府部长等高级官员不是由议会党团产生，也极少来自公务员，而是来自精英荟萃的智库。不少大学的研究机构扮演的就是智库的角色，卸任的官员很多会到智库从事政策研究，而智库的研究者很多也会转到政府担任要职，这种学者和官员之间的流通就是美国的“旋转门”。“旋转门”机制使得智库的舆论影响力渗透到政策制定的方方面面。通过“旋转门”，美国智库不但为下届政府培养人才，使得“在野”者有“入朝”转化为权力的通道和可能性，也为前任政府官员提供了一个休养生息、再次入朝的机会和平台。美国智库为学者们提供与政策决策者进行紧密接触的舞台和进行政策研究的最佳环境，使他们不但了解政策研究，还了解政治现实。美国历届政府都大量依赖智库学者来填补高层职位。例如，卡特政府曾吸纳了三边委员会、对外关系委员会、布鲁金斯学会等智库的数十位成员。奥巴马组阁之后，2007 年成立于华盛顿的小型智库新美国安全中心有超过十位政策专家获得政府职务，如助理国务卿坎贝尔、副国务卿斯坦伯格等。通过“旋转门”，掌握大量专业知识的智库学者们成功地将知识转化为权力。

三是高官卸任后去当教授，去公司工作在美国比起普通公务员来说要体面得多，收入要高得多。华人何奇恩在美国当了十几年公务员，其著作《我在美国当公务员》一书已在中国大陆出版，按他的说法：“在美国，联邦公务员是一份既不很吃香又不太丢人，旱涝保收，有比较优越的福利待遇，但没有任何额外收入的工作。不过，如果问美国的孩子长大了想做什么职业，他们的回答五花八门：护士、厨师、幼儿园老师……但是绝对不会说当公务员，也很少有大学生主动向往这个职业。”如此说来，卸任高官去高校教书，去公司任职毫无疑问是一个自然而然的选择。

美国高官的财产公示制度

实行官员财产公开申报制度，是国际社会普遍采取的、监督政府官员是否廉洁从政的有效做法，素有“阳光法案”“终端反腐”之称。官员申报并公示财产，已在世界约一半的国家陆续推行。限制官员滥用公权是每个社会的共识，采取信仰自律的自我防范，是预防官员腐败的前端措施；建立官员以及家庭财产的申报与公示，则是后端机制，它往往更有威慑力。这项制度最早起源于二百三十多年前的瑞典。1883 年，英国制定了世界上第一部有关财产申报的法律。我在担任中国驻苏里南大使三年半的时间里，苏议会围绕要不要和如何制定官员财产公示法，一直争吵不休。苏里南朋友告诉我，关于制定这个法律的争论前后算起来有一二十年了。这个执政联盟执政时，反对党联盟百分之百指责执政党腐败，必然吵着要制定官员财产公示法；等到反对党联盟赢得大选胜利，摇身一变成为执政联盟，原来的执政党成了反对党以后，新的反对党联盟又以子之矛攻子之盾，吵着要制定官员财产公示法，以遏制官员腐败。苏里南的朋友告诉我，制定官员财产公示法没那么容易。2013 年 4 月，我出任第十一任中国驻旧金山总领事，得以有机会亲身感受美国高官公示家庭财产，随时查阅高官家庭财产。相对于美国建国 200 多年的历史，美国实行官员财产申报并公示制度的时间，也就 30 多年。同其他已建立起类似规制的国家一样，这一制度为美国政府和公众监督官员收入以及来源、为防范并惩罚官员腐败谋私，明显起到了积极作用。

了解美国高官家庭财产很容易

2013年5月15日，美国《侨报》的一条关于奥巴马总统公布自己家庭财产的消息引起了我的注意。这条标题为“奥巴马总统家庭总资产最高达690万”的消息不长，不妨摘要引用如下：

【侨报编译5月15日报道】奥巴马总统和第一夫人米歇尔在去年所拥有的总资产在190万至690万美元之间，其中高达51万5000美元存在JPMorgan Chase & Co的支票账户中……他们以一种在财务和政治上稳健的投资组合进行财务投资，在该投资组合中集中了美国国债，他们的其他资产则放在银行储蓄及指数基金之中。奥巴马夫妇所拥有的中长期国库债券在100万至500万美元之间，拥有的短期国库券在1万至25万1000美元之间。中长期国库债券指的是那些在1–10年间到期的国库券，而短期国库券的到期时间为1年或不到1年……去年，奥巴马夫妇所披露的财产价值在260万美元至830万美元之间。在其披露报告中没有显示，过去1年中曾有过资产销售或购买。尽管总统在公开场合多次提到房屋屋主现在有着不断下降的房贷利率，但奥巴马夫妇没有利用这些较低的利率。奥巴马夫妇仍然保持着他们2005年在芝加哥买房时所得到的30年房贷利率5.625%。据Bankrate.com披露，2012年时，30年固定房贷利率的平均水平为3.67%。奥巴马夫妇在他们的资产及收入中已经专门拨出了钱作为他们两个女儿未来上大学的费用。

骆家辉大使自从政以来，年年都要按照地方政府或联邦政府的规定申报财产。按照他2012年3月31日签字的OGE 278表，他在美国联邦政府行政部门的官员当中是第六富人，拥有资产23笔，总值在235到812万美元之间，债务1笔，在50到100万美元之间。他的工资在当商务部长的时候，年薪为191300美元，现在作为驻华大使，年薪为179700美元，他们夫妇的孩子每人每年可以有3万美元左右的教育费补贴。使馆网站还特别介绍说，美国高级外交官根据联邦法规的规定，最低年薪为119554美元，最高为179700美元，骆家辉拿的是最高年薪。我想他担任美国最重要的驻外大使，以前当过华盛顿州州长、联邦商务部长，拿最高年薪是理所当然的事。

奥巴马第一任总统期间，政府高官中谁的财产最多？根据财产公示是国务卿希拉里。根据美国联邦政府官员的财产公示，希拉里以3120万美元居于总统和内阁个人财产榜首，奥巴马位列第四位。

上述情况说明：美国高官及其配偶的资产都必须公示，任何高官，包括总统夫妇也不能例外。

美国高官财产公示走过了漫长历程

美国高官财产公示是美国选民早就关注的问题。美国本身开国历史不长，但相比之下，政治人物对财产公示早已习以为常。林肯竞选美国第16任总统时，在财产公示问题上就胸怀坦荡地面对广大选民。尽管人人知道林肯出身贫寒，是一个真正的无产者，他的早年，用他自己的话说，是“一部贫穷的简明编年史”，但在参加总统竞选的过程中，还是遇到了选民对他财产问题的关注。林肯以他的坦诚和磊落，直面广大选民，作了一个堪称经典的“公示”:“有人写信问我有多少财产。我有一个妻子和三个儿子，都是无价之宝。此外，还租有一间办公室，室内有办公桌一张，椅子三把，墙角还有一个大书架，架上的书值得每个人一读。我本人既穷又瘦，脸蛋很长，不会发福，我实在没有什么可以依靠的，唯一可依靠的就是你们。”场上在一片沉静之后，报以热烈的掌声。美国人民为林肯的真情与诚实而感动、自豪，林肯这一诚挚坦率的财产公示，作为政治家演讲的经典之作，一直流传到今天。“我实在没有什么可以依靠的，唯一可依靠的就是你们”，林肯没有显赫的家世，也决不会去攀附各种各样的关系网络。茫茫政坛，美国民众是他“唯一可依靠的 ”，有如此的情怀与操守，美国民众自然信任他、支持他，让他拥有了极为宝贵的信任资源，成为美国历史上最伟大的总统之一，在马克思眼中 :“他是一位达到了伟大境界而仍然保持自己优良品质的罕有的人物。”

在美国，财产讲不清楚，就赢不了选举，当不了大官。美国前总统尼克松出身于小店主家庭，童年时是个不折不扣的帮父母打工的寒门子弟。他竞选副总统时，要不是在财产公示问题上显示了足够的智慧，早就遭遇了滑铁卢。艾森豪威尔 1952 年竞选总统时，挑了时任加利福尼亚州参议员的尼克松为副总统候选人。这年尼克松仅 39 岁，当时纽约一家报纸通栏曝料，说是有一批富人为尼克松设了个秘密基金，让他维持远超其收入的生活方式。这对艾森豪威尔和尼克松都不是好消息，艾森豪威尔的竞选班子都劝尼克松退出。尼克松不甘心就此葬送政治生命，决心孤注一掷。当时，上报纸写文章已经来不及，只有直接上电视。尼克松不挑政治节目，却把时间定在流行肥皂剧之后，他认为政治节目是精英看的，看肥皂剧的才是中产阶级。他告诉听众，参议员工资一年不过 1 万 5 千美元（相当于现在 13 万美元，现在参议员年薪为 17 万 4 千美元）。他问 :“作为参议员，其政策讲话要打印并邮寄给加州选民，让他们知道本参议员为他们做了什么，这些钱该由联邦政府报销吗？听众当然大叫“不”！他说有三种解决办法 :一是身为富人自掏腰包，他可惜不够阔，掏不起腰包；二是老婆当秘书，让国家多开一份工资（议员往往由律师、医生等专业人士转任，当时的习惯是其夫人也像律师太太、医生太太那样，在先生办公处当主管秘书），但尼克松夫人一直为丈夫无偿工作；三就是建立基金会，由选民自愿捐款资助。然后尼克松宣读了一份独立会计师事务所的审核报告。报告说明，他们没有发现尼克松有任何私用基金之处，确实每笔支出都用于合法政治活动。这还没完，尼克松又问："会不会我做得太巧妙，暂时瞒过了审核者？"他说："我现在要做一件史无前例的事情——向全国公开我的财政状况！"尼克松说他没有股票和债券（所以和富人的企业没有利益联系）；他买的人身保险只有几千元；他的房子值若干（与中产阶级的房产相当），其中一半是未还贷款；为买房还借了父母的钱；他的车子也是大众品牌；他的夫人只有布大衣，根本没有流言里传说的用捐款购买的貂皮大衣。尼克松接着幽默地说："不过，我确实做过私人捐赠的事。"有人在广播里听尼克松夫人说孩子想要一条狗，就真的从德克萨斯州给他们寄了一条毛色黑白相间的小狗。他六岁的小女儿为狗取名"切克斯"（Checkers，在黑白相间的国际象棋盘上玩的一种游戏；英语称象棋盘一小格为 checker）。"二战"后，中产阶级也养得起狗了，养狗不再是上层人家专利。尼克松说："我家孩子，像所有孩子一样，都喜欢狗。"他接着宣布："不管他们（媒体）怎么讲，这条狗我要定了！"尼克松这次大坦白，后来被美国当代史著作称作"切克斯演讲"。共有 6000 万人看了这次半小时的电视演讲或听了电台同步广播，而美国当年人口才 1 亿 6 千万。演讲结束后，电话、电报当晚就潮水般涌入共和党竞选总部。来电说：尼克松就是 one of us（像我们一样的普通人），我们支持他当副总统。

在这之后，竞选公职的人自愿公布家庭财产，逐步成了美国政坛惯例。

美国官员财产申报的启示

建立官员家庭财产公示制度，不可能一蹴而就，它必然经历一个基于民意的渐进过程。“二战”期间，美国政府项目与公共开支急剧增加，官员权责随之上升，监督政府成员的经济行为尤显重要。“二战”刚结束，美国参议员莫斯就提出让该国官员财产公开的法案。稍后，参议员巴内特也提出官员廉洁的行为规范，但阻力非常大，但随着白宫主管、联邦前众议员和新罕布什尔州前州长阿丹姆斯受贿案的发生，美国国会终于在 1958 年通过了《政府服务道德规定》，要求政府人员不得接受可能影响其职务公正的礼物与帮助，无论官员本人是否做出回报。

到 20 世纪 60 年代中期，白宫和国会正式做出规定：官员的经济利益不得与其担任的政府公职发生冲突，国会开始了对议员财产来源的全面监督。“水门事件”之后，美国国会于 1978 年通过《政府道德法案》，规定联邦三权部门行政 15 级以上官员必须申报财产与收入，政府并设立对总统负责的美国廉政署来实施监督。1989 年，美国国会又将其修订为《道德改革法案》，其中规定议员卸任后在一定年限内不得出任与在职期间工作有利益冲突的社会职位。美国历任总统为赢取民心也要尽量展示自己反腐倡廉的执政风格。因此，他们大打廉政牌，推动公共道德立法，建立官员财产申报制度无疑是一剂妙方。从罗斯福起，杜鲁门、艾森豪威尔、肯尼迪、约翰逊，到 20 世纪八九十年代的里根、布什，无不积极突破重重阻力，推行财产申报制度。尽管由于个人魄力和能力的不同，努力的效果也不尽相同。但总统们都有改革的政治决心，为财产申报制度的法治化打下了政治基础。当然，任何制度的变迁都很难使所有的人都得到正的纯收益，并且往往它还可能会使某些人的利益遭受损失（至少在短期内如此），官员财产申报制度显然也不例外。由于它涉及的是立法、行政、司法三个系统全体高级官员的利益，而这些人正是政策的决策者，因而很难得到采纳和实行。即使总统或是部分议员试图对当时的制度进行变革，也会因遭到其他人的竭力压制而难以推动。这个既得利益者和改革推动者的博弈过程贯穿于美国财产申报制度构建与发展的始终。

第二，官员家庭财产公示不能有例外。政府伦理法最重要的内容现在被列为美国法典第五篇的一部分，其中的核心是它的第一篇“联邦政府官员财务申报公示规定”。其中规定，有义务申报财产的官员包括了立法部门、行政部门和司法部门。

行政部门需要公开财产申报的有：总统、副总统、政府行政部门行政 15 级及以上的官员，不在行政级别序列、但是基本工资等于或高于行政 15 级最低工资 120% 的官员（2011 年 GS—15 级最低基本工资为 99628 美元，120% 即是 119554 美元），前面所述没有包括、但是并非公开招聘的、与制定政策有关职位的官员，前面所述没有包括、但是由总统任命的委员会成员，军职人员工资等于或高于 0 ～ 7 级者，政府各部门根据美国法典第五篇第 3105 节任命的法律顾问，邮政总局局长、副局长及邮政系统基本工资等于或高于行政 15 级最低工资 120% 的官员，其他经政府伦理办公室主任认定的高级官员，政府伦理办公室主任以及政府各部门伦理办公室的主管官员。

立法部门需要公开财产申报的有：所有国会议员，国会雇员其基本工资等于或高于行政 15 级最低工资 120% 者，如果某位议员的下属没有任何人的基本工资等于或高于行政 15 级最低工资 120%，则至少有一位主要助理人员需要申报公示其财产。

司法部门需要公开财产申报的有：最高法院首席大法官，最高法院大法官，上诉法院法官，地区法院包括海外领地、贸易、税务、军事上诉等法院及其他国会立法设立的法院法官，以上法院的雇员其基本工资等于或高于行政 15 级最低工资 120% 者。

政府官员们需要公开的财产主要有以下这些：

从联邦政府之外的任何来源得到的超过200美元的红利、租金、利息、资本收益以及它们的来源、种类和数量或价值；从非亲属收受的累积价值超过250美元的所有礼品，包括来源和礼品说明，价值超过1000美元的贸易或业务投资所得；任一时间对任何债权人负债超过10000美元的债务，本人主要住所除外，超过1000美元的房地产购置、出售或交换；超过1000美元的股票、债券、期权或其他证券的买卖或交换。

第三，官员财产公示制度不仅包括哪些官员必须公示家庭财产，而且还应包括何时、何地和怎样公示家庭财产，即必须制定具有操作性的实施细则。美国1978年制定了《政府行为道德法》(1989年修订为《道德改革法》)，从此，美国正式确立了官员财产申报制度。按照这项法律制度的要求，美国所有公职人员，只要年薪大约在5万美元以上，包括行政人员、国会议员、法官等，都必须申报个人财产。申报的期限不仅包括任职前、任职中，甚至也包括离职后。比如，一个官员在开始任职的30天之内，必须申报本人、配偶及其所抚养子女的财产状况；在职官员和雇员，每年5月15日之前，需要申报上一个年度个人、配偶和抚养子女的财产状况；离职官员和雇员，则需在离职30天之内递交离职财产报告。同时，法律详细规定官员财产申报资料的接受、保管办法、保存期限、公开方式、查阅手续、审查，以及对拒绝申报和虚假申报的处罚办法。美国规定：总统、副总统、独立检察官以及独立检察官任命的工作人员直接向联邦伦理办公室主任申报。其他直接向联邦伦理办公室主任申报的有：邮政总局局长、副局长及邮政系统其他申报适用官员。其他负责接受与发布官员财务申报的机构及其管辖对象是：司法会议——负责最高法院首席大法官和大法官，上诉法院和地区法院包括海外领地等法院以及其他国会立法设立的法院法官，以及上述法院雇员的申报；各军兵种部长——负责军职人员的申报；联邦选举委员会——负责总统或副总统候选人的申报；众议院书记——负责众议员、众议员候选人及众议院管辖机构（如国会图书馆）雇员的申报；参议院秘书——负责参议员、参议员候选人及参议院管辖机构（如政府问责办公室）雇员的申报。在美国，官员对个人财产申报应申而不申或者造假的话，后果非常严重。如果各部门的伦理办公室或接受申报的机构有充足的理由认为某位官员伪造申报信息，或者明知规定但是故意不按时间申报，须将案情通报联邦司法部长。司法部长将通过地区法院对该名官员提起民事诉讼。伪造申报信息者最高罚金 5 万美元，或一年有期徒刑，或二者并罚。明知规定但是故意不按时间申报的最高罚金为 5 万美元。一般的逾期申报也会受到处罚。

第四，申报并公示官员财产只是表象，其内涵则是为官者以及家庭必须拒绝公私利益冲突。若有违反，轻者罢官，重者坐牢。从国际社会的经验来看，落实官员财产申报制度的关键在于具备健全的法律体系，并且进行强有力的实施。如果仔细观察，人们就会发现，凡是严格实行官员财产申报制度的国家，其财产申报制度都是以宪法或法律为基础构建起来的。其申报主体完整，涉及官员财产的范围宽泛，处罚官员的不实申报也非常严厉。从 1978 年立法算起，美国建立官员财产申报并公示的法案已有 30 多年，时间不是很长。但从试图立法以及通过相关指导方针算起，已近 70 年，时间也不短。期间，美国行政高官与国会议员不断以身试法，不严格执行官员财产申报制度而丢官的，大有人在。1989 年，美国众议院议长詹姆士 · 赖特被迫辞职，起因就是违反国会有关议员财产收入的法规，包括曾经超规定赚取讲课费，而他的妻子贝蒂曾经超额收取别人赠送的礼品等。由此，赖特也成为美国建国 200 多年来，首位因为财产申报问题而被迫辞职的众议院议长。一些高官因腐败被迫辞职，与此同时，防止腐败发生的改革逐步获得举国认同并一步步到位。

第五，实行官员家庭财产公示制度必须充分发挥公民和舆论的监督作用。在美国，老百姓、媒体或其他民间团体都有权到相应的机构去查找自己关注的官员或候选人的财务情况，发现问题都可以提出质疑，或者在竞选过程中挑战该候选人的资格。官员家庭财产公示制度实行后，美国官场已干净不少，尽管离根除腐败还有相当距离。民众和官员对这套制度也已经习以为常。谁想当官，就要把自己和家庭成员的收入申报清楚。当官到了一定级别，其申报材料还要向全国、全世界公开，除非官员的工作性质需要保密。

目前来看，民众盯着官员的势头还在加强。不仅官员要申报，给官员送礼的某些行为也需送礼者上报。通过管控可能引起腐败的各种源头，美国和一些其他国家一样，积累了不少防腐廉政的经验教训。作为杜绝和惩治公职人员腐败行为的一种常用手段，官员财产申报制度，主要是通过掌控官员财产的变化情况，最为实际、最为直接地洞察官员的行为。而这样的掌控，常常是以政府活动的公开、透明为前提的。在这一过程中，社会公众扮演重要角色，成为一种强大的社会监督力量。具体来说，在严格的官员财产申报制度之下，一旦发现官员个人财产与其正常收入之间存在着差距，官员就必须做出解释与说明。如果不能提供合法所得的证据，即便没有证据证明是非法所得，也会被认定是灰色收入而予以治罪。对于那些通过一定民主程序民选出来的官员，则必须在其所选举的范围之内向社会进行公示。可见，官员财产申报制度，对于官员来说，无疑是悬在其头上的一把利剑。特别是对于那些不安分守己、滥用权力的腐败官员，更是如此。

美国也有扫黄

2013年4月5日，我出任第十一任中国驻旧金山大使衔总领事。几个月下来，遇到了不少新鲜事，其中最令我感到吃惊的事情之一是：美国也有扫黄！而且，扫黄力度很大。

在美国，除了内华达州的一些地区之外，卖淫和买春都是非法的。美国是一个开放的社会，民众对性的事情并不特别在意，但是大部分居民仍认为色情业有伤风化，所以美国法律对卖淫、嫖妓、操纵安排他人卖淫等行为实施严厉惩罚，而且卖淫罪名的成立不需要男女双方有直接的性行为。例如，加州的法律规定：假如被告同意与他人发生性关系、且同意以金钱作为交易，并随之做出进一步的行为，就构成了卖淫罪。美国法律对卖淫罪的定义很广，罪名成立的标准也很低。所谓性服务，除了发生性关系外，还包括用手或用口接触他人的私处。一个按摩院只要口头答应客人以金钱来换取提供性服务的要求，或者是主动询问客人是否需要额外的性服务，都构成卖淫罪，最高可被判罚6个月的牢狱，罚款1000美元。而对于移民而言，如果有两次以上的卖淫纪录，移民局会拒绝其任何调整身份的申请。至于那些安排或经营卖淫业的被告，法律认为这些人是逼良为娼，因而处罚非常严厉，一般会判处这些人3～6年牢刑。

吸引眼球的扫黄报道

2013年6月4日，这一天，离我到旧金山一个月还差一天。我翻开这一天的《世界日报》，一篇题为《纽约长岛严打淫业 104名嫖客遭起诉，最长者已79岁》的报道引起我的注意，报道全文如下：

> 104名男性嫖客近日被长岛纳苏郡（Nassau County）检方以非法嫖娼罪名起诉，所有被告在首次出庭时均未认罪。检方3日表示，罪名一旦成立，这些嫖客将面临最高一年监禁。
>
> 长岛纳苏郡检方3日公布了这104名被告的姓名和照片，他们是从4月18日至5月24日相继被纳苏郡警方逮捕的，被捕的嫖客中最年轻者仅为17岁，最长者已79岁高龄，其中包括两名医生、两名牙医，还有大学教授。
>
> 纳苏郡地区检察官韦嘉莲（Kathleen Rice）表示，警方通过社交网站backpage.com与嫖客建立联系，如果嫖客要求见面，便衣警察便约定一个时间与嫖客在某酒店房间会面，并提前准备好隐藏的摄像机，用来记录嫖客的行为以作证据。嫖客来到指定地点，见到假扮成卖淫女子的便衣警察时，一旦他们提出用金钱换取性交易，便被埋伏的警员当场逮捕。
>
> 韦嘉莲强调，这宗案件将对嫖客起到警示作用，并告知他们的嫖娼行为正在助长这一不法行业的滋生。以往警方在打击非法卖淫活动时，执法的主要对象通常为性工作者，而嫖客仅仅被当作证人，很少遭到控告。执法部门这次转变了方向，强调嫖娼与卖淫一样，同属违法。
>
> 纳苏郡警方表示，这次在一个多月内逮捕104名嫖客，是警检

部门配合于近期进行的一次最大规模打击卖淫嫖娼的逮捕行动，旨在有效控制并减少这类犯罪行为在城市中的蔓延。

仔细琢磨这篇报道，发现美国的扫黄至少有如下几个特点：

一是美国扫黄动作很大，也有类似于中国“集中整治”之类的行动。一个多月内逮捕104位嫖客，数量不能说不多。

二是嫖娼者坐牢，而不是以罚款了事。如报道所说：“罪名一旦成立，这些嫖客将面临最高一年监禁。”

三是为了打击卖淫嫖娼，警方有时会故意实施钓鱼执法。由女警察假扮成风尘女子与嫖客接触以获得证据，随后将嫖客拘捕。后来，我又了解到，不仅美国女警察钓嫖客，男警察也钓妓女。报纸上曾报道这样一件事：一名大陆女孩来到美国不到一年，不懂英文，只好到洛杉矶某华人居住集中的地区一家按摩院当按摩员。有一天，一位客人在按摩过程中对她毛手毛脚，说了一大堆英语，这位女子愣是一句没听懂，也不知道这位客人到底要干什么。既然嘴上说不明白，就在手上比划着。后来几名警察冲进来，将这名女孩逮捕并指控她同意提供色情服务，原来找她做按摩的人是警察，到按摩院是来钓鱼的。虽然色情风化罪在美国不是什么大不了的罪名，但这名女子觉得挺冤枉。她在法庭上坚持自己没有跟客人做爱而拒绝认罪。后来在陪审员审理期间，钓鱼的警察坚持称这名女子在按摩过程中同意以40美元作为小费提供额外的色情服务。结果12名陪审员裁定这名女子罪名成立，该女子被判处入狱30天。警察扮嫖客钓小姐合不合法？在美国许多刑事案件中，警察设立圈套或引诱他人犯案是两项最基本的手法。而在大部分色情案件中，警方为获取证据多采用便衣警察钓鱼的方式来办案，因此法院裁定警察使用设立圈套或引诱他人犯案的手法侦破色情案件是合法的。

四是扫黄执法由以前主要针对妓女，只是将嫖客看作证人，转为“强调嫖娼与卖淫一样，同属违法”。嫖客和皮条客如罪名成立会被判刑入狱，而卖淫女则被处以罚款。

五是104名嫖客的姓名和照片都被检方曝光。虽然人们对曝光的做法是否正确可能有不同看法，因为被捕的嫖客中最年轻者仅为17岁，年纪大的已79岁高龄，但曝光的确显示了扫黄的决心。

高官在扫黄中中枪

美国高官如嫖娼结果会怎么样，就我所知，如被发现，肯定是身败名裂。美国的民选官员终日生活在显微镜般的公众监督之下，每次竞选的时候，个人和家庭事无巨细都会被媒体或者政治对手翻出来晒晒。嫖娼这种行为，要逃过公众的眼睛也不太容易。如果官员用公款来嫖娼或者做性交易，那就无论是法律还是民情都不会放过。而且，事件中若是卷入了未成年人，罪行更是严重。

8月13日的美国中文网刊文称，美国纽约州前州长艾略特·斯皮策正在竞选纽约市的主计长（city controller）。这个职务虽然不似州长那么显赫，但是却控制着美国最大的城市、国际金融中心纽约的财政，实权的确不小。斯皮策也许是美国如今最知名的政客之一。他的出名，固然是由于其在当州司法部长的时候，将华尔街金融大鳄的不法行为狠狠地整顿了一场，在媒体上当了一阵风云人物；更是因为他在2007年的嫖妓事件，被联邦调查局抓住而不得不黯然辞职。

具有讽刺意味的是，斯皮策的行为之所以被发现，是他付给妓女的钱太高。银行发现他在当州司法部长与州长时，有不正常的大笔金钱往来，怀疑他有贪污或行贿受贿的嫌疑，联邦政府开始调查，才追出他在这期间嫖妓花费了至少八万美元。联邦政府在调查中顺藤摸瓜，又查出一个名叫“皇帝俱乐部”的卖淫集团，在纽约、华盛顿、伦敦、巴黎等大都市开业，每小时收费从1000至5500美元（约合6121至33669元人民币）不等，客户都是各界名人政要。在老鸨的记录本上，这位48岁的民主党州长的代号是“第九号客人”——他的政敌和媒体经常用这个称呼来讥讽他。

报道还称，斯皮策当然不是被抓住的美国第一个高层嫖客。2006年10月，美国联邦政府在华盛顿查出了一位被称作“首都鸨母”的女子黛博拉·保尔弗雷。她手下的女子多数是附近大学的研究生，可谓才貌双全。她掌握着长长的一串客人名单，其中不乏重量级的政要——45岁的路易斯安那州共和党籍的参议员戴维·威特就是其中之一。威特承认自己曾经是保尔弗雷的嫖客，向公众承认自己犯了“罪过”。

美国法律明文规定，有意招雏妓的嫖客要被判侵犯儿童罪，高官招雏妓更是重罪。2001年，康涅狄格州沃特波利市的市长菲利普·吉奥丹诺被联邦调查局监听到与一名妓女的通话。他试图让该妓女安排她12岁的侄女和8岁的女儿，一起参与性活动。为此，他被判犯下包括虐待儿童等多项重罪，被判刑37年。如今他仍然在伊利诺伊州的重罪监狱服刑。

某些官员自己买单嫖妓，美国选民也许能原谅他们，但是如果官员用公款来嫖妓或者做性交易，那无论是法律还是民众都不会放过他。国人应还记得，2008年民主党的副总统候选人爱德华兹，被爆出花掉上百万美元的政治捐款来供养情妇、掩盖私生子的丑闻。司法部门对他进行了两年之久的调查，并被检察机关以6项重罪起诉。如果罪名成立，他要面对30年的刑期。尽管陪审团最终判他无罪，可这位曾经名噪一时的政客、被认为有可能入主白宫的政治明星从此身败名裂，政治上再也难以有大的作为。

念紧网上扫黄的“紧箍咒”

美国是全世界互联网最发达的国家，也是全世界最大的成人网站分布地。一个设在罗马的国际儿童权利保护组织曾做过统计，2003年全球成人网站数量新增70%，其中一半在美国。加州的一家网络流量调查公司也宣布，美国成人网站被访次数超过三大搜索引擎Google、雅虎和MSN的总和。对美国政府而言，网络色情泛滥，最大的受害者是青少年，所以必须加以管制。美国政府经常开展打击网络色情的活动，从网上搜索中可以看到，2011年在打击网络色情行动中，强制关闭非法网站84000个，行动之强度可谓空前。据称，涉案的站长，依照美国有关法律，很有可能面临长达30年的刑期和25万美元的罚款，并被没收非法所得。

为了保护儿童的身心健康免受成人网站的毒害，美国从1996年起至今一共通过了四部相关法律，对成人网站进行限制。

一是1996年美国国会通过的《通信内容端正法》。作为《电信传播法》的一部分，该法规定，在未满18岁的未成年人接触的网络交互服务和电子装置上，制作、教唆、传播或容许传播任何具有猥亵、低俗内容的言论，询问、建议、计划、影像等，均被视为犯罪，违者将被处以2.5万美元以下的罚金，2年以下有期徒刑，或两者并罚。

二是1998年美国国会通过的《儿童在线保护法》。该法律规定，商业性的成人网站不得让17岁以下的未成年人浏览“缺乏严肃文学、艺术、政治、科学价值的裸体与性行为影像及文字”等有害内容，而成人网站经营者必须通过信用卡付款及成人账号密码等方式，对未满18岁的青少年进行必要的限制，以防止其浏览成人网站，违反者将被处以5万美元以下的罚金，6个月以下有期徒刑，或两者并罚。如果故意违反该法规定，网站经营者在被判处有期徒刑的同时，还要接受重金处罚。

三是1999年美国国会通过的《儿童网络隐私规则》。该法律要求：与儿童有关的商业网站经营者或有意向儿童搜集个人资料的网站经营者必须做到：1. 搜集、使用或公开13岁以下儿童的个人资料时，必须获得该儿童父母的同意。2. 提供如何搜集和利用资料的公告。3. 提供家长审视搜集其子女资料的机会。4. 给家长提供拒绝其子女个人资料被进一步搜集或使用的机会。5. 使用合理方法，让家长有机会防范其12岁至17岁子女的个人资料被搜集或使用。6. 建立合理的程序，确保被搜集的儿童个人资料的安全性与完整性。

四是2000年美国国会通过的《儿童互联网保护法》。该法律要求全国的公共图书馆为联网计算机安装色情过滤系统，否则图书馆将无法获得政府提供的技术补助资金。2003年6月23日，美国联邦最高法院就宾夕法尼亚州3名法官组成的委员会裁定《儿童互联网保护法》违宪一案进行投票，最终以6票对3票裁定该法案不违宪。后来，美国所有学校和公共图书馆的电脑里都按规定安装了色情过滤软件。

上述四部法律的通过，显示了美国政府、国会开展扫黄行动，打击色情犯罪，特别是减少网络色情对儿童危害的决心，这一行动对于净化社会环境，壮大扫黄声势，其作用是有目共睹的。不过，美国不是一个举国体制的国家，国会代表立法权，政府代表行政权，他们扫黄的决心和努力，却没有得到代表司法权的联邦最高法院的全方位支持。1996年6月26日，最高法院做出了有史以来第一个有关网络内容规范的判决：以7票对2票裁定《通信内容端正法》违反了保护言论自由的宪法第一修正案。2004年6月29日，最高法院又故伎重演，以5票对4票判决暂缓执行《儿童在线保护法》，认为该法侵犯了公民的言论自由。判决公布后，美国舆论哗然，布什政府表示要继续捍卫此法。后来，加州大学柏克利分校教授斯塔克针对网络内容的一项研究报告出台后，美国政府引以为据，再次推动实施《儿童在线保护法》。报告显示，“谷歌”和微软等搜索引擎索引的网站中，有1%属于“儿童不宜”；而美国在线和雅虎索引的网站中，这一比例为1.7%。当然，反对实施

《儿童在线保护法》的一些民权团体，如美国公民自由同盟等，同样援引这份研究报告的数据指出，当前一些网站使用的过滤系统已经足以封锁大部分内容不健康的网站，因此无需用法律手段进行管制。

据我观察，虽然多年来，美国政府和最高法院对如何管制网络不良信息意见不一，但美国政府始终显示了强势扫黄的态势；最高法院并不反对扫黄，只是在关于管控网络不良信息的“度”的拿捏上与美国政府存在分歧，只是判决暂缓执行 4 部法律中的 2 部法律。也就是说，如何在保护青少年身心健康与保护成年人言论自由之间找到平衡点，美国政府和最高法院意见不一致。美国是信教国家，多数美国人私生活非常保守，尤其在性问题上，美国人的保守态度可能在世界上居于前列。众所周知，克林顿总统因为泡上莱温斯基差点遭国会弹劾，不得不公开忏悔，以求民众宽恕。美国政治人物必须充分展示对家庭的爱，强调自身私生活的严谨，树立一个好丈夫、好爸爸的形象。政治人物包养情妇或嫖妓，很难不身败名裂。许多非政治名人对私生活、对性问题也是同样的态度。美国城市的夜生活并不丰富，国人印象中美国夜晚的灯红酒绿只存在于好莱坞的电影里，真实的美国夜晚更多的是寂寞。许多城市晚上八九点钟，所有商店都关门了，想吃顿饭都找不到地方，美国主流民意认定色情业有伤风化。因此，尽管联邦最高法院有不同意见，美国政府仍然强势扫黄，因为它有坚实的民意基础和宗教基础。

我眼中的美国“衙门”

旧金山领区包括阿拉斯加州、华盛顿州、内华达州、俄勒冈州和加利福尼亚州的大部分县市。我因工作需要，必须经常走访领区内各州，必须与各州州长、州参议长、众议长、州务卿等高官保持联系。因此，我有机会经常出入领区内美国各衙门，包括州政府和议会大楼、主要城市的市政厅大楼等，美国的衙门给我留下了十分深刻的印象。

衙门八字开，人人可进来

领区内美国各衙门都允许非工作人员、非公务人员，包括闲人、外国人随意进入，这让我深感意外。

我最早拜会的领区内政要是加利福尼亚州州长布朗以及参议长和众议长，他们都在州府大楼内办公，州府所在地在萨克拉门托，离旧金山两个多小时路程。到任不久，我因分别会见州长和二位议长，有机会在短短时期内三次走近并仔细审视加州州府大楼。加州州府大楼素有“小白宫”的美誉，于1860年至1874年间兴建，至今已拥有150年的历史。在此期间，先后于

1906年兴建了地下建筑，于“二战”结束后进行了第三次扩建，可抵御七级地震。

加州州府大楼没有人站岗，人人可以进去。任何人进门必须像坐飞机那样，摘下手表，拿出身上的钥匙、钱包之类的东西，放进塑料框子里，连同提包等放入X光机检查，不过不用像在美国乘飞机那样脱下外衣、解下皮带和脱下鞋子。参议长、众议长办公室任何人都可以进去，无人挡驾。只有州长布朗办公室外面有一安全人员站在那里。

许多衙门不需要安检就可进入。除加州外，我去过的其他州，任何人都可以直接走进州长的办公室。由于任何人不需经过批准就可进入政府大楼，有时也会发生“意外”。旧金山就曾发生过裸女大闹市政厅，高呼“身体自由”的事件。2012年12月4日，旧金山市监督委员会在市政厅开会，讨论关于禁止在公共场合裸体的议案，议案将禁止民众在该市的街道上、广场上、人行道上以及其他公共场合的赤裸行为。想不到在会议进行中，现场竟遭到一批裸体人士脱衣抗议，一群大胆的抗议者冲进会议厅，脱掉全部衣服，抗议该市关于禁止在公共场合裸体的法令。该市司法官员连忙给抗议者披上衣服遮羞，并带他们离开会场。在被带离会议厅时，抗议者们还高呼“身体自由”和“你们很可耻”等口号。

旅游好去处，参观全免费

旧金山领区内的州府大楼、市府大楼，都各具特色，尽显文化底蕴的丰厚，是参观的好地方，并且一律免费。

例如，三层楼建筑的加州州府大楼，其布局、陈设和装饰浓缩了加州发展的历史，本身就是一个博物馆和艺术馆。这座具有浓郁欧洲宗教风格的圆顶建筑，造型源于民主法律制度诞生地的古罗马帝国，至于其布局，更是这一理念的最好体现。一楼大厅里，陈列着一座意大利雕刻的大理石雕像，他们分别是哥伦布、西班牙伊莎贝拉女王和侍童；二楼的原州长办公室，是一组三间室办公室，历任州长均在此处办公，门口放置着一头象征着加州标志的黑熊标本。这里虽有一名保安把守，可在州长空暇的时候，州长还会出来接见前来观光的世界各地客人。

游客，特别是国外游客，可通过参观州议会、旁听议会会议，来感受美国的决策程序。位于州府大楼三楼的议会会议厅，最能体现美国民主化决策程序。美国是实施联邦制的国家，国内 50 个州都具有与联邦一样的独立立法权，只不过联邦大多只负责基本法；各州则根据自己的情况，制定相应的具体法律。加州的 40 位参议员和 80 位众议员，就是在此为加州制定各项立法的。加州众议院会议厅，至今沿用着 1870 年以来一直使用的会议桌，议员们在属于自己的座位上履行职责。他们在议长提出相关法案时，通过会议桌上安装的麦克风来发表各自的意见，然后按照代表同意或反对者不同意见分别站立在桌子两旁。最终在表决时，通过按会议桌上的按钮，来选择对法案表示同意或反对意见，会议厅前排墙壁上悬挂的两幅电子屏幕分别显示每个议员的投票结果。议院设有旁听席，这一整个过程接受民众，包括游客在楼上旁听，但听众没有发表言论和投票的权利。

需要补充的是，加州众议院会议厅正前方悬挂的是他们最推崇的林肯总统的画像。画像下面一行拉丁文的格言是："议员的责任是制定公正的法律。"据说，美国众议院容许各州的众议院会议厅悬挂不同总统的画像。加州参议院则仍采用最传统的唱名投票方式，在其会议厅正中央则悬挂着美国国父、首任总统华盛顿的画像，画像下的拉丁文格言是"参议员的责任是维护人民的自由"，整个会议厅地面铺砌的是大红色地毯。

我访问加州州长布朗当天，州政府安排一位来自台湾的华裔职员陪同我参观州府大楼。我问她，为什么州府大楼里有这么多中小学生参观，一批接着一批，每一批都有讲解员给他们讲解？她告诉我，每一个县乡都有介绍自己县乡历史的图片、橱窗和实物展览，历史上老州长、斯坦福大学创始人斯坦福的办公室、州金库等也已改为展出场地供人参观，历任州长都有油画画像陈列，州府起到州历史博物馆的作用。州政府每天安排1500位学生来州府参观，也欢迎任何人来这里参观，并且参观免费。

进入美国衙门，最大的感觉是游人比工作人员多得多。我到俄勒冈州府那天，除了看到一批批的游客，几乎没有看到求政府办事的人，也没有看到什么上班的人。参议长考特尼打球时把脚扭伤了，坚持见完了我再到医院去，他一拐一拐地陪我到参议院大厅，也没有什么人搀扶他。我们一起走到议长席，他请我举起木锤子，狠狠敲一下，让我感受一下一锤定音，州府摄影师按下快门，记录了这个时刻。

在美国，进入政府衙门，人人可以在里面随便溜达，可以索取有关资料。在旧金山市政厅里，你可以随便拿台子上摆放的地图、政府统计资料、《政府公报》或其他文字资料，还有空白的便签供人随意取用。俄勒冈州议长办公室，一大堆议长名片和有关资料，专门放在醒目处供人索取。各个办公室和会议室，大门都是打开的，可以随意参观拍照，这一切让我觉得很体贴，很亲切。

州市办公楼　百姓也可用

我到旧金山上任不久，到市政厅拜会华人市长李孟贤。走进市政府大楼，看到里面有人穿着婚纱，觉得非常奇怪，连问为什么是这样？同事告诉我，这是有人在举行婚礼。我觉得政府大楼里举行婚礼不可思议，连忙说，是这样吗？并问在政府大楼举行婚礼要交多少钱？同事告诉我，使用政府大楼不用交钱，只需提前登记预约，但婚礼本身的一切花费自理。因为，市政府大楼是用纳税人的钱盖起来的；所以纳税人也可以申请使用，可以办婚礼，也可以举行其他聚会。后来，我多次进入市政厅，确实多次见举办婚礼和其他非官方活动。

美国人杰西卡和卡西迪的婚礼就是在旧金山市政厅举行的，当地报刊和网站对此做了报道。我不妨摘登部分，以便读者对美国老百姓使用政府办公楼有更多的了解：

> 杰西卡和卡西迪10月10日在加利福尼亚最受欢迎、同时也是最典雅的地方——旧金山市政厅举行了婚礼。杰西卡梦想着举办一个以粉红色和金色为基调的水晶童话婚礼，因此为了满足她的愿望，马克辛和她的天才团队设计了这个魔幻般的夜晚。拥有高达300英尺的圆形天花板的法国文艺复兴风格的圆顶大厅是举行婚礼的最佳地点。大厅的拱门处悬挂着复古的金色丝绸窗帘，一排排金色的竹节椅静静地等待着将要参加婚礼的来宾…… 结婚典礼一结束，宾客们就被邀请至二楼品尝鸡尾酒和各种可口的饭前点心……这期间，圆顶大厅被布置成了一个金碧辉煌的餐厅，一张张圆形餐桌上覆盖着华丽的丝绸桌布，桌子中央摆放着一个巨大的金色蜡烛，蜡烛周围还摆放着粉红的玫瑰花、苔藓，以及有点夸张的水晶酒杯。桌牌号牌以及餐巾上的粉红花朵饰品都是专门定制的。圆顶大厅重新布置好后，新人就带领宾客们下楼来享用晚餐。期间不时有家常的烤面包奉上。晚宴结束后，宾客们跟随杰西卡和卡西迪来到邻近的北侧礼堂，礼堂被装饰城一个粉红色的水晶舞厅，里面有24英尺高的水晶柱及帷帘，天花板上悬挂着水晶大吊灯，新人还为宾客们准备了一个休息室和甜品自助吧……所有的人都尽情享受

着美好的时光，享用着自助餐的美味，在舞会上尽情起舞。庆典活动结束后，一部分嘉宾还随着新人回到华丽的圆顶大厅随着《我的心遗留在旧金山》的歌曲跳了最后一支舞。正如杰西卡所期盼的那样，所有的人都享受了这个美好的夜晚。

旧金山虽然是美国西部重镇，市政府大楼也很堂皇，但其建筑面积并不很大，政府没有开大会的会议室，整体面积比不上国内不少市下面的区政府大楼。市政厅虽然是这个城市的门面，但我多次看到很多“无家可归者”（也许是有家不归）把这里当成自家的客厅。他们或站，或坐，或卧着，随意地聊着，因为市政府无人站岗，所以也没人驱赶他们，他们也从不乱来。

官员讲节约，衙门不铺张

旧金山市政府大楼虽然建筑面积不算很大，但在美国已是够气派的了，因而市政府大楼在旧金山还被列为旅游景点。相比之下，美国麻省政府大楼，虽然看起来很别致，但像个小教堂；美国田纳西州拉菲特市市政厅，怎么看也像个内地的大型汽车加油站；明尼苏达州政府要不是楼上飘着一面国旗，游客还以为是个图书馆；加州科切拉市市政厅，旁边的中餐馆好像都比它大。更有甚者，美国弗吉尼亚州的阿灵顿县（相当于中国的地级市，美国多数是县管市），郡县政府在一栋商用楼里租用办公室，和其他商户一样向楼的主人交租金。阿灵顿县为什么这么抠门？我们看看该县 2013 财年的预算，就知道政府把钱都花到哪里去了。阿灵顿县 2013 财年预算收支平衡，税收和开支都是 13.49 多亿美元，政府本身预算少得可怜，县委员会预算占 0.08%，县长办公室的预算占 0.39%。但在教育、穷人救济等公共福利开支上却很慷慨，教育占 35.84%，公共图书馆占 0.92%，环境保护占 9%，低收入家庭住房补贴占 1.33%，公共交通占 1.78%。该县预算报告有 528 页，每分钱的开支都有去处，每分钱的税收都有来路，预算公开，任何人都可调阅监督。

2013 年 7 月 4 日是美国独立日，也就是美国的国庆日。我很早就接到旧金山市政府的请柬，邀请出席独立日招待会。原以为在这一天可以感受一下美国举国欢庆的气氛，没想到我完全失望了，没见到政府机关（也包括其他任何机关和企事业单位）挂一个灯笼、贴一条标语、挂一个横幅、竖一面彩旗来庆祝美国的国庆，也没有哪家报纸发表有关欢度国庆的社论。这是因为美国闹经济危机没钱搞国庆活动吗？不是。人们告诉我每年都是这个样子。当我来到招待会现场时，原以为现场一定会有个主席台，台上一定悬挂着美国国旗，摆满鲜花，会有个庆祝独立日的横幅，台上一定会为贵宾们摆满桌签，引导贵宾们就坐；一定会有个讲台，市长李孟贤一定会发表一个庆祝独立日的主旨讲话，一定会有不少统一着装的礼仪小姐为贵宾提供服务。没想到我完全错了，这个市政府的独立日招待会其实并不是严格意义上的政府行为，而是旧金山的华商为政府买单，为政府提供一个活动平台，政府本身从来没有国庆活动这方面的支出计划，李孟贤市长出席招待会只是和大家见见面，握握手，吃吃饭。当晚，在海滩举行的焰火晚会也是企业家买单，而不是政府行为。在美国，即使庆祝应该举国欢庆的独立日，花纳税人的钱也不那么容易！

官员油水少，市长兼职当保安

我接触到的美国官员，油水不大。有的官员还倒贴钱，为选民办事，这方面最典型的例子是加州前州长施瓦辛格。施瓦辛格当了两届州长不仅没有领过工资，根据加州政府资料显示，自2001年以来，施瓦辛格为两次州长竞选活动以及其他政治活动，还直接或间接投入了总计2500万美元。这还不包括他当州长期间的交通费。他每周乘坐私人飞机在洛杉矶和萨克拉门托之间往来数次，都是自己掏腰包。由于当州长，不能做广告，不宜拍电影，他间接损失了巨额广告收入和电影收入，鼎盛时期的施瓦辛格拍一部电影可赚3000万美元。

美国的市政府机构中，有市议会、市政府秘书、消防局、警察局、图书馆、市政规划局、休闲娱乐部、公共工程部等若干部门。其中，市议会相当于董事会，一切重大决定都由市议会的议员们讨论和投票决定。加州旧金山、洛杉矶以及纽约这样大城市的市长是全职，大城市的市长年薪10万美元左右，收入在美国并不算高。美国绝大多数城市是中小城市，中小城市的市长多为兼职，即不是全日制的，市长不用天天“坐班”。这种市长的薪水也不多，每月只有象征性的五六百美元，市长的生活来源主要靠“兼职”获得。旧金山领区内的加州圣马力诺市是个有100年历史的城市，2003年3月18日，一位叫林元清的骨科大夫成为这座城市历史上第一位华裔市长。这位骨科大夫当上市长后，星期一到星期五，每天上午 7 点的早餐会和晚上 7 点的市议会是市长办公的重要会议。此外，他每天还有一项重要工作，那就是给病人看病。每天上午 9 点 30 分到中午 12 点，他都会安排做两个手术；中午 12 点以后是门诊，但有时还有手术等着他。他的日程几乎每天如此。可以说，林元清是个“半职”的市长。

据美联社报道，55 岁的戴尔·斯帕克斯是美国科罗拉多州联邦高地市的市长，但这位市长大人没有专车，没有秘书。当斯帕克斯自家开的一家餐馆生意越来越萧条后，他决定到该市唯一一家俱乐部去找一份兼职工作，悄悄干起了兼职俱乐部门卫的工作。市长每周三个晚上待在那里，“检查检查证件，收收服务费”。一个月赚的 1200 美元外快，除缴纳他和妻子每月 1100美元的健康保险费外，还可以省下 100 美元的零头。高地市警察接到举报，说该家俱乐部涉嫌非法活动，警察突击检查时，竟然发现他们逮捕的一名俱乐部门卫竟然是市长大人。市长斯帕克斯辩称，之所以兼职当门卫，是因为自己家的餐馆生意萧条，家庭收入入不敷出，只能靠当兼职门卫补贴家用，缴纳自己的医疗保险费。

也许当市长确实有点像做赔本生意，一些城市市长后继乏人。我经过领区内的内瓦克（Newark）市时，和我同坐一车的总领馆政治处主任刘震告我：这个城市的市长阿兰·纳吉 80 多岁了，先后 9 次当选。现在他坐着轮椅，早就想退休享享清福，可是由于没人愿意接替他当市长，所以市民每次只好还选他，他还在努力工作着……

作为高级外交官来美国工作，我有机会见到不少美国高官，感觉高官们非常“抠门”。在美国州长、市长、议长等办公室，从来只是谈事，水都没有喝到过一杯。不管请高官们吃多少次饭，从来没有人回请我（因他们无法报销）。加州州长布朗虽然是官二代（父亲也是州长）、富二代，却节约成癖。三十几年前，37 岁的布朗第一次当州长，就把州政府大楼的沙发椅换成了木椅子。当年，豪华的州长官邸修缮完毕，他并不住，而是自己掏钱在州议会大厦附近租了间小公寓。政府给州长配了司机和豪华轿车，他也不用，每天开一辆毫不起眼的普利茅斯牌轿车上下班。他的名言是：“我知道应该如何有节制地生活。简单地说，就是不乱花钱。我不喜欢花自己的钱，更不喜欢花纳税人的钱。”72 岁时，布朗第三次出任州长，虽然银发稀疏，但说起话来还是中气十足：“假如你们想要一任节俭的州长，那你们就找对人了。我会严格控制政府预算。”他身体力行，去洛杉矶参加会议，独自乘坐经济舱飞往目的地。开会回来，几百美元的往返机票却只报销 100 美元。

其实，节俭是美国官员的常态。一次，我为李孟贤市长访华成功举行一个饭局，邀请李孟贤访华团一行出席。饭局结束时，李的菜碟子里还剩两块红烧肉和其他剩菜。他坚持打包带走，说不能浪费，可以第二天带到办公室作为午餐。虽然美国官员很“抠门”，但很注意不占公家和他人便宜。例如，虽然旧金山是世界著名大都市，市长李孟贤一直开私车办事，市政府没有任何官员配公车。总领馆办公室主任刘斌告诉我他曾经经历这样一件事：国内有大腕明星到美国演出，总领馆给当地政要赠票，希望他们出席捧场，可票上印有票价 120 美元，结果没有一个客人出席。因为这个价格大大超过了美国规定的可以接受的礼品价值的上限，涉嫌“受贿”，谁也不敢贪这个便宜。

直击美国联邦政府停摆

2013年10月1日是中华人民共和国国庆日，这天，我前往加利福尼亚州奥克兰市参加升旗仪式。奥克兰市华裔女市长关丽珍和我一起升起五星红旗，几百名华侨华人和其他美国朋友载歌载舞，庆祝中国国庆。与此同时，美国政要们一方面祝贺中国国庆，一方面不得不焦头烂额地应对美国联邦政府正式关停。从10月1日即中国国庆节这天美国当地时间0点开始，美国联邦政府正式关停。在零点前约半小时，美国联邦政府相关部门就已经开始准备执行部分政府部门停止运转的计划。

由于美国两党在国会无法达成一致意见，联邦预算案无法通过，因而导致美国政府关闭。这在美国政坛引起轩然大波，也成为全球的焦点新闻。中国民众当然感到好奇，我第一次直击，也充满了疑问。从9月30号开始，我就在仔细观察美国社会有没有因此发生明显的变化，就思考着黑社会团伙会不会乘政府关门形成的“权力真空”趁火打劫？社会秩序会不会因此出现混乱？会不会出现通货膨胀？

联邦政府关停带来的消极影响

联邦政府关停后，我亲眼目睹了关停带来的几个明显的消极影响：

一是打乱了经济运行秩序，既严重影响美国宏观经济运行和经济复苏，也给一些具体行业带来实际困难。例如，阿拉斯加渔民因政府关门，拿不到捕鱼许可证，不能下海捕鱼。据中央社报道，全球股市下挫，2012 年初以来最大单季涨幅缩小，在美国政府关门前夕，美国公债价格止涨、日元走坚，意大利公债价格大跌，原油价格逼近 3 个月来最低水平。美国联邦储备银行高级经济学家和经济顾问比尔 · 斯特劳斯说，政府关门每天损失约为 3 亿美元。国际信用评级机构标准普尔公司 10 月 16 日发布的研究报告指出，本次联邦政府关门至少已造成美国经济损失 240 亿美元。该机构同时将美国经济第四季度按年率计算的增长率从上月预测的 3% 下调至 2%。

二是严重影响美国的旅游业。美国国家公园管理处下辖的 400 余处国家公园、国家纪念园、纪念碑以及受联邦政府支持的史密森学会旗下博物馆皆属“非核心”领域，当地时间 1 日凌晨起闭门谢客。按照安排，已在国家公园园区内的游客可有最多两天的时间撤离，其他游客则不能再继续进入。旧金山有一个红杉林国家公园，是原始森林，当年顾维钧、董必武等参加联合国成立大会的代表曾来此一游，红杉林国家公园里专门立了一块牌纪念此事。我推荐许多朋友到这里参观。没想到随着美国联邦政府正式关停，红杉林国家公园也停止对外开放。一些朋友纷纷给我打来电话，对此表达不满。美国报纸报道说：所有国家公园、野生动物保护地、博物馆，包括中国游客必去的罗斯福总统纪念公园、肯尼迪表演艺术中心、国会图书馆、林肯纪念堂、美国国家档案馆、国家动物园等一系列有名景点闭门谢客。这令 900 万观众乘兴而来、败兴而归。不过，政府关门也催生了另一种“旅游”。在一些知名景点，不少人拿相机拍下“关门”的标志，希望记录下关门的场景。

三是中美之间的交流受到影响。例如，美国地质调查局、美国国立卫生研究院等科研机构的科研工作不得不暂停或被迫取消，中美之间计划中的一些交流也不得不推迟甚至取消。

四是非核心部门停止工作。联邦法院一些庭审，如破产法庭审理延期，部分公立医院的接诊暂停，超过 80 万雇员停薪休假。美国国税局宣称，其 9 万名左右的员工有九成休无薪假，电话客服关闭，查核活动停止。由于这么多的政府雇员被“休假”，大量护照和签证申请、持枪许可证申请、按揭申请等严重积压，想贷款买房的人不得不等待批准，想获得枪支许可证或护照，也受到影响。我了解到，不少在美国留学、探亲的中国人，因种种原因希望申请美国工作签证或延长旅游签证期限等，突然遇到美国联邦政府正式关停，一下傻眼了。想在正常时间内得到批准已不可能，一些想先在美国工作一段时间的留学生，在法律规定的时间内无法办理好相关手续届时不得不离美回国。这些人的利益无疑受到影响，甚至影响到一生的选择。一些人打电话给我，希望能得到帮助，但这是美国的内政，我很同情他们，但确实爱莫能助。

当然，最使我不可思议的事情是联邦政府正式关停后第三天，美国白宫 10 月 3 日晚宣布，因联邦政府非核心部门关门，美国总统奥巴马将彻底取消原定于本月 5 日开始的亚洲四国之行。白宫声明说，奥巴马取消原定对印度尼西亚和文莱的访问。这意味着他将缺席即将在印尼巴厘岛举行的亚太经合组织领导人非正式会议，以及在文莱举行的美国—东南亚国家联盟峰会和东亚峰会。美国国务卿克里代替奥巴马率代表团出访上述国家。白宫说，奥巴马做出这一决定，一是因为联邦政府关门给出访造成困难，二是因为他决心留在国内，敦促共和党人立即举行投票，以便让政府重新开门。白宫声明还说，此次奥巴马出访行程的取消是国会众议院共和党人强迫政府关门的又一后果。

昆尼皮亚克大学的民调结果显示，大约 72% 的美国选民反对政府关闭。

美国前副总统戈尔将政府关门的威胁比作“政治恐怖主义”。美国《华盛顿邮报》评论说，华盛顿似乎出现逆向发展，变成一个原始的没有领导的村寨，把任性胡闹当作治理方法。“撕裂的美国民主”令美国陷入困境的同时，也将全球经济置于灾难性危险之中。

联邦政府正式关停的另一面

由于美国民主、共和两党未能就新财年政府预算和医改法案实施达成一致，美国联邦政府 10 月 1 日起被迫关门。联邦政府关门了，这当然是美国的一件大事，但随着我对此事观察、思考地深入，我发现，对美国来说这其实也只是一件“小事”而已，不值得大惊小怪。为什么这么说呢？

一是尽管多数老百姓不赞成联邦政府关门，但看起来他们都习以为常，对此看得并不太重，该干什么照样干什么，照样笑容满面，整个社会运转照样井井有条。

二是美国联邦政府关门，准确地说是非核心部门关门。虽然美国联邦政府正式停摆，但涉及美国安全等方面的政府雇员仍继续工作，他们照常工作但薪水只能在国会恢复拨款后才能到位。事实上美国政府只是部分关闭，国会当然考虑到美国的国家安全，各种重要的安全机构（的预算）都没有关掉，边防、公共安全等核心部门运作不会受到冲击，包括美国的军队，在世界各地的驻军和使馆，美国的联邦海岸警卫队等，所有重要的机构都没有关闭。邮局还开门，信件往来不会受影响；军队警察也照常执勤，社保也会正常发放。联邦政府负责的空中交通管制、航空安全、护照办理、贫困补助、食品安全检查和海关等仍正常运行，纽约各大机场也都在照常运转。

三是美国社会的自治能力颇强，各种非政府组织也能量不小。即便政府暂时不能提供部分公共服务，整个社会运行、普通美国人的生活不会因此遭受太大冲击。

四是美国是地方自治。美国全称是“美利坚合众国”，由五十个州（state）组成。美国政府停摆，为什么对美国国内影响不大呢？很简单，联邦政府关闭，不等于地方政府关闭。美国的州政府、市政府，甚至一些乡镇，都是自治的，都没有关闭。美国三级政府互不统属，都是互相独立的，地方的行政、司法、立法，都有自己的一套。state 译成中文就是“国”了，五十个“州国”，各州是高度自治的，所以这个预算案影响的主要是在美国首都华盛顿的联邦政府，其他各州不受大的影响。托克维尔在《美国的民主》一书中，专门谈到了美国的乡镇自治，认为美国人的核心价值观是体现在乡镇自治里面。了解了美国的乡镇自治就了解了美国。这话是非常精辟的。

美国政府部门为什么会关门？是不是美国穷，开不出办公经费？不是。关门是因为政府预算没通过，国家有钱，但政府没钱了。10月1日是美国政府新一个财政年度的开始，然而支持政府运作的新财年财政预算却迟迟得不到批准。按照美国宪法，政府财政预算需要得到国会参议院和众议院批准方能生效。然而，由民主党把持的参议院和由共和党控制的众议院针尖对麦芒，导致预算案迟迟不得通过。预算案不通过，政府就拿不到办公经费，部分部门只能暂时关门。

怎样看待美国政府关门

米斯容金融公司集团副首席经济学家阿道弗 · 劳伦蒂接受新华社记者专访时说：“美国民主党和共和党的不负责任导致了此次政府‘关门’，这是政治上的失败。如果目前的僵局持续发展，特别是延长到 10 月 17 日，影响政府借贷能力，那后果就严重了。”美国朝野两党的党派之争往往影响到政府的有序运作和社会的正常运转，这次政府预算受阻，其根本原因是被党派利益绑架了。其实，国会两党的分歧并不在政府预算案上，分歧焦点是奥巴马医改法案。坚决反对医改的共和党试图通过给政府预算附加条件来阻挠医改实施，而民主党则坚决反对这种捆绑做法，要求一码归一码，预算是预算，医改是医改。所以，美国政府部门临时关门其实是“城门失火，殃及池鱼”。一项最新调查显示，46% 的受访者认为政府“关门”，责任在共和党；36% 的人认为在总统，即在民主党，另有 13% 的人认为两者均需负责。仅此就可说明，美国政治体制运行中并非总是带来正能量，往往也带来负能量。

美国联邦政府这次关门，显示了整个美国社会对于危机管控的娴熟，对大众心理疏导的及时、到位。在奥巴马宣布美国联邦政府关闭之前，美国有线电视新闻网（CNN）就立即出台了关于美国政府停摆的 20 个问答，解释了政府为何关门以及今后走向。这 20 个问答包括：为什么政府关门了？此类事件以前发生过吗？政府停摆后将发生什么？对经济有什么影响？会如何影响普通民众的生活？等等。我相信，在不少国家一旦中央政府正式关停，很可能就意味着社会动乱，但我亲眼所见，美国联邦政府这次关门，老百姓整体上泰然处之，行若无事，这同美国社会对于危机的管控，对大众心理及时的疏导是分不开的。

美国宪法规定国会的一个关键职责是通过对政府的预算案。这次美国联邦政府关门事件显示出国会对政府的监督和制约是实实在在的，国会通不过政府预算案，政府就没辙。国会通过的议案（法律），总统要执行，如果总统否决，国会还可以三分之二票数对总统的否决再否决，最后等于是国会说了算。这次美国国会没有通过联邦政府的预算案，就等于是没有给政府发薪水的钱，当然联邦政府就得关门，这是国会对行政机构的一种制约，它体现出即使是大权在握的总统，也要受到国会制约。你不改变政策，国会就不给你预算。在这点上，我觉得值得我们思考和借鉴。

不能简单地把美国民主党、共和党因党派之争引起美国联邦政府正式关停看成是美国政治体制的失败，也不能简单地把围绕奥巴马医改方案发生的冲突看成是狗咬狗的斗争，看成是纯粹为了一党之私。美国联邦政府正式关停起因于奥巴马医改法案，来自民主党的总统奥巴马希望给更多穷苦美国人提供医疗保险，医疗改革已成为奥巴马第一任期的最重要政绩。奥巴马医改法案全名是《病人保护与低价医法案》，强制普通美国人参加医疗保险。但天下没有免费的午餐，羊毛出在羊身上，穷人的医保钱最后还是要其他人来补贴。为此美国政府加征了部分税收，而普通人的医保费用这两年也因此大幅上涨。在野的共和党从一开始就反对奥巴马医改，在 2011 年成为众议院多数党后，共和党为了阻挠给奥巴马医改拨款或拖延医改实施，已采取了约 40 次立法活动。共和党认为，政府管得太宽，会伤害雇主的利益。还有人批评该法案中的医疗设备税其实是把大量工作机会拱手送到海外。我认为，实施奥巴马医改方案关系到美国是否能保持可持续性的发展，对这样一件大事，不是简单的决策，不是仅仅由执政党说了算，而是反复论证、辩论，并且让全国人民都了解真相。这点，也是值得我们思考和借鉴的。

世界各国政府停摆记录

此次美国联邦政府关门风波持续了 16 天之久。国人需要知道的是，中央政府关门并非美国特有的现象。没有中央政府时间最长的国家是比利时，在长达 541 天无政府的状态下，预算通过，公务员继续支薪。火车、公交车照常行驶，个人与企业并未被加税。油价、货物税、退休金和最低工资得到调整。百年一遇的冰雪天气清道机准时出动，环卫人员准点清走路边的垃圾杂物。各国首脑如期在这里召开国际会议，欧盟轮值主席国照当半年，期间欧盟运转正常。甚至北约军事干预利比亚，比利时都有参与。可见，没有中央政府的比利时的运作甚至比许多有中央政府的国家还要好。在此之前，这个记录由荷兰保持，荷兰曾经有 289 天没有中央政府。此外，吉尔吉斯斯坦、马尔代夫等国都出现过“无政府”状态的局面。在中央政府关门的情况下，整个社会还能维持稳定，有序运转，这点，对于我们加强社会主义政治文明等建设，显然也具有参考和借鉴价值。

美国政府关门并不是稀罕事，这种情况以前在美国多次发生过。在里根总统和卡特总统任期时，联邦政府都曾关门，美国人已见怪不怪。过去 30 年里有一半时间，联邦政府部门都或长或短地面临关门危机。从 1977 年到 1996 年间联邦政府已经关门 17 次。近 30 多年来，在 1977 年、1978 年、1980 年、1995 年等十余个年份，联邦政府都因为两党预算争斗而出现或长或短的关门现象。上一次长时间、大规模政府关门事件发生在 1995 年底至 1996 年初的克林顿总统执政期间，两党因为预算谈判破裂，部分政府部门关门近一个月。那年的圣诞节是克林顿自己掏钱买单点燃了白宫的圣诞树。

美国的钓鱼反腐

美国自诩是世界上最为民主的国家。从总统到州长、市长，从联邦国会议员到州议员，都是经过民主选举产生的；美国国会制订有严格的法律和法规，联邦政府设立有庞大的监督机构，对政府各级官员、议员和所有公务员进行防止腐败的管控；美国社会力量尤其是新闻媒体，对政府官员、议员和公务员进行严密的监督。然而，腐败现象照样像病毒一样无孔不入，侵蚀着美国政府的肌体，政府官员、议员及公务员的腐败犯罪现象依然层出不穷。美国也努力反腐倡廉，且举措不少，使我印象最深的便是美国的钓鱼反腐。

在美国，反腐败的任务主要由联邦调查局（FBI）来完成。在美国特色的司法体系之下，如果仅仅靠举报揭发，恐怕连贪官的毛发都抓不住。所以，联邦调查局反腐败很有特色，有自己的绝招。联邦调查局反腐败的绝招叫"sting"。"sting"之意为"刺痛"，也有人音译为"死叮"，更为形象。"死叮"战术并不是用来侦破任何已经犯下的罪案，而是采取模拟犯罪的方式考验和诱惑他们认为有嫌疑的政府官员。"sting"，简单说来就是故意派人去引诱你腐败，看你上不上钩，上钩就予以抓捕。联邦调查局直属白宫，在各地的分部不受当地政府管辖，可以调查任何人。钓鱼反腐效果如何？能钓到腐败的大鱼吗？钓鱼反腐合不合法？老百姓对钓鱼反腐支不支持？当官的对钓鱼反腐反不反对？我来旧金山工作将近一年，对此有了深刻的感受和认识。

钓到一条大鱼

2014 年 3 月 26 日上午，我刚走进办公室准备开始工作，新闻处一位同事就向我报告说：当天凌晨，数百名联邦调查局探员在旧金山湾区展开大规模搜捕行动，逮捕了数名嫌疑人，其中包括加州华裔参议员余胤良（Leland Yee），以及旧金山百年老侨团——五洲洪门致公总堂会长周国祥等 26 人。

我听了大吃一惊。因为，我和余胤良和周国祥不仅多次见面，而且就在 12 天前即 3 月 14 日晚，中华总会馆为余胤良服务华人社区 25 周年举行大型祝贺活动，在康年大酒店开席数十桌。许多侨团为他颁发贺状，侨领们纷纷登台发表祝贺感言，我也应邀出席并发表了讲话。余胤良在答谢讲话中踌躇满志，希望侨界支持他竞选州务卿。3 月 22 日，少林寺方丈释永信邀我出席观看“少林古韵”访问团在旧金山举行的功夫专场演出。演出开始前，舞台中央大屏幕上播出的是余胤良事先专门录制好的祝贺讲话，吸引了全场观众的眼球。我到美国工作不久就认识了余胤良，在侨界活动中与他有过多次互动，他也多次出现在总领馆的中国国庆招待会上和中华总会馆的总董交接仪式等活动上。我非常纳闷：只几天时间，这位华裔政治明星，怎么就从座上客变成了阶下囚呢？

以往，余胤良的公众形象绝对是“高大上”，与“枪支管控”“开放政府”“儿童健康”等正能量议题密切相关。在华文媒体的报道里，他是一个 3 岁离开广东台山，能讲流利粤语的海外游子。他醉心于教育，保护儿童，为华人社区代言，从 1990 年起便在家乡捐资建教学楼、设立奖学基金。《洛杉矶时报》称，现年 65 岁的余胤良经历堪称外籍移民实现“美国梦”的一个典型。余胤良 3 岁时就随家人来到美国定居，受过良好教育，曾获得夏威夷大学儿童心理学博士学位。他 1988 年步入政界，1996 年成功竞选为旧金山参事。2002 年，又当选为加州众议院议员、执行议长。在任期间，余胤良对暴力和色情电子游戏分级的提案成为媒体焦点。该案于 2004 年经加州参众两院通过，但遭州长施瓦辛格否决。2005 年，余胤良再提此案，终获州长签署。随后，电子游戏业向联邦地区法院指控，余胤良此案违反美国宪法。后经法官裁决该法案暂时停止。虽然法案失效，但是余胤良却树立起了反暴力和色情的“良心议员”形象。同年 3 月，由于长期关注加州学校食品供应和学生健康，时任加州众议院执行议长的余胤良被评选为“年度立法者”。2006 年，余胤良成为美国加州历史上第一位华裔参议员。这年 12 月，余胤良当选加州参议员后返回广东，他对媒体说：“希望更多华人参与美国政治，‘相信在未来，会有越来越多在美国的亚裔下一代参政，担任各种公职与民选官员，甚至美国总统。’”在任期间，与他之前的反暴力立场一脉相承，他成为枪支管控的积极支持者。加州参议院还通过了他提出的一项枪支管制法议案。有媒体认为，虽然余胤良被捕，但是他之前创造的傲人政绩不可抹煞。他除了为美国华人争取过不少权益外，还一直致力于传播中国文化，希望将中国文化引入美国主流社会，曾向美国社会大力推介中国功夫以及中医文化。有媒体呼吁余胤良应得到公平的审判。

3 月 27 日，在旧金山联邦大楼前举行的一个简短的新闻发布会上，余胤良的辩护律师迪密斯特宣读了余胤良的退出竞选的声明。余在声明中说：“我在此宣布立刻退出我州务卿的竞选，并且即刻生效。”余在声明的结尾处还特别向公众表示“最诚挚的问候”。

28 日上午，加州参议院投票决定，将 3 名涉嫌犯罪的民主党成员停职，其中包括余胤良。当天，余胤良在加州参议员办公室的桌子被主纠仪长锁上。3 月 31 日上午 9 点半，余胤良在旧金山联邦法庭出庭。随后，余胤良和律师从联邦法院大楼后门走出，低头且面带微笑，但没有对外发表任何声明。

所有媒体报道表明，余胤良是被联邦调查局钓鱼而锒铛入狱的。人们普遍认为，余是联邦调查局近年来钓到的一条大鱼。余胤良被控无证串谋贩卖军火和非法进口军火，以及6项违背公信力诈骗罪名。检方表示，如果余胤良的每项控罪罪名成立的话，将入狱长达20年，罚款25万美元。他的辩护律师称，余胤良将否认所有控罪。在交了50万美元的保释金后，余胤良出狱，但未做出任何自辩。

当天，余胤良被捕一事成为许多媒体的头条新闻，迅速传遍世界。据美国《世界日报》报道，余胤良被捕消息，尤其是对他被“贪污、组织犯罪、贩卖军火”等多项重罪起诉，持续在南加州华裔小区发酵，包括华裔民选官员、传统侨社、华裔商家以及余胤良在南加州的助选团队一片哗然，不少华人直言“完全想不到”。“太离谱了，简直就像是下三滥的低级电影”，曾全力支持余胤良的布伦南称，“我给他投过票，认为他能代表我。实在太令人失望了”。戴利市市长卡尼伯与余胤良多年共事，“我很困惑，大脑一片空白，这跟我认识的那个人完全不一样”。当地媒体《圣荷西水星报》提出疑问：哪一个才是真正的余胤良呢？看起来十分勤勉的人民公仆，还是贪腐、道德败坏的司法公敌？

更让人想不到的是，余胤良被起诉不仅意味着他的政治前途几乎被毁，而且还威胁到民主党重振州参议院多数席位的能力。加州议会的版图，因余胤良落马而改写。华裔政商顾问梁掌球表示，在继非裔的莱特和西裔的卡德龙被捕之后，余胤良已是加州民主党近期第三名因涉嫌贪腐而落马的参议员，“加州民主党大地震，可想而知”。加州参院民主党席位将因此降至25席，失去超级多数（supermajority）优势。这将直接导致加州许多重大议题的投票结果，将会产生戏剧性的改变。加州参议员40人，许多议题通常以三分之二的多数票才能通过，所以长期以来只要民主党或共和党的席位超过

26席，即在许多重大议题上占据绝对优势，形成“一党独大”。但随着余胤良落马，加州未来许多重大议题，将“不再是民主党说了算”。政治观察家认为，这也是余胤良26日被捕时，民主党参议长非常生气地表示“请你从这里滚出去”的原因。

余胤良参议员是怎样被钓鱼的

根据公开发表的联邦调查局侦结报告显示，余胤良三次被直接钓鱼，两次被间接钓鱼。

对于余胤良如何第一次被直接钓鱼，侦结报告说：余胤良曾受菲律宾棉兰老岛政府邀请前往访问。联邦调查局卧底探员原本要余胤良帮忙安排与一名“军火商”会面。该“军火商”计划向菲律宾运送武器，因为当地一个穆斯林团体与菲律宾政府间的战争仍在持续。这个军火商实际上是联邦调查局的侦探。这个侦探在余胤良腐败案件中充当了钓鱼反腐的角色。

对于余胤良如何第二次被直接钓鱼，美国《纽约每日新闻》报道说，据联邦调查局办案人员介绍，一名联邦调查局探员假扮成黑帮分子与余胤良接触，提出想要一批军火。余胤良立即承诺，能帮助探员获得价值50万至250万美元军火，包括各种重型武器。但作为回报，须为余提供巨额竞选资金。余胤良告诉这名探员，他认识这名军火商很多年了。他还说，“你问我想不想赚钱？当然想。”在之后的会面中，这名探员还告诉余胤良他需要导弹发射器甚至导弹，并愿意为此花费巨资。起诉书中称，余胤良欣然同意，并告诉这名探员，他已经看到两人之间的互利关系，并许诺他一旦当选州务卿，便可以在未来的商业交易中照顾这名探员。经过多次接触，余胤良还对这名卧底坦露心扉，“其实，我有时希望能像你一样，做个混社会的自由人。”联邦调查局称，当两人谈到另一名州参议员因涉嫌腐败而遭到起诉时，余胤良甚至产生要逃到菲律宾的念头。以上交谈，都被FBI探员悄悄录音，记录在案。而在这笔武器合同“敲定”之前，余胤良收到了逮捕令。

对于余胤良如何第三次被直接钓鱼，侦结报告指出：“余胤良与杰克森为筹集州务卿竞选资金，两人同意把对药用大麻法案决议能否通过有影响力的州议员介绍给捐款人。”杰克森是余胤良的政治顾问和竞选班子的负责人，负责筹措竞选资金。为了募集到竞选资金，余胤良和杰克森帮助捐款人认识某些议员，以方便捐款人为通过大麻法案做议员工作（即为贿赂议员创造条件）。余胤良万万没有想到，这名捐款人竟然是联邦调查局的另一名卧底探员。2013年，这名卧底探员假扮医用大麻企业商人，向余胤良提供21000美元竞选款项，而余胤良则安排这名卧底与两名州议员会面。

余胤良第一次被间接钓鱼的基本情况是：2011年，一位联邦调查局卧底探员成功打入加州著名华人组织——成立超过150年的五洲洪门致公总堂，随后以“顾问”的身份埋伏。调查局最初的目标是致公总堂龙头周国祥，他曾在2000年时因谋杀、贩毒、纵火等罪名入狱。2006年出狱后，周国祥当上致公总堂老大。探员发现，他与华人黑社会团伙紧密关联。对余胤良的起诉书称，余胤良从周国祥处获取数万美元政治捐款，用于2011年竞选旧金山市长和2014年竞选加州州务卿费用。作为交换，余胤良为周国祥颁嘉奖状，并为其从事非法活动提供方便。有了这些发现，FBI开始把“圈套”撒向余胤良。联邦调查局通过对周国祥钓鱼，以掌握余胤良的犯罪证据。周国祥作为五洲洪门致公总堂的龙头大佬，手下集中了一批马仔，这些人唯周之令是从。前些年曾发生命案，警方认为周涉嫌杀人，但证据不足。于是，警方在他脚踝上安装电子监控装置，禁止他离开旧金山。无论他到哪里，警方都能追踪。警方发现，周国祥曾希望借助余胤良的政治影响力，为他移除脚踝上的电子监控装置。余也希望借重周的势力扩大影响和利益。卧底探员以臭名昭著的西西里黑手党成员的身份接近周国祥，西西里黑手党曾为“教父之祖”鲁西阿诺（Lucky Luciano）领导。卧底探员将自己塑造为帮派中的超级明星，声称自己贩过毒、走私过军火、抢劫过烟草卡车，并有用之不竭的现金。他在周国祥身边卧底达 4 年之久。周国祥对这位探员说，如果要请杀手，只需 1 万元。

余胤良第二次被间接钓鱼的基本情况是：余胤良的政治顾问杰克森负责为余募款以用来竞选，杰克森同时是致公堂的顾问。联邦调查局为了掌握余的犯罪证据，接近杰克森的关系户芮昂，芮昂向前来钓鱼的卧底探员表达：发展业务需要保护时，可以给探员提供手榴弹、地雷与 C4 炸药。芮昂的话为联邦调查局提供了余胤良和周国祥涉黑的证据。

钓到了几条大鱼

就加州来说，《华盛顿邮报》称，余胤良是加州 2014 年第三名接受联邦调查局贪腐调查的参议员。加州一共才 40 名参议员，2014 年前 3 个月就已调查了 3 名。不能不承认，联邦调查局钓鱼力度不小。

就 3 月 26 日这一天来说，联邦调查局除了对余胤良、周国祥等 20 多人采取行动之外，同天还突击搜查了纽约州民主党众议员斯卡布洛的住宅及办公室，没收了包括其手机在内的大量个人用品。斯卡布洛多年前报销的一笔将近 6 万美元的差旅费用引起了联邦调查局的怀疑。然而，他坚称自己是清白的。

26 日这一天，联邦调查局还调查了另外两名美国官员，其中一名是北卡罗来纳州最大的城市夏洛特市市长帕特里克・坎南。英国广播公司 27 日称：26 日，联邦调查局探员逮捕了坎南，并搜查了他的住宅、办公室及其名下的公司。坎南于 2013 年 12 月刚刚走马上任，他在被捕几小时后便宣布辞职。联邦调查局特工假装是地产商送了他 48000 美元现金、机票、豪华公寓租金等好处作为“回报”，他利用职务之便帮助行贿者和该市负责市政规划的多名官员牵线搭桥。一旦受贿罪等罪名成立，坎南将面临最高 50 年的刑期和 150 万美元罚款。坎南在辞职信中表示：“我对我的所作所为表示后悔，但我认为这是最符合我市利益的做法。”目前他已经取保候审。

钓鱼反腐的几点启示

美国的钓鱼反腐成效显著，俨然成为反腐利器。在联邦调查局的史上最著名的“钓鱼反腐”，大概要算 1978 ~ 1980 年间的“阿布斯坎行动”。联邦调查局通过虚构的“阿卜杜实业集团”贿赂国会议员，将 1 名参议员、6 名众议员送入大牢。20 世纪 90 年代初期，芝加哥腐败非常严重，联邦政府驻芝加哥首席调查员弗里曼静悄悄地张开大网，寻找破绽。1991 年 10 月，联邦调查局秘密地逮住一个油滑的包工头约翰·克里斯托弗。约翰主动交代，他每月付给市议员亨利 5000 美元贿赂，以便在亨利的第 24 选区非法倾倒建筑废料。可惜亨利不久死于癌症。然而联邦调查局与约翰进行了秘密交易，如果他能帮联邦调查局逮住几条大鱼，可以将功折罪。双方当即达成默契，弗里曼做出详细周密的部署。联邦调查局开办一家公司，专门用来钓鱼反腐。联邦调查局给这个反贪战役起了一个代号，叫“银锹行动”。该行动从 1992 年秘密展开，历经三年半。当中因白宫易主，1993 年伯恩斯接替弗里曼从事此项工作。到 1995 年为止，他们共录下 1100 盘音像证据，送出贿赂 15 万美元。涉案者有当选官员、公务官僚、工会领袖、黑手党和不法商人共 40 有余。此后经四年多法庭诉讼，最终将 6 名市议员、12 名公务官僚和其他人员送进监狱。据报道，联邦调查局在全国范围内平均每年要发动 300

起钓鱼行动，就看哪个倒霉鬼上当了。

钓鱼反腐的主要对象是掌握了公共资源的有权有势的人。在美国，要证明贪官犯罪，仅仅证明贪官收了钱是不够的，因为美国法律允许政客筹集竞选资金，他们可以以竞选资金的名义为自己开脱罪责。只有钱权交易，或是能够证明他们将政治捐款装入私人腰包，才是犯罪。要做到这一点，钓鱼反腐是自然的选择。美联社报道说，2007 年 2 月 22 日清晨，100 多名美国联邦调查局特工分成数个小组，突袭抓捕了新泽西州 11 名政府官员。他们的罪名是：涉嫌“滥用职权、践踏公民信任和公然受贿”等，这些涉案官员将面临着罚金 20 万美元和监禁 20 年的严厉处罚。美国联邦调查局特工掌握他们犯罪事实的绝招就是“钓鱼”。这起新泽西涉嫌腐败丑闻的政府官员，以承诺帮助承包商获得工程项目为名，接受了一名承包商的贿赂。然而，他们万万没有想到的是，这名承包商竟是联邦调查局安排的线人。新泽西州 11 名公务员受贿 1500 美元到 17500 美元不等，然后以承包公共工程作为回报。新泽西州的抓捕行动仅仅是联邦调查局全国反腐败行动的一部分，在过去 5 年中新泽西州共有 100 多名公职人员因被钓鱼而落马。

情报机关在钓鱼反腐中起到很大作用。联邦调查局是美国司法部的情报机关，拥有成千上万特工人员，有的活跃在针对国外的情报战线上，有的则从事钓鱼反腐的工作。余胤良这次之所以落马，因素之一就是栽在特工的钓鱼上。

执政党对钓鱼反腐的配合和支持至关重要。巧合的是，2014 年以来 3 名在反腐风暴中受到联邦调查局调查的官员全部是民主党籍。美国“共和党”网站 26 日趁机将该事件称为“民主党三月的疯狂”，讥讽“全国民主党人士近日总能登上负面消息的头条”。民主党人、加州众议院议长佩雷斯星期日在三藩市出席一场公开活动后向记者表示，余胤良面临的指控是在民主社会中所能看到的最肮脏的行为。他表示，如果余胤良还有任何尊严的话，应该立刻辞去州参议员的职位。他同时表示，其他两名卷入刑事丑闻的民主党人、州参议员卡德隆和怀特也应辞职。同党参议员被钓鱼后，作为执政党的民主党不包庇、不遮掩，这对于钓鱼反腐的稳步推进非常重要。

不断有人在钓鱼反腐中落马同美国的制度设计有关。在美国，要想赢得大选，就必须有足够的竞选资金。为了筹集竞选资金，参加竞选的人不得不使出浑身解数，有些人赢了选举，却背了一屁股的债。为此，一些人难免不搞权钱交易。余胤良竞选旧金山市长时，欠债7万，为了还债，不幸联络联邦调查局的卧底进行权钱交易。他安排探员和非法军火商见面，由此跌入被钓鱼的万丈深渊。旧金山前市长布朗坦言，“我还是需要说一句公道话，余胤良确实是非常努力工作，参加每场活动，向每个人打招呼，而且依据人们希望听到的方式回答每个人的问题。尽管他可能在转过身后，做出与刚刚所说正好相反的事，但这就是他。他也无时无刻不在寻找竞选经费。”

及时曝光、阳光执法有利于赢得公众对钓鱼反腐的理解和支持。3月26日，加州参议员余胤良被联邦调查局逮捕的当天下午，法院就对外发布了长达137页的起诉书，起诉对象包括参议员余胤良、致公堂龙头老大周国祥、致公堂顾问杰克逊等26人。一段时期内，报纸上每天在一个固定的栏目中刊登起诉书中的内容。读者通过阅读公开发表的起诉书，及时了解余胤良及另外25名被捕人士被控的罪名罪状，包括“走私军火”“洗钱”“买凶杀人”“运毒”“走私违禁香烟”“利用公职诈骗”等重罪。此举有利于增强公众对当局钓鱼反腐的认同感。

现在越来越多的国家和地区都十分重视反腐的调查方法，并积极主动出击，让腐败官员防不胜防，从而让每位官员时时保持警醒，严于律己。据报道，香港廉政公署已经陆续培养了50多名出色的“卧底”人员。近几年来，他们进行了将近80次“卧底行动”，检控成功率几乎达到100%。

亲历一周内两次为平民下半旗

2013 年 4 月 5 日我到达旧金山，出任驻美国旧金山大使衔总领事。我绝对没有想到，在我到达美国的第二周里会连续发生两次震惊世界的爆炸案，会亲历两次美国举国为平民遇难下半旗致哀的事情。

第一次是美国为波士顿爆炸案遇难平民下半旗致哀。4 月 15 日下午（美国当地时间 15 日下午 3 时许），美国波士顿马拉松比赛终点线附近发生两起连环爆炸，造成包括来自中国的留学生吕令子在内的 3 人死亡，170 多人受伤，其中仍有人没有脱离生命危险。吕令子是波士顿大学的一名研究生。当数千名参赛选手正在完成赛事、观众在终点线观看、欢呼时，爆炸发生了。波士顿当地电视台的网站报道称，受伤者中主要是观看波士顿马拉松比赛的观众。波士顿爆炸案发生当天，旧金山市就和美国各地一样为包括吕令子在内的死难者下半旗致哀。美国人喜欢悬挂国旗，即使不是过年过节，现代建筑物上都升起国旗，有的建筑物上甚至同时悬挂多面国旗。我曾见到一个广场上竖立一二十面旗杆，上面升起的都是美国国旗。波士顿爆炸案发生当天，整个国家都下半旗为遇难的三位平民致哀。

第二次是美国为德州化肥厂爆炸案遇难平民下半旗致哀。波士顿爆炸案仅仅两天以后，据美国媒体报道，美国得克萨斯州一家化肥厂于当地时间 17 日晚发生爆炸，造成 14 人死亡、数十座民宅及一座公寓楼群被毁。美国为波士顿爆炸案遇难平民降下的国旗还没有来得及升上去，又接连发生了德州化肥厂爆炸案。于是，各地的旗杆继续下半旗，既哀悼波士顿的遇难者又哀悼德州的遇难者。

我最早亲眼见到为平民下半旗致哀是在加拿大。2011 年 6 月，我到达加拿大第一大城市多伦多，见到全城下半旗，深感诧异，以为有什么重要领导人去世，忙请陪同的朋友去打听。通过询问，我才知道是为一位消防队员致哀。为什么要下半旗呢，因为刚刚发生重大火灾，在救火过程中他奋不顾身，以身殉职。我当时就为加拿大为平民下半旗致哀的举措感叹不已。

不久，美国康涅狄格州校园枪击惨案和美国全国下半旗为死难者哀悼的情景给我留下新的深刻印象。2012 年 12 月 14 日，美国康涅狄格州一所小学发生枪击案，造成至少 27 人丧生，其中包括 18 名儿童。当地官方称枪手已经被击毙，美国总统奥巴马立即下令白宫和政府建筑物下半旗致哀。据英国广播公司报道，美国总统奥巴马惨案当天在白宫记者会上说，美国经历太多像康涅狄格州枪击案这样的悲剧。奥巴马讲话时多次落泪，形容事件令人心碎，他向受影响家庭致以慰问。他说，全国感到非常伤心，美国必须采取措施防止这样的枪击案发生。

在波士顿爆炸案发生后，我在旧金山亲眼所见的一切，对我的视觉冲击最大，留给我的印象最深，并引起我一系列思考。我第一次感受到国家为平民遇难下半旗没什么成本，却意义重大，影响深远。这一举措彰显的是以人为本的理念，确实可以起到凝聚人心、弘扬正气、抚慰伤痛的作用。我注意到，在两场爆炸案先后发生的时间里，一个又一个的行动与下半旗一起，既凝聚了美国人民的爱心，又表达了美国人民的共识，不能不使我从心底认同和赞叹：

一是美国总统奥巴马亲自哀悼。虽然在波士顿爆炸案中只有三名遇难者，实事求是地说，遇难者人数不大，但作为国家元首的奥巴马，18 日却专程来到波士顿，沉痛哀悼马拉松爆炸案中的死难者。尤其难得的是，他在讲话中特别追思了遇难的中国女留学生吕令子。当天的官方追思活动在波士顿圣十字主教坐堂举行。奥巴马发表了长达20分钟的讲话，代表美国政府向死难者致哀，问候百余名受伤者。奥巴马在讲话中说，我们的心与来自中国的遇难者吕令子的家庭同在。吕令子的家庭将她送到波士顿大学读书，来让她感受这座城市所能给予她的一切。奥巴马说，23岁的吕令子远离故乡，大洋两岸的美中民众对吕令子的遇难感同身受。奥巴马同时哀悼了其他两位遇难者，29岁的坎贝尔以及8岁的理查德。奥巴马在追思活动结束后，于当天下午还前往麻省综合医院看望了爆炸案中的受伤者。

二是两场爆炸案发生后，许多人都奋不顾身地投入现场抢救。在德州化肥厂爆炸案中，不少医护和消防人员第一时间冲在最前面而以身殉职。正因为如此，马萨诸塞州州长帕特里克特别强调，他要向第一时间在爆炸案现场投入救援的警察、医务工作者以及志愿者表示由衷感谢。因为那时当局还没有确定现场是否还会有危险，但首批响应的救援人员都奋不顾身。

三是多位政要参加官方对三位遇难平民的追思活动。三位遇难者太平凡了，年纪最大的只有29岁，最小的只有8岁，然而全场官方追思活动却持续一个半小时之久。多位马萨诸塞州前州长也出席了当天的活动，其中包括奥巴马总统过去的大选竞争对手罗姆尼。奥巴马讲话期间，他也多次鼓掌致意。马萨诸塞州州长帕特里克致哀辞。

四是对来自异国他乡的中国留学生吕令子表现了特别的哀悼。吕令子是外国人，其他两位遇难者是美国人，美国对外国人的哀悼规模和声势超过了本国人。4月22日，美国波士顿大学在学校礼堂举行千人追思会，悼念在波士顿爆炸案中不幸遇难的中国留学生吕令子。吕令子的父母等家人出席了追思会。22日19时，人们手捧鲜花静静走入波士顿大学礼堂，为不幸在波士顿马拉松爆炸案中离世的中国留学生吕令子举行送别仪式。可容纳千余名观众的礼堂现场，正前方摆放着吕令子的大幅照片和一簇美丽的鲜花，照片中她阳光灿烂的笑容感染着所有来宾，在鲜花映衬下她显得格外清纯美丽。

马萨诸塞州州长帕特里克再次出现在追悼吕令子的活动中。波士顿大学校长罗伯特·布朗、中国驻纽约总领馆副总领事钟瑞明等人到场参加追思会。布朗在悼词中高度评价吕令子，称赞她是一名杰出的学生，是波士顿大学的骄傲。成千上万波士顿大学校友，朋友以及世界各地其他人纷纷要求以某种方式伸出援助之手，波士顿大学为了缅怀吕令子现以她的名义设立了一项奖学金，肯尼思菲尔德（管理学院 70 届）说："以这种方式寄托我们的哀思是再恰当不过了，也是正确之举"。

五是两个爆炸案发生后司法部门对社会各界迅速做出交待。波士顿爆炸案迅速破案，将 19 岁嫌疑人焦哈尔·察尔纳耶夫缉拿归案。联邦检察官对波士顿爆炸案的这位嫌疑人将提出指控，罪名包括使用大规模杀伤性武器造成重大人员伤亡，若罪名成立最高可面临死刑。德州化肥厂业主也很快遭到起诉。

六是我亲眼目睹旧金山市长李孟贤等人，为防止旧金山发生波士顿爆炸案、德州化肥厂爆炸案之类的惨案，及时做了许多工作。

一面国旗，一份情意，一片赤忱，一份爱心，千万面国旗下半旗所彰显的是汇集起来的正义的力量、人性的力量。我虽然到美国出任新职时间不到半月，却从两次惨案、两次下半旗中感受到了这一点。

关于下半旗致哀的由来，最早的、被广泛接受的说法是，这种象征性情感的表达源自英国船员。1612 年的一天，英国船哈兹·伊斯号（Heart’s Ease）在探索北美北部通向太平洋的水道时，船长不幸逝世。船员们为了表示对已故船长的敬意，将桅杆旗帜下降到离旗杆的顶端有一段距离的地方。当船只返航驶回伦敦时，人们见它的桅杆上下着半旗，不知何意。一打听，原来是以此悼念死去的船长。到 17 世纪下半叶，这种致哀方式流传到大陆上，遂逐渐成为惯例，为各国所采用。

下半旗，是当今世界上通行的一种致哀方式，也是公众表示哀悼的重要礼节。近 400 年来，下半旗致哀已经慢慢演化成为一种国际惯例，无论是为国家领导人，还是为平民百姓，“降旗”所表达的内涵，已无需再用语言阐述。国旗是国家主权的象征，下半旗致哀往往也是一种国家意义上的哀悼。将旗帜上升至杆顶，再缓缓下降，为“看不见的死亡之旗”留出位置。这片简单的空白和看似象征性的仪式，却是对死者生命的高度尊重，也是哀悼情感的真挚表达。

国外下半旗致哀的现象非常普遍，其中美国下半旗致哀最为频繁，仅2012年联邦和各州有近半时间有官方下半旗。在2012年1月1日至10月16日的289天里，全联邦和各州共有158天出现了官方降半旗的情况。其中，全联邦的降半旗有9天，地方州的降半旗152天，地方州降半旗一般是为出身本州的阵亡士兵致哀。美国官方降半旗的日子分为以下几种情况：1. 为纪念在战争中殉职的战士和平民，比如美国阵亡将士纪念日（5月最后一个星期一）、爱国者日（每年9月11日）、和平官员阵亡将士纪念日（5月15日）、珍珠港纪念日（12月7日）等。2. 纪念总统等高级别领导人，比如总统或前任总统辞世后的30天，副总统、现任或前任最高法院首席大法官、众议院议长辞世后的10天，最高法院大法官、行政或军事部门部长、前任副总统以及某州、美国某部分领土的管理者辞世当日起至下葬期间，美国将降半旗。此外，每当州政府现任或前任官员逝世，该州州长可以下令降半旗以示尊重及悼念。3. 总统和州长有权为某人的去世和某个特殊事件下令降半旗。

个体公民和非政府建筑物也可以自由选择用降半旗的方式纪念而不受限制。美国至今没有联邦国旗法。非强制性的美国国旗守则也不排除为任何公民降半旗。民众为任何非政府的公民降半旗并不需要得到政府的授权。只有在政府或公共设施范围内国旗守则才应被遵循。各镇、各市、普通公民和企业团体完全可以自行决定是否把门前的国旗降一半。例如，乔布斯离世后，苹果公司就曾降半旗致哀。

许多国家都有为平民惨案下半旗致哀的传统。例如，德国发生重大灾难时规定要降半旗致哀，一般由德国联邦内政部公开宣布。1998 年 6 月 3 日，德国一列高速列车出轨，酿成德国近 50 年中最惨重的铁路交通事故，100 人死亡。事故次日，德全国降半旗致哀。2010 年 7 月 24 日，德国杜伊斯堡音乐节发生踩踏事件，21 人死亡，7 月 31 日德国各地降半旗致哀。2002 年 4 月 26 日的古特恩堡校园枪击案和 2009 年 3 月 11 日的艾尔特维尔中学枪击案，是德国近年来影响较大的校园枪击案，事后德国全境也都降半旗致哀，悼念遇难死者。

值得指出的是，不少国家有为中国遇难平民下半旗哀悼的记录。例如，2008 年 5 月 19 日，英国驻华使馆降半旗悼念汶川地震遇难者。2010 年 4 月 21 日，英国驻重庆总领事馆降半旗悼念青海玉树地震死难者。2012 年 10 月 4 日至 6 日，英国驻香港总领事馆连续三天下半旗，向南丫岛撞船事故罹难者表示哀悼。

汶川地震后，拉美大国——秘鲁共和国全国下半旗致哀。由秘鲁总统、总理、外长、司法部长和劳工部长共同签署的最高政令说："2008 年 5 月 12 日发生在中国的强烈地震，不仅是这个亚洲国家的灾难，也是全人类的不幸。"

中国为非领导人下半旗致哀，最早是在 1999 年。1999 年 5 月 12 日，为哀悼驻南联盟大使馆遭袭击中遇难的三位烈士，天安门、新华门、全国省级政府等均下半旗致哀。而真正为普通民众的不幸以国家名义致哀，始于 2008 年汶川地震全国哀悼日期间，连续三天作为全国哀悼日，全国和驻外机构下半旗致哀。在此期间，全国和各驻外机构下半旗致哀，停止公共娱乐活动，外交部和我国驻外使领馆设立吊唁簿。5 月 19 日 14 时 28 分起，全国人民默哀 3 分钟，届时汽车、火车、舰船鸣笛，防空警报鸣响。与此同时，新华社授权发布通告，在连续三天的全国哀悼日期间，奥运火炬暂停传递。这是体现同族同根、万众同心、同爱共哀之举，是深得民心的重大决定。这是体现国家尊重和珍惜普通公民生命的重大标志性事件，这是落实"以人为本”执政理念的有为之举，得到了全体国人包括全球华人的一致赞同和支持，为国家赢来新的国际尊重。类似的例子还有，2010 年的玉树地震和甘肃舟曲特大泥石流，在全国哀悼活动中国务院都决定降半旗致哀。2010 年 1 月 19 日，中国常驻联合国代表团和公安部为海地地震遇难的中国警察降半旗致哀。2010 年 8 月 26 日，香港特区政府及中央驻港机构为香港旅行团在菲律宾马尼拉被挟持事件遇难者降旗致哀。2012 年 10 月 4 日至 6 日，香港特区政府为南丫岛撞船事故遇难者降半旗致哀，等等。

众所周知，国旗象征国家主权和民族尊严，体现民族精神和民族凝聚力。当不可抗拒的天灾袭来，难以预测的人祸发生造成大量同胞不幸遇难的悲剧发生后，中央政府以国家的名义，通令下半旗为遇难同胞致哀，将给予遇难者亡灵以莫大安慰，对遇难者家属以莫大慰藉，对生者以莫大激励。为遇难平民下半旗致哀是社会文明和政治清明的表现，愿大家在低垂的国旗之下，怀着悲悯之心，祝遇难者安息！

感人的蝙蝠侠行动

2014年4月5日，是我担任中国驻旧金山大使衔总领事一周年。一年内，我亲见了两次蝙蝠侠行动，亲身感受了美国的慈善传统和文化，并引起了我一系列的思考。

什么是蝙蝠侠行动?

什么是蝙蝠侠行动？简单地说是美国官方和民间联手实施、上万名志愿者参加的一个大规模的慈善行动。

5岁的迈尔斯，出生18个月后确诊得了白血病，经治疗病情得以稳定，处于康复阶段。他最热爱的人物是电影《蝙蝠侠》中的英雄——蝙蝠侠。在与白血病魔抗争的时候，他总是从具有神力的超级英雄尤其是蝙蝠侠的事迹中得到鼓励，梦想当英雄惩恶扬善。为了让孩子拯救世界的梦想成真，美国一个叫梦想成真的慈善组织发起了蝙蝠侠行动，由志愿者配合出演，让整个旧金山变成了哥谭市。哥谭市是电影《蝙蝠侠》中出现的一个虚拟城市，被认为是蝙蝠侠的故乡。蝙蝠侠行动得到旧金山市1.2万人的报名支持和配合，就连总统奥巴马夫妇也参与其中，为其加油。

迈尔斯家住美国加州北部一座小城，距旧金山车程约 600 公里。2013 年 11 月 14 日，迈尔斯被请到旧金山，抵达旧金山时，他只知道会领取一套蝙蝠侠装束，全然不知一场规模浩大的圆梦行动正等待着他。

美国媒体以“演职员表”的形式介绍了参加蝙蝠侠行动的有关人员，不妨全文转载如下：

演职员表

男一号：“蝙蝠娃”，5 岁的迈尔斯扮演。

男二号：“蝙蝠侠”，杂技演员约翰斯顿扮演。

蝙蝠侠的“跟班”罗宾：迈尔斯的家人扮演。

哥谭市市长：旧金山市警察局局长格雷格·苏尔扮演。

检察官和联邦调查局探员：均由真实人物扮演。

1.2 万名“龙套”演员：均为报名的志愿者。

几万名群众演员：一路为“蝙蝠娃”喝彩。

道具：迈尔斯乘坐的“蝙蝠车”实际是一辆兰博基尼赛车，由热心车主出借。

演职员表的最后文字为“特别鸣谢：美国总统奥巴马夫妇”。

从这张演职员表的阵容就不难看出，蝙蝠侠行动不仅感动了整个旧金山，轰动了整个美国，也在全世界产生了广泛影响。

蝙蝠侠行动的内容

15日上午，在愿望成真基金会的策划组织下，迈尔斯身穿“蝙蝠侠”衣，乘坐电影中“蝙蝠侠”的座驾“蝙蝠车”，出现在旧金山闹市区街道上。旧金山警察局局长格雷格·苏尔扮演哥谭市市长，向“蝙蝠娃”求助，请“蝙蝠娃”迈尔斯开始他为时一天的打击犯罪行动。在一名成年“蝙蝠侠”和多名警力陪伴下，“蝙蝠娃”迈尔斯坐着警方护送的兰博基尼车穿越城市，开始“拯救行动”——先是英雄救美，从诺布山区的缆车轨道上救下一个生命垂危的少女并拆解一个“爆炸物”；接下来是勇抓劫匪，逮捕抢劫市中心金库的蒙面人，挫败一起抢劫案；最后是在体育场解救旧金山巨人棒球队的一个吉祥物。

随后，迈尔斯在联合广场周围的汉堡包专柜前吃午饭补充能量。当他正在吃汉堡的时候，警察局长打给他一个电话，让他看窗外。他看到一群志愿者扮演的求救者，呼喊着找他去救助旧金山巨人棒球队的吉祥物“海豹卢先生”，因为企鹅先生将海豹卢先生绑架后驾驶着可变形逃逸车逃跑了。在一场疯狂追逐之后，迈尔斯在体育场解救下“海豹卢先生”并送往市政厅。警方、市长和民众通力配合“蝙蝠娃”迈尔斯抓“坏蛋”，“拯救”城市。

整个活动得到了精心设计，愿望成真基金会鼓励所有蝙蝠侠粉丝和其他任何一位超级英雄的粉丝都来观看和感谢蝙蝠娃的英雄行为。该基金会详细列出并公布了“蝙蝠娃”展开无畏英雄行径的时间和地点。《旧金山纪实报》这次活动出了一期特刊，改名为《哥谭市纪实报》，

旧金山市长李孟贤将金钥匙奖给小蝙蝠侠

并在头条写上“小蝙蝠侠拯救世界”。

这项慈善活动让全城的人集结在一起完成这项善举，并使每个参与其中的人感受到了爱心的温暖，而实现梦想的小迈尔斯在蝙蝠车里露出了开心的微笑。旧金山市长李孟贤在市政厅接见了迈尔斯，感激迈尔斯的英雄行径，并送给他用巧克力做的城市钥匙，表达这座城市对“小英雄”的敬意。加州多名官员事后也给迈尔斯打电话，称赞他“勇敢”。成百上千充满爱心的旧金山市民为他欢呼——不少人热泪盈眶。美国总统奥巴马也向超级小英雄迈尔斯表示祝贺。奥巴马夫妇在社交网站上留言，鼓励迈尔斯的“除恶”行动。在一段事先录制的短小视频中，奥巴马说：“加油，迈尔斯！去解救哥谭市。”第一夫人米歇尔在推特网上写道：“蝙蝠娃，感谢你抓住了这些坏蛋。你激励了我们所有人。”

多种多样的蝙蝠侠行动

蝙蝠侠行动的目的是传递爱心、扶助弱者、弘扬人人助人的美德，从这个意义上讲，美国的蝙蝠侠行动多种多样，常办常新。据美国福克斯新闻 2014 年 4 月 13 日报道：“最近，驻扎在世界各地的美国空军战士开始流行剃光头。到目前为止，已经有驻扎在三个大洲的超过 400 名现役美国空军飞行员把他们的头发全部剃光了。”他们之所以这么做是为一个 5 岁的癌症患儿打气。

大蝙蝠侠和小蝙蝠侠

布雷登·米切尔出生于 2008 年，就在他出生前，米切尔的飞行员父亲在一次训练任务中不幸身亡。今年2月，厄运再次降临到这个小家伙身上，布雷登被检测出患有肾母细胞瘤，病情已经发展到第三期。肾母细胞瘤是一种肾脏癌症，主要发生在2岁到5岁的儿童身上。在接受化疗之后，布雷登开始掉发，这让他受到很大的打击。布雷登从小喜欢飞机，这让布雷登的母亲想到向她丈夫生前的飞行员好友迈克尔·德维塔求助。迈克尔·德维塔是一名空军上校，目前在第23轰炸机飞行中队里服役，是B—52轰炸机的飞行员。德维塔跟布雷登的父亲曾是军中袍泽。在2008年的那次训练事故中，布雷登父亲驾驶的飞机跟德维塔驾驶的飞机相撞，结果他没有及时跳伞最终丧命。科瑞·普利斯顿上校是德维塔和布雷登父亲共同的朋友，通过德维塔，他得知了克里丝蒂的困难，并开始想办法鼓励布雷登·米切尔。

普利斯顿于是向他的军中好友求助，请求他们剃光头然后拍照给布雷登看。普利斯顿告诉他们，最好能拍集体照，并且在飞机前面拍。因为这会让5岁的米切尔感到自己并不孤单。迈克尔·德维塔非常赞成普利斯顿的想法，他说：“这是一个鼓励小布雷登的好办法，也特别容易做。我非常愿意这样做，我在军中的好友们也都支持这种做法。我们希望能把这个做法推广开来，让其他的飞行员也参与进来。”德维塔表示，这样做有两个目的：一个是让喜欢飞机的布雷登看到更多不同的飞机；另外一个就是告诉他，一个人有没有头发并不重要。

最早响应这个提议的是远在阿富汗服役的美国空军士兵，在辛达德空军基地服役的90名士兵一起剃了光头并在飞机前合影。他们把照片寄给了远在美国俄亥俄州的布雷登。尔后这项爱心举动在美国空军中迅速扩散开来，驻在意大利、佛罗里达州、亚利桑那州、北达科他州等地方的超过10个空军基地的士兵们都加入了这项“为布雷登光头”的行动。普利斯顿告诉媒体说，不只是男性飞行员，也有数位女性参与到这项行动中。

德维塔说：“我们这样做是为了让他保持对抗癌症的斗志，支持布雷登撑过化疗阶段。剃头是小事，跟癌症斗争才是大事。”

对蝙蝠侠行动的几点思考

美国普通老百姓非常热心慈善事业，慈善事业在美国有着广泛和坚实的群众基础。按志愿者占总人口比例和慈善捐赠的规模来看，美国无疑是世界上独一无二的慈善国度。我亲眼看到，美国处处有雷锋，美国不存在老人摔倒了该不该扶的问题。国内的媒体和学者们更是喜欢引用下面一组数据：13岁以上人口中的50%每周平均志愿服务4个小时；75%的美国人为慈善事业捐款，每个家庭年均捐款约1000多美元。

在美国，非营利性的慈善组织共有140多万个。这些组织的规模差异较大，有跨国的大型组织，也有很小的社区组织。它们关注文化、教育、卫生，以及消除贫困、为弱势群体服务、妇女与儿童权益保护、就业、环保、社区改造等问题。《时代》周刊曾发表文章称："在每一位比尔·盖茨的身旁，都站着数以百万计的普通百姓。"值得注意的是，比起拥有巨大财富的人来说，低收入的人捐款的比例更高。有人做过统计，年收入在1万美元以下的家庭，他们捐出收入的5.2%；年收入在10万美元以上的家庭，他们的捐款比例仅为2.2%。对此，有一种解释是，因为低收入的人更接近社会底层，因此也更了解那些需要帮助的人的需求。

慈善文化是美国传统文化不可分割的一部分。美国的慈善组织名称形式五花八门，但由各类教会和基金会管理的是其中的绝对主力，如基督教救世军、圣·芳济格会、比尔·盖茨—巴菲特基金会、洛克菲勒基金会、卡内基教育基金会、克林顿艾滋病基金会等。作为一个移民国家，美国慈善活动的源头可以追溯到西方的传统。西方传统的慈善事业起源于基督教教会，由于基督教教义中的"普世"思想，教会一直都将救助贫苦作为宗教义务之一，教会的一些慈善方式如现场捐款等深深地影响着现代的慈善事业。早在中世纪，欧洲就出现了有组织的慈善事业，17世纪初已产生了宗教组织之外的慈善组织。美国的慈善事业秉承了欧洲的传统。不仅如此，美国波士顿大学美国史研究专家彼得·罗格还认为，美国本身的历史也是美国慈善事业的渊源之一。在“五月花号”来到北美大陆之时，船上所有的人都没有自己的私人财产，各种器具都是公用的，一旦一个人出现了困难，就会有很多人前来帮忙。在《美国的慈善事业》一书中，历史学家罗伯特·布雷姆那还澄清了一个事实，即美国土著对待第一批移民的态度比这些移民对待他们更显“基督徒”式的善良。宗教和历史的双重交错，使得美国人对慈善事业充满了高度的热情。直到今天，在美国的中小学课堂上，老师还会经常给学生们讲一些慈善家及其创业的故事。

民间力量比各级政府在慈善事业中所起的作用都大。在美国，由于联邦政府和地方政府的财力、人力和能力都很有限，社会慈善事业基本上全由各类民间非政府组织实施，政府仅仅负责监督规则的执行及协助。多年运作下来，各类慈善组织已积累了相当经验和雄厚的资产，2004 年全美慈善组织拥有的资金已超过 600 亿美元，远比政府和许多企业财大气粗。美国一旦有地方出现灾害灾难，最早到达灾区的救济物资和人员绝大部分都来自民间慈善机构，其后还会源源不断地供应，政府则提供专业救灾、医疗及防疫人员、警务人员，设备机械和部分资金援助。慈善组织提供的慈善救济内容方式也是五花八门，如为流浪者、退休老人提供免费午餐，为困难家庭和人员提供生活用品及补助，为困难家庭在校子女提供奖学金助学金，为重大疾病且经济困难患者提供医疗费用，为遭受重大灾难家庭提供救济补贴，为经济困难的诉讼当事人提供法律救济，开办弃孤儿童、无家可归者、被虐待妇女收容机构。

美国富人在美国慈善事业中起到了表率作用。一提起美国的慈善事业，人们自然就会想到世界三大主流财经杂志——《福布斯》《财富》和《商业周刊》的全球慈善家及慈善企业排行榜，谈到赫赫有名的安德鲁·卡耐基、比尔·盖茨和他的夫人梅琳达·盖茨、戈登·摩尔及其夫人贝蒂·摩尔、沃伦·巴菲特、乔治·绍罗什、詹姆斯·斯托尔斯等慈善大腕。与欧洲国家相比，美国在现代慈善事业的起源与理念方面有着许多独特之处，私人基金会也远比欧洲发达。一般认为，现代慈善事业始于美国，美国钢铁巨头、公认的私人慈善事业奠基者之一安德鲁·卡耐基更是被公认为现代慈善事业的开创者，他的名言“拥巨富而死者以耻辱终”为世代慈善家所传诵。卡耐基曾说过，致富的目的应该是把多余财富回报给同胞，以便为社会带来最大、最长久的价值。

美国现代慈善事业的发达还离不开制度的建设。在《美国慈善法指南》的作者阿德勒女士看来，“美国慈善部门以其充满活力、多样、经济实力和成长速度而格外引人注目。一个影响慈善业发展的重要因素是，美国有一个对慈善部门发展有利的法律环境。”例如，完善的遗产税和慈善基金管理制度刺激着美国慈善事业的发展。一方面，美国的遗产税、赠予税以高额累进著称。当遗产在 300 万美元以上时，税率高达 55%，而且遗产受益人还必须先缴纳遗产税，后继承遗产，所以富豪的后代要继承遗产会遇到重重阻碍。而另一方面，建立基金会或捐助善款则可以获得税收减免，捐出多少钱就在所得税中相应扣除多少。进行慈善捐助不仅可以减少损失，而且有助于树立公众形象和产生模范效应。

媒体以及民众的监督对慈善事业的健康发展来说不可或缺。每个公民都拥有对慈善捐款使用情况的知情权，各类媒体更是关注基金会的运作情况。1992 年美国联合慈善基金会（联合之路）主席阿尔莫尼滥用捐款的丑闻就是由新闻界最先披露的。再一点就是民间专业评估机构的监督。如美国慈善信息局，它制定了衡量基金会好坏的 9 条标准，其中包括：董事会管理职能、目标、项目、信息、财政资助、资金使用、年度报告、职责、预算。它每年分 4 次公布对全国几百家基金会的测评结果。公众往往根据它的公报来决定给哪个基金会捐款。

美国慈善事业的发展经历了漫长而又曲折的历史，并积累了许多经验。这一切对当代中国慈善事业的发展无疑具有重要的参考和启迪意义。

亲历旧金山空难中国女孩被碾压以后

2013 年 7 月 6 日，韩国亚洲航空公司 214 航班在旧金山国际机场降落过程中发生事故并起火燃烧。机上共载有 291 名乘客及 16 名机组人员，其中中国旅客 141 名。空难导致来自浙江江山的 3 位女中学生死亡，181 名受伤者被送往旧金山总医院等处进行救治。

坠机事件发生后，中国驻旧金山领事馆立即成立了以我为组长、两位副总领事为副组长、由各部门工作人员组成的总领馆应急指挥小组，并立即派出两批领事官员前往相关医院核实情况，探望伤员。事故当天总领馆就启动了 24 小时值班应对机制。

事故刚发生后，我方就了解到有两位乘客遇难。当晚 9 点，从韩国驻旧金山总领馆传来消息，证实遇难的两位乘客是中国国籍，但姓名、年龄等仍不清楚。事故当天是星期六，而且 7 月 4 日是美国独立日，从 4 号到 7 号，美国正休长假，许多人在外地休假。但是，领馆工作人员仍想了许多办法，以便尽快摸清两位遇难同胞的详细情况。到晚上 11 点多，我们从验尸官处得到准确消息：两名遇难的女生都是浙江衢州人，一名是 17 岁的王琳佳，一名是 16 岁的叶梦圆。两人是要好的朋友，初高中都是同学，她们就读的江山中学是衢州市最好的学校之一。

第二天早晨，有人打电话给我，有人当面问我，说有传言，有一名死者被消防车碾压了，他们想知道这是真的吗？被碾压的女孩是谁？女孩被碾压时是否已经死了？如果真的碾压了，美方会承认吗？美方会道歉吗？更有人问，如果是事实，美方会承担责任吗？

说实在话，当时我的第一感觉是，在浓烟滚滚、能见度低、一片混乱的情况下，救火车来救火，碾压女孩有很大的可能性。但我想，即使救火车真碾压了女孩，美国有关当局恐怕也不会承认吧。因为一承认，就免不了调查，免不了道歉，甚至免不了巨额赔偿，反正人已经死了，赔偿可以去找韩亚航空公司，美国恐怕不会愿意自找麻烦吧？

果然，在我举行的有几十家新闻媒体参加的第一次新闻记者吹风会上，许多人一而再、再而三提出的问题是："女孩真的被碾压过吗？""被碾压的女孩是谁？""女孩被碾时，是否还活着？"其实，当时我自己对这几个问题也是一无所知，我和大家一样，迫切想知道答案。不过，我当时认为，恐怕不会有答案。

随后发生的几件事说明我的感觉错了。

第一件事是，美国国家运输安全委员会的代表迈克尔和美国国务院旧金山领团办公室主任帕特丽莎于7月8日晚6点，约我见面。我问美方人员："现在人们都纷纷议论，说有一位女孩被碾压过，这是真的吗？这个女孩是谁？"美方代表严肃地回答我："是真的，被碾压过的女孩名字叫叶梦圆。"他解释说，空难发生后，飞机起火，浓烟滚滚，女孩被抛入草丛中不易被看到，救火车在忙乱中碾压了叶梦圆。他以非常诚恳的语气就此表示道歉。我又问他，叶梦圆被碾压时，还有生命吗？他回答说：他个人认为已没有生命了，理由是王琳佳虽然没有被碾压，但也丧生了，且面目全非。不过，叶梦圆被碾压前是否有生命，要经过法医鉴定，他说了不算。他告知我：目前，美国国家运输安全委员会正在对整个事故现场进行全面的调查，法医将会确定两名遇难者的确切死因。

迈克尔又说，美方第一个把女孩被碾压这一事实告诉中国总领事，但美方希望总领事不要捅给新闻媒体。我以为他这样说是希望把这件事隐瞒下来。没想到他接下来说，我们不隐瞒事实真相，也不能隐瞒事实真相。我们会尽快告知遇难者的家属。我问道："如果遇难者家属知道了，他们自己告诉媒体怎么办？"迈克尔回答："那没有问题，如果先告诉媒体，再告诉遇难者家属那就不公平。"迈克尔明白地表示，把碾压真相告诉中国总领事是相信中国总领事，之所以请中国总领事不把真相捅给新闻媒体，是因为我们要自己告诉新闻媒体，如果中国总领事先说了，人家会以为我们不想披露真相，只是因为中国总领事披露了，我们才不得不承认真相。其实，我们从来没想过要隐瞒，我们不能隐瞒。

第二件事情是，美国当局在遇难者家属到达美国 20 分钟后，就将碾压事实及其有关的真相连夜告诉了死难者家属，并耐心地回答了家属提出的所有问题。晚 10 点半，韩亚空难中方部分伤亡人员家属和浙江省善后工作组抵达旧金山国际机场。晚 11 点，到达宾馆。两位死者的家属还没有进房间，美方就分两组与两位死者家属在会议室与圣马特奥郡验尸办公室官员罗伯特等分别见面，将事实真相，包括碾压的真相都告诉了死者家属，转交了死者的遗物，不厌其烦地回答了家属提出的所有问题。家属提的第一个问题是：到底是哪个女孩可能是被消防车辗过的。罗伯特明确告诉他们"叶梦圆是被匆忙到达事故现场的消防车碾压过的受害者"，并深表歉意。我完全没有想到，在美国长假期间，帕特丽莎等高官还从早到晚一直忙碌，还连夜把碾压等真相如此坦诚地告诉死者家属，如此真诚地道歉。毕竟，美国不仅不是肇事方，在很大程度上说也是受害方。

第三件事情是消防员主动承认碾压。旧金山《世界日报》报道说，消防员是在移动消防车的位置时，接触到了叶梦圆。当消防车撞上叶梦圆时，消防员立即察觉，并立即向消防局报告。

第四件事情是旧金山消防局长海恩·怀特向媒体公开承认叶梦圆被碾压。她向媒体公开表示，叶梦圆遗体的伤痕与被救火车辗过的伤痕是一样的，目前旧金山警察局调查撞车的小组正在调查此事，并就发生碾压一事表示深刻道歉。

第五件事情验尸官承认碾压。当地时间 9 日，旧金山圣马特奥郡验尸官罗伯特·富克罗特向美国《旧金山纪事报》确认：韩亚坠机事件两名遇难中国女学生中，叶梦圆被匆忙到达事故现场的消防车碾压过。

第六件事情是旧金山警察局长索尔公开承认碾压。12 日，索尔局长亲自向媒体公布调查材料，说根据警方获得的录像带显示，叶梦圆曾被消防车碾压过最少一次。警察局发言人施英典说，叶梦圆的尸体是在坠毁的韩亚飞机的机翼附近被发现的，有多项证据显示叶梦圆被消防车碰触，除了有录像机拍到空难现场情况外，现场地面消防车移动的痕迹，也可以证实。施英典特别说，叶梦圆被发现的地方是草丛地带，草长得高，消防员不易发现她，消防车救火时使用的灭火泡沫，也洒到了叶梦圆的身上。索尔就此表示道歉。

第七件事情是奥巴马总统亲自任命的高官——美国交通安全委员会主席赫斯曼现场调查空难事故后，向媒体公开宣布怀疑一名女死者曾被救援车碾压，要求对此事进行调查。

第八件事情是旧金山市市长李孟贤就叶梦圆被消防车碾压于 9 日发表声明公开道歉，他托我将他的道歉信和唁函转交给叶梦圆和王琳佳双方父母。警察局长、消防局长专门打来电话就碾压事件道歉。美国交通安全委员会主席赫斯曼当面向我道歉。

第九件事情，也是我最没有料到的事情。2013 年 7 月 19 日上午 10 点 5 分，加州圣马特奥郡法医罗伯特和旧金山消防局长海恩·怀特在联合新闻发布会上宣布，韩亚空难中 16 岁的中国女学生叶梦圆死于消防局的救援车辆碾压。罗伯特说，叶梦圆在被碾压之前还活着。遗体解剖显示，她身上多处受伤，内出血，与遭汽车碾压后的创伤一致。他还表示，叶梦圆被碾压时是倒在地上，而不是站着。他特别说，叶梦圆的父母还没有见到女儿遗体，但已在新闻发布会前将检验结果告诉他们。消防局长怀特表示，新闻发布会前已经通过中国驻旧金山总领事馆向叶梦圆父母致歉并深切哀悼。她说：“我们的工作就是拯救生命，叶梦圆不幸遇难对我们来说非常难以接受，我们也伤心之至。”新闻发布会举行前半小时，她特意给我打电话，提前告诉我叶梦圆死因，请向叶梦圆父母家人转达由衷的歉意。

亲历旧金山空难女孩被碾压以后发生的上述事情，我的脑海里留下了如下难忘的印象：

没有一个人推卸责任。旧金山消防部门对《旧金山纪事报》表示，“一辆消防车可能对其中一名女孩的死亡负有一定责任”。消防主管部门不仅没有撇清叶梦圆的死因与消防车的关系，而且明确表示“可能负有一定责任”，这种事情对我来说是第一次遇到。

没有一个人企图隐瞒碾压真相。尽管披露真相意味着自找麻烦，要应对没完没了的调查，意味着必须道歉，意味着必须承担责任，意味着尽管尽心尽力救火救人，但仍然可能要支付巨额赔款，甚至意味着处分。但从消防员开始，到每一个相关官员，都是有什么讲什么。事实真相了解到什么程度，就披露到什么程度，没有一个人企图隐瞒真相。美国有关当局官员约我见面，也是主动向我披露真相，并且表示道歉。

没有一个人不表示道歉。碾压真相披露的过程，同许多美国人表示真诚道歉的过程是一致的。旧金山市长又是在电视上诚恳道歉，又是托我将他的道歉信转交给叶梦圆和王琳佳的父母。其实，在我看来，旧金山市长如果不道歉，能有什么错吗？美国交通安全委员会主席赫斯曼当面向我道歉，她本来在华盛顿上班，空难一发生，就立即飞到旧金山，又是到现场查勘，又是约见相关人员，又是看望死难者的父母和其他幸存人员，忙到深夜。如果她不道歉，能有什么错吗？然而，我遇到的许多当地人，他们都一个劲地表示歉意，总觉得孩子们怀着美好的心情来到旧金山，却遭遇空难，感到对不起孩子们和家人。

没有一个人推诿。虽然发生空难时正值星期六，虽然援救工作夜以继日，然而，不管找到谁，人们都热心应对。美国国务院领团办公室主任帕特丽莎深夜2点打来电话，说美方愿意提供任何力所能及的帮助，她的电话24小时开通，中国总领馆可以随时给她打电话。帕特丽莎和我一起到机场迎接浙江江山死伤人员家属，亲自安排给死伤人员家属贵宾礼遇，使死伤人员家属获得的便捷远远超过来美国访问的中国的省、部长。并且，她和我一样，一直和死伤人员家属沟通，忙到凌晨。一位重伤学生在旧金山总医院做手术治疗，我原准备找医生说几句话，以使他为抢救中国女学生投入更多精力。有人提醒我，说声谢谢就行了。这里医务人员非常敬业，不需要特别拜托，更不需要红包。后来，中国受伤人员及家长都对美方医务人员的敬业精神感叹不已。尽管一位中国女孩伤重不治，但其父母仍对我说了不少感谢医务人员的话。

没有一个人为美国官员和有关领导人评功摆好。虽然，在我看来，从旧金山市市长到美国交通安全委员会主任，从消防局局长到警察局局长，从机场管理局局长到旧金山总医院院长，空难发生以后，确实都尽职尽责，都冲在紧急应对空难、努力救死扶伤、尽量做好善后的现场，然而，媒体上根本

三名空难中国女孩遗体告别仪式

没有“奏响了什么凯歌”“体现了什么关怀”之类的话语。相反，充满的却是感谢消防队员、医务人员、义工等的词语。我在第一次媒体吹风会上说：“感谢市长李孟贤”，我驻旧金山中央媒体的两位记者悄悄对我说：“要感谢最早对空难救援的消防队员、医务人员等，不要提市长、局长，因为现场有许多 CNN、ABC、BBC 等西方主流媒体的记者，他们认为市长等高官尽职尽责是应该的，提市长反而会影响媒体吹风会的效果。”

没有一个人不表示同情慰问。空难发生后，总领馆的电话被打爆了，许多人打来电话是表示愿意做义工，愿意捐钱捐物。侨团纷纷向我表示，希望能安排他们为空难善后做点什么。他们为三位死难的中国女学生专门设立了一个募捐网站，我被邀请作为该网站的发起人。在旧金山空难中遇难的江山中学中国女孩原本计划在洛杉矶西谷基督教会学校参加为期三周的夏令营活动。她们的遇难让西谷基督教会学校以及社区居民深感悲痛，为了纪念遇难中国女生，西谷基督教会学校 11 日晚 7 点钟在学校教堂为遇难女孩举行了悼念活动，当地社区居民和学校师生约 400 多人参加了悼念活动。悼念活动为遇难女生分别制作了花圈，牧师在悼念活动中为中国遇难女孩祷告，并朗读《圣经》中的篇章与在场悼念的民众共同分享，伴随有中文翻译。当地官员代表和社区代表纷纷上台献词来表达他们对中国遇难女生的悼念之情。悼念活动过后，很多当地的居民都纷纷在条幅上写下自己的话来安慰遇难女生的家庭。在旧金山空难第 7 天，旧金山市民为死难中国女生举行了追思活动。

最后，顺便说一下，为了核实叶梦圆、王琳佳遇难情况，经美国国务院有关部门协调同意，中国驻旧金山总领事馆宋如安副总领事等人前往有关医院停尸间察看叶、王遗体，但遭到婉拒。理由是，虽然美国国务院同意中国外交官员来察看遗体，但美国法律规定必须先让死者家人察看，法律高于政府规定。虽然我的同事没能如期察看遗体，但对美国法大于权这一点却有了一次亲身的感受。

政治献金制度下的合法性腐败

美国是用金钱和资本构造起来的金元帝国，万事离不开钱。美国拥有人类有史以来最为成功的民主宪政体制，但也毫不例外地打上了金钱的烙印。笔者认为，最具美国特色的腐败现象是政治献金背后的利益交换，这让美国的法律处在尴尬境地。你要是没钱，根本就从不了政。要想当官，不论哪一级，总要竞选，竞选就要有经费，就要拉赞助。赞助拉得多，以后高升的希望就大。做到州长的，哪个背后都得有几个响当当的大财团。总统竞选就更不用说了。我在担任中国驻旧金山总领事期间，观察到美国不仅经常有、到处有腐败现象，而且不少腐败现象具有典型的美国特色。

美国多党制离不开政治献金

美国政客要当官得分两步走。首先，他们要获得有钱人、大公司和势力集团的支持。有了钱他们才能去招兵买马，打广告，然后再去取悦于选民。美国的法律允许接受政治献金，并且进行了严格的规定。美国竞选法规定，为特定的候选人提供政治捐款（俗称“硬钱”），在一次选举中对每位总统候选人和国会议员候选人捐款额的上限是1000美元，个人在一次选举中可为政党捐献的钱不得超过2万美元；用于捐给政治行动委员会的上限为5000美元，每年个人所允许捐献的资金总额不能超过2.5万美元；捐款超过200美元的都要有详细的记录。企业或工会曾被禁止直接出资帮助国会议员候选人和总统候选人进行竞选，但他们可以组成政治行动委员会和个体资助集团，为政党发展募集资金（俗称“软钱”），其数额不受限制。虽然“软钱”不能直接用于候选人个人，只能用于为政党及其各级组织动员选票，但其实质又有什么区别呢。2010年1月，美国最高法院裁定废除大企业提供政治献金的限额规定。政治献金从来都不是“公益善款”，背后必然有着利益交换，这是美国法律的尴尬所在。

美国形形色色利益集团的政治献金不仅为竞选者提供了资金的支持，更为利益集团本身开辟了一条条通往国会山和白宫的特殊通道，以及对美国各项政策的制定施加影响的渠道。因为，不论是哪个党派入主白宫，或在国会山中占据多数，对美国政府制定的政策都会产生重大的影响力。为了报答金主们的慷慨，这些党派和政治人物必将制定或采取一些有利于自己金主的政策。而这些利益集团中既有美国的各大财团，也有些来自世界不同的国家和地区。

巨额的政治献金不但容易诱使人“做手脚”，而且，因为接受政治献金在很多时候与受贿界限模糊，只要没有明显的利益交换和对价关系，很多人都把自己的受贿推到政治献金上，以此脱身脱罪。尽管对政治献金进行必要的规制已成为共识，但是要规范政治献金也绝非易事，相关法律总是有漏洞可钻，由此也就出现了很多政治献金丑闻。

不少人说，美国的政治选举制度客观上为官员腐败创造了条件。在20世纪前后的几十年间，美国的竞选经费主要来源于公司、银行、铁路和其他商业集团、“肥猫”（有钱的大老板）。当时许多选民对此十分不满，他们担心，政治与金钱的联姻太过于密切会造成腐败。选民的呼声在1904年得到了响应。在1904年大选中，以改革者面孔出现的西奥多·罗斯福（Theodore Roosevelt），承诺不接受任何公司的捐赠。他最终击败民主党候选人奥尔顿·帕克（Alton B.Paker），部分原因是由于选民认为帕克与华尔街的大公司关系太过密切。然而，选举后所揭露的事实显示，罗斯福事实上从公司高级职员和董事那里筹集到了大笔经费。摩根公司向罗斯福捐赠了1万美元，相当于今天的200万美元以上。纽约人寿公司也直接捐赠了5万美元。罗斯福大约四分之三的竞选经费来自于铁路和石油公司。针对一系列对丑闻的指控，罗斯福很快作出了反应，他建议进行竞选经费改革。在罗斯福的推动下，1907年国会通过《蒂尔曼法》，禁止银行和公司在联邦选举中进行政治捐款。

然而，选举离不开金钱，没有钱，就不能在电视和广播上播出竞选广告，不能组织各项与竞选有关的活动。没有竞选广告和其他与竞选有关的活动，就难以让每个选民知晓候选人的政治理念，从而保障选民应有的知情权及选择权。“金钱是政治的母乳”确实是美国选举政治的写照。但是，政治与金钱的联姻容易造就腐败。虽然美国采取了不少措施防止这政治的“母乳”成为“毒汁”，避免民主选举被腐蚀成权贵们的金钱游戏。但是，不可否认，政治献金制度确实催生了不少腐败现象。在美国政治发展进程中，一些曾被看作是腐败的行为逐渐演化成政治过程中的正常部分，比如利益集团可以向竞选者提供巨额竞选资金，甚至进行权钱交易。

政治献金制度的一个牺牲品

谁募集的大选资金多，谁获胜的机会就大。外交使团观察、分析、预测谁获胜，谁失败，一个重要的依据就是看谁募集的大选资金多些，谁的少些。我在旧金山工作期间，旧金山领区的加利福尼亚州、阿拉斯加州、内华达州、华盛顿州、俄亥俄州都进行了州长、议员、州务卿等选举，观察大选是总领事馆的分内之事，我因职责所在得以全过程、多角度地了解美国的大选。加州州长布朗，尽管早已年过 70 岁，但大选资金远远超过竞争对手，结果是毫无悬念地赢得了大选，得以连选连任。奥克兰市华裔市长关丽珍输掉了大选，是因为对手募集的大选资金遥遥领先。

加州首位华裔参议员余胤良却没有这么幸运，他竞选州务卿不但未能成功，连参议员位子都丢了，而且还被指涉嫌腐败而被捕入狱，成了美国政治献金制度的一个牺牲品。余胤良是加州首位华裔众议员，后来又成为首位华裔参议员。2014 年，余胤良宣布竞选加州州务卿。州务卿在州政府中的地位仅次于州长、副州长，实权则大于副州长，是负责州政府日常事务的政要。这是加州历史上，第一次有华人竞选州务卿。在白人至上的美国社会，作为黄种人的华人，仍然难以享受到与白人同等的尊严，身为华人的余胤良，即使早已是美国公民，要想赢得州务卿的大选，其难度非常之大。为了赢得竞选，余胤良必须募集足够的大选资金，在募集资金的过程中，余胤良可说是千方百计，其中包括不得不权力寻租，对提供竞选资金的金主承诺以将来的利益输送作为回报。他在募集大选资金的过程中被人抓住了辫子，美国联邦调查局派探员对他“钓鱼”，大选还没有开始，余胤良就被美国联邦调查局抓进了监狱。他虽然经取保候审，得以免除缧绁之苦，却不仅失去了竞选州务卿的资格，连州参议员的位子也保不住，不得不宣布辞职。美国旧金山前黑人市长布朗公开表示：是政治献金害了余胤良，没有钱选不上，募集到足够的钱难免不腐败。

政治献金制度使腐败公开化

我在旧金山工作期间，奥巴马总统两次来旧金山募集大选资金。美国的政治人物募集选举资金的一个通常做法是举行各种集资晚宴，每个桌上请来各路政坛人士，再留一些空位给各大公司。每个空位都有明码标价，想要参加的公司就要掏钱。集来的钱，用于竞选，搞大型活动，等等，提高政界人士声望。所以一个愿打一个愿挨，完全用不着背后塞钱送礼。

2004 年 11 月的美国总统选举，布什阵容共花费 3.06 亿美元，一举击败了民主党候选人克里而卫冕成功，使得此次选举成为历史上最昂贵的一次总统大选。布什阵容共筹集竞选资金 3.6 亿美元，远远超过 2000 年的 1.9 亿美元。而克里阵容也不示弱，共筹集竞选资金 3.17 亿美元，用掉 2.41 亿美元。

政治献金的来源不外乎财团、政治团体、个人以及政府竞选资金。商界捐献给布什资金最多的是金融、保险和地产界等大财团。捐献最多的州是布什的老家德克萨斯，加州和佛州紧跟其后。

奥巴马 2008 年竞选总统时，花费的金钱又远远超过布什。据《纽约时报》报道，美国民主党向联邦选举委员会新提交的报告显示，奥巴马总计筹得的竞选经费高达近 7.5 亿美元，创下美国总统选举历史上个人筹款纪录。整个选举之路中，有超过 395 万人为其捐款助威。奥巴马是 20 世纪 70 年代美国选举制度改革以来首名依法放弃公共资金而选用个人捐款的总统候选人。直至大选结束，奥巴马选举经费中还有近 3000 万美元的“盈余”。

参议员和众议员的竞选也毫不逊色，从几百万到上千万不等。如众议院共和党籍议长丹尼斯·哈斯特在 2003 — 2004 年中共收到政治捐款 480 万美元，花费近 500 万美元，其中约 60% 来源于个人捐款。参议员开价更高，如参议员伊丽莎白·多勒在 1999 — 2004 年间共筹得约 1500 多万美元资金，在竞选中基本上花光。

不提各位州长、市长和地方议员的选举，光2000年的总统和参众两院的选举就花掉了近30亿美元，而1996年的这个数是22亿美元，1992年是18亿美元。想想看，这是多么庞大的一笔资金啊。

除了个人，公司和政治宗教团体之外，美国还有三四十个职业游说公司分别为他们的客户在国会谋取利益。例如，台湾为争取美国国会对台湾独立的支持，游说资金少说也有上千万。可见，美国民主政体的实际操作与金钱有多么密不可分的联系，金钱对美国政治运作的渗透已到了无孔不入的地步。

资本家为政客输血有两条途径：一是政治捐款；二是请前政府官员院外游说。美国有一种说法，如果你两者都做，就可以呼风唤雨，要风得风，求雨得雨。如果做其中一项，那你到华盛顿办事，也会受到政客的善待。政客们通常需要花费很多的时间和精力来拉赞助。“软钱”才是美国全国上下所关心的腐败问题。从政就是要当官并且保住职位，而这些在美国都少不了钱。大公司和大资本家不用赤膊上阵。他们完全可以在法律允许的范围内很漂亮地把事情搞定，而且律师也会帮助他们把事情做的很漂亮。大公司和有钱人捐款后获得好处之一是少交税。如果公司做出错误决策，可以向政府求援。如果是欠债，想要延期偿还，政府会恩准。如果他们想得到什么豁免，政府也会考虑。

拿了钱的政客就会巧妙地运作，让政府制定在宏观上倾斜某些行业的政策或法律。有的时候回报也并不一定要有实际内容，只要国家领导人给他们一些荣誉就可以。在美国主要是国家领导人给面子。克林顿在好莱坞有许多好朋友，每次去化缘都能带回来很多很多的钱。投之以桃，报之以李。比如，好莱坞朋友们到华盛顿都要去白宫看望他们的好兄弟克林顿。克林顿会很热情地招待他们，还要请他们在白宫的客房林肯卧室留宿。有一种说法，白宫简直成了好莱坞明星的专用旅馆。

政客对政治献金不能白拿，必须投桃报李。投桃报李不排除在个案上照顾朋友，但一切都做的很隐蔽，不露痕迹。杜勒斯没当上国务卿之前是纽约一家大律师事务所的合伙人。该所的一家客户原本是美国政府反托拉斯诉讼的对象，杜勒斯当上国务卿之后此案便不了了之，其中奥妙很难说清楚。不少从政的人，从政坛退下之后，都自己“下海”或是做顾问，根据在任时的级别，收入各有不同，但都极为可观。这些人靠的，全是当初政坛上的老关系。

多党制并没有解决腐败问题

有人认为，多党制才能从根本上解决反腐倡廉的问题，然而，美国多党（含两党）制建立后，腐败现象一直如影随形，并没有因为政党政治这一“重要的政治发明”和“现代政治制度的杰作”而销声匿迹，政党腐败丑闻在不少多党制国家一直是此起彼伏，甚至有过臭不可闻的时期。18 世纪的英国，各级议会议席甚至标价竞卖，候选人贿买选民、操纵选举的事例比比皆是。而此时，正是辉格党和托利党在政坛上异常活跃时期。19 世纪中后期的美国，格兰特将军任总统时，任人唯亲、反贪不力，使得本应当成为联邦政府道德楷模和典范的总统内阁贪污腐败成风，连副总统都被爆出受贿丑闻，制造了美国历史上声名狼藉的“腐败内阁”。可别忘了，这个时期美国的民主党和共和党都陷在腐败泥潭里不能自拔，真是“乌鸦别说猪黑”。20 世纪尤其是第二次世界大战后，一些国家开始在制度、道德等层面建立约束政党特别是执政党运用公权的权力制衡和监督机制，但仍然没有解决多党制条件下的腐败问题，腐败这一顽症至今仍在绝大多数西方国家不同程度存在。在 20 世纪八九十年代间，数十个发展中国家主动或被动地实行了多党制后，腐败现象不仅没有得到解决，有些国家甚至较之前更加严重。“透明国际”公布的数据表明，2012 年世界上最腐败的 10 个国家与地区中，9 个是实行多党制的国家。这更以事实击穿了关于实行多党制能够解决腐败问题的臆断。

腐败是国际性的现象，是国际社会共同面对的一个顽症。实行多党制（或两党制）的美国，其腐败程度，不亚于世界上任何一个最腐败的国家。在美国，从联邦、州到地方各级权力机关，都存在腐败现象。上至国会议员、下至普通公职人员，都可能与腐败扯上关系。2014 年美国司法部公布的数据显示，过去 20 年内，共有 2 万多人因腐败被判有罪，其中后 10 年比前 10 年案件增加了 3.2%。另据盖洛普公司最新民调显示，半数以上美国受访者认为，腐败是联邦政府首要应该解决的问题，降低联邦赤字、就业、医保等热门议题则位列其后。有腐败就有老虎，反腐败就必然要打老虎，美国也不例外。位于美国中北部的伊利诺伊州就因“盛产”腐败州长而著称。据统计，过去 40 多年来，该州 9 任州长中有 5 人曾因涉嫌腐败案件被起诉，其中 4 位州长最终锒铛入狱。美国历史上的不少“大老虎”，并非一开始就是十恶不赦的大贪官，其中也有王牌飞行员、越战英雄、警界英豪、黑人政治领袖，不少人还为美国做出过杰出贡献。但当位高权重以后，他们却恃宠生骄、胡作非为，最终锒铛入狱。

谈到有美国特色的腐败现象的时候，有一个词经常出现，这就是“期权腐败”。有美国朋友私下告诉我，在美国，许诺给官员将来的好处，比如金钱、实物、职位或者商业机会，都是属于行贿行为。美国官员任职时很干净，几十块钱的小礼物都不能拿，但是好处却早已存在那里，等到卸任后大大方方地合法拿就是了。这里有个涉及大军火商的案例。德鲁扬是美国空军的装备部长，希尔斯是美国大军火商的财务部长。在换装“空中加油机”的操作中，军火商许诺，等空军装备部长退役后，就请他来公司工作。装备部长则投桃报李给予这家军火公司以生意上的方便。2002 年空军装备部长退役，2003 年初进入这家军火公司某部门担任副主任。同时，该部长的女儿和准女婿也进入军火公司工作。而根据美国联邦法律，联邦雇员不得介入与自己有利益相关的事务。这位装备部长既然有意退役后进入这家军火公司工作，那么在涉及该军火公司业务的时候，就应该主动回避。他不但没有主动回避，反而帮助该公司。这事儿很蹊跷，于是，美国联邦调查局和国防部联合展开了调查。调查结果表明，军火商的确事先许诺给职位，装备部长的确提供方便。这就是典型的钱权交易。结果，在当年，这家军火公司的CEO下台，财务部部长判刑4个月，罚款25万美元和200小时的社区服务。空军装备部长判刑9个月，罚款5000美元和150小时的社区服务。这样，这两位社会的精英被迫充当“扫地工”了。空军装备部长的高薪梦才做了几个月，就被联邦调查局打碎了。而且，大军火商也受罚：强制性罚款5000万美元；民事罚款5.65亿美元。除此之外，还冻结了它与国防部的合同。

2010年1月21日，美国联邦最高法院的9名大法官，以5∶4的微弱优势通过了一项有关政治献金的法律裁定，废除了63年来对公司、非营利团体和工会在美国选举中献金助选的金额上限，对公司和工会在初选前30天或大选前60天禁止播放竞选广告的禁令，也同时取消。这一法律裁定，为扩大金钱在大选中的作用提供了法律依据，从而很有可能使政治献金制度催生出更多的腐败现象。

后记

这本小书得以出版，出自于北大校友、出版家秦千里先生的创意，因此首先要感谢他。其次，要感谢《清风》杂志总编辑汪太理先生，他约我为《清风》杂志定期写稿，本书的一些文章，不少是根据他的建议起草的，且先后在《清风》杂志发表，其中，有些文章被《爱思想网》《共识网》等网站所转载。还要特别感谢湖南师范大学郑佳明教授、同济大学郭世佑教授、北京大学王缉思教授、王勇教授、中央党史研究室张士义研究员、中国国际问题研究所董漫远研究员、中央党校刘德喜教授等，我从他们那里得到许多启发、鼓励和帮助。

亡妻贺丽娜女士和我一起先后出使埃及、印度、津巴布韦和苏里南，本书和我其他许多著作的写成，离不开她的理解、支持与帮助。她不幸于2012年5月30日在我们出使苏里南期间魂归天国，谨将本书献给她，以为永远的纪念。

袁南生

2014年7月11日